莎士比亚全集 6

[英] 威廉·莎士比亚 著
朱生豪 译

中国文史出版社

图书在版编目（CIP）数据

莎士比亚全集：全 8 册 /（英）威廉·莎士比亚著；朱生豪译 . — 北京：中国文史出版社，2013.8
（2018.6 重印）
ISBN 978-7-5034-4200-1

Ⅰ . ①莎… Ⅱ . ①威… ②朱… Ⅲ . ①莎士比亚（Shakespeare, William 1564–1616）—全集 Ⅳ . ① I561.13

中国版本图书馆 CIP 数据核字（2018）第 089838 号

责任编辑：刘　夏
封面设计：李四月

出版发行：中国文史出版社
网　　址：www.wenshipress.com
社　　址：北京市西城区太平桥大街 23 号　　邮编：100811
电　　话：010-66173572　66168268　66192736（发行部）
传　　真：010-66192703
印　　装：三河市天润建兴印务有限公司
经　　销：全国新华书店
开　　本：880 × 1230　1/32
印　　张：88.5　　字数：1800 千字
版　　次：2013 年 9 月北京第 1 版
印　　次：2018 年 8 月第 3 次印刷
定　　价：528.00 元（全 8 册）

目 录

William Shakespeare
COMPLETE WORKS

科利奥兰纳斯

朱生豪　译

莎士比亚
全集

剧中人物

卡厄斯·马歇斯　后称卡厄斯·马歇斯·科利奥兰纳斯

泰特斯·拉歇斯
考　密　涅　斯　征伐伏尔斯人的将领

米尼涅斯·阿格立巴科　科利奥兰纳斯之友

西西涅斯·维鲁特斯
裘涅斯·勃鲁托斯　护民官

小马歇斯　科利奥兰纳斯之子

罗马传令官

塔勒斯·奥菲狄乌斯　伏尔斯人的大将

奥菲狄乌斯的副将

奥菲狄乌斯的党羽们

尼凯诺　罗马人

安息市民

阿德里安　伏尔斯人

二伏尔斯守卒

伏伦妮娅科　利奥兰纳斯之母

维吉利娅科　利奥兰纳斯之妻

凡勒利娅　维吉利娅之友

维吉利娅的侍女

罗马及伏尔斯元老、贵族、警吏、侍卫、兵士市民、使者、奥菲狄乌斯的仆人及其他侍从等

地　点

罗马及其附近；科利奥里及其附近；安息

第一幕

第一场　罗马。街道

一群暴动的市民各持棍棒及其他武器上。

市民甲　在我们继续前进之前,先听我说句话。

众　人　说,说。

市民甲　你们都下了决心,宁愿死,不愿挨饿吗?

众　人　我们都下了决心了,我们都下了决心了。

市民甲　第一,你们知道卡厄斯·马歇斯是人民的最大公敌。

众　人　我们知道,我们知道。

市民甲　让我们杀死他,然后我们要多少谷就有多少谷。我们就这样决定了吗?

众　人　不用多说;就这么干。走,走!

市民乙　各位好市民,听我说一句话。

市民甲　我们都是苦百姓,贵族才是好市民。那些有权有势的人吃饱了,装不下的东西就可以救济我们。他们只要把吃剩下来的东西趁着新鲜的时候赏给我们,我们就会以为他们是出于人道之心来救济我们;可是在他们看来,我们都是不值得救济的。我们的痛苦饥寒,我们的枯瘦憔悴,就像是列载着他们的富裕的一张清单;他们享福就是靠了我们受苦。让我们举起我们的武器来复仇,趁我们还没有瘦得只剩几根骨头。天神知道我说这样的话,只是迫于没有面包吃的饥饿,不是因为渴于复仇。

市民乙　你特别提出卡厄斯·马歇斯来作为攻击的对象吗?

市民甲　我们第一要攻击他;他是出卖群众的狗。

市民乙　你不想到他替祖国立下了什么功劳吗?

市民甲　我知道得很清楚,我也不愿抹杀他的功劳;可是他因为过于骄傲,已经把他的功劳抵消了。

市民乙　你不要恶意诽谤。

市民甲　我对你说,他所做的轰轰烈烈的事情,都只有一个目的;虽然心肠仁厚的人愿意承认那是为了他的国家,其实他只是要取悦于他的母亲,同时使他自己可以对人骄傲;骄傲便是他的美德的顶点。

市民乙　他自己也无能为力的天生的癖性,你却认为是他的罪恶。你不能说他是个贪心的人。

市民甲　要是我不能这样说他,我也不会缺少攻击他的理由;他有数不清的过失,说来也会叫人口酸。(内呼声)这是什么呼声?城那面的人们也起来了。我们还在这儿多说什么?到议会去!

众　人　来,来。

市民甲　且慢!谁来啦?

米尼涅斯·阿格立巴上。

市民乙　尊贵的米尼涅斯·阿格立巴;他是常常爱护着平民的。

市民甲　他是个好人;要是别人都像他一样就好了!

米尼涅斯　同胞们,你们现在要干些什么事?你们拿着这些棍棒到什么地方去?为了什么事?请你们告诉我。

市民甲　我们的事情元老院并不是不知道;他们这半个月来早已得到消息,知道我们将要有什么行动,现在我们就要做给他们看。人家说,穷人诉苦的时候,嘴里会发出一股可怕的气息;我们要让他们知道,我们还有一双可怕的胳臂哩。

米尼涅斯　哎哟,列位,我的好朋友们,你们不要活命了吗?

市民甲　先生,我们早就没有命活了。

米尼涅斯　我告诉你们,朋友们,贵族们对于你们是非常关切的。你们要是把你们的穷困和饥荒归罪政府,还不如举起你们的棍棒来打天;因为这次饥荒是天神的意旨,不是贵族们造成的。政府总是尽心竭力,替你们解除种种重大的困难;你们应该屈膝哀求,不该举手反抗,这才会对你们有好处。唉!灾祸使你们迷失了本性,引导你们到更大的灾祸的路上;你们诽谤着国家的领导者,他们像慈父一样爱护你们,你们却像仇敌一样诅咒他们。

市民甲　爱护我们!真的!他们从来没有爱护过我们:让我们忍受饥寒,他们的仓库里却堆满了谷粒;颁布保护高利贷的法令;每天都在忙着取消那些不利于富人的正当的法律,重新制定束缚穷人的苛酷的条文。我们要是不死在战争里,也会死在他们手里;这就是他们对我们的爱护!

米尼涅斯　你们必须承认你们自己太会恶意猜疑,否则你们就是一群不懂好坏的傻子。我要讲一个有趣的故事给你们听,也许你们已经听见过;可是因为它适合我的目的,我要把它的意思再引伸一下。

市民甲　好,我倒要听听,先生;可是你不要以为用一个故事就可以把我们的耻辱蒙混过去。请你讲吧。

米尼涅斯　从前有一个时候,身体上的各部器官联合向肚子反抗;它们申斥它像一个无底洞似的占据在身体的中央,无所事事,其余的器官有的管看,有的管听,有的管思想,有的管教训,有的管步行,有的管感觉,分工合作,共同应付着全身的需要,只有它只知容纳食物,不知分担劳苦。肚子回答说——

市民甲　好，先生，那肚子怎么回答？

米尼涅斯　别急，让我讲给你听。——那肚子，而决非肺部，微微地露出一丝冷笑——因为你瞧，我既然可以叫肚子说话，那么当然也可以叫它微笑——带着讥讽的口气回答那些愤愤不平的、嫉妒它的收入的作乱的器官，正像你们因为元老们跟你们地位不同，所以把他们信口诽谤一样。

市民甲　你那肚子怎么回答？哼！那戴着王冠的头，那视察一切的眼睛，那运筹决策的心，那胳臂——我们的兵士，那腿——我们的坐骑，那舌头——我们的吹号人，以及其他在我们这一个组织里各尽寸劳的属僚佐贰，要是他们——

米尼涅斯　要是他们怎样？这家伙抢在我的前面说话！要是他们怎样？要是他们怎样？

市民甲　要是他们受制于饕餮的肚子，那不过是身体上的一个藏污纳垢的地方——

米尼涅斯　好，那便怎样？

市民甲　要是他们提出抗议，那肚子有什么话好回答呢？

米尼涅斯　我会告诉你的；只要你略微忍耐片刻，不要这么性急，你就可以听到肚子的回答。

市民甲　你讲话太不痛快。

米尼涅斯　听着，好朋友；这位庄严的肚子是很从容不迫的，不像攻击他的人们那样鲁莽轻率，他这样回答："不错，我的全体的朋友们，"他说，"你们全体赖以生活的食物，是由我最先收纳下来的；这是理所当然的事，因为我是整个身体的仓库和工场；可是你们应该记得，那些食物就是我把它们从你们血液的河流里一路运输过去，一直传达到心的宫廷和脑的宝座；经过人身的五官百窍，最强韧的神经和最微细的血管都从我得到保持他们活力的资粮。

你们，我的好朋友们，虽然在一时之间——”听着，这是那肚子说的话——

市民甲　好，好，他怎么说？

米尼涅斯　“虽然在一时之间，不能看见我怎样把食物分送到各部分去，可是我可以清算我的收支，大家都从我领回食物的精华，剩下给我自己的只是一些糟粕。”你们觉得他的话说得怎样？

市民甲　那也回答得有理。你说这一段话是什么用意呢？

米尼涅斯　罗马的元老们就是这一个好肚子，你们就是那一群作乱的器官；因为你们要是把他们所讨论、所关切的问题仔细检讨一下，把有关大众幸福的事情彻底想一想，你们就会知道你们所享受的一切公共的利益，都是从他们手里得到，完全不是靠着你们自己的力量。你以为怎样，你这一群人中间的大拇脚趾头？

市民甲　我是大拇脚趾头？为什么我是大拇脚趾头？

米尼涅斯　因为你在这一场最聪明的叛乱里，是一个最低微、最卑鄙的人，却跑在众人的最前面；你这最下贱的恶棍，为了妄图非分的利益，竟敢自居于领导的地位。可是你们准备好举起你们粗硬的棍棒来吧；罗马和她的群鼠已经到了决战的关头；总有一方不免遭殃。

卡厄斯·马歇斯上。

米尼涅斯　祝福，尊荣的马歇斯！

马歇斯　谢谢。——什么事，你们这些违法乱纪的流氓，凭着你们那些龌龊有毒的意见，使你们自己变成了社会上的疥癣？

市民甲　我们一向多承您温语相加。

马歇斯　谁要是对你们温语相加，他也会恭维他心里所痛恨的人了。你们究竟要什么，你们这些恶狗？你们既不喜欢和平，又不喜欢战争；战争会使你们害怕，和平又使你们妄自尊大。谁要是信任你们，他将会发现他所寻找的狮子不过是一群野兔，他所寻找的狐狸不过是一群鹅；你们比冰上的炭火、阳光中的雹点更不可靠。你们的美德是尊敬那犯罪的囚徒，诅咒那执法的刑官。谁立下了功德，就应该受你们的憎恨；你们的欢心就像病人的口味，只爱吃那些足以加重他的病症的食物。谁要是信赖着你们的欢心，就等于用铅造的鳍游泳，用灯心草去斩伐橡树。该死的东西！相信你们？你们每一分钟都要变换一个心，你们会称颂你们刚才所痛恨的人，唾骂你们刚才所赞美的人。你们在城里到处鼓噪，攻击尊贵的元老院，究竟是怎么一回事？倘使没有他们帮助神明把你们约束住了，使你们有一点畏惧，你们早就彼此相食了。他们究竟是什么目的？

米尼涅斯　他们要求照他们所索取的数量给他们谷物；他们说这城里藏着很多的谷物。

马歇斯　该死的东西！他们说！他们只会坐在火炉旁边，假充知道议会里所干的事；谁将要升起，谁正在得势，谁将要没落；宣布他们猜想中的婚姻；党同伐异，凡是他们所赞成的一方面，就夸赞它的强大；凡是他们所反对的一方面，就放在他们的破鞋子底下蹂踏。他们说有很多的谷！要是那些贵族们愿意放下他们的慈悲，让我运用我的剑，我要尽我的枪尖所能挑到，把几千个这样的奴才杀死了堆成一座高高的尸山。

米尼涅斯　不，这些人差不多已经完全悔悟了；因为他们虽然行事十分鲁莽，然而他们都是非常怯懦的。可是请问，还有那一群怎么说？

马歇斯　他们已经解散了，该死的东西！他们说他们肚子饿；叹息出一些陈腐的老话：什么饥饿可以摧毁石墙；什么狗也要吃东西；什么肉是供口腹享受的；什么天神降下五谷，不是单为富人。用这种陈词滥调，倾吐他们的不平；他们的申诉是接受了，他们的请愿也得到了准许——一个奇怪的请愿，最慷慨的人听见了也会伤心，最大胆的人瞧见了也会失色——于是他们抛掷他们的帽子，高声欢呼，好像赌赛谁可以把他的帽子挂到月亮的钩上去似的。

米尼涅斯　准许了他们什么请愿？

马歇斯　由他们自己选出五个护民官，保护他们下贱的智慧：一个是裘涅斯·勃鲁托斯，一个是西西涅斯·维鲁特斯，还有那几个我不知道——哼！如果是我的话，就让这些乌合之众把城头上的天拆毁了，也决不答应他们；这样会使他们渐渐扩展势力，引起更大的叛乱。

米尼涅斯　真是怪事。

马歇斯　去，滚回家去，你们这些废物！

一使者匆匆上。

使　者　卡厄斯·马歇斯呢？

马歇斯　这儿，什么事？

使　者　将军，伏尔斯人起兵了。

马歇斯　我很高兴；我们可以有机会发泄发泄我们剩余下来的朽腐的精力了。瞧，我们的元老们来了。

考密涅斯、泰特斯·拉歇斯及其他元老；裘涅斯·勃鲁托斯、西西涅斯·维鲁特斯等同上。

元老甲　马歇斯，您最近对我们说的话不错；伏尔斯人果然起兵了。

马歇斯　他们有一个领袖，塔勒斯·奥菲狄乌斯，你们就会知道他的厉害。我很嫉妒他的高贵的品格，倘若我不是我，我就希望我是他。

考密涅斯　您曾经跟他交战过。

马歇斯　要是整个世界分成两半，互相厮杀，而他竟站在我这一方面，那么我为了要跟他交战的缘故，也会向自己的一方叛变：能够猎逐像他这样一头狮子，是我所认为一件可以自傲的事。

元老甲　那么，尊贵的马歇斯，跟随考密涅斯出征去吧。

考密涅斯　这是您已经答应过的。

马歇斯　是的，我决不食言。泰特斯·拉歇斯，你将要再见我向塔勒斯挥剑。怎么！你动也不动？你想置身事外吗？

拉歇斯　不，卡厄斯·马歇斯；即使我必须一手扶杖而行，我也要用另一手挥杖从征，决不后人。

米尼涅斯　啊！这才是英雄本色！

元老甲　请你们各位驾临议会；我们那些最高贵的朋友们都在那里等着我们。

拉歇斯　（向考密涅斯）您先走；（向马歇斯）您跟在考密涅斯后面；我们必须跟在您的后面。

考密涅斯　尊贵的马歇斯！

元老甲　（向众市民）去！各人回家去！去！

马歇斯　不，让他们跟着来吧。伏尔斯人有许多谷；带这些耗子去吃空他们的谷仓吧。敬天畏上的叛徒们，你们已经表现了非常的勇敢；请你们跟着来吧。（众元老、考密涅斯、马歇斯、泰特斯、米尼涅斯同下；众市民偷偷散开。）

西西涅斯　你见过像这个马歇斯一样骄傲的人吗？

勃鲁托斯　没有人可以和他相比。

西西涅斯　当我们被选为护民官的时候——

勃鲁托斯　你没有留心到他的嘴唇和眼睛吗？

西西涅斯　他那种冷嘲热讽才叫人难堪呢。

勃鲁托斯　碰到他动怒的时候，天神也免不了挨他一顿骂。

西西涅斯　温柔的月亮也要遭他的讥笑。

勃鲁托斯　这些战争把他葬送了；他已经变得这样骄傲，不会再像从前那样勇敢了。

西西涅斯　这样一种性格，在受到胜利的煽动以后，会瞧不起正午时候他所践踏的自己的影子。可是我不知道凭着他这种傲慢的脾气，怎么能够俯首接受考密涅斯的号令。

勃鲁托斯　他的目的只是争取名誉，他现在也已经有很好的名誉；一个人要保持固有的名誉，获得更大的名誉，最好的办法就是处在亚于领袖的地位；因为要是有过错的话，就可以归咎于主将，虽然他已经尽了最大的能力；盲目的舆论就会替马歇斯发出惋惜的呼声："啊！要是他担负了这个责任就好了！"

西西涅斯　而且，要是事情进行得顺利的话，舆论因为一向认定马歇斯是他们的英雄，考密涅斯的功劳也会被他埋没。

勃鲁托斯　对了，即使马歇斯没有出一点力，考密涅斯的一半的光荣也是属于他的；考密涅斯的一切错处，对于马歇斯也会变成光荣，虽然他不曾立下一点功劳。

西西涅斯　让我们去听听他们怎样调兵遣将；还要看看他除了这一副孤僻的神气以外，是用怎样的态度出发作战的。

勃鲁托斯　我们去吧。（同下。）

第二场　科利奥里。元老院

塔勒斯·奥菲狄乌斯及众元老上。

元老甲　所以照您看来，奥菲狄乌斯，罗马人已经预闻我们的计谋，知道我们行动的情形了。

奥菲狄乌斯　那不也是您的意见吗？凡是我们这儿所想到的事情，哪一件不是在我们还没有把它实行以前，罗马就已经准备好对策了？自从我得到那边来的消息以后，到现在还不满四天；那消息是这样的：我想这封信还在我身边；是的，在这儿。“他们已经调遣一支军队，不知道是开向东方去的还是开向西方去的。饥荒很是严重；民不聊生，人心思乱。据闻那支军队由考密涅斯、马歇斯——你的旧日的敌人，罗马人恨他比你还要厉害——和泰特斯·拉歇斯——一个非常勇敢的罗马人———这三个人率领；大概是要开到你们边境上来的，请考虑考虑吧。”

元老甲　我们的军队已经在战场上；我们相信罗马一定准备着迎战了。

奥菲狄乌斯　你们以为把你们伟大的计划遮掩一下，让它到最后的关头方才暴露出来，是一个很聪明的办法；可是当它正在进行的时候，就已经被罗马人知晓了。我们本来预备趁罗马还没有知道我们计划以前，就用迅雷不及掩耳的手段，占领许多城市，现在消息已经泄露，我们的计划也要受到影响了。

元老乙　尊贵的奥菲狄乌斯，请您接受我们的委任，赶快到军前去；让我们守卫科利奥里。要是他们兵临我们城下，您就带领军队回来把他们赶走；可是我想他们一定还没有防备我们的进攻。

奥菲狄乌斯　啊！那可不能这么说；我可以确定说他们已经有充分的准备。不但如此，他们一部分军队已经出发，把我们这儿作为唯一的目标。我去了。要是我有机会碰见卡厄斯·马歇斯，那么我们曾经立誓在先，一定要战到精疲力竭方才罢手。

众元老　愿神明帮助您！

奥菲狄乌斯　愿你们各位平安！

元老甲　再会！

元老乙　再会！

众元老　再会！（各下。）

第三场　罗马。马歇斯家中一室

伏伦妮娅及维吉利娅上，各坐矮凳上做针钱。

伏伦妮娅　媳妇，你唱一支歌吧，或者让你自己高兴一点儿。倘若我的儿子是我的丈夫，我宁愿他出外去争取光荣，不愿他贪恋着闺房中的儿女私情。当年，他还只是一个身体娇嫩的孩子，我膝下还只有他这么一个儿子，他的青春和美貌正吸引着众人的注目，就在这种连帝王们的整天请求也都不能使一个母亲答应让她的儿子离开她眼前一小时的时候，我因为想到名誉对于这样一个人是多么重要，要是让他默默无闻地株守家园，岂不等于一幅悬挂在墙上的画像？所以就放他出去追寻危险，从危险中间博取他的声名。我让他参加一场残酷的战争；当他回来的时候，他的头上戴着橡叶的荣冠。我告诉你，媳妇，我第一次知道他是个男孩子的时候，还不及第一次看见他已经变成一个堂堂男子的时候那样喜欢得跳跃起来。

维吉利娅　婆婆，要是他战死了呢？

伏伦妮娅　那么他的不巧的声名就是我的儿子，就是我的后裔。听我说句真心话：要是我有十二个儿子，我都同样爱着他们，就像爱着我们亲爱的马歇斯一样，我也宁愿十一个儿子为了他们的国家而光荣地战死，不愿一个儿子闲弃他的大好的身子。

侍女上。

侍　女　太太，凡勒利娅夫人来瞧您来啦。

维吉利娅请　您准许我进去。

伏伦妮娅　不，你不要进去。我仿佛已经听见你丈夫的鼓声，看见他拉着奥菲狄乌斯的头发把他摔下马来，那些伏尔斯人见了他就像小孩子见了一头熊似的纷纷逃避；我仿佛看见他这样顿足高呼，“上前，你们这些懦夫！虽然你们是罗马人，你们却是在恐惧中生下来的。”他用套着甲的手揩去他额角上的血，奋勇前进，好像一个割稻的农夫，倘使不把所有的稻一起割下，主人就要把他解雇一样。

维吉利娅　他额角上的血！朱庇特啊！不要让他流血！

伏伦妮娅　去，你这傻子那样才更可以显出他的英武的雄姿，远胜于那些辉煌的战利品，当赫卡柏乳哺着赫克托的时候，她的丰美的乳房还不及赫克托流血的额角好看，当他轻蔑地迎着希腊人的剑锋的时候。——请凡勒利娅夫人进来。（侍女下。）

维吉利娅　上天保佑我的丈夫不要遭奥菲狄乌斯的毒手！

伏伦妮娅　他会把奥菲狄乌斯的头打到他膝盖底下去，在他的脖子上践踏。

侍女率凡勒利娅及阍者重上。

凡勒利娅　两位夫人早安。

伏伦妮娅　好夫人。

维吉利娅　今天幸会夫人，不胜欣慰。

凡勒利娅　你们两位都好？真是一对贤主妇！你们在这儿缝些什么？好一处清净的所在。小哥儿好吗？

维吉利娅　谢谢夫人，他很好。

伏伦妮娅　他宁愿看刀剑听鼓声，不愿见教书先生的面。

凡勒利娅　真是有其父必有其子；我可以发誓他是一个很可爱的孩子。不瞒你们说，星期三那天我曾经瞧了他足足半个钟头；他有这么一副坚决的面孔。我见他追赶着一只金翅的蝴蝶，捉到了手又把它放走，放走了又去追它；这么奔来奔去，捉了放、放了捉，也不知道是因为跌了一交呢，还是因为别的缘故，他发起脾气来，咬紧了牙关，把那蝴蝶撕碎了；啊！瞧他撕的时候那股劲儿！

伏伦妮娅　他父亲也是这样的脾气。

凡勒利娅　真是一个不同凡俗的孩子。

维吉利娅　一个顽皮的孩子，夫人。

凡勒利娅　来，放下你们的针线；今天下午我要你们陪我玩去。

维吉利娅　不，好夫人，今天我不出去。

凡勒利娅　不出去！

伏伦妮娅　偏要她出去。

维吉利娅　不，真的，请您原谅；在我的丈夫打仗没有回来以前，我决不迈出门槛一步。

伏伦妮娅　胡说！你不应该这样毫无理由地把你自己关在家里。来，你必须去访问访问那位害病的好夫人。

维吉利娅　我愿意祝她早日恢复健康，替她诚心祈祷；可是我不能去。

伏伦妮娅　为什么呢，请问？

维吉利娅　不是因为偷懒，也不是因为我冷酷无情。

凡勒利娅　你要做珀涅罗珀[①]第二吗？可是人家说，她在俄底修斯出去以后所纺的纱线，不过使伊塔刻充满了飞蛾一般的食客而已。来；我希望你手里的布也像你的手指一样有知觉，那么你因为心怀不忍，也许不会再用针去刺它了。来，你必须跟我们一块儿去。

维吉利娅　不，好夫人，原谅我；真的，我不想出去。

凡勒利娅　真的，你跟我去吧；我会告诉你关于尊夫的好消息。

维吉利娅　啊，好夫人，现在还不会就有好消息哩。

---

① 珀涅罗珀：俄底修斯之妻，以贞节著称，在家乡等候了俄底修斯二十年。

凡勒利娅　真的,我不是对你说笑话;昨天晚上他有信来。

维吉利娅　真的吗,夫人?

凡勒利娅　真的,不骗你,我听见一个元老说起。据说,伏尔斯人有一支军队开了过来,我们的主将考密涅斯已经带了一部分罗马军队前去迎敌了;尊夫和泰特斯·拉歇斯两人已经在他们的科利奥里城前扎下营寨,他们深信一定会在短时期内获得胜利。凭着我的名誉发誓,这是真的;所以请你陪我们去吧。

维吉利娅　请您多多原谅,好夫人;我以后什么都听从您就是了。

伏伦妮娅　随她去,夫人;照她现在这种样子,叫她同去也会扫我们的兴。

凡勒利娅　真的,我也这样想。那么再见吧。来,好夫人。维吉利娅,请你还是把你的忧愁撵出门外,跟我们一块儿去吧。

维吉利娅　不,夫人,我真的不去,我愿您快乐。

凡勒利娅　那么好,再见。(同下。)

第四场　科利奥里城前

旗鼓前导;马歇斯、泰特斯.拉歇斯、军官、兵士等上;一使者自对面上。

马歇斯　有人带消息来了;我可以打赌他们已经相遇了。

拉歇斯　我用我的马赌你的马,他们还没有相遇。

马歇斯　好,一言为定。

拉歇斯　算数。

马歇斯　喂,我们的元帅有没有跟敌人相遇?

使　者　他们已经彼此相望,可是还没有交锋。

拉歇斯　这匹好马是我的啦。

马歇斯　我向你买回来。

拉歇斯　不，我不愿把它出卖或是送人；可是我愿意借给你骑五十年。让我们招降这城市吧。

马歇斯　那两支军队离这儿有多远？

使　者　有一英里半光景。

马歇斯　那么我们可以互相听见鼓角的声音了。战神啊，请你默佑我们马到功成，好让我们立刻转过头来，挥舞我们热腾腾的利剑，去帮助我们战地上的友人！来，吹起喇叭来。

吹议和信号；二元老及余人等在城墙上出现。

马歇斯　塔勒斯·奥菲狄乌斯在你们城里吗？

元老甲　不，没有一个人比他更不把你放在心上了。听，我们的鼓声（远处鼓声）正在召唤我们的青年们杀出去；我们宁愿推倒我们自己的城墙，也不愿被困在城内；我们的城门瞧上去虽然还是关得紧紧的，可是它们不过是用灯心草拴住的，等会儿就会自己打开。你听，远方的声音！（远处号角声）那是奥菲狄乌斯；听，他正在向你们那七零八落的军队大施挞伐。

马歇斯　啊！他们在交战了！

拉歇斯　让他们喧呼的声音鼓起我们的勇气。来，梯子！

一队伏尔斯兵士上，自台前经过。

马歇斯　他们不怕我们，却从城里蜂拥而出。现在把你们的盾牌挡在胸前，鼓起你们比盾牌更坚强的斗志，努力杀敌吧！上去，勇敢的泰特斯；想不到他们竟会这样藐视我们，把我气得出了一身汗。来啊，弟兄们；谁要是退缩不前，我就把他当作一个伏尔斯人，叫他死在我的剑下。

号角声；罗马人败退；马歇斯重上。

马歇斯　南方的一切瘟疫都降在你们身上，你们这些罗马的耻辱！愿你们浑身长满毒疮恶病，在逆风的一英里路之外就会互相传染，人家只要一闻到你们的气息就会远远退避。你们这些套着人类躯壳的蠢鹅的灵魂！猴子们都会把他们打退的一群奴才，也会把你们吓得乱奔乱窜！该死！你们都是背后受伤；背上流着鲜红的血，脸却因为奔逃和恐惧而变成了灰白！提起勇气来，向他们反攻！否则凭着天上的神火起誓，我要丢下敌人！向你们作战了；留心着吧。上去；要是你们奋勇坚持，我们一定要把他们打回他们妻子的怀抱里去。

号角声；伏尔斯人及罗马人重上交战；伏尔斯人败退城内，马歇斯追至城门口。

马歇斯　现在城门开了；大家出力！命运打开它们，是为了追赶的人，不是为了逃走的人；瞧着我的样子，跟我来吧！（进城门。）

兵士甲　简直是蛮干！我可不来。

兵士乙　我也不高兴。（马歇斯被关在城内。）

兵士丙　瞧，他们把他关在里面了。

众人　他这回准要送命了。（号角声继续吹响。）

泰特斯·拉歇斯重上。

拉歇斯　马歇斯怎样啦？

众人　他一定被杀了，将军。

兵士甲　他紧紧追赶着那些逃走的敌人，一直追进了城里，突然之间他们把城门关上了，剩下他一个人在里面应付全城的敌人。

拉歇斯　啊，英勇的壮士！当他的无情的刀剑锋摧刃折的时候，他那有知的血肉之躯依旧昂然不屈。你被我们遗弃了，马歇斯；一颗像你的身体那么大的完整的红玉，也比不上你珍贵。你是一个恰如凯图[1]理想的军人，不但在挥舞刀剑的时候勇猛惊人，你的威严

① 凯图（公元前234—149）：古罗马的爱国军人。

的怒容,你的雷鸣一样的声音,也会使敌人丧胆,就像整个世界在害着热病而战栗一样。

马歇斯被敌众围攻流血重上。

兵士甲　将军,瞧!

拉歇斯　啊!那是马歇斯!让我们救他出来,否则大家都要像他一样了。(众人上前激战,同进城内。)

第五场　科利奥里。街道

若干罗马兵士携战利品上。

兵士甲　我要把这带回罗马去。

兵士乙　我要把这带回去。

兵士丙　倒霉!我还以为这是银子哩。(远处号角声仍继续不断。)

马歇斯及泰特斯·拉歇斯上,一喇叭手随上。

马歇斯　瞧这些家伙倒是一分钟也不肯放松!垫子、铅汤匙、小小的铁器、刽子手也懒得剥下来的死刑犯身上的囚衣,这些下贱的奴才不等打完仗,就忙着收拾起来了。都是该死的东西!听,元帅在那边厮杀得那么热闹!我们也去助战去!我灵魂里痛恨的仇人,奥菲狄乌斯,正在那儿杀戮着我们的罗马人。勇敢的泰特斯,你分一部分军队在城里扫荡扫荡,我再带着那些有勇气的,立刻就去接应考密涅斯。

拉歇斯　将军,你在流血呢;你已经战得太辛苦啦,该休息休息才是。

马歇斯　不要恭维我;我还没有杀上劲来呢。再见。这一点点血,可以鼓起我的勇气,有什么要紧;我要照这样子去和奥菲狄乌斯交战。

拉歇斯　但愿命运女神深深地恋爱着你;凭着她的无边的法力,使你的敌人的剑每击不中！勇敢的将军，愿胜利伴随着你！

马歇斯　愿命运同样照顾着你！再见。

拉歇斯　英勇绝伦的马歇斯！（马歇斯下。）去，在市场上吹起你的喇叭来；召集全城的官吏，让他们明白我们的意旨。去！（各下。）

第六场　考密涅斯营帐附近

考密涅斯率军队自前线退却。

考密涅斯　弟兄们，休息一会儿；你们打得不错。我们没有失去罗马人的精神，既不愚蠢地作无益的牺牲，在退却的时候，也没有露出怯懦的丑态。相信我，诸位，敌人一定还要向我们进攻。我们正在激战的时候，可以断断续续地听到从风里传来的我们友军和敌人激战的声音。罗马的神明啊！愿你们护佑他们获得胜利，正像我们希望自己获得胜利一样；当我们含笑相遇的时候，我们一定会向你们呈献感谢的祭礼。

一使者上。

考密涅斯　你带什么消息来了？

使　者　科利奥里的市民从城里蜂拥而出，和拉歇斯、马歇斯两人的军队交战；我看见我们的军队被他们击退，就离开那儿了。

考密涅斯　你的话虽然是真，却不是好消息。那是多久以前的事？

使　者　一个多钟头了，元帅。

考密涅斯　一共不到一英里路，我们曾经听到过一阵短促的鼓声；你怎么一英里路要走一个钟头，到现在才把这消息送来？

使　者　伏尔斯人的探子跟住了我，我不得不绕圈子走了三四英里路；要不然的话，元帅，我在半点钟以前早就把消息送来了。

考密涅斯　那边来的是谁？瞧他的样子，好像碰见过强盗一般。哎哟！他的神气有点儿像马歇斯；我从前也见过他这副模样的。

马歇斯　（在内）我来得太迟了吗？

考密涅斯　正像牧羊人听见雷声就知道它不是鼓声一样，我一听见马歇斯讲话的声音，就知道那不会是一个卑微的人在讲话。

马歇斯上。

马歇斯　我来得太迟了吗？

考密涅斯　是的，要是你身上染着的不是别人的血，而是你自己的血，那么你是来得太迟了。

马歇斯　啊！让我用就像我求婚时候一样坚强的胳臂拥抱你，让我用花烛送我们进入洞房的时候那样喜悦的心拥抱你！

考密涅斯　战士中的英华！泰特斯·拉歇斯怎样啦？

马歇斯　他正在忙得像一个法官一样：把有的人处死、有的人放逐、有的人罚款，有的人得到了赦免，有的人受到了警告；科利奥里已经隶属于罗马的名义之下，像一头用皮带束住的摇尾乞怜的猎狗，不怕它逃到哪儿去了。

考密涅斯　告诉我说他们已经把你们击退的那个奴才呢？他到哪儿去了？叫他来。

马歇斯　不要责骂他；他并没有虚报事实。可是我们的那些士兵——死东西！他们还要护民官！——他们见了比他们自己更不中用的家伙，也会逃得像耗子见了猫儿似的。

考密涅斯　可是你们怎么会得胜呢？

马歇斯　现在还有时间讲话吗？敌人呢？你们是不是已经占到优势？倘若不是，那么你们为什么停了下来？

考密涅斯　马歇斯，我们因为实力不及敌人，所以暂避锋芒，以退为进。

马歇斯　他们的阵地布置得怎样？你知道他们的主力是在哪一

方面？

考密涅斯　照我的推测，马歇斯，他们的先锋部队是他们最信任的安息地方部队，统辖他们的将领就是他们全军希望所寄的奥菲狄乌斯。

马歇斯　为了我们过去并肩作战的历次战役，为了我们共同流过的血，为了我们永矢友好的盟誓，我请求你立刻派我去向奥菲狄乌斯和他的安息地方部队挑战；让我们不要坐失时机，赶快挺起我们的刀剑枪矛来，就在这一小时内和他们决一胜负。

考密涅斯　我虽然希望用香汤替你沐浴，用油膏敷擦你的伤痕，可是我决不敢拒绝你的请求；请你自己选择一队最得力的人马带领前去吧。

马歇斯　只要是有胆量跟我去的，就是我所要选择的人。我相信在这儿一定有喜欢像我身上所涂染的这种油彩的人；我也相信在这儿一定有畏惧恶名甚于生命危险的人；我更相信在这儿一定有认为蒙耻偷生不如慷慨就义、祖国的荣誉胜过个人幸福的人：要是在你们中间有一个这样的人，或是有许多人都抱着这样的思想，就请挥起剑来！跟随马歇斯去。（众人高呼挥剑，将马歇斯举起，脱帽抛掷）啊！只有我一个人吗？你们把我当作你们的剑吗？要是这不单单是形式上的表示，那么你们中间哪一个人不可以抵得过四个伏尔斯人？哪一个人不可以举起坚强的盾牌来，抵御伟大的奥菲狄乌斯？谢谢你们全体，可是我只要选择一部分人就够了；其余的必须静候号令，在别的战争里担起你们的任务来。现在请大家开步前进，我要立刻挑选那些最胜任的人。

考密涅斯　前进，弟兄们；把你们所表示的雄心壮志付诸实践，你们将和我们分享一切。（同下。）

第七场　科利奥里城门

泰特斯·拉歇斯在科利奥里布防完毕后，率兵士及鼓角等出城往考密涅斯及马歇斯处会合，一副将及一探子随上。

拉歇斯　就是这样；各个城门都要用心防守，按照我的命令行事，不可怠忽职务。要是我差人来，你就传令这些队伍开拔赴援，留少数人暂时驻守：要是我们在战场上失败了，这一个城也是守不住的。

副　将　我们一定尽我们的责任，将军。

拉歇斯　去，把城门关上。带路的人，来，领我们到罗马军队的阵地上去。（各下。）

第八场　罗马及伏尔斯营地之间的战场

号角声；马歇斯及奥菲狄乌斯自相对方向上。

马歇斯　我只要跟你厮杀，因为我恨你比恨一个背约的人还厉害。

奥菲狄乌斯　我也同样恨你；没有一条非洲的毒蛇比你的名誉和狠毒更使我憎恨。站定你的脚跟。

马歇斯　要是谁先动脚跑，让他做对方的奴隶而死去，死后永远不得超生！

奥菲狄乌斯　马歇斯，要是我逃走，你就把我当作一头兔子一样呼唤。

马歇斯　塔勒斯，过去三小时以内，我独自在你们科利奥里城里奋战，所向无敌；你看见我脸上所涂着的，不是我自己的血；你要是不服气的话，快来跟我拼命吧。

奥菲狄乌斯　即使你就是你们所夸耀的老祖宗赫克托自己，我今天也不放你活命。（二人交战，若干伏尔斯人趋前援助奥菲狄乌斯。）你们这些多事的、没有勇气的东西，谁要你们来帮我，丢我的脸。（马歇斯驱众人入内且战且下。）

第九场　罗马营地

号角声；吹归营号；喇叭奏花腔。考密涅斯及罗马兵士一队自一方上，马歇斯以巾裹臂伤，率另一队罗马兵士自另一方上。

考密涅斯　要是我向你追叙你这一天来的工作，你一定不会相信你自己所干的事。可是我要回去向他们报告，让那些元老们的喜笑里掺杂着眼泪；让那些贵族们耸肩倾听，终于赞叹；让那些贵妇们惊怖失色，欢喜战栗，要求再闻其详；让那些麻木不仁、和顽固的平民一鼻孔出气、痛恨着你的尊荣的护民官们，也不得不违背他们的本心，说："感谢神明，我们罗马有这样一位军人！"

泰特斯·拉歇斯率所部兵士追踪而至。

拉歇斯　啊，元帅，这儿才是一匹骏马，我们都不过是些鞍鞯韁勒；要是你看见——

马歇斯　请你别说了。当我的母亲赞美我的时候，我就会心中不安，虽然她是有夸扬她自己骨肉的特权的。我所做的事情不过跟你们所做的一样，各人尽各人的能力；我们的动机也只有一个，大家都是为了自己的国家。谁只要克尽他良心上的天职，他的功劳就应该在我之上。

考密涅斯　你的功劳是不能埋没的；罗马必须知道她自己的健儿的价值。隐蔽你的勋绩，比偷窃诽谤的罪恶更大。所以我请求你，为了表扬你的本身，不是酬答你的辛劳，听我在全军将士面前说几句话。

马歇斯　我身上的剑痕尚新，它们听见人家提起它们的时候，就会作痛的。

考密涅斯　它们不应该因此作痛；它们只会因忘恩负义而溃烂，因死亡而治愈。在我们所虏获的无数强壮的战马之中，在我们从战地上和城中所搜得的一切珍宝财物之中，我们把十分之一分送给你；你可以在当众分配的时候，凭你自己的意思挑选。

马歇斯　谢谢你，元帅；可是我不能同意让我的剑受人贿赂。恕我拒绝你的盛情；我愿意和参与这次战役的人受同等的待遇。（喇叭奏长花腔；众高呼“马歇斯！马歇斯！”抛掷帽、枪；考密涅斯、拉歇斯脱帽立）愿这些被你们亵渎的乐器不再发出声音！当战地上的鼓角变成媚人的工具的时候，让宫廷和城市里都充斥着口是心非的阿谀趋奉吧！快别这样了！我只是没有洗净我流血的鼻子，我只是打败了几个孱弱的家伙，这是这儿的许多弟兄都跟我同样干过的事，虽然没有人注意到他们；你们就这样把我过分吹捧，好像我喜欢让我这一点儿微功薄能，用掺和着谎语的赞美大加渲染似的。

考密涅斯　你太谦虚了；你不但蔑视我们对你的至诚的称颂，尤其对于你自己的美好的声名，也未免过于苛刻。请不要见怪，要是你会对你自己动怒，那么我们要把你当作一个危险人物一样，替你加上镣铐，然后放胆跟你辩论。让全世界知道，卡厄斯·马歇斯戴着这一次战争的荣冠，为了纪念他的功勋，我送给他我这一匹全军知名的骏马，以及它所附带的一切装具；从今以后，为了他在科利奥里所建树的奇功，在我们全军欢呼声中，他将被称为卡厄斯·马歇斯·科利奥兰纳斯！让他永远光荣地戴上这一个名字！

众　人　卡厄斯·马歇斯·科利奥兰纳斯！（喇叭奏花腔；鼓角齐鸣。）

科利奥兰纳斯　我要去洗个脸；等我把脸洗净以后，你们就可以看见我有没有惭愧的颜色。可是我谢谢你们。我准备跨上你的骏马，尽我所有的能力，永远保持着你们加于我的美名。

考密涅斯　好，我们回营去；在我们解甲安息以前，还要先给罗马去信，报告我们的胜利。泰特斯·拉歇斯,你必须回到科利奥里,叫他们派代表到罗马去,为了彼此双方的利益,和我们商订议和的条款。

拉歇斯　是,元帅。

科利奥兰纳斯　天神要开始讥笑我了。我刚才拒绝了最尊荣的礼物,现在却不得不向元帅请求一个小惠。

考密涅斯　无论什么要求,我都可以允许你。你说吧。

科利奥兰纳斯　我从前曾经在这儿科利奥里城里向一个穷汉借宿过一宵,他招待我非常殷勤。我看见他已经成为我们的俘虏,他见了我就向我高呼求助;可是因为那时奥菲狄乌斯在我的眼前,愤怒吞蚀了我的怜悯!我没有理会他;请您让我的可怜的居停主人恢复自由吧。

考密涅斯　啊!这是一个很好的请求!即使他是杀死我儿子的凶手,我也要让他像风一样自由。泰特斯,把他放了。

拉歇斯　马歇斯,他的名字呢?

科利奥兰纳斯　天哪!我忘了。我很疲倦;嗯,我懒得记忆。我们这儿没有酒吗?

考密涅斯　我们回营去。你脸上的血也干了;我们应当赶快替你调护调护。来。(同下)

第十场　伏尔斯人营地

喇叭奏花腔;吹号筒。塔勒斯·奥菲狄乌斯流血上,二、三兵士随上。

奥菲狄乌斯　我们的城市被占领了!

兵士甲　只要条件讲得好,他会还给我们的。

奥菲狄乌斯　条件!把自己的命运听任他人支配的一方,还会有什么好条件!马歇斯,我已经跟你交战过五次了,五次我都被你打败要是我们相会的次数就像吃饭的次数一样多,我相信你也会每次把我打败的。天地为证,要是我再有机会当面看见他,不是我杀死他,就是他杀死我。我对他的敌视已经使我不能再顾全我的荣誉;因为我既不能堂堂正正地以剑对剑,用同等的力量取胜他,凭着愤怒和阴谋,也要设法叫他落在我的手里。

兵士甲　他简直是个魔鬼。

奥菲狄乌斯　他比魔鬼还大胆,虽然没有魔鬼狡猾。他使我的勇气受到了毁损;我的怨毒一见了他,就会自己飞出来。不论在他睡觉、害病或是解除武装的时候,不论在圣殿或神庙里,不论在教士的祈祷或在献祭的时辰,所有这一切阻止复仇的障碍,都不能运用它们陈腐的特权和惯例,禁止我向马歇斯发泄我的仇恨。要是我在无论什么地方找到了他,即使他是在我自己的家里,在我的兄弟的保护之下,我也要违反好客的礼仪,在他的胸膛里洗我的凶暴的手。你们到城里去探听探听敌人占领的情形,以及将要到罗马去做人质的是哪一些人。

兵士甲　您不去吗?

奥菲狄乌斯　我在柏树林里等着,它就在磨坊的南面;请你探到了外边的消息以后,就到那儿告诉我,让我可以决定应当怎样走我的路。

兵士甲　是,将军。(各下。)

第二幕

第一场　罗马。广场

米尼涅斯、西西涅斯及勃鲁托斯上。

米尼涅斯　占卜的人告诉我，我们今晚将有消息到来。

勃鲁托斯　好消息还是坏消息？

米尼涅斯　这消息不是人民所希望听到的，因为他们对马歇斯没有好感。

西西涅斯　畜生也知道谁是他们的友人。

米尼涅斯　请问，狼喜欢什么？

西西涅斯　羔羊。

米尼涅斯　对了，因为它可以吃它，正像那些饥饿的平民恨不得把尊贵的马歇斯吃下去一般。

勃鲁托斯　他真是一头羔羊！吼起来却像一头熊。

米尼涅斯　他真是一头熊！却过着羔羊一般的生活。你们两位都是老人家了；让我问你们一件事情，请你们告诉我。

西西涅斯
勃鲁托斯　好，你说。

米尼涅斯　马歇斯究竟有些什么重大的缺点；这种缺点是不是也可以从你们两位身上同样找出许多来呢？

勃鲁托斯　任何缺点他都不缺少，所有的缺点他都齐备。

西西涅斯　尤其是骄傲。

勃鲁托斯　他的自负更可以凌越一切。

米尼涅斯　这可奇了。你们两位知道我们这城里的人，我的意思是说，我们在军中有地位的人怎样批评你们吗？

西西涅斯
勃鲁托斯　他们怎样批评我们？

米尼涅斯　因为你们现在说起骄傲——你们不会生气吗？

西西涅斯
勃鲁托斯　好，好，你说吧。

米尼涅斯　好，那也没有什么关系；因为本来就是芝麻大的一点小事，也会使你们大发脾气的。把你们的火性耐一耐；要是你们一定要动怒！那也随你们的便。你们怪马歇斯太骄傲吗？

勃鲁托斯　这不单是我们两人的意见。

米尼涅斯　我知道单单凭着你们两个人，是再也干不出什么大事情来的；你们的助手太多了，否则你们的行动就会变成非常简单；你们的能力太幼稚了，只好因人成事。你们说起骄傲；啊！要是你们能够转过眼睛来看看你们自己的背后，把你们自己反省一下！啊，要是你们能够！

勃鲁托斯　那便怎样呢？

米尼涅斯　那时候你们就可以看见一双全罗马最骄傲狂妄、无功受禄的官儿，换句话说，全罗马一对最大的傻瓜。

西西涅斯　米尼涅斯，谁都知道你是个怎样的人。

米尼涅斯　谁都知道我是个喜欢说说笑话的贵族，也喜欢喝杯不掺水的热酒；家说我有点先入为主，太容易大惊小怪；我喜欢作长夜之宴，不高兴日出而作；想到什么就要说出来，不让一些芥蒂留在心里。碰到像你们这样的两位贵人——恕我不能称你们为圣人——要是你们给我喝的酒不合我的口味，我就会向它扮鬼脸！要是你们所发表的高论，大部分都是些驴子叫，我也不敢恭维你们讲得不错；虽然人家要是说你们是两位尊严可敬的长者，我也只好不去跟他们争论，可是谁说你们长着很好的相貌，就是说了一个大谎。你们要是从我的为人里看出这一点，就算你们了解我了吗？即使算你们了解了我，那么以你们昏瞶的眼光，又能从我的这种品性里看出什么缺点来呢？

勃鲁托斯　算了，算了，我们了解你是个怎样的人。

米尼涅斯　你们既不了解我，也不了解你们自己，你们什么都不了解。只要那些苦人们向你们脱帽屈膝，你们就觉得踌躇满志。你们费去整整的一个大好下午，审判一个卖橘子的女人跟一个卖塞子的男人涉讼的案件，结果还是把这场三便士的官司宣布延期判决。当你们正在听两方辩论的时候，要是突然发起疝气痛来，你们就会现出一脸的怪相，暴跳如雷，一面连声喊拿便壶来，一面斥退两方，好好一件案子，给你们越审越糊涂；纠纷没有解决，两下里只是挨你们骂了几声浑蛋。你们真是一对奇怪的宝贝。

勃鲁托斯　算了，算了，大家都知道你在筵席上是一个嬉笑怒骂的好手，在议会里却是一个毫无用处的人物。

米尼涅斯　我们的教士们见了你们这种荒唐的家伙，也会忍不住把你们嘲笑。你们讲得最中肯的时候，那些话也不值得你们挥动你们的胡须；讲到你们的胡须，那么还不配塞在一个拙劣的椅垫或是驴子的驮鞍里。可是你们一定要说马歇斯是骄傲的；按照最低的估计，他也抵得过你们所有的老前辈合起来的价值，虽然他们中间有几个最有名的人物也许是世代相传的刽子手。晚安，两位尊驾；你们是那群畜类一般的平民的牧人，我再跟你们谈下去，我的脑子也要沾上污秽了；恕我失礼少陪啦。（勃鲁托斯、西西涅斯退至一旁。）

伏伦妮娅,维吉利娅及凡勒利娅上。

米尼涅斯　啊,我的又美丽又高贵的太太们,月亮要是降下尘世;也不会比你们更高贵;请问你们这样热烈地在望着什么?

伏伦妮娅　正直的米尼涅斯,我的孩子马歇斯来了;为了天后朱诺的爱,让我们去吧。

米尼涅斯　哈!马歇斯回来了吗?

伏伦妮娅　是的,尊贵的米尼涅斯,他载着胜利的荣誉回来了。

米尼涅斯　让我向您脱帽致敬,朱庇特,我谢谢您。呵!马歇斯回来了!

伏伦妮娅
维吉利娅　是的,他真的回来了。

伏伦妮娅　瞧,这儿是他写来的一封信。他还有一封信给政府,还有一封给他的妻子;我想您家里也有一封他写给您的信。

米尼涅斯　我今晚要高兴得把我的屋子都掀翻了。有一封信给我!

维吉利娅　是的,真的有一封信给您;我看见的。

米尼涅斯　有一封信给我!读了他的信可以使我年不害病,在这七年里头,我要向医生撇嘴唇;比起这一味延年却病的灵丹来,药经里最神效的药方也只算江湖医生的草头方,只好胡乱给马儿治治病。他没有受伤吗?他每一次回来的时候,总是负着伤的。

维吉利娅　啊,不,不,不。

伏伦妮娅　啊!他是受伤的,感谢天神!

米尼涅斯　只要受伤不厉害,我也要感谢天神。他把胜利放进他的口袋里了吗?受了伤才更可以显出他的英雄。

伏伦妮娅　他把胜利高悬在额角上,米尼涅斯;他已经第三次戴着橡叶冠回来了。

米尼涅斯　他已经把奥菲狄乌斯痛痛快快地教训过了吗?

伏伦妮娅　泰特斯·拉歇斯信上说他们曾经交战过，可是奥菲狄乌斯逃走了。

米尼涅斯　的确，他也只好逃走；否则，即使有全科利奥里城里的宝柜和金银，我也根本不会再提起这个奥菲狄乌斯的名字的。元老院有没有知道这一个消息？

伏伦妮娅　两位好夫人，我们去吧。是的，是的，是的，元老院已经得到元帅的来信，他把这次战争的全部功劳归在我的儿子身上。他这一次的战功的确比他以前各次的战功更要超过一倍。

凡勒利娅　真的，他们都说起关于他的许多惊人的作为。

米尼涅斯　惊人的作为！嘿，我告诉你吧，这些都是他凭着真本领干下来的呢。

维吉利娅　愿天神默佑那些话都是真的！

伏伦妮娅　真的！还会是假的不成？

米尼涅斯　真的！我可以发誓那些话都是真的。他什么地方受了伤？（向西西涅斯、勃鲁托斯）上帝保佑两位尊驾！马歇斯回来了；他有更多可以骄傲的理由啦。（向伏伦妮娅）他什么地方受了伤？

伏伦妮娅　肩膀上，左臂上；当他在民众之前站起来的时候，他可以把很大的伤疤公开展示哩。在击退塔昆这一役中间，他身上有七处受伤。

米尼涅斯　颈上一处，大腿上两处，我知道一共有九处。

伏伦妮娅　在这一次出征以前，他全身一共有二十五处伤痕。

米尼涅斯　现在是二十七处了；每一个伤口都是一个敌人的坟墓。（内欢呼声，喇叭奏花腔。）听！喇叭的声音！

伏伦妮娅　这是马歇斯将要到来的预报。凡是他所到之处，总是震响着雷声；他经过以后，只留下一片汪洋的泪海；在他壮健的臂腕里躲藏着幽冥的死神；只要他一挥手，人们就丧失了生命。

喇叭奏花腔。考密涅斯及泰特斯·拉歇斯拥科利奥兰纳斯戴橡叶冠上，将校、兵士及一传令官随上。

传令官　罗马全体人民听着：马歇斯单身独力，在科利奥里城内奋战；他已经在那里赢得了一个光荣的名字，在卡厄斯·马歇斯之后，加上科利奥兰纳斯的荣称。欢迎您到罗马来，著名的科利奥兰纳斯！（喇叭奏花腔。）

众　人　欢迎您到罗马来，著名的科利奥兰纳斯！

科利奥兰纳斯　快别这样；我不喜欢这一套。请你们免了吧。

考密涅斯　瞧，将军，您的母亲！

科利奥兰纳斯　啊！我知道您为了我的胜利，一定已经祈祷过所有的神明。（跪下。）

伏伦妮娅　不，我的好军人，起来；我的善良的马歇斯，尊贵的卡厄斯，还有你那个凭着功劳博得的新的荣名——那是怎么叫的？——我必须称呼你科利奥兰纳斯吗？——可是啊！你的妻子！——

科利奥兰纳斯　我的静默的好人儿，愿你有福！你这样泪流满面地迎接我的凯旋，要是一具棺材装着我的尸骨回来，你倒会含笑吗？啊！我的亲爱的，科利奥里的寡妇和失去儿子的母亲，她们的眼睛也哭得像你一样。

米尼涅斯　愿天神替你加上荣冠！

科利奥兰纳斯　你还活着吗？（向凡勒利娅）啊，我的好夫人，恕我失礼。

伏伦妮娅　我不知道应当转身向什么地方。啊！欢迎你们回来！欢迎，元帅！欢迎，各位将士！

米尼涅斯　十万个欢迎！我也想哭，也想笑；我的心又轻松又沉重。欢迎！谁要是不高兴看见你，愿诅咒咬啮着他的心！你们是应当被罗马所眷爱的三个人；可是凭着人类的忠心起誓，在我们的城市里却有几棵老山楂树，它们的口味是和你们不同的。可是欢迎，战士们！是荨麻我们就叫它荨麻，傻瓜们的错处一言以蔽之，其名为愚蠢。

考密涅斯　你说得有理。

科利奥兰纳斯　米尼涅斯，这是永远的真理。

传令官　站开，站开！

科利奥兰纳斯　（向伏伦妮娅、凡勒利娅）让我吻您的手，再让我吻您的。在我还没有回到自己家里去以前，我必须先去访问那些贵族们；他们不但给我欢迎，而且还给我新的光荣。

伏伦妮娅　我已经活到今天，看见我的愿望——实现，我的幻想构成的美梦成为事实；现在只有一个愿望还没有满足，可是我相信我们的罗马一定会把它加在你的身上的。

科利奥兰纳斯　好妈妈，您要知道，我宁愿照我自己的意思做他们的仆人，不愿擅权弄势，和他们在一起做主人。

考密涅斯　前进，到议会去！（喇叭奏花腔；吹号筒。众列队按序下；西西涅斯、勃鲁托斯留场。）

勃鲁托斯　所有的舌头都在讲他，眼光昏花的老头子也都戴了眼镜出来瞧他；饶舌的乳媪因为讲他讲得出了神，让她的孩子在一旁啼哭；灶下的丫头也把她最好的麻巾裹在她那油腻的颈上，爬上墙头去望他；马棚里、阳台上、窗眼里，全都挤满了，水沟里、田塍上，也都站满着各色各样的人，大家争先恐后地想看一看他的脸；难得露脸的祭司也在人丛里挤来挤去，跟人家占夺一个地位；蒙着面罩的太太奶奶们也让她们用心装扮过的面庞去接受阳光的热吻，吻得一块红、一块白的；真是热闹极了，简直像把他当作了一尊天神的化身似的。

西西涅斯　我说，他这次一定有做执政的希望。

勃鲁托斯　那么当他握权的时候，我们只好无所事事了。

西西涅斯　他初握政权，地位还不能巩固，可是他将要失去他已得的光荣。

勃鲁托斯　那就好了。

西西涅斯　你放心吧，我们所代表的平民，本来对他抱着恶感，只要为了些微细故，就会忘记他新得的光荣，凭着他这副骄傲的脾气，我相信他一定会干出一些不慊人意的事来。

勃鲁托斯　我听见他发誓说，要是他被推为执政，他决不到市场上去，也不愿穿上表示谦卑的粗衣；他也不愿按照习惯，把他的伤痕袒露给人民看，从他们恶臭的嘴里求得同意。

西西涅斯　正是这样。

勃鲁托斯　他是这样说的。啊！他宁愿放弃执政的地位，也不愿俯从绅士贵族们的请求去干这样的事。

西西涅斯　我但愿他坚持着这样的意思，把它见之实施。

勃鲁托斯　他大概会这么干的。

西西涅斯　要是真的这样，那么正像我们所希望的，他的崩溃一定无可避免了。

勃鲁托斯　他要是不倒，我们的权力也要动摇。为了促成他的没落，我们必须让人民知道他一向对于他们怀着怎样的敌意；要是他掌握了大权，他一定要把他们当作骡马一样看待，压制他们的申诉，剥夺他们的自由；认为他们的行动和能力是不适宜于处理世间的事务的，正像战争的时候用不着骆驼一样；豢养他们的目的，只是要他们担负重荷，要是他们在重负之下压得爬不起来，一顿痛打便是给他们的赏赐。

西西涅斯　只要给他一点刺激，他的傲慢不逊的脾气，一定会向人民发泄出来，正像促使一群狗去咬绵羊一样容易；那时候你这一番话就等于点在干柴上的一把烈火，那火焰可以使他的声名从此化为灰烬。

一使者上。

勃鲁托斯　有什么事？

使　者　请两位大人到议会里去。人家都以为马歇斯将要做执政。我看见聋子围拢来瞧他，瞎子围拢去听他讲话；当他一路经过的时候，中年的妇女向他挥手套，年轻的姑娘向他挥围巾手帕；贵族们见了他，像对着乔武的神像似的鞠躬致敬，平民们见了他，都纷纷掷帽；欢声雷动；我从来没有见过这样的景象。

勃鲁托斯　我们到议会去吧。让我们一面用耳朵和眼睛留心着眼前的情势，面用我们的心思想着未来的意图。

西西涅斯　那么请了。（同下。）

第二场　同前。议会

二吏役上，铺坐垫。

吏　甲　来，来，他们快要来了。有多少人竞争执政的位置？

吏　乙　他们说有三个人；可是谁都以为科利奥兰纳斯一定会当选。

吏　甲　他是个好汉子；可是他太骄傲了，对于平民也没有好感。

吏　乙　老实说一句，有许多大人物尽管口头上拼命讨好平民，心里却一点不喜欢他们；也有许多人喜欢了一个人，却不知道为什么要喜欢他，他们既然会莫名其妙地爱他，也就会莫名其妙地恨他。所以科利奥兰纳斯对于他们的爱憎漠不关心，正可以表示他真正了解他们的性格；他也由他们去看得一清二楚，满不在意。

吏　甲　要是他对于他们的爱憎漠不关心，那么他既不会有心讨好他们，也不会故意冒犯他们；可是他对他们寻衅的心理，却比他们对他仇恨的心理更强，凡是可以表明他是他们的敌人的事实，他总是不加讳饰地表现出来。像这样有意装出敌视人民的态度，比起他所唾弃的那种取媚人民以求得他们欢心的手段来，同样是不足为法的。

吏　乙　他替国家立下了极大的功劳；他的跻登高位，绝不像那些毫无寸尺之功、单凭着向人民曲意逢迎的手段滥邀爵禄的人们那样容易；他的荣誉彪炳在他们的眼前，他的功业铭刻在他们的心底，他们要是不作一声，否认这一切，那就是忘恩负义；要是颠倒是非，混淆黑白，那就是恶意中伤。

吏　甲　别讲他了；他是一个可尊敬的人。让开，他们来了。

喇叭奏花腔。侍卫官前导，考密涅斯（执政）米尼涅斯、科利奥兰纳斯、众元老、西西涅斯、勃鲁托斯同上；元老及护民官依次就座。

米尼涅斯　我们已经决定处置伏尔斯人的办法，并且决定召唤泰特斯·拉歇斯回来，剩下来要在这一次会议里决定的主要的问题，就是怎样酬报我们这一位为国宣劳的英雄。所以，各位尊严的元老们，请你们要求现任执政，也就是领导我们得到这一次胜利的主帅，略为向我们报告一些卡厄斯·马歇斯·科利奥兰纳斯所造成的英勇的伟绩，让我们可以按照他实际的功劳向他表示我们的感谢，并且用适当的尊荣褒奖他。

元老甲　说吧，好考密涅斯；不要因为怕叙述太长而忽略了什么，宁可让我们觉得国家酬庸有功太菲薄，不要使我们觉得政府的爵禄失之过滥。（向西西涅斯、勃鲁托斯）两位人民的代表，请你们耐心静听，当我们决定了一个结果以后，还要有劳你们向民众传达我们的意见，征求他们善意的同情。

西西涅斯　我们这次为了通过一个满意的条约而集会，在欣慰之余，我们是很愿意给我们这位英雄不次的荣迁的。

勃鲁托斯 要是他能够把他一向对人民的看法稍微改善一点，那么我们一定可以赞同。

米尼涅斯 不要说到题外去；我希望你还是不要开口的好。你们愿意听考密涅斯说话吗？

勃鲁托斯 当然愿意；可是我的劝告却要比您的责备恰当一些哩。

米尼涅斯 他喜爱你们的人民；可是不要硬叫他和他们睡在一个床上。尊贵的考密涅斯，说吧。（科利奥兰纳斯起立欲去。）不，您坐下。

元老甲 坐下，科利奥兰纳斯；不要因为听到你自己所做的光荣的事情而惭愧。

科利奥兰纳斯 请诸位原谅，我宁愿让我的伤痕消失了形迹，不愿听人家讲起我得到它们时的情形。

勃鲁托斯 将军，我希望您不是因为听了我的话，所以不安于席的。

科利奥兰纳斯 不，可是往往打击使我停留，空言却使我逃避。你的话都是不关痛痒的。至于你的人民，我只能按照他们的价值来喜爱他们。

米尼涅斯 请坐下来吧。

科利奥兰纳斯 我宁愿在赴战的号角吹响的时候，让人家在太阳底下搔我的头颅，不愿呆坐着听人家把我的一些不足道的小事信口夸张。（下）

米尼涅斯 两位人民代表，你们现在已经看见他宁愿用他全身的力量去追求荣誉，不愿分出一小部分的精神来听人家的赞美，他怎么能够向你们那些一千个中间难得有一个好人的芸芸众生浪费他的谀辞呢？说吧，考密涅斯。

考密涅斯 我的声音太微弱了，不够叙述科利奥兰纳斯的功绩。勇敢是世人公认的最大美德。有勇的人是最值得崇敬的；要是我们可以这么说，那么我现在所要说起的这一个人，在全世界简直找不出一个可以和他抗衡的人物。当塔昆举兵向罗马侵犯的时候，他还只有十六岁，就已经在战场上崭露头角，表现他过人的神勇；我们当时的执政亲眼看见那些鬑鬑多须的大汉被白皙韶秀的他追赶得没命奔逃。他跨过了一个被压倒在地上的罗马人的身体，当着执政的面前，手刃了三个敌人；塔昆也和他亲自对垒，被他打了下来。在那一天的战绩里，他本来可以做一个怯懦不前的妇女，但他证明了自己是战场上顶勇敢的男子，为了旌扬他的功勋，他的额上被加上了橡叶的荣冠。这样他从一个新列戎行的孺子，变成一个能征惯战的健儿，他的与日俱增的勇敢，像大海一样充沛，在前后十七次战役之中，战无不胜，攻无不克。讲到最近这一次在科利奥里城前和城中的鏖战，那么我可以说，我的言辞是无法给他适当的赞美的；他阻止了奔逃的败众，用他惊人的榜样，扫去了懦夫心中的恐惧；正像水草当着一艘疾驶的帆船一样，他的剑光挥处，人们不是降服就是死亡，谁要是碰着他的锋刃，再也没有活命的希望；从脸上到脚上，他浑身都染着血，他的每一个行动，都伴随着绝命的哀号；他一个人闯进了密布着死亡的城里用他操纵着死生的铁手染红了城门，然后他又单身脱围而出，带着一队生力军，像一颗彗星似的向科利奥里突击。他已经大获全胜；但战争的喧声又开始刺激他敏锐的感觉，于是他兼人的精力又使他忘却了身体的疲劳，他立刻再上战场，在那里奔走驰突，杀人如麻，好像这是一场永无休止的掠夺一样；直到我们把城郊全部占领以后，他不曾有一刻站定喘息的时间。

米尼涅斯　了不得的英雄！

元老甲　我们所准备给他的光荣，他是受之无愧的。

考密涅斯　他拒绝我们分给他的战利品，把一切珍贵的宝物视同粪土；他的欲望比吝啬者的度量更小；行为的本身便是他给自己的酬报。

米尼涅斯　他是个高贵的人物；快去请他来。

元老甲　请科利奥兰纳斯来。

警吏　他来了。

科利奥兰纳斯重上。

米尼涅斯　科利奥兰纳斯，元老们很愿意举你做执政。

科利奥兰纳斯　我愿意永远为他们尽忠效命。

米尼涅斯　现在还有一步手续必须履行，您应该向人民说几句话。

科利奥兰纳斯　请你们宽免我这一项例行的手续，因为我不能披上粗布的长衣，裸露着身体，请求他们为了我的伤痕的缘故，接受我做他们的执政。请你们不要让我干这种事吧。

西西涅斯　将军，人民必须表示他们的意见；他们也决不愿变更规定的仪式。

米尼涅斯　不要激怒他们；您还是遵照着习惯，像前任的那些人一样，用合法的形式取得您的地位吧。

科利奥兰纳斯　要我扮演这一幕把戏，我一定要脸红，我看还是免了吧。

勃鲁托斯　（向西西涅斯旁白）你听见吗？

科利奥兰纳斯　向他们夸口，说我做过这样的事，那样的事；把应当藏匿起来的没有痛楚的伤疤给他们看，好像我受了这些伤，只是为了换得他们的一声赞叹！

米尼涅斯　不要固执着这一点。两位护民官，请你们向民众传达我们的意志。愿我们尊严的执政享有一切快乐和光荣！

众元老　愿一切快乐和光荣降于科利奥兰纳斯！（喇叭奏花腔；除西西涅斯、勃鲁托斯外均退场。）

勃鲁托斯　你知道他将怎样对待人民。

西西涅斯　但愿他们知道他的用心！他将要用一种鄙夷不屑的态度

去请求他们,好像他从他们手里得到恩惠是一件耻辱。

勃鲁托斯　来,我们去把这儿的一切经过情形通知他们;我知道他们都在市场上等候着我们的消息。(同下)

第三场　同前。大市场

若干市民上。

市民甲　要是他请求我们的同意,我们可不能拒绝他。

市民乙　要是我们不能同意,我们可以拒绝他。

市民丙　我们有权利拒绝他,可是我们没有权利运用这一种权利;因为要是他把他的伤痕给我们看,把他的功绩告诉我们,我们的舌头就应当替他的伤痕说话,告诉他他的伟大的功绩已经得到我们慷慨的嘉纳。忘恩负义是一种极大的罪恶,忘恩负义的群众是一个可怕的妖魔;我们都是群众中间的一分子,都要变成这妖魔身上的器官肢体了。

市民甲　我可以举出一个小小的例子,证明我们在人家眼里正是这样一个东西:有一次我们为了要求谷物而鼓噪起来的时候!他自己曾经破口骂我们是多头的群众。

市民丙　许多人都这样称呼我们,不是因为我们的头发有的是褐色的,有的是黑色的,有的是赭色的,有的是光秃秃的,而是因为我们的思想是这么纷歧不一。我真的在想,要是我们各人所有的思想都从一个脑壳里发表出来,它们一定会有的往东,有的往西,有的往北,有的往南,四下里飞散开去。

市民乙　你这样想吗?你看我的思想会向哪一个方向飞?

市民丙　嘿,你的思想可不像别人的思想那样容易出来,因为它是牢牢地封在一个木头的脑壳里的;可是要是它得到了自由,它一定会飞到南方去。

市民乙　为什么飞到南方去?

市民丙　到南方去迷失在一阵大雾里,它的四分之三溶解在恶臭的露水里,剩下的四分之一因为良心上过意不去,仍旧转回来,帮助你娶一个妻子。

市民乙　你老这样开人家的玩笑;开吧,开吧。

市民丙　你们都决定对他表示同意吗?可是那也没有关系,最后的结果是要取决于大多数的意见的。我说,要是他愿意同情民众,那么从来不曾有过一个比他更胜任的人了。

科利奥兰纳斯披粗衣与米尼涅斯同上。

市民丙　他来了,还披着一件粗布的长衣。留心他的举止。我们不要大家在一起,或者一个人,或者两个人三个人,分别跑到他站立的地方。他必须征求个别的同意;我们每一个人都有他各自的权利,可以用我们自己的嘴向他表示我们各自的同意。所以大家跟我来吧,让我指导你们怎样走过他的身旁。

众　人　很好,很好。(市民等同下。)

米尼涅斯　啊,将军,您错了;您不知道最尊贵的人都做过这样的事吗?

科利奥兰纳斯　我应该怎么说?"求求你,先生,"——哼!我不能让我的舌头发出这种乞怜的调子。"瞧,先生,我的伤痕!当你们那些同胞们听见了自己军中的鼓声而惊呼逃走的时候,我因为为国尽劳,受了这么多伤。"

米尼涅斯　哎哟,天哪!您不能那样说;您必须请求他们想起您的功劳。

科利奥兰纳斯　想起我的功劳!哼!我宁愿他们把我忘记,正如他们把神父们的忠告也忘记了一样。

米尼涅斯　您会把事情弄坏的。我走了。请您好好地对他们说话。

科利奥兰纳斯　叫他们把脸洗一洗,把他们的牙齿刷干净。(米尼涅斯下)好,有一对来了。

二市民重上。

科利奥兰纳斯　先生,你们知道我为什么站在这儿吗?

市民甲　我们知道,将军;告诉我们您到这儿来的缘故。

科利奥兰纳斯　因为我自己的功劳。

市民乙　您自己的功劳!

科利奥兰纳斯　嗯,却不是我自己的意志。

市民甲　怎么不是您自己的意志?

科利奥兰纳斯　不,先生,我从来不愿意向穷人求乞。

市民甲　您必须明白,要是我们给了您什么东西,我们是希望从您身上得到一点好处的。

科利奥兰纳斯　好,那么我要请问,向你们讨一个执政作要多少价钱?

市民甲　那价钱就是您必须恭恭敬敬地请求。

科利奥兰纳斯　恭恭敬敬!先生,我请求你们,让我做执政吧;你们要是想看我的伤痕,我愿意在隐僻一点的地方给你们看。请你们给我同意吧,先生;你们怎么说?

市民乙　您可以得到我们的同意,尊贵的将军。

科利奥兰纳斯　一言为定,先生。我已经讨到两个尊贵的同意了。谢谢你们的布施;再见。

市民甲　可是这有点儿古怪。

市民乙　要是已经出口的话可以收回——可是那也算了。(二市民下。)

其他二市民重上。

科利奥兰纳斯　我请求你们，现在我已经按照习惯，披上这一件衣服了，你们能够允许我做执政吗？

市民丙　您虽然有功国家，可是不负众望。

科利奥兰纳斯　请教？

市民丙　您鞭笞罗马的敌人，也鞭笞罗马的友人；您对平民一向没有好感。

科利奥兰纳斯　您应该格外敬重我，因为我没有滥卖人情。先生，为了博取人民的欢心，我愿意向我这些誓同生死的同胞们谄媚，这是他们所认为温良恭顺的行为。既然他们所需要的，只是我的脱帽致敬，不是我的竭忠尽瘁，那么我可以学习一套卑躬屈节的本领，尽量向他们装腔作势；那就是说，先生，我要学学那些善于笼络人心的贵人，谁喜欢这一套，我可以大量奉送。所以我请求你们，让我做执政吧。

市民丁　我们希望您是我们的朋友，所以愿意给您诚心的赞助。

市民丙　您曾经为国家受了许多伤。

科利奥兰纳斯　你们既然已经知道，那我也用不着袒露我的身体向你们证明。我一定非常珍重你们的盛意，不再来麻烦你们了。

市民丙
市民丁　愿天神给您快乐，将军！（同下）

科利奥兰纳斯　最珍贵的同意！宁可死，宁可挨饿，也不要向别人求讨我们分所应得的酬报。为什么我要穿起这身毡布的外衣站在这儿，向每一个路过的人乞讨不必要的同意？习惯逼着我这样做；习惯怎样命令我们，我们就该怎样做，陈年累世的灰尘让它堆在那儿不加扫拭，高积如山的错误把公道正义完全障蔽。与其扮演这样的把戏，还不如索性把国家尊贵的名位赏给愿意干这种事的人。我已经演了半本，待我憋着这口气，演完那下半本吧。又有几个同意来了。

其他三市民重上。

科利奥兰纳斯　你们的同意！为了你们的同意，我和敌人作战；为了你们的同意，我经历十八次战争，受到二十多处创伤；为了你们的同意，我干下许多大大小小的事情。我要做执政；请你们给我同意吧。

市民戊　他曾经立过大功，必须让他得到每一个正直人的同意。

市民己　那么让他做执政吧。愿天神给他快乐，使他成为人民的好友！

众人　阿门，阿门。上帝保佑你，尊贵的执政！（市民等下。）

科利奥兰纳斯　尊贵的同意！

米尼涅斯偕勃鲁托斯、西西涅斯重上。

米尼涅斯　您已经忍受种种麻烦，这两位护民官将会向您宣布您已经得到人民的同意，现在您必须立刻到元老院去，接受正式的任命。

科利奥兰纳斯　事情完了吗？

西西涅斯　您已经按照惯例履行了请求同意的手续；人民已经接受了您，他们就要再召集一次会议，通过您的任命。

科利奥兰纳斯　什么地方？就在元老院吗？

西西涅斯　就在那儿，科利奥兰纳斯。

科利奥兰纳斯　我可以把这些衣服换下来了吗？

西西涅斯　您可以，将军。

科利奥兰纳斯　我就去换衣服；让我认识了我自己的本来面目以后，再到元老院来。

米尼涅斯　我陪您去。你们两位也跟我们一起走吗？

勃鲁托斯　我们还要在这儿等候民众。

西西涅斯　再见。（科利奥兰纳斯、米尼涅斯下）他现在已经拿稳了；从他的脸色看来，他心里好像在火一样烧着呢。

勃鲁托斯　他用一颗骄傲的心穿着他的卑贱的衣服。请你打发这些民众吧。

众市民重上。

西西涅斯　啊，各位朋友！你们已经选中这个人了吗？

市民甲　他已经得到我们的同意。

勃鲁托斯　我们祈祷神明，但愿他不要辜负你们的好意。

市民乙　阿门。照我的愚见观察，他在请求我们同意的时候，仿佛在讥笑我们。

市民丙　不错，他简直在辱骂我们。

市民甲　不，他说起话来总是这样的；他没有讥笑我们。

市民乙　除了你一个人之外，我们中间每一个人都说他用侮蔑的态度对待我们。他应该把他的功劳的印记，他为国家留下的伤痕给我们看。

西西涅斯　啊，那我相信他一定会给你们看的。

众　人　不，不，谁也没有瞧见。

市民丙　他说他有许多伤痕，可以在隐僻一点的地方给我们看。他这样带着轻蔑的神气挥舞着他的帽子，“我要做执政，”他说，“除非得到你们的同意，传统的习惯不会容许我；所以我要请求你们同意。”当我们答应了他以后，他就说：“谢谢你们的同意，谢谢你们最珍贵的同意；现在你们已经给我同意，我也用不着你们了。”这不是讥笑是什么？

西西涅斯　啊，到底是你们没有看见呢，还是你们已经看见了，却一味表示孩子气的好感，随便给了他同意？

勃鲁托斯　你们难道不会凭着你们所受的教训，对他说当他还没有掌握权力、不过是政府里一个地位卑微的仆人的时候，他就是你们的敌人,老是反对着你们的自由和你们在这共和国里所享有的特权吗?你们难道不会对他说,现在他登上了秉持国家大权的地位,要是他仍旧怀着恶意,继续做平民的死敌,那么你们现在所表示的同意,不将要成为你们自己的诅咒吗?你们应当对他说,他的伟大的功业,既然可以使他享有他所要求的地位而无愧色,但愿他的仁厚的天性,也能够想到你们现在所给他的同情的赞助,而把他对你们的敌意变成友谊,永远做你们慈爱的执政。

西西涅斯　你们照这样对他说了以后,就可以触动他的心性,试探他的真正的意向;也许他会给你们善意的允诺,那么将来倘有需要的时候,你们就可以责令他履行旧约;也许那会激怒他的暴戾的天性,因为他是不能容忍任何拘束的,这样引动了他的恼怒,你们就可以借着他的恶劣的脾气做理由,拒绝他当执政。

勃鲁托斯　你们看他在需要你们好感的时候,会用这样公然侮蔑的态度向你们请求,难道你们没有想到当他有权力压迫你们的时候,他这种侮蔑的态度不会变成公然的伤害吗?怎么,你们胸膛里难道都是没有心的吗?或者你们的舌头会反抗理智的判断吗?

西西涅斯　你们以前不是曾经拒绝过向你们请求的人吗?现在他并没有请求你们,不过把你们讥笑了一顿,你们却会毫不迟疑地给他同意吗?

市民丙　他还没有经过正式的确认,我们还可以拒绝他。

市民乙　我们一定要拒绝他;我可以号召五百个人反对他就任。

市民甲　好,就是一千个人也不难,还可以叫他们各人拉些朋友来充数。

勃鲁托斯　你们立刻就去,告诉你们那些朋友,说他们已经选了一个执政,他将会剥夺他们的自由,限制他们发言的权利,把他们当作狗一样看待,虽然为了要它们吠叫而豢养,可是往往因为它们吠叫而把它们痛打。

西西涅斯　让他们集合起来，重新作一次郑重的考虑，一致撤回你们愚昧的选举。竭力向他们提出他的骄傲和他从前对你们的憎恨；也不要忘记他是用怎样轻蔑的态度穿着那件谦卑的衣服，当他向你们请求的时候，他是怎样讥笑着你们；可是你们因为存心忠厚，只想到他的功劳，所以像这样从牢不可拔的憎恨里表现出来的放肆无礼的举止，也就被你们忽略过去了。

勃鲁托斯　可以把过失推在我们两人——你们的护民官身上，说都是我们一定要你们选举他。

西西涅斯　你们可以说，你们是在我们的命令之下选举他的，不是出于你们自己的真意；你们的心里因为存着不得不然的见解，而不是因为觉得应该这样做，所以才会违背着本心，而赞同他做执政。把一切过失推在我们身上好了。

勃鲁托斯　对了，不要宽恕我们。说我们向你们反复讲说，他在多么年轻的时候就已经开始为国家出力；他已经服务了多么长久；他的家世是多么高贵；纽玛的外孙，继伟大的霍斯提力斯君临罗马的安格斯·马歇斯，就是从他们家里出来的；替我们开渠通水的坡勃律斯和昆塔斯也是那一族里的人；做过两任监察官的森索利纳斯是他的先祖。

西西涅斯　因为他出身这样高贵，他自己又立下这许多功劳，应该可以使他得到一个很高的位置，所以我们才把他向你们举荐；可是你们在把他过去的行为和现在的态度互相观照之下，认为他始终是你们的敌人，所以决定撤回你们一时疏忽的同意。

勃鲁托斯　你们坚持着说，你们的同意只是因为受到我们的怂恿，把民众召集起来以后，你们立刻就到议会里来。

众　人　我们一定这样做；我们大家都懊悔选他。（众市民下。）

勃鲁托斯　让他们去闹；与其隐忍着更大的危机，不如冒险鼓动起这一场叛变。要是他照着以往的脾气，果然因为他们的拒绝而发起怒来，那么我们正可以好好利用这一个机会。

西西涅斯　到议会去。来，我们必须趁着大批的民众还没有赶到以前先到那儿，免得被人家看出他们是受我们的煽动。（同下。）

第三幕

第一场　罗马。街道

吹号筒；科利奥兰纳斯、米尼涅斯、考密涅斯、泰特斯·拉歇斯、众元老、贵族等同上。

科利奥兰纳斯　那么塔勒斯·奥菲狄乌斯又发兵来了吗？

拉歇斯　是的，阁下；所以我们应当格外迅速地部署起来。

科利奥兰纳斯　这么说，伏尔斯人还是没有屈服，随时准备着向我们乘机进攻。

考密涅斯　执政阁下，他们已经筋疲力尽，我们这一辈子大概不会再看见他们的旗帜飘扬了。

科利奥兰纳斯　你看见奥菲狄乌斯吗？

拉歇斯　在我们的保卫之下他曾经来看过我；他咒骂伏尔斯人，因为他们这样卑怯地举城纳降，现在他退到安息地方去了。

科利奥兰纳斯　他说起我吗？

拉歇斯　说起的，阁下。

科利奥兰纳斯　怎么说？说些什么？

拉歇斯　他说他跟您剑对剑地会过多少次；在这世上，您是他最切齿痛恨的一个人，他说只要能够找到一个机会把您打败，他不惜荡尽他的财产。

科利奥兰纳斯　他住在安息地方吗？

拉歇斯　是的。

科利奥兰纳斯　我希望有机会到那边去找他，让我们把彼此的仇恨发泄一个痛快。欢迎你回来！

西西涅斯及勃鲁托斯上。

科利奥兰纳斯　瞧！这两个是护民官，平民大众的喉舌；我瞧不起他们，因为他们擅作威福，简直到了叫人忍无可忍的地步。

西西涅斯　不要走过去。

科利奥兰纳斯　嘿！那是什么意思？

勃鲁托斯　前面有危险，不要过去。

科利奥兰纳斯　为什么有这样的变化？

米尼涅斯　怎么一回事？

考密涅斯　他不是已经由贵族平民双方通过了吗？

勃鲁托斯　考密涅斯，他没有。

科利奥兰纳斯　我不是已经得到孩子们的同意了吗？

元老甲　两位护民官，让开；他必须到市场上去。

勃鲁托斯　人民对他非常愤怒。

西西涅斯　站住，否则大家都要卷进一场骚动里了。

科利奥兰纳斯　你们不是他们的牧人吗？他们会把刚才出口的话当场否认，这样的人也可以让他们有发言的权利吗？你们管些什么事情？你们既然是他们的嘴巴，为什么不把他们的牙齿管住？你们没有指使他们吗？

米尼涅斯　安静点儿，安静点儿。

科利奥兰纳斯　这是一场有意的行动，全然是阴谋的结果，它的目的是要拘束贵族的意志。要是我们容忍这一种行为，我们就只好和那些既没有能力统治、又不愿被人统治的人们生活在一起了。

勃鲁托斯　不要说这是一个阴谋。人民高呼着说您讥笑了他们，说您在不久以前施放谷物的时候，曾经口出怨言，辱骂那些为人民请命的人，说他们是时势的趋附者，谄媚之徒，卑鄙的小人。

科利奥兰纳斯　这是大家早就知道的。

勃鲁托斯　他们有的人还不知道。

科利奥兰纳斯　那么是你后来告诉他们的吗？

勃鲁托斯　怎么！我告诉他们！

科利奥兰纳斯　你很可以干这种事的。

勃鲁托斯　像您干的这种事，我想我可以比您干得好一点。

科利奥兰纳斯　那么我为什么要做执政呢？凭着那边天上的云起誓，让我也像你们一样没有寸尺之功，跟你们一起做个护民官吧！

西西涅斯　您把悻悻之情表现得太露骨了，人民正是为了这个缘故才激动起来的。您现在已经迷失了道路，要是您想达到您的目的地，您必须用温和一点的态度向人家问路，否则您不但永远做不到一个尊荣的执政，就是要跟他并肩做一个护民官，也是一样办不到的。

米尼涅斯　让我们安静一点。

考密涅斯　人民一定被人利用、受人指使了。这一种纷争不应该在罗马发生；科利奥兰纳斯因功受禄，也不该在他坦荡的大路上遭遇这种用卑鄙手段安放上去的当途的障碍。

科利奥兰纳斯　向我提起谷物的事情！那个时候我是这样说的，我可以把它重说一遍——

米尼涅斯　现在不用说了。

元老甲　在这样意气相争的时候，还是不用说了吧。

科利奥兰纳斯　我一定要说。我的高贵的朋友们，请你们原谅。这种反复无常、腥臊恶臭的群众，我不愿恭维他们，让他们认清楚自己的面目吧。我要再说一遍，我们因为屈尊纡贵，与他们降身相伍，已经亲手播下了叛乱、放肆和骚扰的祸根，要是再对他们姑息纵容，那么这种莠草更将滋蔓横行，危害我们元老院的权力；我们不是没有道德，更不是没有力量，可是我们的力量已经送给一群乞丐了。

米尼涅斯　好，别说下去了。

元老甲　请您不要再说下去了。

科利奥兰纳斯　怎么！不再说下去！我曾经不怕外力的凭陵，为国家流过血，现在我更要大声疾呼，直到嘶破我的肺部为止，警告你们留意那些你们所厌恶、畏惧、唯恐沾染然而却又正在竭力招引上身的麻疹。

勃鲁托斯　您讲起人民的时候，好像您是一位膺惩罪恶的天神，忘记了您也是跟他们具有同样弱点的凡人。

西西涅斯　我们应当让人民知道他这种话。

米尼涅斯　怎么，怎么？他的一时气愤的话吗？

科利奥兰纳斯　一时气愤！即使我像午夜的睡眠一样善于忍耐，凭着乔武起誓，我也不会改变我这一种意思！

西西涅斯　您这一种意思必须让它留着毒害自己，不能让它毒害别人。

科利奥兰纳斯　必须让它留着！你们听见这个侏儒群中的高个子的话吗？你们注意到他那斩钉截铁的“必须”两个字吗？

考密涅斯　好像他的话就是神圣的律法似的。

科利奥兰纳斯　“必须”！啊，善良而不智的贵族！你们这些庄重而鲁莽的元老们，为什么你们会允许这多头的水蛇选举一个官吏，让他代替怪物发言，凭着他的专横的“必须”两字，他会大胆宣布要把你们的水流向沟渠决注，把你们的河道侵为己有？放下你们的愚昧，从你们危险的宽容中间觉醒过来吧！你们是博学的人，不要像一般愚人一样，甘心替他们掇椅铺垫。要是他们做了元老，你们便要变成平民；当他们的声音和你们的声音混合在一起的时候，因为他们人数众多，你们将要完全为他们所掩盖，被他们所支配。他们可以选择他们自己的官长，就像这家伙一样，凭着他的"必须"、他的迎合民心的"必须"两字，就可以和最尊严的元老们对抗。凭着乔武本身起誓，执政们将会因此失去他们的身份；当两种权力彼此对峙的时候，混乱就会乘机而起，我一想到这种危机，心里就感到极大的痛苦。

考密涅斯　好，到市场上去吧。

科利奥兰纳斯　谁授权执政，使他散放仓库中的存谷，像从前希腊的情形——

米尼涅斯　得啦，得啦，别提起那句话啦。

科利奥兰纳斯　虽然希腊人民有更大的权力，可是我说，他们这一种举动，无异养成反叛的风气，酿成了国家的瓦解。

勃鲁托斯　嘿，人民可以同意说这种话的人当执政吗？

科利奥兰纳斯　我可以说出比他们的同意更好的理由来。他们知道这些谷不是我们名分中的酬报，自以为谁也不会把它从他们的嘴边夺下来，所以也从来不曾为它出过一丝劳力。当国家危急存亡的关头要他们出征的时候，他们懒得连城门也不肯走出；一到了战场，他们只有在叛变内讧这一类行动上表现了最大的勇气；像这样的功绩，是不该把谷物白白分给他们的。他们常常用莫须有的罪名指斥元老院，难道我们因为受到了他们那样的指斥，才会作这样慷慨的施舍吗？好，给了他们又怎样呢？这些盲目的群众会感激元老院的好意吗？他们的行动就可以代替他们的言语："我们提出要求；我们是大多数，他们畏惧我们，所以答应了我们的要求。"这样我们贬抑了我们自己的地位，让那些乌合之众把我们的谨慎称为恐惧；他们的胆子愈来愈大，总有一天会打开元老院的锁，让一群乌鸦飞进来向鹰隼乱啄。

米尼涅斯　够了，够了。

勃鲁托斯　够了，已经说得太多了。

科利奥兰纳斯　不，再听我说下去。无论天上人间，一切可以凭着发誓的东西，愿它们为我的结论作证！元老贵族与平民两方面的权柄，一部分因为确有原因而轻视着另一部分，那一部分却毫无理由地侮辱着这一部分；身份、名位和智慧不能决定可否，却必须取决于无知的大众的一句是非，这样的结果必至于忽略了实际的需要，让轻率的狂妄操纵着一切；正当的目的受到阻碍，一切事情都是无目的地胡作非为。所以，我请求你们，要是你们的谨慎过于你们的恐惧，你们爱护国家的基础甚于怀疑它的变化，你们喜欢光荣甚于长生，愿意用危险的药饵向一个别无生望的病体作冒险的一试，那么赶快拔去群众的舌头吧；让他们不要去舐那将要毒害他们的蜜糖。你们要是受到耻辱，是非的公论也要从此不明，政府将要失去它所应有的健全，因为它被恶势力所统治，一切善政都要无法推行。

勃鲁托斯　他已经说得很够了。

西西涅斯　他说的全然是叛徒的话；他必须受叛徒的处分。

科利奥兰纳斯　你这卑鄙的家伙！让你受众人的唾弃！人民要这种秃头的护民官干吗呢？因为信任了他们，所以人民才会不再服从比他们地位高的人。在叛乱的时候，一切不合理的事实都可以武断地成为法律，那时候他们才是应该受人拥戴的人物；可是在正常的时期，那么让一切按照着正理而行，把他们的权力推下尘土里去吧。

勃鲁托斯　公然的叛逆！

西西涅斯　这还是个执政吗？不。

勃鲁托斯　喂！警官呢？把他逮捕起来。

一警吏上。

西西涅斯　去，叫民众来；(警吏下)我用人民的名义亲自逮捕你，宣布你是一个企图政变的叛徒，公众幸福的敌人；我命令你不得反抗，跟我去听候处分。

科利奥兰纳斯　滚开，老山羊！

众元老　我们可以替他担保。

考密涅斯　老人家，放开手。

科利奥兰纳斯　滚开，坏东西！否则我要把你的骨头一根根摇下来。

西西涅斯　诸位市民，救命啊！

若干警吏率侍从及一群市民同上。

米尼涅斯　两方面彼此客气一点。

西西涅斯　这个人要夺去你们一切的权利。

勃鲁托斯　抓住他，警官们！

众市民　打倒他！打倒他！——

众元老　(围绕科利奥兰纳斯忙作一团！狂呼)武器！——武器！——武器！——护民官！——贵族们！——市民们！——喂！——西西涅斯！——勃鲁托斯！——科利奥兰纳斯！——市民们——静！——静！——静！——且慢！——住手！——静！

米尼涅斯　事情将要闹得怎样呢？——我气都喘不过来啦。这一场乱子可不小。我话都说不出来啦。你们这两位护民官！科利奥兰纳斯，忍耐些！好西西涅斯，说句话吧。

西西涅斯　听我说，诸位民众；静下来！

众市民　让我们听我们的护民官说话；静下来！说，说，说。

西西涅斯　你们快要失去你们的自由了，马歇斯将要夺去你们的一切;马歇斯,就是刚才你们选举他做执政的。

米尼涅斯　哎哟,哎哟,哎哟!这不是去灭火,明明是火上加油。

元老甲　他要把我们这城市拆为平地。

西西涅斯　没有人民,还有什么城市?

众市民　对了,有人民才有城市。

勃鲁托斯　我们得到全体的同意,就任人民的长官。

众市民　你们继续是我们的长官。

米尼涅斯　他们也未必会放弃这一个地位。

考密涅斯　他们要把城市拆毁,把屋宇摧为平地,把整整齐齐的市面埋葬在一堆瓦砾的中间。

西西涅斯　这一种罪名应该判处死刑。

勃鲁托斯　让我们执行我们的权力,否则让我们失去我们的权力。我们现在奉人民的意旨,宣布马歇斯应该立刻受死刑的处分。

西西涅斯　抓住他,把他押送到大帕岩[①]上,推下山谷里去。

勃鲁托斯　警官们,抓住他!

众市民　马歇斯,赶快束手就缚!

米尼涅斯　听我说一句话;两位护民官,请你们听我说一句话。

警　吏　静,静!

米尼涅斯　请你们做祖国的真正的友人,像你们表面上所装的一样;什么事情都可以用温和一点的手段解决,何必这样操切从事?

勃鲁托斯　要是病症凶险,只有投下猛药才可见效,谨慎反会误了大事。抓住他,把他押到山岩上去。

科利奥兰纳斯　不,我宁愿死在这里。(拔剑)你们中间有的人曾经瞧见我怎样跟敌人争战;来,你们自己现在也来试一试看。

---

① 大帕岩是加比托林山的悬崖,古罗马人将叛国犯人由此推下摔死。

米尼涅斯　放下那柄剑！两位护民官，你们暂时退下去吧。

勃鲁托斯　抓住他！

米尼涅斯　帮助马歇斯，帮助他，你们这些有义气的人；帮助他，年轻的和年老的！

众市民　打倒他！——打倒他！（在纷乱中护民官、警吏及民众均被打退。）

米尼涅斯　去，回到你家里去；快去！否则大家都要活不成啦。

元老乙　您快去吧。

科利奥兰纳斯　站住；我们的朋友跟我们的敌人一样多。

米尼涅斯　难道我们一定要跟他们打起来吗？

元老甲　天神保佑我们不要有这样的事！尊贵的朋友，请你回家去，让我们设法挽回局势吧。

米尼涅斯　这是我们身上的一个痛疮，你不能替你自己医治；请你快去吧。

考密涅斯　来，跟我们一块儿去。

科利奥兰纳斯　我希望他们是一群野蛮人，不是罗马人；虽然这些畜类生在罗马，长大在朱庇特神庙的宇下，可是他们却跟野蛮人没有分别——

米尼涅斯　去吧；不要把你的满脸义愤放在你的唇舌上。

科利奥兰纳斯　要是堂堂正正地交锋起来，我一个人可以打败他们四十个人。

米尼涅斯　我自己也可以抵挡他们中间的一对头脑儿，那两个护民官。

考密涅斯　可是现在众寡悬殊；当一幢房屋坍下的时候而不知道趋避，这一种勇气是被称为愚笨的。您还是趁着那群乱民没有回来以前赶快走开吧；他们的愤怒就像受到阻力的流水一样，一朝横决，就会把他们所负载的一切完全冲掉。

米尼涅斯　请您快去吧。我要试一试我这老年人的智慧对于那些没有头脑的东西是不是有点需要；无论如何，这事情总要想法子弥补过去。

考密涅斯　去吧，去吧。（科利奥兰纳斯、考密涅斯及余人等同下。）

贵族甲　这个人把他自己的前途葬送了。

米尼涅斯　他的天性太高贵了，不适宜于这一个世界。他不肯恭维涅普图努斯的三叉戟的雄威，或是乔武的雷霆的神力。他的心就在他的口头，想到什么一定要说出来。他一动了怒，就会忘记世上有一个死字。（内喧声）听他们闹得多厉害！

贵族乙　我希望他们都去睡觉！

米尼涅斯　我希望他们都给我跳下台伯河里！好厉害！他就不能对他们说句好话吗？

勃鲁托斯及西西涅斯率乱民上。

西西涅斯　要把全城的人吃掉、让他一个人称霸的那条毒蛇呢？

米尼涅斯　两位尊贵的护民官——

西西涅斯　我们必须用无情的铁手，把他推下大帕岩去；他已经公然反抗法律，所以法律也无须再向他执行什么审判的手续，他既然藐视群众，就叫他认识认识群众的力量。

市民甲　我们要让他明白，尊贵的护民官是人民的喉舌，我们是他们的胳臂。

众市民　我们一定要让他明白。

米尼涅斯　诸位，诸位——

西西涅斯　静些！

米尼涅斯　有话可以商量，何必吵成这个样子？

西西涅斯　先生，你怎么也会帮助他逃走了？

米尼涅斯　听我说；我知道这位执政的长处，我也可以举出他的短处。

西西涅斯　执政！什么执政？

米尼涅斯　科利奥兰纳斯执政。

勃鲁托斯　他！执政！

众市民　不，不，不，不，不。

米尼涅斯　要是两位护民官和你们这些善良的民众允许我，我要请求说一两句话，你们听了以后，就会平心静气，自悔多事了。

西西涅斯　那么简简单单地说吧；因为我们已经决定除去这个恶毒的叛徒。把他驱逐出境会引起未来的祸患；留在国内，我们都要死在他的手里；所以我们决定就在今晚把他处死。

米尼涅斯　我们的罗马是以赏罚严明著名于全世界的，她对于有功的儿女的爱护，是记录在天神的册籍里的，要是现在她像一头灭绝天性的母兽一样，吞食了她自己的子女，善良的神明一定不能容许！

西西涅斯　他是一颗必须割去的疮疖。

米尼涅斯　啊！他是一段生着疮疖的肢体，割去了会致人死命，治愈它却很容易。他对罗马做了些什么事，你们要把他处死呢？他杀死我们的敌人，为他的祖国流过血，我敢说一句，他所失去的血，比他身上所有的血更多；他剩下的血，要是现在再被他的国人取去，那么无论下这样毒手的人，或是容忍这种事情发生的人，都要永远在后世留下一个可耻的烙印了。

西西涅斯　这些全然是胡说八道。

勃鲁托斯　一派歪论；当他爱他的国家的时候，他的国家也尊重他。

米尼涅斯　他的战功如果腐朽了，人家也就对他失去敬意了。

勃鲁托斯　我们不想再听你说下去了。追到他家里去，把他拖出来；他是一种能够传染的恶病，不要让他的流毒沾到别人身上。

米尼涅斯　再听我说一句话，只有一句话。你们现在的行动，都是出于一时的气愤，就像纵虎出柙一样，当你们自悔孟浪的时候，再要把笨重的铅块系在虎脚上就来不及了。与其鲁莽偾事,不如循序渐进;否则他也不是没有人拥护的,要是因此而引起内争,那么伟大的罗马要在罗马人自己手里毁掉了。

勃鲁托斯　要是这样的话——

西西涅斯　你还说什么?我们不是已经领略到他是怎样地服从命令的吗?我们的警察官不是已经遭他痛打了吗?我们自己不是也遭他反抗过了吗?来!

米尼涅斯　请你们想到这一点;他自从两手能够拔剑的时候起,就一直在战阵中长大,不曾在温文尔雅的语言方面受过训练;他说起话来,总是把美谷和糠麸不加分别地同时倾吐。你们要是允许我,我可以到他家里去,向他陈说利害,叫他接受用和平的手段,合法的方式进行的裁判。

元老甲　两位尊贵的护民官,这是最人道的办法;你们原来的方式太残酷了,而且也不知道将会引起怎样的结果。

西西涅斯　尊贵的米尼涅斯,那么请您接受人民的委托,去把他传来。各位朋友,放下你们的武器。

勃鲁托斯　不要回去。

西西涅斯　在市场上集合。我们在那边等着你们。要是您不能把马歇斯带来,我们就实行原来的办法。

米尼涅斯　我一定会叫他来的。(向众元老)请你们陪我去一趟。他一定要来,否则事情会愈弄愈糟的。

元老甲　我们去找他吧。(同下。)

第二场　同前。科利奥兰纳斯家中一室

科利奥兰纳斯及贵族等上。

科利奥兰纳斯　让他们大家来扯我的耳朵；让他们把我用车轮辗死、马蹄踏死，或是堆十座山在大帕岩上，把我推下看不见底的深谷；我还是用这样一副态度对待他们。

贵族甲　这正是您的过人之处。

科利奥兰纳斯　我的母亲常常说他们只是一批萎靡软弱的货色，几毛钱就可以把他们买来卖去，在集会的时候秃露着头顶，听到像我这样地位的人谈到战争或和平的问题，就会打呵欠，莫名其妙地不作一声；我想她现在也不大赞成我。

伏伦妮娅上。

科利奥兰纳斯　我正在说起您。您为什么要我温和一点？难道您要我违反我的本性吗？您应该说！我现在的所作所为，正可以表现我的真正的骨气。

伏伦妮娅　啊！儿啊，儿啊，儿啊，我希望你不要在基础未固以前，就丢失了你手中的权力。

科利奥兰纳斯　别管我。

伏伦妮娅　你要不是这样有意显露你的锋芒，已经不失为一个豪杰之士；在他们还有力量阻挠你的时候，你要是少向他们矜夸一些意气，也可以少碰到一些逆意的事情。

科利奥兰纳斯　让他们上吊去吧！

伏伦妮娅　是的，我还希望他们在火里烧死。

米尼涅斯及元老等上。

米尼涅斯　来，来；您太粗暴了，有点太粗暴了；您非得回去把局势弥补弥补不可。

元老甲　此外没有办法了；您要是不愿意这样做，我们的城市就要分裂而灭亡了。

伏伦妮娅　请你接受劝告吧。我有一颗跟你同样刚强的心，可是我还有一个头脑，教我把我的愤怒用在更适当的地方。

米尼涅斯　说得好，尊贵的夫人！倘不是因为遭到这样非常的变化，为了挽回大局起见，不得不出此下策，那么我也要擐甲持枪，决不忍受这样的耻辱，让他去向群众屈身的。

科利奥兰纳斯　我必须怎么办？

米尼涅斯　回去见那两个护民官。

科利奥兰纳斯　好，还有呢？还有呢？

米尼涅斯　为了您的失言道歉。

科利奥兰纳斯　向他们道歉！我不能向神明道歉；难道我必须向他们道歉吗？

伏伦妮娅　你太固执了；在危急的时候，一个人是应当通权达变的。我听你说过，在战争中间，荣誉和权谋就像亲密的朋友一样不可分离；假定这句话是真的，那么请你告诉我，在和平的时候，它们倘若不能交相为用，是不是能够独立存在？

科利奥兰纳斯　嘿！嘿！

米尼涅斯　问得好。

伏伦妮娅　要是你们在战争中间，为了达到你们的目的起见，不妨采用权谋，示人以诈，而这样的行为对于荣誉并无损害，那么在和平的时候，万一也像战时一样需要权谋，为什么它就不能和荣誉并行不悖呢？

科利奥兰纳斯　为什么您要强迫我接受这种理由？

伏伦妮娅　因为你现在必须去向人民说话；不是照着你自己的意思说话，却要去向他们说一些完全违背你的本心的话。为了避免把自己的命运作孤注，为了避免流许多的血，你可以用温和的词句招抚一个城市，那么向人民说这样的话，对于你的荣誉又有什么损害呢？要是我的财产和我的亲友处于生死存亡的关头，需要我用欺诈的手段保全他们，我就会毅然去干那样的事，并不以为有什么可耻；我是代表你的妻子、你的儿子、这些元老和贵族们向你进这番忠告的；可是你却宁愿向这些无知的群众们怒目横眉，不愿向他们稍假辞色，去博取他们的欢心和爱戴，这是维持你的荣誉和地位所必需的保障。

米尼涅斯　尊贵的夫人！走吧，跟我们走吧；说两句好话；也许你不但可以缓和当前的危险，并且可以弥补过去的错误。

伏伦妮娅　我的孩子，请你现在就去见他们，把这帽子拿在手里，你的膝盖吻着地上的砖石，摇摆着你的头，克制你的坚强的心，让它变得像摇摇欲坠的烂熟的桑子一样谦卑：在这种事情上，行为往往胜于雄辩！愚人的眼睛是比他们的耳朵聪明得多的。你可以对他们说，你是他们的战士，因为生长在干戈扰攘之中，不懂得博取他们好感所应有的礼节；可是从此以后，当你握权在位的日子，你一定会为他们鞠躬尽瘁。

米尼涅斯　您只要照她这两句话说过以后，他们的心就是您的了；因为他们的原谅是有求必应的，正像他们爱说废话一样不费事。

伏伦妮娅　请你听从我们的劝告，去吧；虽然我知道你宁愿在火焰的深谷里追逐你的敌人，不愿在卧室之中向他献媚。考密涅斯来了。

考密涅斯上。

考密涅斯　我已经到市场上去过。您现在必须结合强力的援助，否则就得用温和的态度保全您自己，或者暂时出走，躲避他们的锋芒。所有的民众都激怒了。

米尼涅斯　只有谦恭的言语才可以挽回形势。

考密涅斯　要是他能够勉力抑制他的性子，我想这也是个办法。

伏伦妮娅　他必须这样做，非这样做不可。请你说你愿意这样做！立刻就去吧。

科利奥兰纳斯　我必须去向他们露我的秃脑袋吗？我必须用我的无耻的舌头，把一句谎话加在我的高贵的心上吗？好，我愿意．可是这一个计策倘若失败，他们就要把这个马歇斯的体肤磨成齑粉，迎风抛散了。到市场上去！你们现在逼着我去做一件事情，它的耻辱是我终身不能洗刷的。

考密涅斯　来，来，我们愿意帮您的忙。

伏伦妮娅　好儿子，你曾经说过，当初你因为受到我的奖励，所以才会成为一个军人；现在请你再接受我的奖励，做一件你从来没有做过的事吧。

科利奥兰纳斯　好，那么我就去。滚开，我的高傲的脾气，让一个娼妓的灵魂占据住我的身体！让我那和战鼓竞响的巨嗓变成像阉人一样的尖细、像催婴儿入睡的处女的歌声一样轻柔的声音！让我的颊上挂起奸徒的巧笑，让学童的眼泪蒙蔽我的目光！让乞儿的舌头在我的嘴唇之间转动，我那跨惯征鞍的罩甲的膝盖，像接受布施一样向人弯曲！不，我不愿意；我怕我会失去对我自己的尊敬，我的身体干了这样的事，也许会使我的精神沾上一重无法摆脱的卑鄙。

伏伦妮娅　那么随你的便。我向你请求，比之你向他们请求，对于我是一个更大的耻辱。一切都归于毁灭吧；宁可让你的母亲感觉到你的骄傲，不要让她因为你的危险的顽强而担忧，因为我用像你一样豪壮的心讪笑着死亡。你愿意怎么办就怎么办;你的勇敢是从我身上得来的,你的骄傲却是你自己的。

科利奥兰纳斯　请您宽心吧,母亲,我就到市场上去;不要责备我了。我要骗取他们的欢心,当我回来的时候,我将被罗马的一切手艺人所喜爱。瞧,我去了。替我向我的妻子致意。我一定要做一个执政回来,否则你们再不要相信我的舌头也会向人谄媚。

伏伦妮娅　照你的意思做吧。(下。)

考密涅斯　去!护民官在等着您。准备好一些温和的回答;因为我听说他们将要向您提出一些比现在他们加在您身上的更严重的罪状。

米尼涅斯　记好“温和”两个字。

科利奥兰纳斯　让我们去吧;尽他们捏造我什么罪状,我都可以用我的荣誉答复他们。

米尼涅斯　是的,可是要温和点儿。

科利奥兰纳斯　好,那么就温和点儿。温和!(同下。)

第三场　同前。大市场

西西涅斯及勃鲁托斯上。

勃鲁托斯　我们说他企图独裁专政,用这一点作为他的最大的罪名;要是他在这一点上能够饰辞自辩,我们就说他敌视人民,并且说他把从安息人那里得到的战利品都中饱了自己的私囊。

一警吏上。

勃鲁托斯　啊,他来不来?

警　吏　他就来了。

勃鲁托斯　什么人陪着他?

警　吏　年老的米尼涅斯和那些一向袒护他的元老们。

西西涅斯　你有没有把我们得到的票数记录下来？

警　吏　我已经记下在这儿了。

西西涅斯　你有没有按着部族征询他们的意见？

警　吏　我已经分别征询过了。

西西涅斯　快把民众立刻召集到这儿来；当他们听见我说，“凭着民众的权利和力量，必须如此如此”的时候，不论是死刑、罚款或是放逐，我要是说“罚款”就让他们跟着我喊“罚款”；我要是说“死刑”，就让他们跟着我喊“死刑”。

警　吏　我一定这样吩咐他们。

西西涅斯　当他们开始呼喊的时候，叫他们不停地喊下去，大家乱哄哄地高声鼓噪，要求把我们的判决立刻实行。

警　吏　很好。

西西涅斯　叫他们留心我们的说话行事，不要退缩让步。

勃鲁托斯　去干你的事吧。（警吏下。）一下子就激动他的怒气。他一向惯于征服别人，爱闹别扭；一受了拂逆，就不能控制自己的性子，那时候他心里想到什么便要说出口来，我们就可以看准他这个弱点致他死命。

西西涅斯　好，他来了。

科利奥兰纳斯、米尼涅斯、考密涅斯及元老贵族等上。

米尼涅斯　请您温和点儿。

科利奥兰纳斯　好，就像一个马夫似的，为了一点点的赏钱，愿意替无论哪个恶徒奔走。但愿尊荣的天神们护佑罗马的安全，让贤德的君子做我们的执法者！播散爱的种子在我们的中间，使我们宏大的神庙里充满和平的气象，不要使我们的街道为战争所扰乱！

元老甲　阿门,阿门。

米尼涅斯　好一个高尚的愿望!

警吏率市民等重上。

西西涅斯　过来,民众。

警　吏　听你们的护民官说话;肃静!

科利奥兰纳斯　先听我说几句话。

西西涅斯
勃鲁托斯　好,说吧。喂,静下来!

科利奥兰纳斯　你们就在此刻宣布我的罪状吗?一切必须在这儿决定吗?

西西涅斯　我要请你答复,你是不是愿意服从人民的公意,承认他们的官吏的权力,当你的罪案成立以后,甘心接受合法的制裁?

科利奥兰纳斯　我愿意。

米尼涅斯　听着!各位市民,他说他愿意。想一想!他立过多少战功;想一想他身上的伤痕,就像墓地上的坟茔一样多。

科利奥兰纳斯　那些不过是荆棘抓破的伤痕,这点点的创痏,也不过供人一笑罢了。

米尼涅斯　再想一想,他说的话虽然不合一个市民的身份,可是却不失为军人的谈吐;不要把他粗暴的口气认为恶意的言辞,那正是他的军人本色,不是对你们的敌视。

考密涅斯　好,好,别说了。

科利奥兰纳斯　为了什么原因,我已经得到全体同意当选执政以后,你们又立刻撤销原议,给我这样的羞辱?

西西涅斯　回答我们。

科利奥兰纳斯　好,说吧;我是应该回答你们的。

西西涅斯　你企图推翻一切罗马相传已久的政制,造成个人专权独裁的地位,所以我们宣布你是人民的叛徒。

科利奥兰纳斯　怎么！叛徒！

米尼涅斯　不，温和点儿，你答应过的。

科利奥兰纳斯　地狱底层的烈火把这些人民吞了去！说我是他们的叛徒！你这害人的护民官！在你的眼睛里藏着二万个死亡，在你的两手中握着二千万种杀人的毒计，在你说谎的舌头上含着无数杀人的阴谋，我要用向神明祈祷一样坦白的声音，向你说："你说谎！"

西西涅斯　民众，你们听见他的话吗？

众市民　把他送到山岩上去！把他送到山岩上去！

西西涅斯　静！我们不必再把新的罪名加在他的身上；你们亲眼看见他所作的事，亲耳听见他所说的话：殴打你们的官吏，辱骂你们自己，用暴力抗拒法律，现在他又公然藐视那些凭着他们的权力审判他的人，像这样罪大恶极的行为，已经应处最严重的死刑了。

勃鲁托斯　可是他既然为罗马立过功劳——

科利奥兰纳斯　你们还要讲什么功劳？

勃鲁托斯　我提起这一点，因为我知道你的功劳。

科利奥兰纳斯　你！

米尼涅斯　你怎样答应你的母亲的？

考密涅斯　你要知道——

科利奥兰纳斯　我不要知道什么。让他们宣判把我投身在高峻的大帕岩下，放逐，鞭打，每天给我吃一粒谷监禁起来，我也不愿用一句好话的代价购买他们的慈悲，更不愿为了乞讨他们的布施而抑制我的雄心，向他们道一声早安。

西西涅斯　因为他不但在思想上，而且在行动上不断敌对人民，企图剥夺他们的权利，到现在他居然擅敢在尊严的法律和执法的官吏之前，行使暴力反抗的手段，所以我们用人民的名义，秉着我们护民官的职权，宣布从即时起，把他放逐出我们的城市，要是以后他再进入罗马境内，就要把他投身在大帕岩下。用人民的名义，我说，这判决必须实行。

众市民　这判决必须实行！这判决必须实行！把他赶出去！——把他放逐出境！

考密涅斯　听我说，各位人民大众——

西西涅斯　他已经受到判决；没有什么可说的了。

考密涅斯　让我说句话。我自己也曾当过执政；我可以向罗马公开展示她的敌人加在我身上的伤痕；我重视祖国的利益，甚于自己的生命和我所珍爱的儿女；要是我说——

西西涅斯　我们知道你的意思；说什么？

勃鲁托斯　不必多说，他已经被当作人民和祖国的敌人而放逐了；这判决必须实行。

众市民　这判决必须实行！这判决必须实行。

科利奥兰纳斯　你们这些狂吠的贱狗！我痛恨你们的气息，就像痛恨恶臭的沼泽的臭味一样；我轻视你们的好感，就像厌恶腐烂的露骨的尸骸一样。我驱逐了你们；让你们和你们那游移无定的性格永远留在这里吧！让每一句轻微的谣言震动你们的心，你们敌人帽上羽毛的摇闪，就会把你们搧进绝望的深渊！永远保留着把你们的保卫者放逐出境的权利吧，直到最后让你们自己的愚昧觉得人家已经不费一刀一枪，使你们成为最微贱的俘虏！对于你们，对于这一个城市，我只有蔑视；我这样离开你们，这世界上什么地方没有我的安身之处。（科利奥兰纳斯、考密涅斯、米尼涅斯、元老、贵族等同下。）

警　吏　人民的仇敌已经去了，已经去了！

众市民　我们的敌人已经被放逐了！——他去了！——呵！呵！（众欢呼，掷帽。）

西西涅斯　去，把他赶出城门，像他从前驱逐你们一样驱逐他，尽量发泄你们的愤怒，让他也难堪难堪。让一队卫士卫护我们通过全城。

众市民　来，来——让我们把他赶出城门！来！神明保佑我们尊贵的护民官！来！（同下。）

第四幕

第一场　罗马。城门前

科利奥兰纳斯、伏伦妮娅、维吉利娅、米尼涅斯、考密涅斯及若干青年贵族上。

科利奥兰纳斯　算了，别哭了，就这样分手吧；那多头的畜生把我撞走了。哎，母亲，您从前的勇气呢？您常常说，患难可以试验一个人的品格；非常的境遇方才可以显出非常的气节；风平浪静的海面，所有的船只都可以并驱竞胜；命运的铁拳击中要害的时候，只有大勇大智的人才能够处之泰然：您常常用那些格言教训我，锻炼我的坚强不屈的志气。

维吉利娅　天啊！天啊！

科利奥兰纳斯　不，妇人，请你——

伏伦妮娅　愿赤色的瘟疫降临在罗马各色人民的身上，使百工商贾同归于尽！

科利奥兰纳斯　怎么，怎么，怎么！当我离开他们以后，他们将会追念我的好处。不，母亲，您从前不是常常说，要是您做了赫剌克勒斯的妻子，您一定会替他完成六件艰巨的工作，减轻他一半的劳力吗？请您仍旧保持这一种精神吧。考密涅斯，不要懊丧；再会！再会，我的妻子！我的母亲！我一定还要干一番事业。你年老而忠心的米尼涅斯，你的眼泪比年轻人的眼泪更辛酸，它会伤害你的眼睛的。我的旧日的主帅，我曾经瞻仰过您那刚强坚毅的气概，您也看见过不少可以使人心肠变硬的景象，请您告诉这两个伤心的妇人，为了不可避免的打击而悲痛，是一件多么痴愚的事情。我的母亲，您知道您一向把我的冒险作为您的安慰，请您相信我，虽然我像一条孤独的龙一样离此而去，可是我将要使人们在谈起我的沼泽的时候，就会瞿然变色；您的儿子除非误中奸谋，一定会有吐气扬眉的一天。

伏伦妮娅　我的长子，你要到哪儿去呢？让考密涅斯陪你走一程吧；跟他商量一个妥当的方策，不要盲冲瞎撞，去试探前途的危险。

科利奥兰纳斯　天神啊！

考密涅斯　我愿意陪着你走一个月，跟你决定一个安身的地方，好让我们彼此互通声息；要是有机会可以设法召你回来的话，我们也可以不至于在茫茫的世界上到处找寻一个莫明踪迹的人，万一事过境迁，大好的机会又要蹉跎过去了。

科利奥兰纳斯　再会吧；你已经有一把的年纪，饱受战争的辛苦，不要再跟一个筋骨壮健的人去跋涉风霜了。我只要请你送我出城门。来，我亲爱的妻子，我最亲爱的母亲，我的情深义厚的朋友们，当我出去的时候，请你们用微笑向我道别。请你们来吧。只要我尚在人世，你们一定会听到我的消息；而且你们所听到的，一定还是跟我原来的为人一样。

米尼涅斯　那正是每一个人所乐意听见的。来，我们不用哭泣。要是我能够从我衰老的臂腿上减去七岁年纪，凭着善良的神明发誓，我一定要寸步不离地跟着你。

科利奥兰纳斯　把你的手给我。来。（同下）

第二场　同前。城门附近的街道

西西涅斯、勃鲁托斯及一警吏上。

西西涅斯　叫他们大家回家去；他已经去了，我们也不必追他。贵族们很不高兴，他们都是袒护他的。

勃鲁托斯　现在我们已经表现出我们的力量，事情既已了结，我们不妨在言辞之间装得谦恭一点。

西西涅斯　叫他们回家去；说他们重要的敌人已经去了，他们已经恢复了往日的力量。

勃鲁托斯　打发他们各人回家。（警吏下。）

伏伦妮娅、维吉利娅及米尼涅斯上。

勃鲁托斯　他的母亲来了。

西西涅斯　让我们避开她。

勃鲁托斯　为什么？

西西涅斯　他们说她发了疯了。

勃鲁托斯　她们已经看见我们；您尽管走吧。

伏伦妮娅　啊！你们来得正好。愿神明把所有的灾祸降在你们身上，报答你们的好意！

米尼涅斯　静些，静些！不要这样高声嚷叫。

伏伦妮娅　我倘不是泣不成声，一定要让你们听听——不，我要嚷给你们听听。（向勃鲁托斯）你想逃走吗？

维吉利娅　（向西西涅斯）你也别走。我希望我能够向我的丈夫说这样的话。

西西涅斯　你们是男人吗？

伏伦妮娅　是的,傻瓜;那是丢脸的事吗?听这傻瓜说的话。我的父亲不是一个男人吗?你果然有这样狐狸般的狡狯,会把一个替罗马立过多少汗马功劳的人放逐出去吗?

西西涅斯　哎哟,苍天在上!

伏伦妮娅　为了罗马的利益,他挥舞他的英勇的剑锋,那次数比你说过的聪明话还要多。让我告诉你;可是你去吧;不,你给我站住:我但愿我的儿子在阿拉伯,你和你那一族里的人都跪在他的面前,他手里举起宝剑——

西西涅斯　那又怎么样呢?

维吉利娅　那又怎么样!他要斩草除根,不留下一个孽种在世上。

伏伦妮娅　全都是些杂种私生子!好人,他为了罗马受过多少伤!

米尼涅斯　来,来,别闹了。

西西涅斯　要是他能够贯彻为国献身的初衷,不把自己辛苦换来的光荣亲手撕毁,那就好了!

勃鲁托斯　我也希望他这样。

伏伦妮娅　“我也希望他这样”!都是你们煽动这些乱民,猫狗般的畜生,他们不能认识他的价值,正像我不能了解上天不让世间知道的神秘一样。

勃鲁托斯　请你让我们走吧。

伏伦妮娅　现在,先生,请你给我滚吧。你们已经干了一件了不得的好事。在你们未走之前,再听我说一句话:正像朱庇特的神庙不能和罗马最卑陋的一间屋子相比一样,被你们放逐出去的我的儿子——这位夫人的丈夫,就是他,你们明白了没有?比起你们这些东西来,真是天壤之别。

勃鲁托斯　好,好,我们少陪啦。

西西涅斯　为什么我们要待在这儿,给一个疯婆子缠个不休?

伏伦妮娅　把我的祈祷带了去吧。(二护民官下)我但愿天神们什么事也不做,只替我实现我的诅咒!要是我能够每天遇见他们一次,那么我心头的悲哀也许可以倾吐一空。

米尼涅斯　您已经骂得他们很痛快;凭良心说,您没有冤屈他们。你们愿意赏光到舍间吃晚饭吗?

伏伦妮娅　愤怒是我的食物;我一肚子都是气恼,吃不下东西了。来,我们走吧。不要这样呜呜咽咽地哭个不停,瞧着我的样子,我们在愤怒的时候,应当保持天后般的尊严。来,来,来。

米尼涅斯　唉,唉,唉!(同下。)

第三场　罗马安息间的大路

一罗马人及一伏尔斯人上,相遇。

罗马人　先生,我认识您,您也认识我;您的大名我想是阿德里安。

伏尔斯人　正是,先生。不瞒您说,我可忘记您了。

罗马人　我是个罗马人;可是我所干的事,却跟您一样,是跟罗马人作对的。您现在认识我了吗?

伏尔斯人　尼凯诺吗?不是。

罗马人　正是,先生。

伏尔斯人　我上次看见您的时候,您的胡子比现在多一点;可是您的声音可以证明您的确是他。罗马有什么消息?我得到了伏尔斯政府的命令,叫我到罗马去找您;您现在省了我一天的路程了。

罗马人　罗马曾经发生惊人的叛变;人民跟元老贵族们作对。

伏尔斯人　曾经发生!那么现在已经解决了吗?我们的政府却不这样想;他们正在积极准备用兵,想要趁他们争执得十分激烈的时候向他们突袭。

罗马人　火焰大体已经熄灭，可是一件微细的琐事就可以使它重新燃烧起来。因为那些贵族们对于放逐科利奥兰纳斯这件事感到非常痛心，一有机会，就准备剥夺人民的一切权力，把那些护民官永远罢免。我可以告诉你，未灭的余烬正在那儿吐出熊熊的火焰，猛烈爆发的时期已经不远了。

伏尔斯人　科利奥兰纳斯被放逐了！

罗马人　被放逐了，先生。

伏尔斯人　尼凯诺，您带了这一个消息去，他们一定十分欢迎。

罗马人　他们现在的机会很好。人家说，诱奸有夫之妇，最好趁她和丈夫反目的时候下手。你们那位英勇的塔勒斯？奥菲狄乌斯这一下可以大逞威风了，因为他的最大的敌手科利奥兰纳斯已经被他的祖国摈斥了。

伏尔斯人　这是不用说的。我很幸运今天凑巧碰见了您；现在我的任务已了，让我陪着您高高兴兴地回去吧。

罗马人　我现在就可以开始把许多罗马的怪事讲给您听，一直讲到晚餐的时候为止；这些事情，都是对于他们的敌人有利的。您说你们已经有一支军队准备出发了吗？

伏尔斯人　一支很雄壮的军队；所有人马都已经征齐入伍，分派营舍，命令发出以后，一小时之内就可以出发。

罗马人　我很高兴听见他们已经准备好了；我想我去见了他们以后，就可以催促他们立刻举事。好，先生，今天能够碰见您，真是一件幸事，我很愿意做您的同行的伴侣。

伏尔斯人　您省了我一趟跋涉，先生；能够跟您一路同行，真是我的莫大的荣幸。

罗马人　好，我们一块儿走吧。（同下。）

第四场　安息。奥菲狄乌斯家门前

科利奥兰纳斯微服化装蒙面上。

科利奥兰纳斯　这安息倒是一个很好的城市。城啊，是我使你的妇女们成为寡妇；这些富丽大厦的后嗣，有许多人我曾经听见他们在我的战阵中间呻吟倒地。所以不要认识我，免得你的妇人们用唾涎唾我，你的小儿们投石子打我，使我在琐小的战争中间死去。

一市民上。

科利奥兰纳斯　请了，先生。

市民　请了。

科利奥兰纳斯　请您指点我伟大的奥菲狄乌斯住在什么地方。他是在安息吗？

市民　是的，今天晚上他在家里宴请政府中的贵人。

科利奥兰纳斯　请问他的家在哪儿？

市民　就是在您面前的这一所屋子。

科利奥兰纳斯　谢谢您，先生。再见。（市民下）啊，变化无常的世事！刚才还是誓同生死的朋友。两个人的胸膛里好像只有一颗心，睡眠、饮食、工作、游戏，都是彼此相共，亲爱得分不开来，一转瞬之间，为了些微的争执，就会变成不共戴天的仇人。同样，切齿痛恨的仇敌，他们在梦寐之中也念念不忘地勾心斗角，互谋倾陷，为了一个偶然的机会，一些不足道的琐事，也会变成亲密的友人，彼此携手合作。我现在也正是这样：我痛恨我自己生长的地方，我的爱心已经移向了这个仇敌的城市。我要进去；要是他把我杀死，那也并不是有悖公道的行为；要是他对我曲意优容，那么我愿意为他的国家尽力。（下。）

第五场　同前。奥菲狄乌斯家中厅堂

内乐声；仆甲上。

仆　甲　酒，酒，酒！他们都在干些什么事！我想我们那些伙计们都睡着了。（下。）

仆乙上。

仆　乙　戈得斯呢？主人在叫他。戈得斯！（下。）

科利奥兰纳斯上。

科利奥兰纳斯　好一间屋子；好香的酒肉味道！可是我却不像一个客人。

仆甲重上。

仆　甲　朋友，你要什么？你是哪儿来的？这儿没有你的地方；出去。（下）

科利奥兰纳斯　因为我是科利奥兰纳斯，他们这样款待我是理所当然的。

仆乙重上。

仆　乙　朋友，你是从什么地方来的？管门的难道不生眼睛，会放这种家伙进来吗？出去出去！

科利奥兰纳斯　走开！

仆　乙　走开！你自己走开！

科利奥兰纳斯　你真讨厌。

仆　乙　你这样放肆吗？我就去叫人来跟你说话。

仆丙上；仆甲重上。

仆　丙　这家伙是什么人?

仆　甲　我从来没有见过这样古怪的家伙,我没有法子叫他出去。请你去叫主人出来。

仆　丙　朋友,你到这儿来干么?谢谢你,快出去吧。

科利奥兰纳斯　只要让我站在这儿;我不会弄坏你们的炉灶的。

仆　丙　你是什么人?

科利奥兰纳斯　一个绅士。

仆　丙　一个穷得出奇的绅士。

科利奥兰纳斯　正是,你说得不错。

仆　丙　谢谢你,穷绅士,到别处去吧;这儿没有你的地方。喂,滚出去。

科利奥兰纳斯　你管你自己的事;去,吃你的残羹冷菜去。(将仆丙推开。)

仆　丙　怎么,你不肯去吗?请你去告诉主人,他有一个奇怪的客人在这儿。

仆　乙　好,我就去告诉他。(下。)

仆　丙　你住在什么地方?

科利奥兰纳斯　在苍天之下。

仆　丙　在苍天之下!

科利奥兰纳斯　是的。

仆　丙　那是在什么地方?

科利奥兰纳斯　在鹞子和乌鸦的城里。

仆　丙　在鹞子和乌鸦的城里!这个蠢驴!那么你是和乌鸦住在一起的吗?

科利奥兰纳斯　不;我并不侍候你的主人。

仆　丙　怎么,你是来和我们老爷打交道的吗?

科利奥兰纳斯　嗯,反正不是跟你们太太打交道就是好事。别尽说废话了,到酒席上侍候去吧。(将仆丙打走。)

奥菲狄乌斯及仆乙上。

奥菲狄乌斯　这家伙在什么地方?

仆　乙　这儿,老爷。倘不是恐怕惊吵了里面的各位老爷,我早就把他当狗一样打得半死了。

奥菲狄乌斯　你是从哪儿来的?你要什么?你叫什么名字?为什么不说话?说吧,朋友,你叫什么名字?

科利奥兰纳斯　(取下面巾)塔勒斯,要是你还不认识我,看见了我的面,也想不到我是什么人,那么我必须自报姓名了。

奥菲狄乌斯　你叫什么名字?(众仆退后。)

科利奥兰纳斯　我的名字在伏尔斯人的耳中是不好听的,你听见了会觉得刺耳。

奥菲狄乌斯　说,你叫什么名字?你有一副凌然不可侵犯的容貌,你的脸上有一种威严;虽然你的装束这样破旧,却不像是一个庸庸碌碌的人。你叫什么名字?

科利奥兰纳斯　准备皱起你的眉头来吧。你还不认识我吗?

奥菲狄乌斯　我不认识你。你的名字呢?

科利奥兰纳斯　我的名字是卡厄斯·马歇斯,我曾经把极大的伤害和灾祸加在你和一切伏尔斯人的身上;我的姓氏科利奥兰纳斯就是最好的证明。辛苦的战役、重大的危险、替我这负恩的国家所流过的血,结果只是换到了这一个空洞的姓氏,为你对我所怀的怨恨留下一个创巨痛深的记忆。只有这名字剩留着;残酷猜嫉的人民,得到了我们那些怯懦的贵族的默许,已经一致遗弃了我,抹杀了我一切的功绩"让那些奴才们把我轰出了罗马。这一种不幸的遭遇,使我今天来到你的家里;不要误会我,以为我想来向你求恩乞命，因为要是我怕死的话，我就应该远远地躲开你；我只是因为出于愤，渴想报复那些放逐我的人，所以才到这儿来站在你的面前。要是你也有一颗复仇的心，想要替你自己和你的国家洗雪耻辱，现在就是你的机会到了，你正可以利用我的不幸，达到你自己的目的，因为我将要用地狱中一切饿鬼的怨毒，来向我的腐败的祖国作战。可是你要是没有这样的胆量，也不想追求远大的前程，那么一句话！我也已经厌倦人世，愿意伸直我的颈项，听任你的宰割，让你一泄这许多年来郁积在心头的怨恨；你要是不杀我，你就是个傻瓜，因为我一向是你的死敌，曾经从你祖国的胸前溅下了无数吨的血；要是让我活在世上，对于你永远是一个耻辱，除非你能够跟我合作。

奥菲狄乌斯　啊，马歇斯，马歇斯！你所说的每一个字，已经从我心里薙除了旧日的怨恨，不再存留一些芥蒂。要是朱庇特从那边的云中宣示神圣的诏语，说，“这是真的，”我也不会相信他甚于相信你，高贵无比的马歇斯。让我用我的胳臂围住你的身体；我这样拥抱着我的剑砧，热烈而真诚地用我的友谊和你比赛，正像我过去雄心勃勃地和你比赛着勇力一样。我告诉你，我曾经热恋着我的妻子，为她发过无数挚情的叹息；可是我现在看见了你，你高贵的英雄！我的狂喜的心，比我第一次看见我的恋人成为我的新妇，跨进我的门槛的时候还要跳跃得厉害。嗨，战神，我对你说，我们已经有一支军队准备行动；我已经再度下了决心，一定要从你的胸前割下一块肉来，即使牺牲自己的一只胳臂，也是甘心的。你曾经打败我十二次，每天晚上我都做着和你交战的梦；在我的睡梦之中，我们常常一起倒在地上，争着解开彼此盔上的扣子，拳击着彼此的咽喉，等到梦醒以后，已经无缘无故地累得半死了。尊贵的马歇斯，即使我们和罗马毫无仇恨，只是因为你被他们放逐了出来，我们也会动员一切十二岁以上七十岁以下的男子，把战争的汹涌的洪流倾倒在罗马忘恩的心脏里。来啊！进去和我们那些善意的元老们握握手，他们现在正要向我告别；他们虽然还没有想到要把罗马吞并，可是已经准备向你们的领土进攻了。

科利奥兰纳斯　感谢神明！

奥菲狄乌斯　所以，沉鸷雄毅的将军，要是你愿意为报复自己的仇恨而做我们的前导，我可以分我的一半军力归你节制；你既然对于自己国中的虚实了如指掌，就可以凭着你自己的经验决定进军的方策；或者直接向罗马本城进攻，或者在僻远的所在猛力骚扰，让他们在灭亡以前，先受到一些惊恐。可是进来吧；让我先介绍你见见几个人，取得他们的准许。一千个欢迎！我们已经尽释前嫌，变成了一心一德的友人。把你的手给我；欢迎！（科利奥兰纳斯、奥菲狄乌斯同下。）

仆　甲　（上前）真是意想不到的变化！

仆　乙　我可以举手为誓，我还想用棍子打他呢；可是我心里总觉得他这个人是不能凭他的衣服判断他是个什么人的。

仆　甲　他的臂膀多么结实！他用两个指头把我掇来掇去，就像人们拈弄一个陀螺似的

仆　乙　嗳，我瞧着他的脸，就知道他有一点不同凡俗的地方；我觉得他的脸上有一种——我不知道应该怎么说。

仆　甲　他的确是这样；瞧上去好像——我早就知道他有一点不是我所窥测得到的东西。

仆　乙　我可以发誓，我也这样想；他简直是世界上最稀有的人物。

仆　甲　我想是的；可是他是比你所知道的一个人更伟大的军人。

仆　乙　谁？我的主人吗？

仆　甲　嗳，那就不用说了。

仆　乙　我的主人一个人可以抵得过像他这样的六个人。

仆　甲　不，那也不见得；我看还是他了不得。

仆　乙　哼，那可不能这么说；讲到保卫城市，我们大帅的本领是超人一等的。

仆　甲　是的，就是进攻起来也不弱呢。

仆丙重上。

仆　丙　奴才们哪！我可以告诉你们好多消息。

仆　甲
仆　乙　什么，什么，什么？讲给我们听听。

仆　丙　在所有的国家之中，我顶不愿意做一个罗马人；我宁可做一个判了死罪的囚犯。

仆　甲
仆　乙　为什么？为什么？

仆　丙　嘿，刚才来的那个人，就是常常打败我们的大帅的那个卡厄斯·马歇斯呢

仆　甲　你为什么说“打败我们的大帅”？

仆　丙　我并不说“打败我们的大帅”可是他一向是他的劲敌。

仆　乙　算了吧，我们都是自己人好朋友；我们的大帅总是败在他手里，我常常听见他自己这样说。

仆　甲　说句老实话，我们的大帅实在打他不过；在科利奥里城前，他曾经把他像切肉一样宰着呢。

仆　乙　要是他喜欢吃人肉，也许还会把他煮熟了吃下去哩。

仆　甲　可是再讲你的新闻吧。

仆　丙　嘿，他在里边受到这样的敬礼，好像他就是战神的儿子一样；坐在食桌的上首；那些元老们有什么问题问他的时候，总是脱下帽子站在他的面前。我们的大帅自己也把他当作一个情人似的

敬奉，握着他的手，翻起了眼白听他讲话。可是最要紧的消息是，我们的大帅已经腰斩得只剩半截了，还有那半截因为全体在座诸人的要求和同意，已经给了那个人了。他说他要去把看守罗马城门的人扯着耳朵拖出来；他要斩除挡住他的路的一切障碍，使他的所过之处都成为一片平地。

仆　乙　他一定做得到这样的事。

仆　丙　做得到！他当然做得到：因为你瞧，他虽然有许多敌人，也有许多朋友；那些朋友在他沮丧失势的时候，却不敢自称为他的朋友，不敢露面出来。

仆　甲　沮丧失势！怎么讲？

仆　丙　可是他们要是看见他恢复元气，再振声威，就会像雨后的兔子一样从他们的洞里钻了出来，环绕在他的身边了。

仆　甲　可是什么时候出兵呢？

仆　丙　明天；今天；立刻。今天下午你们就可以听见鼓声；这是他们宴会中的一个余兴，在他们抹干嘴唇以前就要办好。

仆　乙　啊，那么我们就可以热闹起来啦。这种和平不过锈了铁，增加了许多裁缝，让那些没事做的人编些歌曲唱唱。

仆　甲　还是战争好，我说；它胜过和平就像白昼胜过黑夜一样。战争是活泼的、清醒的，热闹的、兴奋的；和平是麻木不仁的、平淡无味的、寂无声息的、昏睡的、没有感觉的。和平所产生的私生子，比战争所杀死的人更多。

仆　乙　对呀：战争可以说是一个强奸妇女的狂徒，因而和平就无疑是专事培植乌龟的能手了。

仆　甲　是呀，它使人们彼此仇恨。

仆　丙　理由是有了和平，人们就不那么需要彼此照顾了。我愿意用我的钱打赌还是战争好。我希望看见罗马人像伏尔斯人一样贱。

他们都从席上起来了,他们都从席上起来了。

众　仆　进去,进去,进去,进去!(同下。)

第六场　罗马。广场

西西涅斯及勃鲁托斯上。

西西涅斯　我们没有听见他的消息,也不必怕他有什么图谋。人民现在已经由狂乱的状态回复到安宁平静,他也无能为力了。因为一切进行得如此顺利,我们已经使他的朋友们感到惭愧,他们是宁愿瞧见纷争的群众在街道上闹事——虽然那样对于他们自身也是同样有害——而不愿瞧见我们的百工商贾们安居乐业、歌舞升平的。

米尼涅斯上。

勃鲁托斯　我们总算没有错过了时机。这是米尼涅斯吗?

西西涅斯　正是他,正是他。啊!他近来变得和气多啦。您好,老人家!

米尼涅斯　你们两位都好!

西西涅斯　您那科利奥兰纳斯除了他的几个朋友以外,没有什么人因为他的不在而惋惜。我们的共和政府依然存在,即使他对它再不高兴一些,也会继续存在下去的。

米尼涅斯　一切都很好;要是他的态度能够谦和一些,事情一定会更好的。

西西涅斯　他在什么地方?你听见人家说起吗?

米尼涅斯　不,我没有听到什么;他的母亲和他的妻子也没有听到他的消息。

市民三、四人上。

众市民　天神保佑你们两位!

西西涅斯　各位朋友,你们都好。

勃鲁托斯　你们大家都好,你们大家都好。

市民甲　我们自己、我们的妻子儿女,都应该跪下来为你们两位祈祷。

西西涅斯　愿你们都能享受幸福繁荣的生活!

勃鲁托斯　再见,好朋友们;我们希望科利奥兰纳斯也像我们一样爱你们。

众市民　神明保佑你们!

西西涅斯
勃鲁托斯　再见,再见。(市民等下。)

西西涅斯　这才是太平盛世的光景,比从前这些人在街上到处奔走、叫嚣扰乱的时候好得多啦。

勃鲁托斯　卡厄斯·马歇斯在战阵上是一员能将;可是太傲慢、太目空一世、太野心勃勃,太自负了——

西西涅斯　他只想由他一个人称王道霸,用不着别人帮助。

米尼涅斯　我倒不这样想。

西西涅斯　要是他果然当了执政,我们现在就要发现他是这样一个人而后悔不及了。

勃鲁托斯　幸亏神明默护,不让他当选,罗马去掉了这个人,可以从此安宁了。

一警吏上。

警吏　两位尊贵的护民官,据一个给我们关在牢里的奴隶说,伏尔斯人派了两支军队,已经开进了罗马领土,毁灭他们所碰到的一切,存心要来向我们挑起一场恶战。

米尼涅斯　那一定是奥菲狄乌斯;当罗马有马歇斯挺身保卫的时候,他就像一只缩头的蜗牛,不敢钻出壳来张望一眼,现在他听见马歇斯已经被放逐出去，又要把他的角伸出来了。

西西涅斯　得啦，您何必提起马歇斯呢？

勃鲁托斯　去把这个造谣惑众的家伙抽一顿鞭子。伏尔斯人决不敢来侵犯我们。

米尼涅斯　决不敢！我们有过去的记录可以证明他们会干这样的事；在我的一生之中，已经看到过三次同样的例子了。可是你们在处罚这家伙以前，应该把他问清楚，他从什么地方听到这句话，免得屈打了一个把确实消息报告你们、叫你们预防祸事的好人。

西西涅斯　不劳指教，我知道决不会有这种事。

勃鲁托斯　不可能的。

一使者上。

使者　贵族们都急急忙忙地到元老院去了；他们不知道听到了什么消息，一个个脸色都变了。

西西涅斯　都是这个奴才。——去把他鞭打示众；完全是他造谣生事。

使者　是的，大人，这奴隶的话已经有人证实；而且还有更可怕的消息。

西西涅斯　什么更可怕的消息？

使者　许多人都在那里公开传说，我也不知道他们从哪儿听来的，说是马歇斯已经和奥菲狄乌斯联合，带领一支军队来攻打罗马了；他发誓为自己复仇，把罗马人无论老幼，一起杀尽。

西西涅斯　会有这样的事！

勃鲁托斯　完全是谣言；他们想用这样的话煽惑那些懦弱的人，让他们希望善良的马歇斯回来。

西西涅斯　正是这个诡计。

米尼涅斯　这话恐怕未必；他跟奥菲狄乌斯是势不两立的仇人，决没有调和的可能。

另一使者上。

使者乙　请各位大人到元老院去。卡厄斯·马歇斯由奥菲狄乌斯辅佐。已经率领了一支声势浩大的军队，向我们的领土进犯了；他们一路过来势如破竹，到处纵火焚烧，掳夺一空。

考密涅斯上。

考密涅斯　啊！你们干得好事！

米尼涅斯　什么消息？什么消息？

考密涅斯　你们已经帮助你们的敌人来强奸你们自己的女儿，把全城的铅块熔灌在你们的头顶，亲眼看你们的妻子被人污辱——

米尼涅斯　什么消息？什么消息？

考密涅斯　你们的神庙化为灰烬，你们所倚赖的特权压缩得只剩锥孔一样大小。

米尼涅斯　请你把消息告诉我吧。——哼，你们干得好事！——请问什么消息？假如马歇斯和伏尔斯人联合起来——

考密涅斯　假如！他就是他们的神。他领导着他们的那副气概，好像凭着造化的本领，也造不出他这样一个顶天立地的男儿一样；他们跟随着他来攻击我们这些小儿，也像孩子们追捕夏天的蝴蝶、屠夫们杀戮苍蝇一样有把握。

米尼涅斯　你们干得好事，你们和你们那些穿围裙的家伙！你们那样看重那些手工匠的话，那些吃大蒜的人们吐出来的气息！

考密涅斯　他将要荡平你们的罗马。

米尼涅斯　就像赫剌克勒斯从树上摇落一颗烂熟的果子一样容易。你们干得好事！

勃鲁托斯　可是这是真的吗？

考密涅斯　还会不真吗？等着瞧吧，你们的脸色都要吓白了。各处属地都望风响应，欣然脱离我们的羁縻；企图抵抗的，都被讥笑为勇敢的愚夫，因为不自量力而覆亡。谁能责怪他的不是呢？你们的敌人和他的敌人都知道他是一个不可轻视的人。

米尼涅斯　我们全都完了，除非这位英雄大发慈悲。

考密涅斯　谁去求他开恩呢？护民官是不好意思去向他求情的；人民不值得他怜悯，正像豺狼不值得牧人怜悯一样；至于他的要好的朋友们，要是他们向他说，“照顾照顾罗马吧，”那么他们也就和他所憎恨的人一鼻孔出气，也就是他的仇敌了。

米尼涅斯　不错，要是他在我的家里放起火来，我也没有脸向他说，“请您住手。”——你们干得好事，你们和你们那些手段！

考密涅斯　你们使罗马发生空前的战栗，它从来没有像今天这样濒于绝望的境地。

西西涅斯
勃鲁托斯　不要说这是我们的错处。

米尼涅斯　怎么！那么是我们的错处吗？我们都是敬爱他的，可是像一群畜生和怯懦的贵族似的，让你们那群贱民为所欲为，把他轰出了城。

考密涅斯　可是我怕他们又要用高声的叫喊迎接他进来了。塔勒斯·奥菲狄乌斯，人类中间第二个令人畏惧的名字，像他的部属一样服从他的号令。罗马倘要抵抗他们，除了准备与城俱亡以外，已经力竭计穷、无法防御了。

一群市民上。

米尼涅斯　这群东西来了。奥菲狄乌斯也和他在一起吗？你们抛掷你们恶臭油腻的帽子，鼓噪着把科利奥兰纳斯放逐出去，就这样使罗马的空气变得污浊了。现在他来了；每一个兵士头上的每一根头发，都会变成惩罚你们的鞭子；他要把你们的头颅一个一个砍下来，报答你们的好意。算了，要是他把我们一起烧成了一个炭块,也是活该。

众市民　真的,我们听见了可怕的消息。

市民甲　拿我自己来说,当我说把他放逐的时候,我也说这是一件很可惋惜的事。

市民乙　我也这样说。

市民丙　我也这样说;说句老实话,我们中间有许多人都这样说。我们所干的事,都是为了大众的利益;虽然我们同意放逐他,可是那也并不是我们的本意。

考密涅斯　你们都是些好东西,你们的同意!

米尼涅斯　你们干得好事,你们和你们的鼓噪!我们要不要到议会里去?

考密涅斯　啊,是,是;不去又有什么事情好做?(考密涅斯、米尼涅斯同下。)

西西涅斯　各位!你们回家去吧;不要发急。这两个人是一党,他们虽然面子上装得很害怕,心里却但愿真有这样的事。回去吧,不要露出惊慌的样子来。

市民甲　但愿神明照顾我们!来,朋友们,我们回去吧。我们把他放逐的时候,我早就说我们做了一件错事。

市民乙　我们大家都这样说。可是走吧,我们回去吧。(众市民下。)

勃鲁托斯　我不喜欢这种消息。

西西涅斯　我也不喜欢。

勃鲁托斯　我们到议会去吧。要是有人能够证明这消息是个谣言,我愿意把我一半的家产赏给他!

西西涅斯　我们走吧。(同下。)

第七场　离罗马不远的营地

奥菲狄乌斯及其副将上。

奥菲狄乌斯　他们仍旧向那罗马人纷纷投附吗?

副　将　我不知道他有一种什么魔力,可是他们简直把他当作食前的祈祷、席上的谈话,和餐后的谢恩一样一刻不离口。您的声名,主帅,在这次战役中已经相形见绌,甚至于您自己的部下对您的信仰也一天不如一天了。

奥菲狄乌斯　我现在也没有法子,虽然可以用计策排挤他,可是那会影响到军事的进行。当我第一次拥抱他的时候,我想不到他在我的面前也会倨傲到这个样子;可是这也是他天性如此,改变不过来的脾气,我也只好原谅他了。

副　将　可是主帅,为您着想,我倒希望这次您没有和他负起共同的责任,或者您自己统率全军,或者让他独自主持一切。

奥菲狄乌斯　我很懂得你的意思;你等着瞧吧,等到我跟他最后清算的日子,怕他不跌翻在我的手里。虽然看上去好像他的行事非常堂皇正大,对伏尔斯政府也十分尽忠,作战的时候像龙一样勇猛,一拔出剑来就可以克敌制胜,他自己也因此沾沾自喜,一般凡俗的眼光也莫不以为如此;可是他还有一件事情留下没有做,在我们最后清算的日子,它将要使我们两人中间有一个人牺牲。

副　将　请教主帅,您看来他会不会把罗马征服?

奥菲狄乌斯　他还没有坐下,他的威力就已经压倒一切。罗马的元老和贵族们都是他的朋友;护民官不是军人;他们的人民会鲁莽地把他放逐,也会鲁莽地收回成命。我想他对于罗马,就像白鹭对于鱼类一样，天性中自有一种使人俯首就范的力量。本来他是他们的一个忠勇的仆人，可是他不能使他的荣誉维持不坠。也许因为他的一帆风顺的命运，使他沾上骄傲的习气，损坏了他的完善的人格；也许因为他见事不明，不善于利用他自己的机会；也许因为他本性难移，只适宜于顶盔披甲，不适宜于雍容揖让，刚毅严肃本来是治军的正道，他却用来对待和平时期的民众；这几重原因他虽然并不完全犯着，可是每一种都犯几分，只要犯了其中之一，就可以使他为人民所畏惧，因而被他们憎恨以至于放逐。正像一个怀璧亡身的人一样，他的功劳一经出口，就会被它自己所噎死。所以我们的美德是随着时间而变更价值的；权力的本身虽可称道，可是当它高踞宝座的时候，已经伏下它的葬身的基础了。一个火焰驱走另一个火焰，一枚钉打掉另一枚钉；权利因权利而转移，强力被强力所征服。来，我们去吧。卡厄斯，当你握有整个罗马的时候，你是一个最贫穷的人；那时候你就在我的手掌之中了。（同下。）

第五幕

第一场　罗马。广场

米尼涅斯、考密涅斯、西西涅斯、勃鲁托斯及余人等上。

米尼涅斯　不，我不去。你们已经听见他从前的主将怎么说了，他对于他的爱护是无微不至的。他虽然把我叫作父亲，可是那又有什么用处呢？你们把他放逐出去，还是你们去向他央求，在他营帐之前一英里路的地方俯伏下来，膝行而进，请他大发慈悲吧。不，他既然不愿听考密涅斯的话，那么我还是安住家里的好。

考密涅斯　他假装不认识我。

米尼涅斯　你们听见了吗？

考密涅斯　可是从前他却用我的名字称呼我。我向他提起我们过去的交情，我们在一起流过的血；可是无论我叫他科利奥兰纳斯或者其他的名字，他都不应一声；他仿佛是一个无名无姓的东西，等着用罗马城中的烈火替他自己熔铸出一个名字来。

米尼涅斯　哼，好，你们干得好事！一对护民官替罗马降低了炭价，不朽的功绩！

考密涅斯　我对他说，宽恕人家所不能宽恕的，是一种多么高贵的行为；他却回答我，一个国家向它所处罚的罪人求恕，是一件多么无聊的事。

米尼涅斯　很好，他当然要说这样的话啦。

考密涅斯　我叫他想想他自己的亲戚朋友；他回答我说，他等不及把他们从一大堆恶臭发霉的糠屑中间选择出来；他说他不能为了不忍烧去一两粒谷子的缘故，永远忍受着难闻的气味。

米尼涅斯　为了一两粒谷子的缘故！我就是这样一粒谷子；他的母亲、妻子，他的孩子，还有这位好汉子，我们都是这样的谷粒；你们是发霉的糠屑，你们的臭味已经熏到月亮上去了。为了你们的缘故，我们也只好同归于尽！

西西涅斯　不，请您不要恼怒；要是您不肯在这样危急的时候帮助我们，那么您也不要在我们的患难之中责备我们。可是我们相信，要是您愿意替您的祖国请命，那么凭着您的巧妙的口才，一定可以使我们那位同国之人放下干戈，比我们所能召集的军队更有力量。

米尼涅斯　不，我不愿多管闲事。

西西涅斯　请您去这一趟吧。

米尼涅斯　我干得了什么事呢？

勃鲁托斯　只要您去向马歇斯试一试您对他的交情能不能为罗马做一点事。

米尼涅斯　好；要是马歇斯理也不理我，就像他对待考密涅斯一样对待我，那便怎样呢？要是我在他的无情的冷淡之下抱着满怀的懊恼失望而归，那可怎么办呢？

西西涅斯　无论此去成功失败，您的好意总是会得到罗马的感谢的。

米尼涅斯　好，我就去试一试；也许他会听我的话。可是他对考密涅斯咬紧嘴唇，哼呀哈的，却叫我担着老大的心事。也许考密涅斯没有看准适当的时间，那个时候他还没有吃过饭；一个人在腹中空虚、血液没有温暖的时候，往往会噘着嘴生气，不大肯布施人，更不容易宽恕别人的过失；可是当我们把酒食填下了脏腑，使全身的血管增加热力以后，我们的灵魂就要比未进饮食以前温柔得多了。所以我要留心看着他，等他餐罢以后，方才向他提出我的请求，竭力说得他回心转意。

勃鲁托斯　您已经知道用怎样的途径激发他的天良，我们相信您一定不会有错。

米尼涅斯　好，不论结果如何，我去试一试再说。成功失败，不久就可以见个分晓。（下。）

考密涅斯　他决不会听他的话。

西西涅斯　不听他？

考密涅斯　我告诉你，他坐在黄金的椅上，他的眼睛红得像要把罗马烧起来一般，他的冤愤就是监守他的恻隐之心的狱吏。我跪在他的面前，他淡淡地说了一声"起来"，用他的无言的手把我挥走。他准备做的事，他将用书面告诉我；他不愿做的事，他已经立誓在先，决无改移。所以一切希望都已归于乌有了，除非他的母亲和妻子去向他当面哀求；听说她们已经准备前去求他保全他的祖国了，所以让我们就去恳促她们赶快动身吧。（同下。）

第二场　罗马城前的伏尔斯人营地

二守卒立岗位前防守；米尼涅斯上。

守卒甲　站住！你是什么地方来的？

守卒乙　站住！回去！

米尼涅斯　你们这样尽职，很好；可是对不起你们，我是一个政府官吏，要来见科利奥兰纳斯说话。

守卒甲　从什么地方来的？

米尼涅斯　从罗马来的。

守卒甲　你不能通过；你必须回去。我们主将有令，凡是从罗马来的人，一概不见。

守卒乙　等你看见你们的罗马被烈焰拥抱的时候，你再来跟科利奥兰纳斯说话吧。

米尼涅斯　我的好朋友们，要是你们曾经听见你们的主将说起罗马和他在罗马的朋友们，那么我的名字一定接触过你们的耳朵：我是米尼涅斯。

守卒甲　很好，回去吧；你的名字不能使你在这儿通行无阻。

米尼涅斯　我告诉你吧，朋友，你的主将是我的好朋友；我曾经是记载他的善行的一卷书，人家可以从我的嘴里读到他的无比的名声，因为我对于我的朋友们的好处总是极口称扬的，尤其是他，我有时候因为说溜了嘴，就像一个球碰到了光滑的地面一样，会不知不觉地夸张过分，越过了限定的界线。所以，朋友，你必须让我通过。

守卒甲　先生，即使您替他说过的谎话，就跟您自己说过的话一样多，即使说谎是一件善事，您也不能在这儿通过。所以您还是回去吧。

米尼涅斯　朋友，请你记好我的名字是米尼涅斯，一向都是站在你主将一边的。

守卒乙　不管你替他扯过多少谎，我奉着他的命令，却必须老实告诉你，你不能通过。所以你回去吧。

米尼涅斯　你知道他已经吃过饭了没有？我一定要等他饭后方才跟他说话。

守卒甲　你是一个罗马人，是不是？

米尼涅斯　我是罗马人，你的主将也是罗马人。

守卒甲　那么你应当像他一样痛恨罗马。你们把保卫罗马的人逐出门外，在一阵群众的狂暴的愚昧中，把你们的干盾给了你们的敌人，现在你们却想用老妇人的不费力的呻吟、你们女儿们的童贞的手掌或者像你这样一个老朽的瘫痪的说项，来抵御他的复仇的怒焰吗？你们想要用像这样微弱的呼吸，来吹灭将要焚毁你们城市的烈火吗？不，你完全想错了；所以赶快回到罗马去，准备引颈就戮吧。你们的劫运已经无可避免，我们的主将发誓不再宽恕你们。

米尼涅斯　哼，要是你的长官知道我在这儿，他一定会对我以礼相待的。

守卒乙　算了吧，我的长官不认识你。

米尼涅斯　我是说你的主将。

守卒甲　我的主将不知道有你这样一个人。回去，走，否则我要叫你流出你身上所有的两三滴血了；回去回去。

米尼涅斯　不，不，朋友，朋友——

科利奥兰纳斯及奥菲狄乌斯上。

科利奥兰纳斯　什么事？

米尼涅斯　现在，伙计，我也不要麻烦你替我传报了。你现在就可以知道我是一个被人敬礼的人；一个卑微的哨兵，是不能挡住我不让我看见我的孩儿科利奥兰纳斯的。你只要看他怎样款待我，我可以猜想得到你是不是将要上绞架，或者受到其他欣赏起来更长久、受苦得更残酷的死刑了；现在你给我留心看着，想一想你的未来的遭遇而晕过去吧。（向科利奥兰纳斯）愿荣耀的天神们每时每刻护佑着你，像你的米尼涅斯老爹一样眷爱你！啊，我的孩子！我的孩子！你在准备用火烧我们；瞧，我要用我眼睛里的泪水把它浇熄。他们好容易劝我到这儿来；可是我因为相信除了我自己以外，再也没有别人可以说动你，所以就让叹息把我吹出了城门，来求你宽恕罗马，和你的迫切待命的同胞们。愿善良的神明们缓和你的愤怒,要是你还有几分气恼未消,请你发泄在这个奴才的身上吧,他像一块石头一样,挡住了我不让见你。

科利奥兰纳斯　去!

米尼涅斯　怎么!去!

科利奥兰纳斯　我不知道什么妻子、母亲、儿女。我现在替别人做着事情,虽然是为自己报仇,可是我的行动要受伏尔斯人的支配。讲到我们过去的交情,那么还是让它在无情的遗忘里冷淡下去,不要用同情的怜悯唤起它的记忆吧。所以你去吧;你们的城门经不起我大军的一击,我的耳朵却不会被你们的呼吁所打动。可是为了我们的友谊,把这拿去吧;(以信交米尼涅斯)这是我写给你的,我本想叫人送给你。还有一句话,米尼涅斯。我不想听你说话。奥菲狄乌斯,这个人是我在罗马的好朋友,可是你瞧我怎样对待他!

奥菲狄乌斯　您有一个很坚决的意志。(科利奥兰纳斯、奥菲狄乌斯同下。)

守卒甲　先生,您的大名是米尼涅斯吗?

守卒乙　这一个名字是一道很有法力的符咒。现在您知道从哪条路回家去了。

守卒甲　您有没有听见我们因为不让大驾通过,挨了怎样一顿痛骂?

守卒乙　为了什么理由您说我要晕过去呢?

米尼涅斯　整个世界和你们的主将都不在我的心上;至于像你们这种东西,那么我简直不知道世上有你们存在,你们是太渺小了。自己愿意死的人,不怕别人把他杀死。让你们的主将去大施威风吧。讲到你们,那么愿你们一辈子做个没出息的小兵;愿你们的困苦与年俱增!你们叫我去,我也要对你们说,滚开!(下。)

守卒甲　他不是一个等闲之辈。

守卒乙　我们的主将是个好汉;他是岩石,是风吹不折的橡树。(同下。)

第三场 科利奥兰纳斯营帐

科利奥兰纳斯、奥菲狄乌斯及余人等上。

科利奥兰纳斯 我们明天将要在罗马城前驻扎下我们的大军。我的从征的助手,你必须向伏尔斯政府报告我怎样坦白地执行我的任务的情形。

奥菲狄乌斯 您只知道履行他们的意旨,充耳不闻罗马人民的呼吁,不让一句低声的私语进入您的耳中;即使那些自信和您交情深厚、决不会遭您拒绝的朋友,也不能不失望而归。

科利奥兰纳斯 最后来的那位老人家,就是我使他怀着一颗碎裂的心回去的那位,爱我胜如一个父亲;他简直把我像天神一样崇拜。他们把最后的希望寄托在他身上,叫他来向我说情;我虽然用冷酷的态度对待他,可是为了顾念往日的交情起见,仍旧向他提出最初的条件,那是他们所已经拒绝、现在也无法接受的。我不曾向他们作过什么让步;以后要是他们再派什么人来向我请求。无论是政府方面的使者。是私人方面的朋友。我都一概不去理会他们。(内呼声)嘿!这是什么呼声?难道我刚发了誓,就有人来引诱我背誓吗?我一定不。

维吉利娅、伏伦妮娅各穿丧服,率小马歇斯、凡勒利娅及侍从等上。

科利奥兰纳斯 我的妻子走在最前面;跟着她来的就是塑成我这躯体的高贵的模型,她的手里还挽着她的嫡亲的孙儿。可是去吧,感情!一切天性中的伦常,都给我毁灭了吧!让倔强成为一种美德。那屈膝的敬礼,还有那可以使天神背誓的鸽子一样温柔的眼光,又都值得了什么呢?我要是被温情所溶解,那么我就要变得和别人同样软弱了。我的母亲向我鞠躬了,好像俄林波斯山也会向一个土丘低头恳求一样;我的年幼的孩儿也露着求情的脸色,伟大的天性不禁喊出:“不要拒绝他!”让伏尔斯人耕耘着罗马的废壤,把整个意大利夷为田亩吧;我决不做一头服从本能的呆鹅,我要漠然无动于衷,就像我是我自己的创造者、不知道还有什么亲族一样。

维吉利娅 我的主,我的丈夫!

科利奥兰纳斯 我现在不是用我在罗马时候的那双眼睛瞧着你了。

维吉利娅 悲哀改变了我们的容貌,所以您才会这样想。

科利奥兰纳斯 像一个愚笨的伶人似的,我现在已经忘记了我所扮演的角色,将要受众人的耻笑了。我的最亲爱的,原谅我的残酷吧;可是不要因此而向我说:“原谅我们的罗马人。”啊!给我一个像我的放逐一样长久、像我的复仇一样甜蜜的吻吧!善妒的天后可以为我证明,爱人,我这一个吻就是上次你给我的,我的忠心的嘴唇一直为它保持着贞操。天啊!我是多么饶舌,忘记了向全世界最高贵的母亲致敬。母亲,您的儿子向您下跪了;(跪)我应该向您表示不同于一般儿子的最深的敬意。

伏伦妮娅 啊!站起来受我的祝福;让坚硬的石块做我的膝垫,我现在跪在你的面前,颠倒向我的儿子致敬了。(跪。)

科利奥兰纳斯 这是什么意思?您向我下跪!向您有罪的儿子下跪!那么让硗瘠的海滨的石子向天星飞射,让作乱的狂风弯折凌霄的松柏,去打击赤热的太阳吧;一切不可能的事都要变成可能,一切不会实现的奇迹都要变成轻易的工作了。

伏伦妮娅 你是我的战士;你这雄伟的躯体上一部分是我的心血。你认识这位夫人吗?

科利奥兰纳斯 坡勃力科拉的尊贵的姊妹,罗马的明月;她的贞洁有如从最皎白的雪凝冻而成，悬挂在狄安娜神庙檐下的冰柱；亲爱的凡勒利娅！

伏伦妮娅　这是你自己的一个小小的缩影，（指小儿）等他长大成人以后，他就会完全像你一样。

科利奥兰纳斯　愿至高无上的乔武允许战神把义勇的精神启发你的思想，让你不会屈服于耻辱之下，在战争中间做一座伟大的海标，受得住一切风浪的袭击，使那些望着你的人都能得救！

伏伦妮娅　跪下来，孩子。

科利奥兰纳斯　我的好孩子！

伏伦妮娅　他，你的妻子，这位夫人，以及我自己，现在都来向你请求了。

科利奥兰纳斯　请您不要说下去；或者在您没有向我提出什么要求以前，先记住这一点：我所立誓决不允许的事情，不能因为你们的请求而答应你们。不要叫我撤回我的军队，或者再向罗马的手工匠屈服；不要对我说我在什么地方太不近人情；也不要想用你们冷静的理智浇熄我的复仇的怒火。

伏伦妮娅　啊！别说了，别说了；你已经拒绝我们一切的要求，因为我们除了你所已经拒绝的以外，更没有什么其他的要求了；可是我们还是要向你请求，那么要是你拒绝了我们，我们就可以归怨于你的忍心。所以，听我们说吧。

科利奥兰纳斯　奥非狄乌斯，还有你们这些伏尔斯人，请你们听着；因为凡是从罗马来的言语，我都要公之于众人。您的要求是什么？

伏伦妮娅　即使我们静默不言，你也可以从我们的衣服和容态上，看出我们自从你放逐以后，过着怎样的生活。请你想一想，我们到这儿来，是怎样比世间所有的妇女不幸万分，因为我们看见了你，本来应该眼睛里荡漾着喜悦，心坎里跳跃着欣慰，可是现在反而悲泣流泪，忧惧战栗；母亲、妻子、儿子，都要看着她的孩子、她的丈夫和他的父亲亲手挖出他祖国的心脏来。你的敌意对于可怜的我们是无上的酷刑，你使我们不能向神明祈祷，那本来是每一个人所能享受的安慰。因为，唉！我们虽然和祖国的命运是不可分的，可是我们的命运又是和你的胜利不可分的，我们怎么能为我们的祖国祈祷呢？唉！我们倘不是失去我们的国家，我们亲爱的保姆，就是失去你，我们在国内唯一的安慰。无论哪一方得胜，虽然都符合我们的愿望，可是总免不了一个悲惨的结果：我们不是看见你像一个通敌的叛徒一般，戴上镣铐牵过市街，就是看见你意气扬扬地践踏在祖国的废墟上，高举着胜利的旗帜，因为你已经勇敢地溅了你妻子儿女的血。至于我自己，那么，孩子，我不愿等候命运宣判战争的最后胜负；要是我不能把你劝服，使你放弃了陷一个国家于灭亡的行动，而采取一种兼利双方的途径，那么相信我，我决不让你侵犯你的国家，除非先从你生身母亲的身上践踏过去。

维吉利娅　嗽，我替您生下这个孩子，继续您的家声，您现在也必须从我的身上践踏过去。

小马歇斯　我可不让他踏；我要逃走，等我年纪长大了，我也要打仗。

科利奥兰纳斯　看见孩子和女人的脸，容易使人心肠变软。我已经坐得太久了。（起立）

伏伦妮娅　不，不要就这样离开我们。要是我们的请求，是要你为了拯救罗马人的缘故而毁灭你所臣事的伏尔斯人，那么你可以责备我们不该损害你的信誉；不，我们的请求只是要你替双方和解，伏尔斯人可以说：“我们已经表示了这样的慈悲。”罗马人也可以说：“我们已经接受了这样的恩典。”同时两方面都向你欢呼称颂：“祝福你替我们缔结和平！”你知道，我的伟大的儿子，战争的结果是不能确定的，可是这一点却可以确定：要是你征服了罗马，你所收得的利益，不过是一个永远伴着唾骂的恶名；历史上将要记载："这个人本来是很英勇的，可是他在最后一次的行动里亲手涂去了他的令名，毁灭了他的国家，他的名字永受后世的憎恨。"儿子，对你的母亲不能默默无言哪：你已保全了体面，就该同天神一样做得光彩，虽然用雷电撕裂云层，却不妨霹雳一声，震倒一棵橡树，何必让生灵涂炭呢。你为什么不说话呢？你以为一个高贵的人，是应该不忘旧怨的吗？媳妇，你说话呀；他不理会你的哭泣呢。你也说话呀，孩子；也许你的天真会比我们的理由更能使他感动。没有一个人和他母亲的关系更密切了；可是他现在却让我像一个用脚镣锁着的囚人一样叨叨絮语。置若罔闻。你从来不曾对你亲爱的母亲表示过一点孝敬；她却像一头痴心爱着它头胎雏儿的母鸡似的，把你教养成人，送你献身疆场，又迎接你满载着光荣归来。要是我的请求是不正当的，你尽可以挥斥我回去；否则你就是不忠不孝，天神将要降祸于你，因为你不曾向你的母亲尽一个人子的义务。他转身去了；跪下来，让我们用屈膝羞辱他。附属于他那科利奥兰纳斯的姓氏上的，只有骄傲，没有一点怜悯。跪下来；完了，这是我们最后的哀求；我们现在要回到罗马去，和我们的邻人们死在一起。不，瞧着我们吧。这个小孩不会说他要些什么，只是陪着我们下跪举手，他代替我们呼吁的理由，比你拒绝的理由有力得多。来，我们去吧。这人有一个伏尔斯的母亲，他的妻子在科利奥里，他的孩子也许像他一样。可是请你给我们一个答复；我要等我们的城市在大火中焚烧以后，方才停止我的声音，那时候我也没有什么好说了。

科利奥兰纳斯　（握伏伦妮娅手，沉默。）啊，母亲，母亲！您做了一件什么事啦？瞧！天都裂了开来，神明在俯视这一场悖逆的情景而讥笑我们了。啊,我的母亲!母亲!啊!您替罗马赢得了一场幸运的胜利;可是相信我,啊!相信我,被您战败的您的儿子,却已经遭遇着严重的危险了。可是让它来吧。奥菲狄乌斯,虽然我不能帮助你们战胜,可是我愿意为双方斡旋和平。好奥菲狄乌斯,要是你处在我的地位,你会听你的母亲这样说而不答应她吗?

奥菲狄乌斯　我心里非常感动。

科利奥兰纳斯　我敢发誓你一定受到感动。将军,要我的眼睛里流下同情的眼泪来,可不是一件容易的事呢。可是,好将军,你们想要缔结怎样的和平,请你告诉我;我自己并不到罗马,仍旧跟着你们一起回去;请你帮助我促成这一个目的吧。啊,母亲!妻子!

奥菲狄乌斯　(旁白)我很高兴你已经使慈悲和荣誉两种观念在你的心里互相抵触了;我可以利用这一个机会,恢复我以前的地位。(诸妇人向科利奥兰纳斯作手势示意。)

科利奥兰纳斯　好,那慢慢再说。我们先在一起喝杯酒;你们可以带一个比言语更确实的证据回去,那是我们在同样情形之下也会照样签署的。来,跟我们进去。夫人们,罗马应该为你们建造一座庙宇;意大利所有的刀剑和她的联合的军力,都不能缔结这样的和平。(同下。)

第四场　罗马。广场

米尼涅斯及西西涅斯上。

米尼涅斯　你看见那边庙堂上的基石吗?

西西涅斯　看见了又怎样?

米尼涅斯　要是你能够用你的小指头把它移动,那么,罗马的妇女们,尤其是他的母亲,也许有几分希望可以把他说服。可是我说,再也不会有什么希望了。我们只是在伸着头颈等候人家来切断我们的咽喉。

西西涅斯　难道在这样短短的时间里，一个人会改变得这样厉害吗？

米尼涅斯　毛虫和蝴蝶是大不相同的，可是蝴蝶就是从毛虫变化而成的。这马歇斯已经从一个人变成一条龙了；他已经生了翅膀，不再是一个爬行的东西了。

西西涅斯　他本来是很孝敬他的母亲的。

米尼涅斯　他本来也很爱我；可是他现在就像一匹八岁的马，完全忘记他的母亲了。他脸上那股凶相，可以使熟葡萄变酸；他走起路来，就像一辆战车开过，把土地都震陷了；他的目光可以穿透甲胄；他的说话有如丧钟，哼一声也像大炮的轰鸣。他坐在尊严的宝座上，好像只有亚历山大才可以和他对抗。他的命令一发出，事情就已经办好。他全然是一个天神，只缺少永生和一个可以雄踞的天庭。

西西涅斯　要是你说得他不错，那么他还缺少天神应有的慈悲。

米尼涅斯　我不过照他的本相描写他。你瞧着吧，他的母亲将会从他那儿带些什么慈悲来。他要是会发慈悲，那么雄虎身上也会有乳汁了；我们这不幸的城市就可以发现这一个真理，这一切都是为了你们的缘故！

西西涅斯　但愿神明护佑我们！

米尼涅斯　不，神明在这种事情上是不会护佑我们的，当我们把他放逐的时候，我们就已经冒犯了神明；现在他回来杀我们的头，神明也不会可怜我们。

一使者上。

使　者　先生，您要是爱惜性命，赶快逃回家里躲起来吧。民众已经把你们那一位护民官捉住，把他拖来拖去，大家发誓说要是那儿位罗马妇女不把好消息带回来,就要把他寸寸磔死。

另一使者上。

西西涅斯　有什么消息?

使者乙　好消息!好消息!那几位夫人已经得到胜利,伏尔斯军队撤退了,马歇斯也去了。罗马从来不曾有过这样欢乐的日子;就是击退塔昆的时候,也不及今天这样高兴。

西西涅斯　朋友,你能够确定这句话是真的吗?全然是正确的吗?

使者乙　正像我知道太阳是一团火一样正确。您究竟躲在什么地方,才会不相信这句话呢?好消息传进城里,是比潮水冲过桥孔还快的。你听!(喇叭箫鼓声同时并奏,内欢呼声。)喇叭、号筒、弦琴、横笛、手鼓、铙钹,还有欢呼的罗马人,使太阳都跳起舞来了。您听!(内欢呼声。)

米尼涅斯　这果然是好消息。我要去迎接那几位夫人。这位伏伦妮娅抵得过全城的执政、元老和贵族;比起像你们这样的护民官来,那么盈海盈陆的护民官,也抵不上她一个人。你们今天祷告得很有灵验;今天早上我还不愿出一个铜子来买你们一万条喉咙。听,他们多么快乐!(乐声,欢呼声继续。)

西西涅斯　第一,你带了这样好消息来,愿神明祝福你;第二,请你接受我的感谢。

使者乙　先生,我们大家都应该感谢上天。

西西涅斯　她们已经离城很近了吗?

使者乙　快要进城来了。

西西涅斯　我们也去迎接她们,凑凑热闹。(欲去。)

伏伦妮娅、维吉利娅、凡勒利娅等由元老、贵族、民众等簇拥而上,自台前穿过。

元老甲　瞧我们的女恩人,罗马的生命!召集你们的部族,赞美神明,燃起庆祝的火炬来；在她们的面前散布鲜花；用欢迎他母亲的呼声，代替你们从前要求放逐马歇斯的鼓噪，大家喊："欢迎，夫人们，欢迎！"

众　人　欢迎，夫人们，欢迎！（鼓角各奏花腔；众人下。）

第五场　科利奥里。广场

塔勒斯·奥菲狄乌斯及侍从等上。

奥菲狄乌斯　你们去通知城里的官员们，说我已经到了；把这封信交给他们，叫他们读了以后，就到市场上去，我要在那边当着他们和民众，证明这信里所写的话。我所控告的那个人，现在大概也进了城，他也想在民众面前用言语替他自己辩解；你们快去吧。（侍从等下。）

奥菲狄乌斯党羽三四人上。

奥菲狄乌斯　非常欢迎！

党徒甲　我们的主帅安好？

奥菲狄乌斯　别提啦，我正像一个被自己的布施所毒害、被自己的善心所杀死的人。

党徒乙　主帅，要是您仍旧希望我们帮助您实行原来的计划，我们一定愿意替您解除您的重大的危险。

奥菲狄乌斯　现在我还不能说；我们必须在明白人民的心理以后，再决定怎么办。

党徒丙　当你们两人继续对立的时候，人民的喜怒也不会有一定的方向；可是你们中间无论哪一个人倒下以后，还有那一个人就可以为众望所归。

奥菲狄乌斯　我知道；我必须找到一个振振有辞的借口，方才可以对他作无情的抨击。他是我提拔起来的人，我用自己的名誉担保他的忠心；可是他这样跻登贵显以后，就用谄媚的露水灌溉他的新栽的树木，引诱我的朋友们归附他，为了这一个目的，他方才有意抑制他的粗暴倔强、不受拘束的性格，装出一副卑躬屈节的态度。

党徒丙　主帅，他在候选执政的时候，因为过于傲慢而落选——

奥菲狄乌斯　那正是我要说起的事：他因为得罪了罗马的民众，被他们放逐出境，他就到我的家里来，向我伸颈就戮；我收容了他，使他成为我的同僚，一切满足他的要求；甚至于为了帮助他完成他的目的起见，让他在我的部队中间亲自挑选最勇壮的兵士；我自己也尽力协助他，和他分任劳苦，却让他一个人收到名誉。我这样挫抑着自己，非但毫无怨尤，而且还自以为成人之美，是一件值得自豪的事。直到后来，我仿佛变成了他的下属，而不是他的同僚了；他对我老是露出不屑的神气，好像我是一个贪利之徒一样。

党徒甲　他正是这样，主帅；全军都觉得非常奇怪。后来我们向罗马长驱直进，满以为这次一定可以大获全胜——

奥菲狄乌斯　正是；为了这一次的事情，我也一定要把他亲手扑杀。单单几滴像谎话一样不值钱的女人的眼泪，就会使他出卖了我们在这次伟大的行动中所抛掷的血汗和劳力。他非死不可，他的没落才是我出头的机会。可是听！（鼓角声，夹杂人民高呼声。）

党徒甲　您走进您自己的故乡，就像到一处驿站一样，不曾有一个人欢迎您回来；可是他回来的时候，那喧哗的声音却把天都震破了。

党徒乙　那些健忘的傻瓜们，没有想到他曾经杀死他们的子女，却拼命张开他们卑贱的喉咙来向他称颂。

党徒丙　所以您应该趁他没有为自己辩白、凭着他的利嘴鼓动人心以前，就让他死在您的剑下，我们一定会帮助您。等他死了以后，您就可以用您自己的话宣布他的罪状，即使他有天大的理由，也只好和他的尸体一同埋葬了。

奥菲狄乌斯　不要说下去；官员们来了。

城中众官员上。

众　官　您回来了，欢迎得很！

奥菲狄乌斯　我不值得受各位这样的欢迎。可是，各位大人，你们有没有用心读过我写给你们的信？

众　官　我们已经读过了。

官　甲　并且很觉得痛心。他以前所犯的种种错误，我想未始不可以从宽处分；可是他这样越过一切的界限，轻轻地放弃了我们厉兵秣马去谋取的利益，擅作主张，和一个濒于屈膝的城市缔结休战的条约，这是绝对不可容恕的。

奥菲狄乌斯　他来了；你们可以听听他怎么说。

科利奥兰纳斯上，旗鼓前导，一群市民随上。

科利奥兰纳斯　祝福，各位大人！我回来了，仍旧是你们的兵士，仍旧像我去国的时候一样对自己的祖国没有一点眷恋，一心一意接受你们伟大的命令。让我报告你们知道，我已经顺利地执行了我的使命，用鲜血打开了一条大道，直达罗马的城前。我们这次带回来的战利品，足足抵偿出征费用的三分之一而有余。我们已经缔结和约，使安息人得到极大的光荣，但是对罗马人也并不过于难堪。这儿就是已经由罗马的执政和贵族签字，并由元老院盖印核准的我们所议定的条件，现在我把它呈献给各位了。

奥菲狄乌斯　不要读它，各位大人；对这个叛徒说，他已经越权滥用你们的权力，罪在不赦了。

科利奥兰纳斯　叛徒！怎么？

奥菲狄乌斯　是的，叛徒，马歇斯。

科利奥兰纳斯　马歇斯！

奥菲狄乌斯　是的，马歇斯，卡厄斯·马歇斯。你以为我会在科利奥里用你那个盗窃得来的名字科利奥兰纳斯称呼你吗？各位执政的大臣，他已经不忠不信地辜负了你们的付托，为了几滴眼泪的缘故，把你们的罗马城放弃在他的母亲妻子的手里——听着，我说罗马是“你们的城市”。他破坏他的盟誓和决心，就像拉断一绞烂丝一样，也没有咨询其他将领的意见，就这样痛哭号呼地牺牲了你们的胜利；他这种卑怯的行动，使孩儿们也代他羞愧，勇士们都面面相觑，愕然失色。

科利奥兰纳斯　你听见吗，战神马斯？

奥菲狄乌斯　不要提起天神的名字，你这善哭的孩子！

科利奥兰纳斯　嘿！

奥菲狄乌斯　我的话就是这样。

科利奥兰纳斯　你这漫天说谎的家伙，我的心都气得快要胀破了。孩子！啊，你这奴才！恕我，各位大人，这是我第一次迫不得已的骂人。请各位秉公判断，痛斥这狗子的妄言。他身上还留着我鞭笞的痕迹，我总要把他打下坟墓里去。

官　甲　两个人都不要闹，听我说话。

科利奥兰纳斯　把我斩成片段吧，伏尔斯人；成人和儿童们，让你们的剑上都沾着我的血吧。孩子！说谎的狗！要是你们的历史上记载的是实事，那么你们可以翻开来看一看，我曾经怎样像一头鸽棚里的鹰似的，在科利奥里城里单拳独掌，把你们这些伏尔斯人打得落花流水。孩子！

奥菲狄乌斯　嘿，各位大人；你们愿意让这个亵渎神圣、大言不惭的狂徒当着你们的耳目，夸耀他的盲目的侥幸，使你们回想到你们的耻辱吗？

众党徒　杀死他，杀死他！

众市民　撕碎他的身体！——立刻杀死他！——他杀死我的儿子！——我的女儿！——他杀死了我的族兄玛克斯！——他杀死了我的父亲！

官　乙　静下来，喂！不许行暴；静下来！这人是一个英雄，他的名誉广播世间。他对于我们所犯的罪行，必须用合法的手续审判。站住，奥菲狄乌斯，不要扰乱治安。

科利奥兰纳斯　啊！要是我的剑在手头，即使有六个奥菲狄乌斯，或者他的所有的党徒都在我的面前，我也一定要结果他的性命！

奥菲狄乌斯　放肆的恶徒！

众党徒　杀，杀，杀，杀，杀死他！（奥菲狄乌斯及众党徒拔剑杀科利奥兰纳斯，科利奥兰纳斯倒地；奥菲狄乌斯立于科利奥兰纳斯尸体上。）

众　官　住手，住手，住手，住手！

奥菲狄乌斯　各位朋友，听我说话。

官　甲　啊，塔勒斯！

官　乙　你已经做了一件将要使勇士们悲泣的事了。

官　丙　不要踏在他的身上。各位朋友，静下来。收好你们的剑。

奥菲狄乌斯　各位大人，这次暴行完全是他自己向我们挑衅的结果，你们已经亲眼瞧见他的行为，一定知道这一个人的存在对于你们是一种多大的危险，现在我们已经除去这一个祸患，你们应该引为莫大的幸事。请你们把我传到你们的元老院里去质询吧，我愿意呈献我自己做你们的忠仆，或者受你们最严厉的处分。

官　甲　把他的尸体搬去；你们大家为他悲泣，用最隆重的敬礼表示哀思吧。

官　乙　他自己的躁急，免去了奥菲狄乌斯大部分的责任。事情已经到这个地步，我们还是商量善后的处置吧。

奥菲狄乌斯　我的愤怒已经消失，我感到深深的悔恨。把他抬起来；

让三个重要的军人帮着抬他的尸体,我自己也做其中的一个。鼓手,在你的鼓上敲出沉痛的节奏来;把你们的钢矛倒拖在地上行走。虽然他在这城里杀死了许多人的丈夫儿女,使他们至今吞声饮泣,可是他必须有一个光荣的葬礼。大家帮着我。(众抬科利奥兰纳斯尸体同下;奏丧礼进行曲。)

William Shakespeare
COMPLETE WORKS

泰特斯·安德洛尼克斯

朱生豪 译

莎士比亚
全集

剧中人物

萨特尼纳斯　罗马前皇之子，后即位称帝

巴西安纳斯　萨特尼纳斯之弟，与拉维妮娅相恋

泰特斯·安德洛尼克斯　征讨哥特人之罗马大将

玛克斯·安德洛尼克斯　护民官泰特斯之弟

路歇斯
昆塔斯
马歇斯
缪歇斯　泰特斯·安德洛尼克斯之子

小路歇斯　路歇斯之幼子

坡勃律斯　玛克斯·安德洛尼克斯之子

辛普洛涅斯
卡厄斯
凡伦丁　泰特斯之亲族

伊米力斯　罗马贵族

阿拉勃斯
狄米特律斯
契　伦　塔摩拉之子

艾伦　摩尔人，塔摩拉之嬖奴

哥特将士，罗马将士等

塔摩拉　哥特女王

拉维妮娅　泰特斯·安德洛尼克斯之女

乳媪，黑婴

元老、护民官、将官、兵士、侍从、使者、乡人及罗马人民等

地　点

罗马及其附近郊野

第一幕

第一场　罗马

安德洛尼克斯家族坟墓遥见。护民官及元老等列坐上方；萨特尼纳斯及其党徒自一门上，巴西安纳斯及其党徒自另一门上，各以旗鼓前导。

萨特尼纳斯　尊贵的卿士们，我的权利的保护人，用武器捍卫我的合法的要求吧；同胞们，我的亲爱的臣僚，用你们的宝剑争取我的继承的名分吧：我是罗马前皇的长子，让我父亲的尊荣在我的身上继续，不要让这时代遭受非礼的侮蔑。

巴西安纳斯　诸位罗马人，朋友们，同志们，我的权利的拥护者，要是巴西安纳斯，凯撒的儿子，曾经在尊贵的罗马眼中邀荷眷注，请你们守卫这一条通往圣殿的大路，不要让耻辱玷污皇座的尊严；这一个天命所集的位置，是应该为秉持正义、淡泊高尚的人所占有的。让功业德行在大公无私的选举中放射它的光辉；罗马人，你们的自由能否保全，在此一举，认清你们的目标而奋斗吧。

玛克斯·安德洛尼克斯捧皇冠自上方上。

玛克斯　两位皇子，你们各拥党羽，雄心勃勃地争取国柄和皇座，我们现在代表民众告诉你们：罗马人民已经众口一词，公举素有忠诚之名的安德洛尼克斯作为统治罗马的君王。因为他曾经为罗马立下许多丰功伟绩，在今日的邦城之内，没有一个比他更高贵的男子，更英勇的战士。他这次奉着元老院的召唤，从征讨野蛮的哥特人的辛苦的战役中回国;凭着他们父子使敌人破胆的声威,已经镇伏了一个强悍善战的民族。自从他为了罗马的光荣开始出征、用武力膺惩我们敌人的骄傲以来,已经费了十年的时间。他曾经五次流着血护送他的战死疆场的英勇的儿子们的灵柩回到罗马来;现在这位善良的安德洛尼克斯,雄名远播的泰特斯,终于满载着光荣的战利品,旌旗招展,奏凯班师了。凭着你们所希望克绳遗武的先皇陛下的名义,凭着你们在表面上尊崇的议会的权力,让我们请求你们各自退下,解散你们的随从,用和平而谦卑的态度,根据你们本身的才德,提出你们合法的要求。

萨特尼纳斯　这位护民官说得很好,他使我的心安静下来了!

巴西安纳斯　玛克斯·安德洛尼克斯,我信任你的公平正直;我敬爱你,也敬爱你的高贵的兄长泰特斯和他的英勇的儿子们,我尤其敬爱我所全心倾慕的温柔的拉维妮娅,罗马的贵重的珍饰;我愿意在这儿遣散我的亲爱的朋友们,把我的正当的要求委之于命运和人民的意旨。(巴西安纳斯党羽下。)

萨特尼纳斯　朋友们,谢谢你们为了我的权利而如此出力,现在你们都退下去吧。我把自身的利害、正义的存亡,都信托于祖国的公意了。(萨特尼纳斯党羽下)罗马,正像我对你深信不疑一样,愿你用公平仁爱的精神对待我。开门,让我进来。

巴西安纳斯　各位护民官,也让我这卑微的竞争者进来。(喇叭奏花腔;萨特尼纳斯、巴西安纳斯二人升阶入议会。)

一将官上。

将官　罗马人,让开!善良的安德洛尼克斯,正义的保护者,罗马最好的战士,已经用他的宝剑征服罗马的敌人,带着光荣和幸运,战胜回来了。

鼓角齐鸣;马歇斯及缪歇斯前行,二人抬棺,棺上覆黑布,路歇斯及昆塔斯随后。泰特斯·安德洛尼克斯领队,率塔摩拉、阿拉勃斯、契伦、狄米特律斯、艾伦及其他哥特俘虏续上,兵士人民等后随。抬棺者将棺放下,泰特斯发言。

泰特斯　祝福,罗马,在你的丧服之中得到了胜利的光荣!瞧!像一艘满载着珍宝的巨船回到它最初启碇的口岸一样,安德洛尼克斯戴着桂冠,用他的眼泪,因生还罗马而流下的真诚的喜悦之泪,向他的祖国致敬了。这一座圣殿的伟大的保卫者啊,仁慈地鉴临着我们将要举行的仪式吧!罗马人,我曾经有二十五个勇敢的儿子,普里阿摩斯王诸子的半数,瞧,现在活的死的,一共还剩多少!这几个活着的,让罗马用恩宠报答他们;这几个新近战死的,我要把他们葬在祖先的坟地上;哥特人已经允许我把我的宝剑插进鞘里了。泰特斯,你这不慈不爱的父亲,为什么你还不把你的儿子们安葬,害他们在可怕的冥河之滨徘徊?让他们长眠在他们兄弟的身旁吧。(开墓)沉默地会晤你们的亲人,平静地安睡吧,你们是为祖国而捐躯的!啊,埋藏着我所喜爱者的神库,正义和勇敢的美好的巢穴,你已经容纳了我多少个儿子,你是再也不会把他们还给我的了!

路歇斯　把哥特人中间最娇贵的俘虏交给我们,让我们砍下他的四肢,在我们兄弟埋骨的坟墓之前把他烧死,作为献祭亡灵的礼品;让阴魂可以瞑目地下,不至于为祟人间。

泰特斯　我把生存的敌人中间最尊贵的一个交付给你,这位痛苦的女王的长子。

塔摩拉　且慢,罗马的兄弟们!仁慈的征服者,胜利的泰特斯,怜悯我所挥的眼泪,一个母亲为了哀痛她的儿子所挥的眼泪吧!要是你曾经爱过你的儿子,啊!请你想一想我的儿子对于我也是同样亲爱的。我们已经成为你的囚人,屈服于罗马的威力之下,被俘到罗马来，夸耀你的光荣的凯旋了；难道这还不够，还必须把我的儿子们屠戮在市街上，因为他们曾经为他们自己的国家出力吗？啊！要是在你们国中，为君主和国家而战是一件应尽的责任，那么在我们国中也是一样的。安德洛尼克斯，不要用鲜血玷污你的坟墓。你要效法天神吗？你就该效法他们的慈悲；慈悲是高尚人格的真实标记。尊贵的泰特斯，赦免我的长子吧！

泰特斯 您忍耐点儿吧，娘娘，原谅我。这些已死的都是他们的兄弟，你们哥特人曾经看见他们怎样以身殉国；现在他们为了已死的兄弟诚心要求一件祭礼，您的儿子已经被选中了，他必须用一死安慰那些愤懑的幽魂。

路歇斯 把他带下去！立刻生起火来；在一堆木柴之上，让我们用宝剑肢解他的身体，直到烈火把他烧成一堆焦炭。（路歇斯、昆塔斯、马歇斯、缪歇斯牵阿拉勃斯下。）

塔摩拉 啊 残酷的、伤天害理的行为！

契伦 西徐亚的土人有他们一半野蛮吗？

狄米特律斯 不要把西徐亚和野心的罗马相比。阿拉勃斯去安息了，我们这些未死的囚徒，只有在泰特斯的狰狞的目光下战栗。所以，母亲，我们还是坚决地希望着，那曾经帮助特洛伊王后向色雷斯的暴君复仇[①]的天神们，也会照顾哥特人的女王塔摩拉，向她的敌人报复血海深仇。

路歇斯、昆塔斯、马歇斯、缪歇斯各持血剑重上。

路歇斯 瞧，父亲，我们已经举行了我们罗马的祭礼。阿拉勃斯的四肢都被我们割了下来，他的脏腑投在献祭的火焰之中，那烟气像

① 此处系指特洛伊王后赫卡柏之子波吕多洛斯为色雷斯王林涅斯托所谋杀之事；特洛伊城陷后，赫卡柏乃往复仇，抉其双目。

燃烧的香料一样熏彻天空。现在我们只要送我们的兄弟入土，高鸣号角欢迎他们回到罗马来。

泰特斯　很好，让安德洛尼克斯向他们的灵魂作这一次最后的告别。（喇叭吹响，棺材下墓）在平和与光荣之中安息吧，我的孩子们；罗马的最勇敢的战士，这儿你们受不到人世的侵害和意外的损伤，安息吧！这儿没有潜伏的阴谋，没有暗中生长的嫉妒，没有害人的毒药，没有风波，没有喧哗，只有沉默和永久的睡眠；在平和与光荣之中安息吧，我的孩子们！

拉维妮娅上。

拉维妮娅　愿泰特斯将军在平安与光荣之中安享长年；我的尊贵的父亲，愿你活着受到世人的景仰！瞧！在这坟墓之前，我用一掬哀伤的眼泪向我的兄弟们致献我追思的敬礼；我还要跪在你的足下，用喜悦的眼泪浇洒泥土，因为你已经无恙归来。啊！用你胜利的手为我祝福吧！

泰特斯　仁慈的罗马，感谢你温情的庇护，为我保全了这一个暮年的安慰！拉维妮娅，生存吧；愿你的寿命超过你的父亲，你的贤淑的声名永垂不朽！

玛克斯·安德洛尼克斯及众护民官、萨特尼纳斯、巴西安纳斯及余人等重上。

玛克斯　泰特斯将军，我的亲爱的兄长，罗马眼中仁慈的胜利者，愿你长生！

泰特斯　谢谢，善良的护民官，玛克斯贤弟。

玛克斯　欢迎，侄儿们，你们这些奏凯回来的生存的英雄和流芳万世的长眠的壮士！你们为国献身，国家一定会给你们同样隆重的褒赏；可是这庄严的葬礼，却是更肯定的凯旋，他们已经超登极乐，战胜命运的无常，永享不朽的美名了。泰特斯·安德洛尼克斯，你一向就是罗马人民的公正的朋友，他们现在推举我——他们所信托的护民官——把这一件洁白无疵的长袍送给你，并且提出你的名字，和这两位前皇的世子并列，作为罗马皇位的候选人。所以，请你答应参加竞选，披上这件白袍，帮助无主的罗马得到一个元首吧。

泰特斯　罗马的光荣的身体上不该安放一颗老迈衰弱的头颅。为什么我要穿上这件长袍，连累你们呢？也许我今天受到推戴，明天就会撒手长逝，那不是又要害你们多费一番忙碌吗？罗马，我已经做了四十年你的军人，带领你的军队东征西讨，不曾遭过败衄；我已经埋葬了二十一个在战场上建立功名、为了他们高贵的祖国而慷慨捐躯的英勇的儿子。给我一支荣誉的手杖，让我颐养我的晚年；不要给我统治世界的权杖，那最后握着它的，各位大人，应该是一位聪明正直的君主。

玛克斯　泰特斯，你可以要求皇位，你的要求将被接受。

萨特尼纳斯　骄傲而野心勃勃的护民官，你有这个把握吗？

泰特斯　不要恼，萨特尼纳斯皇子。

萨特尼纳斯　罗马人，给我合法的权利。贵族们，拔出你们的剑来，直到萨特尼纳斯登上罗马的皇座，再把它们插入鞘中。安德洛尼克斯，我但愿把你送下地狱，要是你想夺取民众对我的信心！

路歇斯　骄傲的萨特尼纳斯，你还不知道光明磊落的泰特斯预备怎样照顾你，就这样口出狂言。

泰特斯　安心吧，皇子；我会使人民放弃他们原来的意见，使你重新得到他们的爱戴。

巴西安纳斯　安德洛尼克斯，我并不谄媚你，我只是尊敬你，我将要尊敬你直到我死去。要是你愿意率领你的友人加强我的阵营，我一定非常感激你；对于心地高尚的人，感谢是无上的酬报。

泰特斯　罗马的人民和各位在座的护民官，我要求你们的同意和赞助：你们愿意接受安德洛尼克斯的建议吗？

众护民官　为了使善良的安德洛尼克斯得到满足，为了庆贺他安返罗马，人民愿意接受他所赞助的人。

泰特斯　诸位护民官，我谢谢你们；我要向你们提出这个要求，请你们推戴你们前皇的长子萨特尼纳斯殿下践履皇位；我希望他的贤德将会普照罗马，就像日光照射大地一样，在这国土之上结成正义的果实。要是你们愿意听从我的建议，就请把皇冠加在他的头上，高呼“吾皇万岁！”

玛克斯　在全国人民不分贵贱一致的推戴拥护之下，我们宣布萨特尼纳斯殿下为罗马伟大的皇帝；萨特尼纳斯吾皇万岁！（喇叭奏长花腔。）

萨特尼纳斯　泰特斯·安德洛尼克斯，为了你今天推戴的功劳，我不但给你口头的感谢，还要用实际行动报答你的好意。我要光大你的荣誉和你的家族的盛名，泰特斯，第一步我要使拉维妮娅做我的皇后，罗马的尊严的女主人，我的意中的爱宠；我要在神圣的万神殿中和她举行婚礼。告诉我，安德洛尼克斯，这个建议使你满意吗？

泰特斯　是，陛下；蒙陛下不弃下婚，真是莫大的恩荣。当着罗马人民的面前，我把我的宝剑、我的战车和我的俘虏，这些适合于呈奉罗马皇座的礼物，献给萨特尼纳斯，我们全体国民的君王和主帅，统治这一个广大的世界的皇帝。请陛下鉴纳愚诚，接受我这卑微的贡献。

萨特尼纳斯　谢谢你，尊贵的泰特斯，我的生命的父亲！罗马的历史上将要记载我是怎样地欣幸于得到你和你的礼物；要是有一天我会忘记这些无言可喻的伟大的勋绩中的最微细的部分，那时候，罗马人,忘记你们对我应尽的忠诚吧。

泰特斯 (向塔摩拉)现在,娘娘,您是一个皇帝的俘虏了;他将要按照您的尊贵的地位,给您和您的从者们适当的礼遇。

萨特尼纳斯 好一个绝色的佳人;要是让我重新选择,这才是我所要选择的配偶。美貌的王后,扫清你脸上的愁云吧;虽然一时的胜败改变了你的处境,你不会在罗马遭受侮辱,你在各方面都要得到优渥的待遇。相信我的话,不要让懊恼消沉你一切的希望;夫人,那能够使你享受比哥特人的女王更大的荣华的人在安慰你了。拉维妮娅,你听我这样说了,不会生气吗?

拉维妮娅 不,陛下;因为您真正高贵的品格向我保证这些话不过表示高尚的谦恭罢了。

萨特尼纳斯 谢谢,亲爱的拉维妮娅。罗马人,让我们走吧;这些俘虏都一起释放,不要他们的赎金。各位贤卿,吹起喇叭擂起鼓来,宣布我们今天的盛典。(喇叭奏花腔。萨特尼纳斯向塔摩拉作手势求爱。)

巴西安纳斯 泰特斯将军,恕我,这位女郎是属于我的。(夺拉维妮娅。)

泰特斯 怎么,殿下!您不是在开玩笑吗?

巴西安纳斯 不,尊贵的泰特斯;我已经下了决心,坚持我应有的权利。

玛克斯 物各有主,这位皇子夺回他自己的情人并不是非法逾分的行为。

路歇斯 只要路歇斯活在世上,谁也不能阻止他。

泰特斯 好一伙反贼,都给我滚开!皇上的卫队呢?反了,陛下!拉维妮娅被人抢走了。

萨特尼纳斯 抢走了!什么人敢把她抢走?

巴西安纳斯 把她抢走的,是一个有权力把他的未婚妻带到远离人世的地方去的人。(玛克斯及巴西安纳斯挟拉维妮娅下。)

缪歇斯　兄弟们，帮助他们护送她离开这地方，这一扇门归我仗剑把守。（路歇斯、昆塔斯、马歇斯同下。）

泰特斯　跟我走，陛下，我立刻就去把她夺回来。

缪歇斯　父亲，您不能打这儿通过。

泰特斯　什么！逆子，不让我在罗马通行吗？（刺缪歇斯。）

缪歇斯　救命，路歇斯，救命！（死。）

路歇斯重上。

路歇斯　父亲，您太狠心了；您不该在无理的争吵中杀了您的儿子。

泰特斯　你、他，都不是我的儿子；我的儿子决不会给我这样的羞辱。反贼，快把拉维妮娅还给皇上。

路歇斯　您可以叫她死，却不能叫她放弃原来的婚约另嫁旁人。（下。）

萨特尼纳斯　不，泰特斯，不；皇帝不需要她；她、你、你家里的人，我一个也用不着。我宁可信任一个曾经嘲笑我的人，可再也不愿相信你，或是你的叛逆傲慢的儿子们，你们都是故意这样串通了来羞辱我的。难道罗马没有别人，只有一个萨特尼纳斯是可以给人玩弄的吗？安德洛尼克斯，像这样的行为也会当着我的面前干出来，怪不得你要向人夸口，说我的皇位是从你的手里讨来的了。

泰特斯　哎哟！这一番责备的话是从哪里说起！

萨特尼纳斯　去吧；去把那朝三暮四的东西给那为了她挥刀舞剑的家伙吧。恭喜你招到一位勇敢的女婿，你的不法的儿子们可以有一个打架的对手，扰乱罗马国境之内的安宁了。

泰特斯　这些话就像刺刀一样，刺痛了我的受伤的心。

萨特尼纳斯　所以，可爱的塔摩拉，哥特人的女王，你像庄严的菲苾卓立在她周遭的女神之间一样，使罗马最美的妇人黯然失色，要是你不嫌唐突，瞧吧，我选择你，塔摩拉，做我的新娘，我将要把你立为罗马的皇后。说，哥特人的女王，你赞同我的选择吗？这儿我指着一切罗马的神明起誓，因为祭司和圣水无须远求，蜡烛点燃得这样光明，一切都已准备着迎迓许门的降临；我要在这儿和我的新娘举行婚礼以后，再和她携手同出，巡行罗马的街道，跨进我的宫门。

塔摩拉　苍天在上，听我向罗马起誓，要是萨特尼纳斯宠纳哥特人的女王，她愿意做一个侍候他的意旨的奴婢，一个温柔体贴的保姆，一个爱护他的青春的慈母。

萨特尼纳斯　美貌的女王，登上万神殿去吧。各位贤卿，陪伴你们的皇帝和他的可爱的新娘一同进来；她是上天赐给萨特尼纳斯皇子的，他的智慧已经征服了她的命运。我们在圣殿之内，将要完成我们的婚礼。（除泰特斯外均下。）

泰特斯　他不曾叫我去侍候这位新娘。泰特斯，你生平什么时候曾经众叛亲离，受到这样的羞辱？

玛克斯、路歇斯、昆塔斯及马歇斯重上。

玛克斯　啊！泰特斯，瞧！啊！瞧你干了什么事；你已经在一场无理的争吵中杀死了一个贤德的儿子。

泰特斯　不，愚蠢的护民官，不；他不是我的儿子，你也不是我的兄弟，我一个也不认识你们；你们结党同谋，干出这样贻羞家门的事来；不肖的兄弟，不肖的儿子！

路歇斯　可是让我们按照他的身份把他埋了；把缪歇斯跟我们的兄弟们葬在一起吧。

泰特斯　反贼们，滚开！他不能安息在这座坟墓里。这巍峨的丘陇，已经经历了五百年的岁月，我曾经几度把它隆重修建，在这儿光荣地长眠着的，都是军人和罗马的忠仆，没有一个是在口角斗殴之中卑劣地丧命的。随便你们找一个什么地方把他埋葬了吧；这儿没有他的地位。

玛克斯　兄长，你这未免太没有骨肉之情了。我的侄儿缪歇斯的行为可以替他自己辩护；他必须和他的兄弟们葬在一起。

昆塔斯
马歇斯　他必须和他们合葬，否则我们愿意和他同死。

泰特斯　他必须！哪一个浑蛋敢说这句话？

昆塔斯　倘不是因为在您的面前，说这句话的人一定要用行动保证这句话的实现。

泰特斯　什么！你们胆敢反抗我的意旨把他埋葬吗？

玛克斯　不，尊贵的泰特斯；我们请求你宽恕缪歇斯，让我们把他葬了。

泰特斯　玛克斯，你竟也向我这样公然顶撞，跟这些孩子们联合起来伤害我的荣誉；我把你们每一个人都看做我的仇敌，不要再跟我纠缠了，一起给我滚吧！

马歇斯　他已经疯了；我们走吧。

昆塔斯　在缪歇斯的尸骨没有安葬以前，我是不走的。（玛克斯及泰特斯诸子下跪。）

玛克斯　哥哥，让兄弟骨肉之情打动你的心——

昆塔斯　爸爸，愿您俯念父子之情——

泰特斯　算了，不要说下去了。

玛克斯　著名的泰特斯，我的心灵的主体所在——

路歇斯　亲爱的爸爸，我们大家的身心的主宰——

玛克斯　让你的兄弟玛克斯把他的英勇的侄儿安葬在这些忠臣义士的中间，因为他是为了拉维妮娅的缘故光荣地死去的。你是一个罗马人，不是像野蛮人一般；当初埃阿斯自杀了，聪明的俄底修斯曾经请求把他隆重入殓，希腊人经过考虑，还是把他依礼入葬了。缪歇斯曾经是你所心爱的孩子，让他进入这一座墓门吧。

泰特斯　起来，玛克斯，起来。今天是我一生中最不幸的日子，在罗马被我的儿子们所羞辱！好，把他葬了，回头再来葬了我吧。（缪歇斯尸身置入墓中。）

路歇斯　这儿长眠着你的骸骨，亲爱的缪歇斯，和你的亲人们在一起；等候着我们用战利品来装饰你的坟墓吧。

众　人　（跪）没有人为英勇的缪歇斯流泪；他为正义而死，生存在荣誉之中。

玛克斯　把这些伤心的事情先搁在一旁，兄长，那哥特人的狡猾的王后怎么一下子就在罗马得到这样的恩宠？

泰特斯　我不知道，玛克斯；我只知道有这么一回事，天才知道这里头有没有什么诡计。她不是应该感激那使她这样得到极大幸运的人吗？

玛克斯　是的，她一定会重重酬答他的。

喇叭奏花腔。萨特尼纳斯率侍从及塔摩拉、狄米特律斯、契伦、艾伦等自一方上；巴西安纳斯、拉维妮娅及余人等自另一方重上。

萨特尼纳斯　好，巴西安纳斯，你已经夺到你的锦标；恭喜你得了一位美貌的新娘！

巴西安纳斯　我也要同样恭喜你，陛下！我没有别的话说，愿你快乐；再会。

萨特尼纳斯　反贼，要是罗马还有法律，我还有权力的话，你和你的同党免不了有一天会懊悔这种奸占的行为。

巴西安纳斯　陛下，我夺回明明和我订有婚约的爱人，现在她已成为我的妻子了，你却说这是奸占吗？可是让罗马的法律决定一切吧；我所占有的是属于我自己的。

萨特尼纳斯　很好，你敢在我面前这样放肆，总有一天我要叫你知道我的厉害。

巴西安纳斯　陛下，我所干的事，必须由我自己担当，决不诿卸我的责任。只有这一点是我希望你明白的:这位高贵的骑士,泰特斯将军,是被你误解了,他在名誉上已经横蒙不白之冤;他为了尽忠于你,看见他对你的慷慨的许诺遭到意外的阻挠,在争夺拉维妮娅的过程之中,由于一时的气愤,已经亲手杀死了他的幼子;他已经用他一切的行为,证明他对于你和罗马是一个父亲和一个朋友,萨特尼纳斯,不要错怪他吧。

泰特斯　巴西安纳斯皇子,不要为我的行为辩护;都是你和那一伙人使我遭到这样的羞辱。罗马和公正的天庭可以为我作证,我是多么敬爱萨特尼纳斯!

塔摩拉　陛下,要是塔摩拉曾经在您尊贵的眼中辱蒙见爱,请听我说一句没有偏心的话:亲爱的,听从我的请求,把已成过去的事情忘怀了吧。

萨特尼纳斯　什么,御妻!被人公然侮辱,却卑怯地不知报复,就这样隐忍了事吗?

塔摩拉　不是这样说,陛下;要是我使你做了不名誉的事,罗马的神明也会不容我的!可是我敢凭着我的荣誉担保善良的泰特斯将军在一切事情上都是无罪的,他的真诚的愤怒说明了他的内心的悲痛。所以,听从我的请求,用温和的眼光看待他吧;不要因为无稽的猜测而失去这样一个高贵的朋友,更不要用恼怒的脸色刺痛他的善良的心。(向萨特尼纳斯旁白)陛下,听我的话,不要固执,把你的一切愤恨暂时遮掩一下;你现在即位未久,不要把人民和贵族赶到泰特斯一方面去,使他们觉得你是忘恩负义而把你废黜,因为忘恩负义在罗马人看来是一桩极大的罪恶。听从我的请求,一切都在我的身上;我会有一天杀得他们一个不留,把他们的党羽和宗族剪除干净;那残忍的父亲和他的叛逆的儿子们,我要叫他们抵偿我的爱子的性命,使他们知道让一个王后当街长跪,哀求他们俯赐矜怜而无动于衷，会有些什么报应。（高声）来，来，好皇帝；来，安德洛尼克斯；扶起这位好老人家来，安慰安慰他那在您满脸的怒色中濒于死去的心吧。

萨特尼纳斯　起来，泰特斯，起来；我的皇后已经把我说服了。

泰特斯　谢谢陛下和娘娘的恩典。这些仁慈的言语、温和的颜色，把新的生命注入我的身体之内了。

塔摩拉　泰特斯，我已经和罗马结为一体，现在我也是一个罗马人了，我必须为了皇上的好处，给他忠诚的劝告。从今天起，安德洛尼克斯，一切争执都消灭了。我的好陛下，我已经使你和你的朋友们言归于好，这就算是我的莫大的荣幸吧。至于你，巴西安纳斯皇子，我已经向皇上保证，今后你一定做一个驯良安分的人。不用担心，各位贤卿，还有你，拉维妮娅，大家听我的话，跪下来向皇上陛下求恕吧。

路歇斯　是，我们向上天和陛下起誓，我们刚才所干的事，都是为了我们的姊妹和我们自己的荣誉而不得不采取的行动，我们已经尽力约束了自己，没有过分越出了轨道。

玛克斯　我可以凭着我的名誉起誓。

萨特尼纳斯　去，不要说话了；少向我们烦渎吧。

塔摩拉　不，不，好皇帝，我们大家都要变成好朋友。这位护民官和他的侄儿们都在向您跪求恩恕；您必须听我的话；好人儿，转过脸来吧。

萨特尼纳斯　玛克斯，既然我的可爱的塔摩拉向我这样请求，为了你的缘故，也为了你的兄长的缘故，我赦免了这些少年人的重罪；站起来。拉维妮娅，虽然你把我当作一个村夫似的丢弃了，我已经找到一个爱我的人，我可以确实发誓当我离开祭司的时候，我不会仍然是一个单身的汉子。来，要是皇帝的宫廷里可以欢宴两个新娘,你,拉维妮娅,和你的亲友们都是我的宾客。今天将要成为一个释嫌修好的日子,塔摩拉。

泰特斯　明天陛下要是高兴的话,我愿意追随您出猎,打些豹子公鹿玩玩;我们将要用号角和猎犬的吠声向您道早安。

萨特尼纳斯　很好,泰特斯,谢谢你。(喇叭声;同下。)

第二幕

第一场　罗马。皇宫前

艾伦上。

艾　伦　现在塔摩拉已经登上了俄林波斯的峰巅，命运的箭镞再也不会伤害她；她高踞宝座，不受震雷闪电的袭击，脸色惨白的嫉妒不能用威胁加到她的身上。正像金色的太阳向清晨敬礼，用它的光芒镀染海洋，驾着耀目的云车从黄道上疾驰飞过，高耸云霄的山峰都在它的俯瞰之下；塔摩拉也正是这样，人世的尊荣听候着她的智慧的使唤，正义在她的颦蹙之下屈躬战栗。那么，艾伦，鼓起你的勇气，现在正是你攀龙附凤的机会。你的主后已经长久成为你的俘虏，用色欲的锁链镣铐她自己，被艾伦的魅人的目光紧紧捆束，比缚在高加索山上的普罗密修斯更难脱身；你只要抱着向上的决心，就可以升到和她同样高的位置。脱下奴隶的服装，摒弃卑贱的思想！我要大放光辉，满身戴起耀目的金珠来，侍候这位新膺恩命的皇后。我说侍候吗？不，我要和这位女王，这位女神，这位仙娥，这位妖妇调情；她将要迷惑罗马的萨特尼纳斯，害得他国破身亡，哎哟！这是一场什么风暴？

狄米特律斯及契伦争吵上。

狄米特律斯　契伦，你年纪太轻，智慧不足，礼貌全无，不要来妨碍我的好事。

契　伦　狄米特律斯，你总是这样蛮不讲理，想用恐吓的手段压倒我。难道我比你小了一两岁，人家就会把我瞧不上眼，你就会比我更幸运吗？我也和你一样会向我的爱人献殷勤，为什么我就不配得到她的欢心？瞧吧，我的剑将要向你证明我对于拉维妮娅的热情。

艾　伦　打！打！这些情人们一定要大闹一场哩。

狄米特律斯　嘿，孩子，虽然我们的母亲一时糊涂，给你佩带了一柄跳舞用的小剑，你却会不顾死活，用它来威吓你的兄长吗？算了吧，把你的玩意儿藏在鞘里，等你懂得怎样使剑的时候再拔出来吧。

契　伦　你不要瞧我没有本领，我要让你看看我的勇气。

狄米特律斯　哦，孩子，你居然变得这样勇敢了吗？（二人拔剑。）

艾　伦　哎哟，怎么，两位王子！你们怎么敢在皇宫附近挥刀弄剑，公然争吵起来？你们反目的原因我完全知道；即使有人给我百万黄金，我也不愿让那些对于这件事情最有关系的人知道你们为什么发生争执；你们的母后也决不愿在罗马的宫廷里被人耻笑。真好意思，还不把剑收起来！

狄米特律斯　不，我非得把我的剑插进他的胸膛，把他在这儿侮辱我的不逊之言灌进他自己的咽喉里去，决不罢手。

契　伦　我已经完全准备好了，你这满口狂言的懦夫，你只会用一条舌头吓人，却不敢使用你的武器。

艾　伦　快走，别闹了！凭着好战的哥特人所崇拜的神明起誓，这一声无聊的争吵要把我们一起都毁了。唉，哥儿们，你们没有想到侵害一位亲王的权利，是一件多么危险的事吗？嘿！难道拉维妮娅是一个放荡的淫妇，巴西安纳斯是一个下贱的庸夫，会容忍你们这样争风吃醋而恬不为意，不向你们报复问罪吗？少爷们，留心点吧！皇后要是知道了你们争吵的原因，看她不把你们骂得狗血喷头。

契　伦　我不管，让她和全世界都知道，我是什么也不顾的；我爱拉维妮娅胜于整个的世界。

狄米特律斯　小子，你还是去选一个次一点儿的吧；拉维妮娅是你兄长看中的人。

艾　伦　哎哟，你们都疯了吗？难道你们不知道在罗马，人们是不能容忍情敌存在的吗？我告诉你们，两位王子，你们这样简直是自己找死。

契　伦　艾伦，为了得到我所心爱的人，叫我死一千次都愿意。

艾　伦　得到你所心爱的人！怎么得到？

狄米特律斯　这有什么奇怪！她是个女人，所以可以向她调情；她是个女人，所以可以把她勾搭上手；她是拉维妮娅，所以非爱不可。嘿，朋友！磨夫数不清磨机旁边滚过的流水；从一个切开了的面包里偷去一片是毫不费事的。虽然巴西安纳斯是皇帝的兄弟，比他地位更高的人也曾戴过绿头巾。

艾　伦　（旁白）嗯，这句话正好说在萨特尼纳斯身上。

狄米特律斯　那么一个人只要懂得怎样用美妙的言语、风流的仪表、大量的馈赠，就能猎取女人的心，他为什么还要失望呢？嘿！你不是常常射中了一头母鹿，当着看守人的面前把它捉了去吗？

艾　伦　啊，这样看来，你们还是应该乘人不备，把她抢夺过来的好。

契　伦　嗯，要是这样可以使我们达到目的的话。

狄米特律斯　艾伦，你说得不错。

艾　伦　那么你们为什么要吵个不休呢？听着，听着！你们难道都是傻子，为了这些事情而互相闹起来吗？照我的意思，与其两败俱伤，还不如大家沾些实惠的好。

契　伦　说老实话，那在我倒也无所谓。

狄米特律斯　我也不反对，只要我自己也有一份儿。

艾　伦　真好意思，赶快和和气气的，同心合作，把你们所争夺的人儿拿到手再说吧；为了达到你们的目的，这是唯一的策略；你们必须抱定主意；既然事情不能完全适如你们的愿望，就该在可能的范围以内实现你们的企图。让我贡献你们这一个意见：这一位拉维妮娅，巴西安纳斯的爱妻，是比鲁克丽丝更为贞洁的；与其在无望的相思中熬受着长期的痛苦，不如采取一种干脆爽快的行动。我已经想到一个办法了。两位王子，明天有一场盛大的狩猎，可爱的罗马女郎们都要一显身手；森林中的道路是广阔而宽大的，有许多人迹不到的所在，适宜于暴力和奸谋的活动。你们选定了这么一处地方，就把这头娇美的小鹿诱到那里去，要是不能用言语打动她的心，不妨用暴力满足你们的愿望；只有这一个办法可以有充分的把握。来，来，我们的皇后正在用她天赋的智慧，一心一意地计划着复仇的阴谋，让我们把我们想到的一切告诉她，她是决不容许你们同室操戈的，一定会供给我们一些很好的意见，使你们两人都能如愿以偿。皇帝的宫廷像流言蜚语之神的殿堂一样，充满着无数的唇舌耳目，树林却是冷酷无情，不闻不见的；勇敢的孩子们，你们在那里说话，动武，试探你们各人的机会吧，在蔽天的浓荫之下，发泄你们的情欲，从拉维妮娅的肉体上享受销魂的喜悦。

契　伦　小子，你的主见很好，不失为一个痛快的办法。

狄米特律斯　不管良心上是不是过得去，我一定要找到这一个清凉我的欲焰的甘泉，这一道镇定我的情热的灵符。哪怕要深入地府，渡过冥河，我也情愿。（同下。）

第二场　森林

内号角及猎犬吠声。泰特斯·安德洛尼克斯率从猎者及玛克斯、路歇斯、昆塔斯、马歇斯等同上。

泰特斯　猎人已经准备出发,清晨的天空泛出鱼肚色的曙光,田野间播散着芳香,树林是绿沉沉的一片。在这儿放开猎犬,让它们吠叫起来,催醒皇上和他的可爱的新娘,用号角的和鸣把亲王唤起,让整个宫廷都震响着回声。孩子们,你们要小心侍候皇上;昨天晚上我睡梦不安,可是黎明又鼓起我新的欢悦。(猎犬群吠,号角齐鸣。)

萨特尼纳斯、塔摩拉、巴西安纳斯、拉维妮娅、狄米特律斯、契伦及侍从等上。

泰特斯　陛下早安!娘娘早安!我答应陛下用猎人的合奏乐把你们唤醒的。

萨特尼纳斯　你奏得很卖力,将军;可是对于新婚的少妇们,未免早得太煞风景了。

巴西安纳斯　拉维妮娅,你怎么说?

拉维妮娅　我说不;我已经完全清醒两个多时辰了。

萨特尼纳斯　那么来,备起马匹和车子来,我们立刻出发打猎去。(向塔摩拉)御妻,现在你可以看看我们罗马人的打猎了。

玛克斯　陛下,我有几头猛犬,善于搜逐最勇壮的豹子,攀登最峻峭的山崖。

泰特斯　我有几匹好马,能够绝尘飞步,像燕子一样掠过原野,追踪逃走的野兽。

狄米特律斯 （旁白）契伦，我们不用犬马打猎，我们的目的只是要捉住一头娇美的小鹿。（同下。）

第三场 森林中之僻静部分

艾伦持黄金一袋上。

艾　伦 聪明的人看见我把这许多金子埋在一株树下，自己将来永远没有享用它的机会，一定以为我是个没有头脑的傻瓜。让这样瞧不起我的人知道，这一堆金子是要铸出一个计策来的，要是这计策运用得巧妙，可以造成一件非常出色的恶事。躺着，好金子，让那得到这一笔从皇后的宝箱中取得施舍的人不得安宁吧。（埋金。）

塔摩拉上。

塔摩拉 我的可爱的艾伦，万物都在夸耀着它们的欢乐，你为什么郁郁不快呢？小鸟在每一株树上吟唱歌曲；花蛇卷起了身体安眠在温和的阳光之下；青青的树叶因凉风吹过而颤动，在地上织成了纵横交错的影子。在这样清静的树荫底下，艾伦，让我们坐下来；当饶舌的回声仿效着猎犬的长嗥，向和鸣的号角发出尖锐的答响，仿佛有两场狩猎正在同时进行的时候，让我们坐着倾听他们嘶叫的声音。正像狄多和她的流浪的王子受到暴风雨的袭击，躲避在一座秘密的山洞里一样，我们也可以彼此拥抱在各人的怀里，在我们的游戏完毕以后，一同进入甜蜜的梦乡；猎犬、号角和婉转清吟的小鸟，合成了一阕催眠的歌曲，抚着我们安然睡去。

艾　伦 娘娘，虽然金星主宰着你的欲望，我的心却为土星所占领①。我的凝止的眼睛、我的静默、我的阴沉的忧郁、我的根根竖起的蓬

① 金星照命主多情，土星照命主多愁，这是西方古代星相学的迷信说法。

松的头发，就像展开了身体预备咬人的毒蛇一样，这些都表示着什么呢？不，娘娘，这些不是情欲的征兆；杀人的恶念藏在我的心头，死亡握在我的手里，流血和复仇在我的脑中震荡。听着，塔摩拉，我的灵魂的皇后，你的怀抱便是我的灵魂的归宿，它不希望更有其他的天堂；今天是巴西安纳斯的末日，他的菲罗墨拉[①]必须失去她的舌头，你的儿子们将要破坏她的贞操，在巴西安纳斯的血泊中洗手。你看见这封信吗？这里面藏着恶毒的阴谋，请你把它收起来交给那皇帝。不要多问，有人看见我们了；这儿来了一双我们安排捕捉的猎物，他们还没有想到他们生命的毁灭就在眼前。

塔摩拉　啊！我的亲爱的摩尔人，你是我的比生命更可爱的人儿。

艾　伦　不要说下去啦，大皇后；巴西安纳斯来了。你先找一些借口，跟他拌起嘴来；我就去找你的儿子来帮你吵架。（下。）

巴西安纳斯及拉维妮娅上。

巴西安纳斯　什么人在这儿？罗马的尊严的皇后，没有一个侍从卫护她吗？或者是狄安娜女神摹仿着她的装束，离开天上的树林，到这里的林中来参观我们的狩猎吗？

塔摩拉　好大胆的狂徒，竟敢窥探我的私人的行动！要是我有像人家所说狄安娜所有的那种力量，我就要立刻叫你的头上长起角来，变成一只鹿，让猎犬把你追逐，你这无礼的莽撞鬼。

拉维妮娅　恕我说句话，好娘娘，人家都在疑心您跟您那摩尔人正在做什么实验，要替什么人安上角去呢。乔武保佑尊夫，让他今

① 菲罗墨拉：雅典公主，其姊夫忒柔斯涎其美色，奸之而割其舌，菲罗墨拉以其遭遇织为文字，制衣赠其姊普洛克涅，普洛克涅杀子而与菲罗墨拉偕遁；天神闻其吁告，使菲罗墨拉化为夜莺，普洛克涅化为燕子。故事见奥维德《变形记》第六章。

天不要被他的猎犬追逐！要是它们把他当作了一头公鹿，那可糟啦。

巴西安纳斯　相信我，娘娘，您那黑奴已经使您的名誉变了颜色，像他身体一样污秽可憎了。为什么您要摒弃您的侍从，降下您的雪白的骏马，让一个野蛮的摩尔人陪伴着您跑到这一个幽僻的所在，倘不是因为受着您的卑劣的欲念的引导？

拉维妮娅　因为你们的好事被我们打散了，无怪您要嗔骂我的丈夫无礼啦。来，我们走吧，让她去和她的乌鸦一般的爱人尽情作乐；这幽谷是一个再适当不过的地方。

巴西安纳斯　我的皇兄必须知道这件事情。

拉维妮娅　啊，这些败行他早该知道的了。好皇帝，竟遭到这样重大的耻辱！

塔摩拉　为什么我要忍受你们这样的侮蔑呢？

狄米特律斯及契伦上。

狄米特律斯　怎么，亲爱的母后！您的脸上为什么这样惨淡失色？

塔摩拉　你们想想我应不应该脸色惨淡？这两个人把我骗到了这个所在，一个荒凉可憎的幽谷！你们看，虽然是夏天，这些树木却是萧条而枯瘦的，青苔和寄生树侵蚀了它们的生机；这儿从来没有太阳照耀；这儿没有生物繁殖，除了夜枭和不祥的乌鸦。当他们把这个可怕的幽谷指点给我看的时候，他们告诉我，这儿在沉寂的深宵，有一千个妖魔、一千条嘶嘶做声的蛇、一万只臃肿的蛤蟆、一万只刺猬，同时发出惊人的、杂乱的叫声，无论什么人听见了，不是立刻发疯就要当场吓死。他们告诉了我这样可怕的故事以后，就对我说，他们要把我缚在一株阴森的杉树上，让我在这种恐怖之中死去；于是他们称我为万恶的淫妇，放荡的哥特女人，和一切诸如此类凡是人们耳中所曾经听见过的最恶毒的名字；倘不是神奇的命运使你们到这里来,他们早就向我下这样的毒手了。你们要是爱你们母亲的生命,快替我复仇吧,否则从此以后,你们再也不能算是我的孩子了。

狄米特律斯　这可以证明我是你的儿子。(刺巴西安纳斯。)

契　伦　这一剑直中要害,可以证明我的本领。(刺巴西安纳斯,巴西安纳斯死。)

拉维妮娅　啊,来,妖妇!不,野蛮的塔摩拉,因为只有你自己的名字最能够表现你恶毒的天性。

塔摩拉　把你的短剑给我;你们将要知道,我的孩子们,你们的母亲将要亲手报复仇恨。

狄米特律斯　且慢,母亲,我们还不能就让她这样死了;先把谷粒打出,然后再把稻草烧去。这丫头自负贞洁,胆敢冲撞母后,难道我们就让她带着她的贞洁到她的坟墓里去吗?

契　伦　要是让她这样清清白白地死去,我宁愿自己是一个太监。把她的丈夫拖到一个僻静的洞里,让他的尸体作为我们纵欲的枕垫吧。

塔摩拉　可是当你们采到了你们所需要的蜜汁以后,不要放这黄蜂活命;她的刺会伤害我们的。

契　伦　您放心吧,母亲,我们决不留着她来危害我们。来,娘子,现在我们要用强力欣赏欣赏您那用心保存着的贞洁了。

拉维妮娅　啊,塔摩拉!你生着一张女人的面孔——

塔摩拉　我不要听她说话;把她带下去!

拉维妮娅　两位好王子,求求她听我说一句话。

狄米特律斯　听着,美人儿。母亲,她的流泪便是您的光荣;但愿她的泪点滴在您的心上,就像雨点打在无情的顽石上一样。

拉维妮娅　乳虎也会教训起它的母亲来了吗?啊!不要学她的残暴;是

她把你教成这个样子；你从她胸前吮吸的乳汁都变成了石块；当你哺乳的时候，你的凶恶的天性已经锻成了。可是每一个母亲不一定生同样的儿子；（向契伦）你求求她显出一点女人的慈悲来吧！

契　伦　什么！你要我证明我自己是一个异种吗？

拉维妮娅　不错！乌鸦是孵不出云雀来的。可是我听见人家说，狮子受到慈悲心的感动，会容忍它的尊严的脚爪被人剪去；唉！要是果然有这样的事，那就好了。有人说，乌鸦常常抚育被遗弃的孤雏，却让自己的小鸟在巢中挨饿；啊！虽然你的冷酷的心不许你对我这样仁慈，可是请你稍微发一点怜悯吧！

塔摩拉　我不知道怜悯是什么意思；把她带下去！

拉维妮娅　啊，让我劝导你！看在我父亲的面上，他曾经在可以把你杀死的时候宽宥了你的生命，不要固执，张开你的聋了的耳朵吧！

塔摩拉　即使你自己从不曾得罪过我，为了他的缘故，我也不能对你容情。记着，孩子们，我徒然抛掷了滔滔的热泪，想要把你们的哥哥从罗马人的血祭中间拯救出来，却不能使凶恶的安德洛尼克斯改变他的初衷。所以，把她带下去，尽你们的意思蹂躏她；你们越是把她作践得痛快，我越是喜爱你们。

拉维妮娅　塔摩拉啊！愿你被称为一位仁慈的皇后，用你自己的手就在这地方杀了我吧！因为我向你苦苦哀求的并不是生命，当巴西安纳斯死了以后，可怜的我活着也就和死去一般了。

塔摩拉　那么你求些什么呢？傻女人，放了我。

拉维妮娅　我要求立刻就死；我还要求一件女人的羞耻使我不能出口的事。啊，不要让我在他们手里遭受比死还难堪的玷辱；请把我丢在一个污秽的地窟里，永不要让人们的眼睛看见我的身体；做一个慈悲的杀人犯，答应我这一个要求吧！

塔摩拉　那么我就要剥夺我的好儿子们的权利了。不,让他们在你的身上满足他们的欲望吧。

狄米特律斯　快走,你已经使我们在这儿等得太久了。

拉维妮娅　没有慈悲!没有妇道!啊,禽兽不如的东西,全体女性的污点和仇敌!愿地狱——

契　伦　哼,那么我可要塞住你的嘴了。哥哥,你把她丈夫的尸体搬过来!这就是艾伦叫我们把他掩埋的地窟。(狄米特律斯将巴西安纳斯尸体掷入穴内;狄米特律斯、契伦二人拖拉维妮娅同下。)

塔摩拉　再会,我的孩子们;留心不要放她逃走。让我的心头永远不知道有愉快存在,除非安德洛尼克斯全家死得不留一人。现在我要去找我的可爱的摩尔人,让我的暴怒的儿子们去攀折这一枝败柳残花。(下。)

艾伦率昆塔斯及马歇斯同上。

艾　伦　来,两位公子,看谁走得快,我立刻就可以带领你们到我看见有一头豹子在那儿熟睡的洞口。

昆塔斯　我的眼光十分模糊,不知道是什么预兆。

马歇斯　我也这样。说来惭愧,我真想停止打猎,找个地方睡一会儿。(失足跌入穴内。)

昆塔斯　什么!你跌下去了吗?这是一个什么幽深莫测的地穴,洞口遮满了蔓生的荆棘,那叶子上还染着一滴滴的鲜血,像花瓣上的朝露一样新鲜?看上去这似乎是一处很危险的所在。说呀,兄弟,你跌伤了没有?

马歇斯　啊,哥哥!我碰在一件东西上碰伤了,这东西瞧上去真叫人触目惊心。

艾　伦　(旁白)现在我要去把那皇帝带来,让他看见他们在这里,他一定会猜想是他们两人杀死了他的兄弟。(下。)

马歇斯　你为什么不搭救搭救我，帮助我从这邪恶的血污的地穴里出来？

昆塔斯　一阵无端的恐惧侵袭着我，冷汗湿透了我的战栗的全身；我的眼前虽然一无所见，我的心里却充满了惊疑。

马歇斯　为了证明你有一颗善于预测的心，请你和艾伦两人向这地穴里望一望，就可以看见一幅血与死的可怖的景象。

昆塔斯　艾伦已经走了；我的恻隐之心使我不忍观望那在推测之中已经使我战栗的情状。啊！告诉我是怎么一回事；我从来不曾像现在一样孩子气，害怕着我所不知道的事情。

马歇斯　巴西安纳斯殿下僵卧在这可憎的黑暗的饮血的地穴里，知觉全无，像一头被宰的羔羊。

昆塔斯　地穴既然是黑暗的，你怎么知道是他。

马歇斯　在他的流血的手指上带着一枚宝石的指环，它的光彩照亮了地窟的全部；正像一支墓穴里的蜡烛一般，它照出了已死者的泥土色的脸，也照见了地窟里凌乱的一切；当皮拉摩斯躺在处女的血泊中的晚上，那月亮的颜色也是这么惨淡的。啊，哥哥！恐惧已经使我失去力气，要是你也是这样，赶快用你无力的手把我拉出了这个吃人的洞府，它像一张喷着妖雾的魔口一样可怕。

昆塔斯　把你的手伸上来给我抓住了，好让我拉你出来，否则因为我自己也提不起劲儿，怕会翻下了这个幽深的黑洞，可怜的巴西安纳斯的坟墓里去。我没有力气把你拉上洞口。

马歇斯　没有你的帮助，我也没有力气爬上来。

昆塔斯　再把你的手给我；这回我倘不把你拉出洞外，拼着自己也跌下去，再不松手了。（跌入穴内。）

艾伦率萨特尼纳斯重上。

萨特尼纳斯　跟我来；我要看看这儿是个什么洞，跳下去的是个什么人。喂,你是什么人,跳到这个地窟里去?

马歇斯　我是老安德洛尼克斯的倒霉的儿子,在一个不幸的时辰被人带到这里来时,发现你的兄弟巴西安纳斯已经死了。

萨特尼纳斯　我的兄弟死了!我知道你在开玩笑。他跟他的夫人都在这猎场北首的茅屋里,我在那里离开他们还不到一小时呢。

马歇斯　我们不知道您在什么地方看见他们好好地活着;可是唉!我们却在这里看见他死了。

塔摩拉率侍从及泰特斯·安德洛尼克斯、路歇斯同上。

塔摩拉　我的皇上在什么地方?

萨特尼纳斯　这儿,塔摩拉;重大的悲哀使我痛不欲生。

塔摩拉　你的兄弟巴西安纳斯呢?

萨特尼纳斯　你触到了我的心底的创痛,可怜的巴西安纳斯躺在这儿被人谋杀了。

塔摩拉　那么我把这一封致命的书信送来得太迟了,(以一信交萨特尼纳斯)这里面藏着造成这一幕出人意外的悲剧的阴谋;真奇怪,一个人可以用满脸的微笑,遮掩着这种杀人的恶意。

萨特尼纳斯　"万一事情决裂,好猎人,请你替他掘下坟墓;我们说的是巴西安纳斯,你懂得我们的意思。在那覆罩着巴西安纳斯葬身的地穴的一株大树底下,你只要拨开那些荨麻,便可以找到你的酬劳。照我们的话办了,你就是我们永久的朋友。"啊,塔摩拉!你听见过这样的话吗?这就是那个地穴,这就是那株大树。来,你们大家快去给我搜寻那杀死巴西安纳斯的猎人。

艾伦　启禀陛下,这儿有一袋金子。

萨特尼纳斯　(向泰特斯)都是你生下这一对狼心狗肺的孽畜,把我的兄弟害了。来,把他们从这地穴里拖出来,关在监牢里,等我们想出一些闻所未闻的酷刑来处置他们。

塔摩拉　什么！他们就在这地穴里吗？啊，怪事！杀了人这么容易就发觉了！

泰特斯　陛下，让我这软弱的双膝向您下跪，用我不轻易抛掷的眼泪请求这一个恩典；要是我这两个罪该万死的逆子果然犯下了这样重大的罪过，要是有确实的证据证明他们的罪状——

萨特尼纳斯　要是有确实的证据！事实还不够明白吗？这封信是谁找到的？塔摩拉，是你吗？

塔摩拉　安德洛尼克斯自己从地上拾起来的。

泰特斯　是我拾起来的，陛下。可是让我做他们的保人吧；凭着我的祖先的坟墓起誓，他们一定随时听候着陛下的传唤，准备用他们的生命洗刷他们的嫌疑。

萨特尼纳斯　你不能保释他们。跟我来；把被害者的尸体抬走，那两个凶手也带了去。不要让他们说一句话；他们的罪状已经很明显了。凭着我的灵魂起誓，要是人间有比死更痛苦的结局，我一定要叫他们尝尝那样的滋味。

塔摩拉　安德洛尼克斯，我会向皇上说情的；不要为你的儿子们担忧，他们一定可以平安无事。

泰特斯　来，路歇斯，来；快走，别跟他们说话了。（各下。）

第四场　森林的另一部分

狄米特律斯、契伦及拉维妮娅上；拉维妮娅已遭奸污，两手及舌均被割去。

狄米特律斯　现在你的舌头要是还会讲话，你去告诉人家谁奸污你的身体，割去你的舌头吧。

契伦　要是你的断臂还会握笔，把你心里的话写了出来吧。

狄米特律斯　瞧,她还会做手势呢。

契伦　回家去,叫他们替你拿些香水洗手。

狄米特律斯　她没有舌头可以叫,也没有手可以洗,所以我们还是让她静悄悄地走她的路吧。

契伦　要是我处于她的地位,我一定去上吊了。

狄米特律斯　那还要看你有没有手可以帮助你在绳上打结。(狄米特律斯、契伦同下。)

玛克斯上。

玛克斯　这是谁,跑得这么快?是我的侄女吗?侄女,跟你说一句话;你的丈夫呢?要是我在做梦,但愿我所有的财富能够把我惊醒!要是我现在醒着,但愿一颗行星毁灭我,让我从此长眠不醒!说,温柔的侄女,哪一只凶狠无情的毒手砍去了你身体上的那双秀枝,那一对可爱的装饰品,它们的柔荫的环抱,是君王们所追求的温柔仙境?为什么不对我说话?哎哟!一道殷红的血流,像被风激起泡沫的泉水一样,在你的两片蔷薇色的嘴唇之间浮沉起伏,随着你的甘美的呼吸而涨落。一定是哪一个忒柔斯蹂躏了你,因为怕你宣布他的罪恶,才把你的舌头割下,啊!现在你因为羞愧而把你的脸转过去了!虽然你的血从三处同时奔涌,你的面庞仍然像迎着浮云的太阳的酡颜一样绯红。要不要我替你说话?要不要我说,事情果然是这样的?唉!但愿我知道你的心思;但愿我知道那害你的禽兽,那么我也好痛骂他一顿,出出我心头的气愤。郁结不发的悲哀正像闷塞了的火炉一样,会把一颗心烧成灰烬。美丽的菲罗墨拉不过失去了她的舌头,她却会不怕厌烦,一针一线地织出她的悲惨的遭遇;可是,可爱的侄女,你已经拈不起针线来了,你所遇见的是一个更奸恶的忒柔斯,他已经把你那比菲罗墨拉更善于针织的娇美的手指截去了。啊!要是那恶魔曾经看见这双百合花一样的纤手像战栗的白杨叶般弹弄着琵琶，使那一根根丝弦乐于和它们亲吻，他一定不忍伤害它们！要是他曾经听见从那美妙的舌端吐露出来的天乐，他一定会丢下他的刀子，昏昏沉沉地睡去。来，让我们去，使你的父亲成为盲目吧，因为这样的惨状是会使一个父亲的眼睛昏眩的；一小时的暴风雨就会淹没了芬芳的牧场，你父亲的眼睛怎么经得起经年累月的泪涛泛滥呢？不要退后，因为我们将要陪着你悲伤；唉！要是我们的悲伤能够减轻你的痛苦就好了。（同下。）

第三幕

第一场　罗马。街道

元老，护民官及法警等押马歇斯及昆塔斯绑缚上，向刑场前进；泰特斯前行哀求。

泰特斯　听我说，尊严的父老们！尊贵的护民官们，等一等！可怜我这一把年纪吧！当你们高枕安卧的时候，我曾经在危险的沙场上抛掷我的青春；为了我在罗马伟大的战役中所流的血，为了我枕戈待旦的一切霜露的深宵，为了现在你们所看见的、这些填满在我脸上衰老的皱纹里的苦泪，求求你们向我这两个定了罪的儿子大发慈悲吧，他们的灵魂并不像你们所想象的那样堕落。我已经失去了二十二个儿子，我不曾为他们流一点泪，因为他们是死在光荣的、高贵的眠床上。为了这两个、这两个，各位护民官，（投身地上）我在泥土上写下我的深心的苦痛和我的灵魂的悲哀之泪。让我的眼泪浇息了大地的干渴，我的孩子们的亲爱的血液将会使它羞愧而脸红。（元老、护民官等及二囚犯同下。）大地啊！从我这两口古罂之中，我要倾泻出比四月的春天更多的雨水灌溉你；在苦旱的夏天，我要继续向你淋洒；在冬天我要用热泪融化冰雪，让永久的春光留驻在你的脸上，只要你拒绝喝下我的亲爱的孩子们的血液。

路歇斯拔剑上。

泰特斯　可尊敬的护民官啊！善良的父老们啊！松了我的孩子们的绑缚，撤销死罪的判决吧！让我这从未流泪的人说，我的眼泪现在变成打动人心的辩士了。

路歇斯　父亲啊，您这样哀哭是无济于事的；护民官们听不见您的话，一个人也不在近旁；您在向一块石头诉述您的悲哀。

泰特斯　啊！路歇斯，让我为你的兄弟们哀求。尊严的护民官们，我再向你们作一次求告——

路歇斯　父亲，没有一个护民官在听您说话哩。

泰特斯　嗨，那又有什么关系呢？即使他们听见，他们也不会注意我的话；即使他们注意我的话，他们也不会怜悯我；可是我必须向他们哀求，虽然我的哀求是毫无结果的，所以我向石块们诉述我的悲哀，它们不能解除我的痛苦，可是比起那些护民官来还是略胜一筹，因为它们不会打断我的话头；当我哭泣的时候，它们谦卑地在我的脚边承受我的眼泪，仿佛在陪着我哭泣一般；要是它们也披上了庄严的法服，罗马没有一个护民官可以比得上它们：石块是像蜡一样柔软的，护民官的心肠却比石块更坚硬；石块是沉默而不会侵害他人的，护民官却会掉弄他们的舌头，把无辜的人们宣判死刑。（起立）可是你为什么把你的剑拔出来拿在手里？

路歇斯　我想去把我的两个兄弟劫救出来；那些法官们因为我有这样的企图，已经宣布把我永远放逐了。

泰特斯　幸运的人啊！他们在照顾你哩。嘿，愚笨的路歇斯，你没看见罗马只是一大片猛虎出没的荒野吗？猛虎是一定要饱腹的；罗马除了我和我们一家的人以外，再没有别的猎物可以充塞它们的馋吻了。你现在被放逐他乡，远离这些吃人的野兽，该是多大的幸运啊！可是谁跟着我的兄弟玛克斯来啦？

玛克斯及拉维妮娅上。

玛克斯　泰特斯,让你的老眼准备流泪,要不然的话,让你高贵的心准备碎裂吧;我带了毁灭你的暮年的悲哀来了。

泰特斯　它会毁灭我吗?那么让我看看。

玛克斯　这是你的过去的女儿。

泰特斯　哎哟,玛克斯,她现在还是我的女儿呀。

路歇斯　好惨!我可受不了啦。

泰特斯　没有勇气的孩子,起来,瞧着她。说,拉维妮娅,哪一只可诅咒的毒手使你在你父亲的眼前变成一个没有手的人?哪一个傻子挑了水倒在海里,或是向火光烛天的特洛伊城中丢进一束柴去?在你没有来以前,我的悲哀已经达到了顶点,现在它像尼罗河一般,泛滥出一切的界限了。给我一柄剑,我要把我的手也砍下来;因为它们曾经为罗马出过死力,结果却是一无所得;在无益的祈求中,我曾经把它们高高举起,可是它们对我一点没有用处;现在我所要叫它们做的唯一的事,是让这一只手把那一只手砍了。拉维妮娅,你没有手也好,因为曾经为国家出力的手,在罗马是不被重视的。

路歇斯　说,温柔的妹妹,谁害得你这个样子。

玛克斯　啊!那善于用巧妙敏捷的辩才宣达她的思想的可爱的器官,那曾经用柔曼的歌声迷醉世人耳朵的娇鸣的小鸟,已经从那美好的笼子里被抓去了。

路歇斯　啊!你替她说,谁干了这样的事。

玛克斯　啊!我看见她在林子里仓皇奔走,正像现在这样子,想要把自己躲藏起来,就像一头鹿受到了不治的重伤一样。

泰特斯　那是我的爱宠;谁伤害了她,所给我的痛苦甚于杀死我自己。现在我像一个站在一块岩石上的人一样,周围是一片汪洋大海,那海潮愈涨愈高,每一秒钟都会有一阵无情的浪涛把他卷下白茫茫的波心。我的不幸的儿子们已经从这一条路上向死亡走去了；这儿站着我的另一个儿子，一个被放逐的流亡者；这儿站着我的兄弟，为了我的噩运而悲泣；可是那使我的心灵受到最大的打击的，却是亲爱的拉维妮娅，比我的灵魂更亲爱的。我要是看见人家在图画里把你画成这个样子，也会气得发疯；现在我看见你这一副活生生的惨状，我应该怎样才好呢？你没有手可以揩去你的眼泪，也没有舌头可以告诉我谁害了你。你的丈夫，他已经死了，为了他的死，你的兄弟们也被判死罪，这时候也早已没有命了。瞧！玛克斯；啊！路歇斯我儿，瞧着她：当我提起她的兄弟们的时候，新的眼泪又滚下她的颊上，正像甘露滴在一朵被人攀折的憔悴的百合花上一样。

玛克斯　也许她流泪是因为他们杀死了她的丈夫；也许因为她知道他们是无罪的。

泰特斯　要是他们果然杀死了你的丈夫，那么高兴起来吧，因为法律已经给他们惩罚了。不，不，他们不会干这样卑劣的事；瞧他们的姊姊在流露着多大的伤心。温柔的拉维妮娅，让我吻你的嘴唇，或者指示我怎样可以给你一些安慰。要不要让你的好叔父、你的哥哥路歇斯，还有你、我，大家在一个水池旁边团团坐下，瞧瞧我们映在水中的脸，瞧它们怎样为泪痕所污，正像洪水新退以后，牧场上还残留着许多潮湿的黏土一样？我们要不要向着池水伤心落泪，让那澄澈的流泉失去它的清冽的味道，变成了一泓咸水？或者我们要不要也像你一样砍下我们的手？或是咬下我们的舌头，在无言的沉默中消度我们可憎的残生？我们应该怎样做？让我们这些有舌的人商议出一些更多的苦难来加在我们自己身上，留供后世人们的嗟叹吧。

路歇斯　好爸爸，别哭了吧；瞧我那可怜的妹妹又被您惹得呜咽痛哭起来了。

玛克斯　宽心点儿，亲爱的侄女。好泰特斯，揩干你的眼睛。

泰特斯　啊！玛克斯，玛克斯，弟弟；我知道你的手帕再也收不进我的一滴眼泪，因为你，可怜的人，已经用你自己的眼泪把它浸透了。

路歇斯　啊！我的拉维妮娅，让我揩干你的脸吧。

泰特斯　瞧，玛克斯，瞧！我懂得她的意思。要是她会讲话，她现在要对她的哥哥这样说：他的手帕已经满痫着他的伤心的眼泪，拭不干她颊上的悲哀了。唉！纵然我们彼此相怜，谁都爱莫能助，正像地狱边缘的幽魂盼不到天堂的幸福一样。

艾伦上。

艾　伦　泰特斯·安德洛尼克斯，我奉皇上之命，向你传达他的旨意：要是你爱你那两个儿子，只要让玛克斯、路歇斯，或是你自己，年老的泰特斯，你们任何一人砍下一只手来，送到皇上面前，他就可以赦免你的儿子们的死罪，把他们送还给你。

泰特斯　啊，仁慈的皇帝！啊，善良的艾伦！乌鸦也会唱出云雀的歌声，报知日出的喜讯吗？很好，我愿意把我的手献给皇上。好艾伦，你肯帮助我把它砍下来吗？

路歇斯　且慢，父亲！您那高贵的手曾经推倒无数的敌人，不能把它砍下，还是让我的手代替了吧。我比您年轻力壮，流一些血还不大要紧，所以应该让我的手去救赎我的兄弟们的生命。

玛克斯　你们两人的手谁不曾保卫罗马，高挥着流血的战斧，在敌人的堡垒上写下了毁灭的命运？啊！你们两人的手都曾建立赫赫的功业，我的手却无所事事，让它去赎免我的侄儿们的死罪吧；那么我总算也叫它干了一件有意义的事了。

艾　伦　来，来，快些决定把哪一个人的手送去，否则也许赦令未下，他们早已死了。

玛克斯　把我的手送去。

路歇斯　凭着上天起誓，这不能。

泰特斯　你们别闹啦；像这样的枯枝败梗，才是适宜于樵夫的刀斧的，还是把我的手送去吧。

路歇斯　好爸爸，要是您承认我是您的儿子，让我把我的兄弟们从死亡之中救赎出来吧。

玛克斯　为了我们去世的父母的缘故，让我现在向你表示一个兄弟的友爱。

泰特斯　那么由你们两人去决定吧！我就保留下我的手。

路歇斯　那么我去找一柄斧头来。

玛克斯　可是那斧头是要让我用的。（路歇斯、玛克斯下。）

泰特斯　过来，艾伦；我要把他们两人都骗了过去。帮我一下，我就把我的手给你。

艾　伦　（旁白）要是那也算是欺骗的话，我宁愿一生一世做个老实人，再也不这样欺骗人家；可是我要用另一种手段欺骗你，不上半小时就可以让你见个分晓。（砍下泰特斯手。）

路歇斯及玛克斯重上。

泰特斯　现在你们也不用争执了，应该做的事情已经做好。好艾伦！把我的手献给皇上陛下，对他说那是一只曾经替他抵御过一千种危险的手，叫他把它埋了；它应该享受更大的荣宠，这样的要求是不该拒绝的。至于我的儿子们，你说我认为他们是用低微的代价买来的珍宝，可是因为我用自己的血肉换到他们的生命，所以他们的价值仍然是贵重的。

艾　伦　我去了，安德洛尼克斯；你牺牲了一只手，等着它换来你的两个儿子吧。（旁白）我的意思是说他们的头。啊！我一想到这一场恶计，就觉得浑身通泰。让傻瓜们去行善，让美男子们去向神明献媚吧，艾伦宁愿让他的灵魂黑得像他的脸一样。（下。）

泰特斯　啊！我向天举起这一只手，把这衰老的残躯向大地俯伏：要是哪一尊神明怜悯我这不幸的人所挥的眼泪，我要向他祈求！（向拉维妮娅）什么！你也要陪着我下跪吗？很好，亲爱的，因为上天将要垂听我们的祷告，否则我们要用叹息嘘成浓雾，把天空遮得一片昏沉，使太阳失去它的光辉，正像有时浮云把它拥抱起来一样。

玛克斯　唉！哥哥，不要疯疯癫癫地讲这些无关实际的话了；真叫人摸不着底。

泰特斯　我的悲痛还有什么底可言哪？倒不如让我哀痛到底吧。

玛克斯　也该让理智控制你的悲痛才是。

泰特斯　要是理智可以向我解释这一切灾祸，我就可以约束我的悲痛。当上天哭泣的时候，地上不是要泛滥着大水吗？当狂风怒号的时候，大海不是要发起疯来，鼓起了它的面颊向天空恫吓吗？你要知道我这样叫闹的理由吗？我就是海；听她的叹息在刮着多大的风；她是哭泣的天空，我就是大地；我这海水不能不被她的叹息所激动，我这大地不能不因为她的不断的流泪而泛滥沉没，因为我的肠胃容纳不下雀的辛酸，我必须像一个醉汉似的把它们呕吐出来。所以由着我吧，因为失败的人必须得到许可，让他们用愤怒的言辞发泄他们的怨气。

一使者持二头一手上。

使　者　尊贵的安德洛尼克斯，你把一只好端端的手砍下来献给皇上，白白作了一次无益的牺牲。这儿是你那两个好儿子的头颅，这儿是你自己的手，为了讥笑你的缘故，他们叫我把它们送还给你。你的悲哀是他们的玩笑，你的决心被他们所揶揄；我一想到你的种种不幸就觉得伤心，简直比回忆我的父亲的死还要难过。（下。）

玛克斯　现在让埃特那火山在西西里冷却，让我的心变成一座永远焚烧的地狱吧！这些灾祸不是人力所能忍受的。陪着哭泣的人流泪，多少会使他感到几分安慰，可是满心的怨苦被人嘲笑，却是双重的死刑。

路歇斯　唉！这样的惨状能够使人心魂摧裂，可憎恶的生命却还是守住这皮囊不肯脱离；生活已经失去了意义，却还要在这世上吞吐着这一口气，做一个活受罪的死鬼。（拉维妮娅吻泰特斯。）

玛克斯　唉，可怜的人儿！这一个吻正像把一块冰送进饿蛇的嘴里，一点不能安慰他。

泰特斯　这可怕的噩梦几时才可以做完呢？

玛克斯　现在再用不着自己欺骗自己了。死吧，安德洛尼克斯；你不是在做梦。瞧，你的两个儿子的头，你的握惯刀剑的手，这儿还有你的被人残害了的女儿；你那一个被放逐的儿子，看着这种残酷的情景，已经面无人色了；你的兄弟，我，也像一座石像一般无言而僵冷。啊！现在我再不劝你抑制你的悲哀了。撕下你的银色的头发，用你的牙齿咬着你那残余的一只手吧；让这凄凉的景象闭住了我们生不逢辰的眼睛！现在是掀起风暴来的时候，你为什么一声不响呢？

泰特斯　哈哈哈！

玛克斯　你为什么笑？这在现在是不相宜的。

泰特斯　嘿，我的泪已经流完了；而且这悲哀是一个敌人，它会窃据我的潮润的眼睛，用滔滔的泪雨蒙蔽我的视觉，使我找不到复仇的路径。因为这两颗头颅似乎在向我说话，恐吓我要是我不让那些害苦我们的人亲身遍历我们现在所受的一切惨痛，我将要永远享不到天堂的幸福。来，让我想一想我应该怎样进行我的工作。你们这些忧郁的人，都来聚集在我的周围，我要对着你们每一个人用我的灵魂宣誓，我将要为你们复仇。我的誓已经发下了。来，兄弟，你拿着一颗头；我用这一只手托住那一颗头。拉维妮娅，你也要帮我们做些事情，把我的手衔在你的嘴里，好孩子。至于你，孩子，赶快离开我的眼前吧；你是一个被放逐的人，你不能停留在这里。到哥特人那里去，调集起一支军队来。要是你爱我，让我们一吻而别，因为我们还有许多事情要做哩。（泰特斯、玛克斯、拉维妮娅同下。）

路歇斯　别了，安德洛尼克斯，我的高贵的父亲，罗马最不幸的人！别了，骄傲的罗马！路歇斯舍弃了他的比生命更宝贵的亲人，有一天他将要重新回来。别了，拉维妮娅，我的贤淑的妹妹；啊！但愿你仍旧像从前一样！可是现在路歇斯和拉维妮娅都必须被世人所遗忘，在痛苦的忧愁里度日了。要是路歇斯不死，他一定会为你复仇，叫那骄傲的萨特尼纳斯和他的皇后在罗马城前匍匐乞怜。现在我要到哥特人那里去调集军队，向罗马和萨特尼纳斯报复这天大的冤仇。（下。）

第二场　同前。泰特斯家中一室，桌上餐肴罗列

泰特斯、玛克斯、拉维妮娅及小路歇斯上。

泰特斯　好，好，现在坐下来；你们不要吃得太多，只要能够维持我们充分的精力，报复我们的大仇深恨就得啦。玛克斯，放开你那被悲哀纠结着的双手；你的侄女跟我两个人，可怜的东西，都是缺手的人，不能用交叉的手臂表示我们十重的悲伤。我只剩下这一只可怜的右手，在我的胸前逞弄它的威风；当我的心因为载不起如许的苦痛而在我的肉体的囚室里疯狂跳跃的时候，我这手就会把它使劲捶打下去。（向拉维妮娅）你这苦恼的化身，你在用表情

向我们说话吗？你的意思是说，当你那可怜的心发狂般跳跃的时候，你不能捶打它叫它静止下来。用叹息刺伤它，孩子，用呻吟杀死它吧；或者你可以用你的牙齿咬起一柄小刀来，对准你的心口划一个洞，让你那可怜的眼睛里流下来的眼泪一起从这洞里滚进去，让这痛哭的愚人在苦涩的泪海里淹死。

玛克斯　哎，哥哥，哎！不要教她下这样无情的毒手，摧残她娇嫩的生命。

泰特斯　怎么！悲哀已经使你变得糊涂起来了吗？嗨，玛克斯，除了我一个人之外，别人是谁也不应该发疯的。她能够下什么毒手去摧残她自己的生命？啊！为什么你一定要提起这个"手"字？你要叫埃涅阿斯把特洛伊焚烧的故事从头讲起吗？啊！不要谈到这个题目，不要讲什么手呀手的，使我们永远记得我们是没有手的人。呸！呸！我在说些什么疯话，好像要是玛克斯不提起"手"字，我们就会忘记我们没有手似的。来，大家吃吧；好女儿，吃了这个。这儿酒也没有。听，玛克斯，她在说些什么话；我能够解释她这残废的身体上所作出的种种表示：她说她的唯一的饮料只是那和着悲哀酿就、淋漓在她颊上的眼泪。无言的诉苦者，我要熟习你的思想，像乞食的隐士娴于祷告一般充分了解你的沉默的动作；无论你吐一声叹息，或是把你的断臂向天高举，或是眨一眨眼，点一点头，屈膝下跪，或者作出任何的符号，我都要竭力探究出它的意义，用耐心的学习寻求一个确当的解释。

小路歇斯　好爷爷，不要老是伤心痛哭了；讲一个有趣的故事让我的姑姑快乐快乐吧。

玛克斯　唉！这小小的孩子也受到感动，瞧着他爷爷那种伤心的样子而掉下泪来了。

泰特斯　不要响，小东西；你是用眼泪塑成的，眼泪会把你的生命很快地融化了。（玛克斯以刀击餐盆）玛克斯，你在用刀子砍什么？

玛克斯　一只苍蝇，哥哥；我已经把它打死了。

泰特斯　该死的凶手！你刺中我的心了。我的眼睛已经看饱了凶恶的暴行；杀戮无辜的人是不配做泰特斯的兄弟的。出去，我不要跟你在一起。

玛克斯　唉！哥哥，我不过打死了一只苍蝇。

泰特斯　可是假如那苍蝇也有父亲母亲呢？可怜的善良的苍蝇！它飞到这儿来，用它可爱的嗡嗡的吟诵娱乐我们，你却把它打死了！

玛克斯　恕我，哥哥；那是一只黑色的、丑恶的苍蝇，有点像那皇后身边的摩尔人，所以我才打死它。

泰特斯　哦，哦，哦！那么请你原谅我，我错怪你了，因为你做的是一件好事。把你的刀给我，我要侮辱侮辱它；用虚伪的想象欺骗我自己，就像它是那摩尔人，存心要来毒死我一样。这一刀是给你自己的，这一刀是给塔摩拉的，啊，好小子！可是难道我们已经变得这样卑怯，用两个人的力量去杀死一只苍蝇，只是因为它的形状像一个黑炭似的摩尔人吗？

玛克斯　唉，可怜的人！悲哀已经把他折磨成这个样子，使他把幻影认为真实了。

泰特斯　来，把这些东西撤下去。拉维妮娅，跟我到你的闺房里去；我要陪着你读一些古代悲哀的故事。来，孩子，跟我去；你的眼睛是明亮的，当我的目光昏花的时候，你就接着我读下去。（同下。）

第四幕

第一场　罗马。泰特斯家花园

泰特斯及玛克斯上。小路歇斯后上,拉维妮娅奔随其后。

小路歇斯　救命,爷爷,救命!我的姑姑拉维妮娅到处追着我,不知道为了什么缘故。好玛克斯爷爷,瞧她跑得多么快。唉!好姑姑,我不知道您是什么意思哩。

玛克斯　站在我的身边,路歇斯;不要怕你的姑姑。

泰特斯　她是非常爱你的,孩子,决不会伤害你。

小路歇斯　嗯,当我的爸爸在罗马的时候,她是很爱我的。

玛克斯　我的侄女拉维妮娅这样做,是什么意思呢?

泰特斯　不要怕她,路歇斯。她总有一番意思。瞧,路歇斯,瞧她多么疼你;她是要你跟她到什么地方去哩。唉!孩子,她曾经比一个母亲教导她的儿子还要用心地读给你听那些美妙的诗歌和名人的演说哩。

玛克斯　你猜不出她为什么这样追着你吗?

小路歇斯　爷爷,我不知道,我也猜不出,除非她发疯了;因为我常常听见爷爷说,过分的悲哀会叫人发疯;我也曾在书上读到,特洛伊的赫卡柏王后因为伤心而变得疯狂;所以我有点害怕,虽然我知道我的好姑姑是像我自己的妈妈一般爱我的,倘不是发了疯,决不会把我吓得丢下了书本逃走。可是好姑姑,您不要见怪;要是玛克斯爷爷肯陪着我,我是愿意跟您去的。

玛克斯　路歇斯,我陪着你就是了。(拉维妮娅以足踢路歇斯落下之书。)

泰特斯　怎么,拉维妮娅!玛克斯,这是什么意思?她要看这儿的一本什么书。女儿,你要看哪一本?孩子,你替她翻开来吧。可是这些是小孩子念的书,你是要读高深一点儿的书的;来,到我的书斋里去拣选吧。读书可以帮助你忘记你的悲哀,耐心地等候着上天把恶人的阴谋暴露出来的一日。为什么她接连几次举起她的手臂来?

玛克斯　我想她的意思是说参与这件暴行的不止一个人;嗯,一定不止一人;否则她就是求告上天为她复仇。

泰特斯　路歇斯,她在不断踢动着的是本什么书?

小路歇斯　爷爷,那是奥维德的《变形记》,是我的妈妈给我的。

玛克斯　也许她眷念去世者,特意选择了它。

泰特斯　且慢!瞧她在多么忙碌地翻动着书页!(助拉维妮娅翻书)她要找些什么?拉维妮娅,要不要我读这一段?这是菲罗墨拉的悲惨的故事,讲到忒柔斯怎样用奸计把她奸污;我怕你的遭遇也和她一样呢。

玛克斯　瞧,哥哥,瞧!她在指点着书上的文句。

泰特斯　拉维妮娅,好孩子,你也像菲罗墨拉一样,在冷酷、广大而幽暗的树林里,遭到了强徒的暴力,被他污毁了你的身体吗?瞧,瞧!嗯,在我们打猎的地方,正有这样一个所在——啊!要是我们从来不曾在那地方打猎多好!——就像诗人所描写的一样,这儿天生就是一个让恶徒们杀人行凶的所在。

玛克斯　唉!大自然为什么要设下这样一个罪恶的陷阱?难道天神们也是喜欢悲剧的吗?

泰特斯　好孩子,这儿都是自己人,你用符号告诉我们是哪一个罗马贵人敢做下这样的事；是不是萨特尼纳斯效法往昔的塔昆，偷偷地跑出了自己的营帐，在鲁克丽丝的床上干那罪恶的行为？

玛克斯 坐下来，好侄女；哥哥，你也坐下。阿波罗、帕拉斯、乔武、麦鸠利，求你们启发我的心，让我探出这奸谋的究竟！哥哥，瞧这儿；瞧这儿，拉维妮娅：这是一块平坦的沙地，看我怎样在它上面写字。（以口衔杖，以足拨动，使之于沙上写字）我已经不用手的帮助，把我的名字写下来了。该死的恶人，使我们不得不用这种方法传达我们的心思！好侄女，你也照着我的样子把那害你的家伙的名字写出来，我们一定替你复仇。愿上天指导着你的笔，让它表白出你的冤情，使我们知道谁是真正的凶徒！（拉维妮娅衔杖口中，以断臂拨杖成字。）

泰特斯 啊！兄弟，你看见她写些什么吗？"契伦，狄米特律斯"。

玛克斯 什么，什么！塔摩拉的荒淫的儿子们是干下这件惨无人道的行为的罪人吗？

泰特斯 统治万民的伟大的天神，你听见这样的惨事，看见这样的暴行吗？

玛克斯 啊！安静一些，哥哥；虽然我知道写在这地上的这几个字，可以在最驯良的心中激起一场叛乱，使柔弱的婴孩发出不平的呼声。哥哥，让我们一同跪下；拉维妮娅，你也跪下来；好孩子，罗马未来的勇士，你也跪下来；大家跟着我向天发誓，我们要像当初勃鲁托斯为了鲁克丽丝的受害而立誓报复一样，一定要运用我们的智谋心力，向这些奸恶的哥特人报复我们切身的仇恨，否则到死也不瞑目。

泰特斯 要是你知道用什么方法可以达到我们的目的，那当然没有问题；可是当你追捕这两头小熊的时候，留心吧，那母熊要是嗅到了你的气息，是会醒来的。她现在正和狮子勾结得非常亲密，向他施展出种种迷人的手段，当他睡熟以后，她就可以为所欲为了。你是一个经验不足的猎人，玛克斯，还是少管闲事吧。来，我要去拿一片铜箔，用钢铁的尖镞把这两个名字刻在上面藏起来；一阵怒号的北风吹起，这些沙土就要漫天飞扬，那时候你到哪儿去找寻它们呢？孩子，你怎样说？

小路歇斯　我说，爷爷，倘若我年纪不是这样小，这些恶奴即使躲在他们母亲的房间里，我也决不放过他们。

玛克斯　嗯，那才是我的好孩子！你的父亲也是常常为了他的忘恩的祖国而出生入死、不顾一切危险的。

小路歇斯　爷爷，要是我长大了，我也一定这样做。

泰特斯　来，跟我到我的武库里去；路歇斯，我要替你拣一副兵器，而且我还要叫我的孩子替我送一些礼物去给那皇后的两个儿子哩。来，来，你愿意替我干这一件差使吗？

小路歇斯　嗯，爷爷，我愿意把我的刀子插进他们的心口里去。

泰特斯　不，孩子，不是这样说；我要教你另外一种办法。拉维妮娅，来。玛克斯，你在我家里看守着；路歇斯跟我要到宫廷里去拼他一拼。嗯，是的，我们要去拼他一拼。（泰特斯、拉维妮娅及小路歇斯下。）

玛克斯　天啊！你能够听见一个好人的呻吟，却对他一点不动怜悯之心吗？悲哀在他心上刻下的创痕，比战士盾牌上的剑痕更多；看他疯疯癫癫的，不知要干出些什么事来，玛克斯，你得留心看着他才是。天啊，为年老的安德洛尼克斯复仇吧！（下。）

第二场 同前。宫中一室

艾伦、狄米特律斯及契伦自一方上；小路歇斯及一侍从持武器一捆及诗笺一卷自另一方上。

契 伦 狄米特律斯，这是路歇斯的儿子，他要来送一个信给我们。

艾 伦 嗯，一定是他的疯爷爷叫他送什么疯信来了。

小路歇斯 两位王子，安德洛尼克斯叫我来向你们致敬。（旁白）愿罗马的神明毁掉你们！

狄米特律斯 谢谢你，可爱的路歇斯；你给我们带些什么消息来了？

小路歇斯 （旁白）你们两个人已经确定是两个强奸命妇的凶徒，这就是消息。（高声）家祖父叫我多多拜上两位王子，他说你们都是英俊的青年，罗马的干城，叫我把他武库里几件最好的武器送给你们，以备不时之需，请两位千万收下了。现在我就向你们告别；（旁白）你们这一对该死的恶棍！（小路歇斯及侍从下。）

狄米特律斯 这是什么？一个纸卷，上面还写着诗句？让我们看看：——（读）

弓伸天讨剑诛贼，
抉尽神奸巨慝心。

契 伦 哦！这是两句贺拉斯的诗，我早就在文法书上念过了。

艾 伦 嗯，不错，是两句贺拉斯的诗；你说得对。（旁白）嘿，一个人做了蠢驴又有什么办法！这可不是开玩笑的事！那老头儿已经发现了他们的罪恶，把这些兵器送给他们，还题上这样的句子，明明是揭破他们的秘密，他们却还一点没有知觉。要是我们聪明的皇后也在这儿的话,她一定会佩服安德洛尼克斯的才情;可是现在她正不大好过,还是不要惊动她吧。(向狄米特律斯、契伦)两位小王子,那引导我们到罗马来的,不是一颗幸运的星吗?我们本来只是些异邦的俘虏,现在却享受着这样的尊荣,就是我也敢在宫门之前把那护民官辱骂,不怕被他的哥哥听见,好不痛快。

狄米特律斯　可是尤其使我高兴的是这样一位了不得的大人物现在也会卑躬屈节向我们送礼献媚了。

艾　伦　难道他没有理由吗,狄米特律斯王子?你们不是很看得起他的女儿吗?

狄米特律斯　我希望有一千个罗马女人给我们照样玩弄,轮流做我们泄欲的工具。

契　伦　好一个普度众生的多情宏愿!

艾　伦　可惜你们的母亲不在跟前,少了一个说"阿门"的人。

契　伦　她当然会说的,再有两万个女人她也不会反对。

狄米特律斯　来,让我们去为我们正在生产的苦痛中的亲爱的母亲向诸神祈祷吧。

艾　伦　(旁白)还是去向魔鬼祈祷的好;天神们早已舍弃我们了。(喇叭声。)

狄米特律斯　为什么皇帝的喇叭吹得这样响?

契　伦　恐怕是庆祝皇帝新添了一位太子。

狄米特律斯　且慢!谁来了?

乳媪抱黑婴上。

乳　媪　早安,各位大爷。啊!告诉我,你们看见那摩尔人艾伦吗?

艾　伦　呃,远在天边,近在眼前,艾伦就是我。你找艾伦有什么事?

乳　媪　啊,好艾伦!咱们全完了!快想个办法,否则你的性命也要保不住啦!

艾　伦　哎哟，你在吵些什么！你抱在手里的是个什么东西？

乳　媪　啊！我但愿把它藏在不见天日的地方；这是我们皇后的羞愧，庄严的罗马的耻辱！她生了，各位爷们，她生了。

艾　伦　她生了谁的气吗？

乳　媪　我是说她生产了。

艾　伦　好，上帝给她安息！她生下个什么来啦？

乳　媪　一个魔鬼。

艾　伦　啊，那么她是魔鬼的老娘了；恭喜恭喜！

乳　媪　一个叫人看见了就丧气的、又黑又丑的孩子。你瞧吧，把他放在我们国家里那些白白胖胖的孩子们的中间，他简直像一只蛤蟆。娘娘叫我把他送给你，因为他身上盖着你的戳印；她吩咐你用你的刀尖替他施洗。

艾　伦　胡说，你这娼妇！难道长得黑一点儿就这样要不得吗？好宝贝，你是一朵美丽的鲜花哩。

狄米特律斯　浑蛋，你干了什么事啦？

艾　伦　事情已经干了，又有什么办法？

狄米特律斯　该死的恶狗！你把我们的母亲毁了。也是她有眼无珠，偏会看中你这个丑货，生下了这可诅咒的妖种！

契　伦　这孽种不能让他留在世上。

艾　伦　他不能死。

乳　媪　艾伦，他必须死；这是他母亲的意思。

艾　伦　什么！他必须死吗，奶妈；那么除了我自己以外，谁也不能动手杀害我的亲生骨肉。

狄米特律斯　我要把这个蝌蚪穿在我的剑头上。奶妈，把他给我；我的剑一下子就可以结果了他。

艾　伦　你要是敢碰他一碰，这一柄剑就要把你的肚肠一起挑出来。

（自乳媪怀中夺儿，拔剑）住手，杀人的凶手们！你们要杀死你们的兄弟吗？你们的母亲在光天化日之下受孕怀胎，生下了这个孩子，现在我就凭着照耀天空的火轮起誓，谁敢碰我这初生的儿子，我一定要叫他死在我的剑锋之下。我告诉你们，哥儿们，无论哪一个三头六臂的天神天将，都不能把我这孩子从他父亲的手里夺下。嘿，嘿，你们这些粉面红唇的不懂事的孩子们！你们这些涂着白垩的泥墙！你们这些酒店里的白漆招牌！黑炭才是最好的颜色，它是不屑于用其他的色彩涂染的；大洋里所有的水不能使天鹅的黑腿变成白色，虽然它每时每刻都在波涛里冲洗。你去替我回复皇后，说我不是一个小孩子了，我自己的儿女应该由我自己抚养，请她随便想个什么方法把这回事情掩饰过去吧。

狄米特律斯　你想这样出卖你的主妇吗？

艾　伦　我的主妇只是我的主妇，这孩子可就是我自己，他是我青春的活力和影子，我重视他甚于整个世界；我要不顾一切险阻保护他的安全，否则你们中间免不了有人要在罗马流血。

狄米特律斯　那么我们的母亲要从此丢脸了。

契　伦　罗马将要为了她这种丑行而蔑视她。

乳　媪　皇上一发怒，说不定就会把她判处死刑。

契　伦　我一想到这种丑事就要脸红。

艾伦　嘿，这就是你们的美貌的好处。哼，不可信任的颜色！它会泄露你们心底的秘密。这儿是一个跟你们不同颜色的孩子；瞧这小黑奴向他的父亲笑得多么迷人；他好像在说："老家伙，我是你的亲儿子呀。"他是你们的兄弟；你们母亲的血肉养育了你们，也养育了他，大家都是从一个娘胎里出来的；虽然他的脸上盖着我的戳印，他总是你们的兄弟呀。

乳　媪　艾伦，我应该怎样回复娘娘呢？

狄米特律斯　艾伦，你想一个万全的方法，我们愿意接受你的意见；只要大家无事，你尽管保全你的孩子好了。

艾　伦　那么我们坐下来商议商议；我的儿子跟我两人坐在这儿，你们的一举一动都逃不了我们的眼睛；你们坐在那儿别动；现在由你们去讨论你们的万全之计吧。（众就坐。）

狄米特律斯　哪几个女人看见过他这个孩子？

艾　伦　很好，两位勇敢的王子！当我们大家站在一条线上的时候，我是一头羔羊；可是你们倘要撩惹我这摩尔人，那么发怒的野猪、深山的母狮或是汹涌的海洋，都比不上艾伦凶暴。可是说吧，多少人曾经看见了这孩子？

乳　媪　除了娘娘自己以外，只有稳婆科尼利娅跟我两个人看见。

艾　伦　皇后、稳婆和你三个人；两个人是可以保守秘密的，只要把第三个人除去。你去告诉皇后，说我这样说：（挺剑刺乳媪）"喊克喊克！"一头刺上炙叉的母猪是这样叫的。

狄米特律斯　你这是什么意思，艾伦？为什么要杀死她，

艾　伦　哎哟，我的爷，这是策略上的必要呀；难道我们应该让她留在世上，掉弄她搬弄是非的长舌，泄露我们的罪恶吗？不，王子们，不。现在我把我的主意完全告诉了你们吧。在不远的地方住着一个名叫牟利的人，他也是个摩尔人；他的妻子昨天晚上生产，生下个白皮肤的孩子，白得就跟你们一样。我们现在可以去跟他掉换一下，给那妇人一些钱，把一切情形告诉他们，对他们说他们的孩子一进宫去，大家只知道他是皇上的小太子，保证享受荣华，后福无穷。这样人不知、鬼不觉地把我的孩子换了出来，让那皇帝抱着一个野种当作自己的骨肉，一场风波不就可以毫无痕迹地消弭了吗？听我说，两位王子；你们瞧我已经给她服下了安眠灵药，（指乳媪）现在就烦你们替她料理葬事；附近有的是空地，你们又是

两位胆大气壮的好汉。这事情办好以后,不要耽搁时间,立刻就去叫那稳婆来见我。我们把那稳婆和奶妈收拾出去,随那些娘儿们谈长论短去吧。

契　伦　艾伦,我看你要是有了秘密,真是不会让一丝风把它走漏出去的。

狄米特律斯　塔摩拉一定非常感激你的爱护。(狄米特律斯、契伦抬乳媪尸下。)

艾　伦　现在我要像燕子一般飞到哥特人的地方去,替我这怀抱里的宝贝找一个安身之处;我还要秘密会晤皇后的朋友们。来,你这厚嘴唇的奴才,我要抱着你离开这里,都是你害得我变成了一个亡命之徒。我要给你吃野果和菜根,喝些乳脂乳浆,让山羊供给你乳汁,和你栖息在山洞里,把你抚养长大,做一个指挥大军的战士。(抱婴孩下。)

第三场　同前。广场

泰特斯持箭数枝,箭端各系书札,率玛克斯、小路歇斯、坡勃律斯、辛普洛涅斯、卡厄斯及其他军官等各持弓上。

泰特斯　来,玛克斯;来,各位贤侄,到这儿来。哥儿,现在让我瞧瞧你的箭法如何;小心瞄准了,一直向那儿射去。记着,玛克斯,公道女神已经离开了人间,她已经逃走了。来,大家拿起弓来。你们各位替我到海洋里捞捞,把网儿撒下去,也许你们可以在海底找到她,可是海里和陆地上一样,一点公道都没有的。不,坡勃律斯和辛普洛涅斯,我必须麻烦你们一下!你们必须用锄头铁锹一直掘下地心，当你们掘到普路同[1]境内的时候，请把这封请愿书送给他，要求他主持公道，援助无辜，对他说，这是在忘恩的罗马含冤负屈的年老的安德洛尼克斯写给他的。啊，罗马！都是我害你受苦，你不该怂恿民众拥戴一个暴君，让他把我这样凌辱。去，你们去吧，大家小心一点，每一艘战舰都要仔细搜过，也许这恶皇帝把她运送出去了；那时候，各位贤侄，我们再到什么地方去呼冤呢？

玛克斯　啊，坡勃律斯！你看你的伯父疯得这个样子，好不凄惨！

坡勃律斯　所以，父亲，我们不能不早晚留心，一刻也不离开他的身边，什么事情都顺他的意思，等时间慢慢医治他的伤痕。

玛克斯　各位贤侄，他的伤心是无法医治的了。我们还是联合哥特人，用武力征伐忘恩的罗马，向萨特尼纳斯这奸贼复仇吧。

泰特斯　坡勃律斯，怎么！怎么，诸位朋友！你们碰见她了吗？

坡勃律斯　不，我的好伯父；可是普路同有信给您，他说您要是需要差遣复仇女神的话，他可以叫她暂离地狱，听候您的使唤；可是公道女神事情很忙，也许她在天上跟乔武有些公事要接洽，也许她在别的什么地方，您要是一定要借重她的话，只好等些时候再说。

泰特斯　他不该老是这样拖延时日，耽误了我的事情。我要跳到地狱深处的火湖里去，抓住她的脚把她拉出来。玛克斯，我们不过是些小小的灌木，并不是参天的松柏；我们不是庞大的巨人，玛克斯，可是我们有的是铜筋铁骨，然而我们肩上所负的冤屈，却已经把我们压得快要支持不住了。既然人世和地狱都没有公道存在，我们只好祈求天上的神明，快快把公道降下人间，为我们伸冤雪恨。来，大家拿起弓来。你是一个射箭的好手，玛克斯。（以箭分授众人。）你把这一支箭射到乔武那儿去；这一支是给阿波罗的；

① 普路同：希腊神话中冥土之神。

我自己把这一支射给马斯；这是给帕拉斯的，孩子；这是给麦鸠利的；这是给萨登的，卡厄斯，不要弄错了射到萨特尼纳斯的地方去，那就变成了向风射箭，一点用处都没有了。动手吧，孩子！玛克斯，我吩咐你的时候，你就把箭射出去。这回我写得一点不含糊，每一个天神我都向他请求到了。

玛克斯　各位贤侄，把你们的箭一齐射到皇宫里去，激发激发那皇帝的天良。

泰特斯　现在大家拉弓吧。（众射）啊！很好，路歇斯！好孩子，这一箭要射进帕拉斯女神的怀里。

玛克斯　哥哥，我的箭已经越过月亮一英里之遥；这时候乔武一定可以收到你的信了。

泰特斯　哈！坡勃律斯，坡勃律斯，你干了什么事啦？瞧，瞧！金牛星的一个角儿也给你射掉啦。

玛克斯　怪有趣的，哥哥，当坡勃律斯射箭的时候，那金牛星发起脾气来，向白羊星使劲一撞，把两只羊角都撞下来了，刚巧落在皇宫里，给那皇后所宠爱的摩尔人拾到了；她笑着对他说，他应该把这两只角儿送给皇上做一件礼物。

泰特斯　看，长在他头上了；老天爷给了皇上好大的福气！一乡人携篮上，篮中有二鸽。

泰特斯　啊！从天上来的消息！玛克斯，天上的报信人来了。喂，你带了什么消息来？有什么信没有？他们答应替我主持公道吗？乔武怎么说？

乡　人　啊！您说的是那个装绞架的家伙吗？他说他已经把绞架拆下来了，因为那个人要在下星期才处决哩。

泰特斯　可是我问你，乔武怎么说？

乡　人　唉！老爷，我不认识什么乔武；我从来不曾跟他在一起喝过酒。

泰特斯　嗨,糊涂虫,那么你不是送信的吗?

乡　人　哎,老爷,我是送鸽子的,不送什么信。

泰特斯　你不是从天上来的吗?

乡　人　从天上来的! 唉,老爷,我从来不曾到天上去过。上帝保佑我,我现在年纪轻轻的,还不想上天堂哩。我现在带了鸽子,要到平民法庭去;我的舅舅跟一个皇帝手下的卫士吵了架,我要帮他打官司去。

玛克斯　哥哥,你的呈文叫他送去,倒是再适当没有了;这两只鸽子就算是你的贡物,让他拿去献给那皇帝吧。

泰特斯　告诉我,你能不能好好地求神似的向皇帝递一个呈文哪?

乡　人　不会,老爷,我一生连顿顿饭前也没有好好地向神谢恩过。

泰特斯　喂,过来。你也不用多麻烦,到什么法庭去了;这两只鸽子你就拿去送给皇帝,凭着我的面子,他一定会帮助你打赢这场官司的。等一等,等一等,我还要赏你几个钱哩。把笔墨给我拿来。喂,你会不会按着礼节送一封呈文?

乡　人　是,老爷。

泰特斯　那么这儿有一封呈文,你给我送一送吧。你走到他面前的时候,就向他跪下,跟着就吻他的脚,跟着就把你的鸽子送上去,然后你就可以等他给你赏钱。我要在不远的地方看着你,你可要好好地做。

乡　人　您放心吧,老爷;瞧着我就是了。

泰特斯　喂,你有没有一把刀子? 来,让我看看。玛克斯,你把它夹在呈文里面。这封呈文送给皇帝以后,你就来敲我的门,告诉我他说什么话。

乡　人　上帝和您同在,老爷;我就给您送去。

泰特斯　来,玛克斯,我们去吧。坡勃律斯,跟我来。(同下。)

第四场　同前。皇宫前

萨特尼纳斯、塔摩拉、狄米特律斯、契伦、群臣及余人等上；萨特尼纳斯手握泰特斯所射之箭。

萨特尼纳斯　嘿，诸位，你们瞧，全是些诉冤叫屈的话儿！哪一个罗马皇帝曾经凭空遭到这样的烦扰和侮蔑？诸位想都明白，虽然这些破坏我们安宁的家伙到处向人民散播谣言，我们对于老安德洛尼克斯那两个顽劣的儿子所下的判决，完全是一秉至公，以法律为根据的。即使他的悲伤把他的头脑搅糊涂了，难道我必须受他疯狂的侮辱和咒骂吗？现在他写信到天上呼冤去了：瞧，这是给乔武的，这是给麦鸠利的，这是给阿波罗的，这是给战神马斯的；让这些纸片在罗马满街飞扬，那才够人瞧的！这不是对元老院的公然诽谤，向全国宣传我们的不公道吗？这不是大开玩笑吗？诸位，让人家说，在罗马是没有公道的？可是我还没有死，我决不容忍他这样装疯装癫地掩饰他的狂妄的行为；我要叫他和他一伙人知道，萨特尼纳斯一天活在世上，公道一天不会死亡，他的正义的怒火一旦燃烧起来，最骄傲的阴谋者也逃不了他的斧钺的严威。

塔摩拉　我的仁慈的皇上，我的亲爱的萨特尼纳斯，我的生命的主人，我的思想的指挥者，不要生气；泰特斯年纪老了，有什么不对的地方，你担待担待他吧；这都是因为他死了两个好儿子，伤透了心，所以才气成这个样子；你应该安慰安慰他的不幸的处境，这种目无君上的行为，也就不必计较了。（旁白）面面讨好是塔摩拉的聪明的计策；可是，泰特斯，我已经刺中你的要害，你的生命的血液已经流尽了。但愿艾伦不要一时懵懂，坏了我的事，那才要谢天谢地呢。

乡人上。

塔摩拉　啊，好朋友，你要见我们说话吗？

乡　人　正是，请问您这位先生是不是皇帝？

塔摩拉　我是皇后，那里坐着的才是皇帝。

乡　人　正是他。上帝和圣斯蒂芬祝福您！我给您送来了一封信和一对鸽子。（萨特尼纳斯读信。）

萨特尼纳斯　来，把他抓下去，立刻吊死他。

乡　人　可以得到几个赏钱？

塔摩拉　来，小子，我们要吊死你哩。

乡　人　吊死我！哎哟，想不到我长了一个脖子，却要得到这样的下场！（卫士押乡人下。）

萨特尼纳斯　可恶的不能容忍的侮辱！我应该宽纵这样重大的奸谋吗？我知道这是谁玩的花样；这也是可以忍受的吗？他那两个奸恶的儿子暗杀了我的兄弟，明明按照法律应该抵命，照他的口气，却好像是我冤杀了他们似的！去，把那老贼揪住了头发抓了来；他的年龄和地位都不能让他沾到一些便宜。为了这样无礼的讥嘲，我要做你的刽子手，狡猾的疯老头儿；你是因为想把我和罗马一手挟制，才把我捧上皇位的。

伊米力斯上。

萨特尼纳斯　你有些什么消息，伊米力斯？

伊米力斯　武装起来，武装起来，陛下！罗马已经到了最紧急的关头，哥特人已经集合大队人马，一个个抱着坚强的决心，来向我们进攻了；领队的就是路歇斯，老安德洛尼克斯的儿子，他声势汹汹地立誓复仇，要像科利奥兰纳斯一般把罗马踏成平地。

萨特尼纳斯　好战的路歇斯做了哥特人的统帅了吗？这些消息把我吓冷了大半截，使我像一朵霜打的残花、一茎风吹的小草一般垂头丧气。嗯，现在不幸已经向我们开始袭来了。他是平民所喜爱的人;我自己微服私行的时候,常常听见他们说,路歇斯的放逐是不公的,他们希望路歇斯做他们的皇帝。

塔摩拉 为什么你要害怕呢?罗马城不是守卫得很巩固吗?

萨特尼纳斯 嗯,可是民心都向着路歇斯,人们一定会叛变我,帮助他把我推翻。

塔摩拉 你是个皇帝,愿你的思想也像你的名号一样高贵。太阳会因为蚊蚋的飞翔而黯淡了它的光辉吗?鹰隼放任小鸟的歌吟,不去理会它们唱些什么,它知道它的巨翼的黑影,可以随时遏止它们的乐曲;那些反复无常的罗马人,你也可以这样对付他们。所以鼓起你的精神来吧,你这皇帝;你知道我要用一些花言巧语去迷惑那老安德洛尼克斯,那些言语是比引诱鱼儿上钩的香饵或是毒害羊群的肥美的苜蓿更甜蜜更危险的。

萨特尼纳斯 但是他决不会为我们向他的儿子求情。

塔摩拉 要是塔摩拉请求他,他一定不会拒绝;因为我可以用慷慨的许诺灌进他的老迈的耳中;即使他的心坚不可摧,他的耳朵完全聋了,我也会使他的耳朵和他的心受我的舌头的指挥。(向伊米力斯)你先去传达我们的旨意,就说皇上要向勇敢的路歇斯提出和议,请他就在他父亲老安德洛尼克斯家里跟我们相会。

萨特尼纳斯 伊米力斯,希望你此去不辱使命;要是他坚持为了他个人安全起见,我们必须给他一些什么保证,你就对他说无论他提出什么条件,我们都可以照办。

伊米力斯 我一定尽力执行陛下的命令。(下。)

塔摩拉 现在我要去见老安德洛尼克斯,用我的全副手段劝诱他叫那骄傲的路歇斯脱离哥特人的队伍。亲爱的皇帝,快活起来,把你的一切忧虑埋葬在我的妙计之中吧。

萨特尼纳斯 那么你就去求求他看。(同下。)

第五幕

第一场　罗马附近平原

喇叭奏花腔。旗鼓前导，路歇斯及一队哥特战士上。

路歇斯　各位忠勇的战友，我已经从伟大的罗马得到信息，告诉我罗马人民是怎样痛恨他们的皇帝，怎样热切希望我们去拯救他们。所以，诸位将军，愿你们一鼓作气，振起你们复仇的决心；凡是罗马所曾给与你们的伤痕，你们都要从他身上获得三倍的报偿。

哥特人甲　伟大的安德洛尼克斯的勇敢的后人，你的父亲的名字曾经使我们胆裂，现在却成为我们的安慰了，他的丰功伟绩，却被忘恩的罗马用卑劣的轻蔑作为报答；愿你信任我们，我们愿意服从你的领导，像一群盛夏的有刺的蜜蜂跟随它们的君后飞往百花怒放的原野一般，向可诅咒的塔摩拉声讨她的罪恶。

众哥特人　他所说的话，也就是我们大家所要说的。

路歇斯　我深深感激你们各位的好意，可是那里有一个哥特壮士领了个什么人来了？

一哥特人率艾伦抱婴孩上。

哥特人乙　威名远播的路歇斯，我刚才因为看见路旁有一座毁废了的寺院，一时看得出了神，不知不觉地离开了队伍；当我正在凭吊那颓垣碎瓦的时候，忽然听见在一堵墙下有一个小孩的哭声；我向那哭声走去，就听见有人在对那啼哭的婴儿说话，他说："别哭，小黑奴,一半是我,一半是你的娘!倘不是你的皮肤的颜色泄露了你的出身的秘密,要是造化让你生得和你母亲一个模样,小东西,谁说你不会有一天做了皇帝?可是公牛母牛倘若都是白的,决不会生下一头黑炭似的小牛来。别哭!小东西,别哭!"——他这样叱骂着那孩子,——"我必须把你交到一个靠得住的哥特人手里;他要是知道了你是皇后的孩子,看在你妈的面上,一定会好好照顾你。"我听他这样说,就把剑拔在手里,出其不意地把他抓住,带到这儿来请你发落。

路歇斯　啊,勇敢的哥特人,这就是那个恶魔的化身,是他害安德洛尼克斯失去了他的手;他是你们女王眼中的明珠,这小孩便是他淫欲的恶果。说,你这眼睛骨溜溜的奴才,你要把你自己这一副鬼脸的模型带到哪里去?你为什么不说话?什么,聋了吗?不说一句话?兵士们,拿一根绳子来,把他吊死在这株树上,把他那私生的贱种也吊在他的旁边。

艾　伦　不要碰这孩子;他是有王族的血液的。

路歇斯　这孩子太像他的父亲了,长大了也不是个好东西。先把孩子吊起来,让他看看他挣扎的情形,叫他心里难受难受。拿一张梯子来。(兵士等携梯至,驱艾伦登梯。)

艾　伦　路歇斯,保全这孩子的生命;替我把他带去送给皇后。你要是答应做到这一件事,我可以告诉你许多惊人的事情,你听了一定可以得益不少。要是你不答应我,那么我就听天由命,什么话都没有,但愿你们全都不得好死!

路歇斯　说吧,要是你讲的话使我听了满意,我就让你的孩子活命,并且一定把他抚养长大。

艾　伦　使你听了满意!哼,老实告诉你吧,路歇斯,我所要说的话是会使你听了痛苦万分的;因为我必须讲到暗杀、强奸、流血、黑夜的秘密、卑污的行动、奸逆的阴谋和种种骇人听闻的恶事；这一切都要因为我的一死而湮灭，除非你向我发誓保全我的孩子的生命。

路歇斯　把你心里的话说出来；我答应让你的孩子活命。

艾　伦　你必须向我发过了誓，我才开始我的叙述。

路歇斯　我应该凭着什么发誓呢？你是不信神明的，那么你怎么会相信别人的誓呢？

艾　伦　我固然是不信神明的，可是那有什么关系呢？我知道你是个敬天畏神的人，你的胸膛里有一件叫作良心的东西，还有一二十种可笑的教规和仪式，我看你是把它们十分看重的，所以我才一定要你发誓；因为我知道一个痴人是会把一件玩意儿当作神明的，他会终身遵守凭着那神明所发的誓，所以你必须凭着你所敬信的无论什么神明发誓保全我的孩子的生命，并且把他抚养长大，否则我就什么也不告诉你。

路歇斯　我就凭着我的神明向你起誓，我一定保全他的生命，并且把他抚养长大。

艾　伦　第一我要告诉你，他是我跟皇后所生的。

路歇斯　啊，好一个荒淫放荡的妇人！

艾　伦　嘿！路歇斯，这比起我将要告诉你的那些事情来，还算是一件好事哩。暗杀巴西安纳斯的就是她的两个儿子；也是他们割去你妹妹的舌头、奸污了她的身体，还把她的两手砍下，把她修剪成像你所看见的那样子。

路歇斯　啊，可恨的恶奴！你还说什么修剪哪？

艾　伦　是呀，洗了，砍了，修剪了！干这事的人大大修整了一番，好不畅心。

路歇斯　啊，野蛮的禽兽一般的恶人，正像你这家伙一样！

艾　伦　不错，我正是教导他们的师傅哩。他们那一副好色的天性是他们的母亲传给他们的，那杀人作恶的心肠，却是从我这儿学去的；他们是风月场中猎艳的能手，也是两条不怕血腥气味的猘犬。好，让我的行为证明我的本领吧。我把你那两个兄弟诱到了躺着巴西安纳斯尸首的洞里；我写下那封被你父亲拾到的信，把那信上提到的金子埋在树下，皇后和她的两个儿子都是我的同谋；凡是你所引为痛心的事情，哪一件没有我在里边捣鬼？我设计诓骗你的父亲，叫他砍去了自己的手，当他的手拿来给我的时候，我躲在一旁，几乎把肚子都笑破了。当他牺牲了一只手，换到了他两个儿子的头颅的时候，我从墙缝里偷看他哭得好不伤心，把我笑个不住，我的眼睛里也像他一样充满眼泪了。后来我把这笑话告诉皇后，她听见这样有趣的故事，简直乐得晕过去了，为了我这好消息，她还赏给我二十个吻哩。

哥特人甲　什么？你好意思讲这些话，一点不觉得羞愧吗？

艾　伦　嗯，就像人家说的，黑狗不会脸红。

路歇斯　你干了这些十恶不赦的事情，不知道后悔吗？

艾　伦　嗯，我只悔恨自己不再多犯下一千件的罪恶，现在我还在诅咒着命运不给我更多的机会哩。可是我想在受到我的诅咒的那些人们中间，没有几个能够逃得过我的恶作剧的拨弄：譬如杀死一个人，或是设计谋害他的生命；强奸一个处女，或是阴谋破坏她的贞操；诬陷清白的好人，毁弃亲口发下的誓言；在两个朋友之间挑拨离间，使他们变成势不两立的仇敌；穷人的家畜我会叫它们无端折断了颈项；谷仓和草堆我会叫它们夜间失火，还去吩咐它们的主人用眼泪浇熄它们；我常常从坟墓中间掘起死人的骸骨来，把它们直挺挺地竖立在它们亲友的门前，当他们的哀伤早已冷淡下去的时候；在尸皮上我用刀子刻下一行字句，就像那是一片树皮一样，“虽然我死了，愿你们的悲哀永不消灭。”嘿！我曾经干下一千种可怕的事情，就像一个人打死一只苍蝇一般不当作一回事儿，最使我恼恨的，就是我不能再做一万件这样的恶事了。

路歇斯　把这恶魔带下来；把他干干脆脆地吊死，未免太便宜他了。

艾　伦　假如世上果然有恶魔，我就愿意做一个恶魔，在永生的烈火中受着不死的煎灼；只要地狱里有你陪着我，我要用我的毒舌折磨你的灵魂！

路歇斯　弟兄们，塞住他的嘴，不要让他说下去。

一哥特人上。

哥特人　将军，罗马差了一个人来，要求见你一面。

路歇斯　叫他过来。

伊米力斯上。

路歇斯　欢迎，伊米力斯！罗马有什么消息？

伊米力斯　路歇斯将军，和各位哥特王子们，罗马皇帝叫我来问候你们；他因为闻知你们兴师远来，要求在令尊家里跟你谈判和平；要是你需要保证的话，我们可以立刻提交你们。

哥特人甲　我们的主帅怎样说？

路歇斯　伊米力斯，你去回复你家皇帝，叫他把保证交给我的父亲和我的叔父玛克斯，我们就可以和他会面。整队前进！（众下。）

第二场　罗马。泰特斯家门前

塔摩拉、狄米特律斯及契伦各化装上。

塔摩拉　我穿着这一身奇异而惨淡的服装，去和安德洛尼克斯相见，对他说我是复仇女神，奉着冥王的差遣来到世上，帮助他伸雪奇冤。听说他一天到晚在他的书斋之内，思索着种种骇人的复仇妙计;现在你们就去敲他的门,告诉他,复仇女神来帮助他铲除他的敌人了。(敲门。)

泰特斯自上方上。

泰特斯　谁在那儿扰乱我的沉思?你们想骗我开了门,让我的郑重的计划书一起飞掉,害我白费一场心思吗?你们打算错了;你们瞧,我已经把我所预备做的事情血淋淋地写了下来;凡是在这儿写下的,我都要把它们全部实行。

塔摩拉　泰特斯,我要来跟你谈谈。

泰特斯　不,一句话也不用谈;我是个缺手的人,怎么能够用手势帮助我谈话的语气呢?我说不过你,所以不用谈了吧。

塔摩拉　要是你知道我是谁,你一定愿意跟我谈话。

泰特斯　我没有发疯;我知道你是谁。这凄惨的断臂,这一道道殷红的血痕,这些被忧虑刻下的凹纹,疲倦的白昼和烦恼的黑夜,一切的悲哀怨恨,都可以为我作证,我认识你是我们骄傲的皇后,不可一世的塔摩拉。你不是来讨我那另一只手的吗?

塔摩拉　告诉你吧,你这不幸的人,我不是塔摩拉;她是你的仇敌,我是你的朋友。我是复仇女神,从下界的冥国中奉派前来,帮助你歼灭仇人,解除那咬啮着你的心的痛苦。下来,欢迎我来到这人世之上;跟我商议商议杀人的方法吧。无论哪一处空洞的岩穴、隐身的幽窟、广大的僻野或是烟雾弥漫的山谷,凡是杀人的凶手和强奸的恶徒因恐惧而躲藏的所在,我都可以把他们找寻出来,在他们的耳边告诉他们我的名字就是可怕的复仇,使那些作恶的罪人心惊胆裂。

泰特斯　你果然是复仇女神吗?你是奉命来帮助我惩罚我的仇敌的吗?

塔摩拉　我正是;所以出来欢迎我吧。

泰特斯　那么在我没有出来以前，先请你替我做一件事。瞧，在你的身旁一边站着强奸，一边站着暗杀；现在你必须向我证明你确是复仇女神，把他们刺杀了吧，或是把他们缚在你的车轮上碾死他们，那么我就下来做你的车夫，跟着你在大地的周围环绕巡行：我会替你备下两匹漆黑的壮健的小马，拖着你的愤怒的云车快步飞奔，在罪恶的巢穴中找出杀人犯的踪迹；当你的车上载满他们的头颅以后，我愿意下车步行，像一个忠顺的脚夫，从太阳升上东方的时候起，一直走到它没下海中；每天每天我愿意做这样劳苦的工作，只要你现在把强奸和暗杀这两个恶魔杀死。

塔摩拉　这两个是我的助手，跟着我一起来的。

泰特斯　他们是你的助手吗？叫什么名字？

塔摩拉　一个就叫强奸，一个就叫暗杀；因为他们的职务就是惩罚这两种恶人。

泰特斯　上帝啊，他们多么像那皇后的两个儿子，你多么像那皇后！可是我们这些凡俗之人，虽然生了一双眼睛，往往会混淆黑白，颠倒是非。亲爱的复仇女神啊！现在我出来迎接你了；要是你不嫌我只有一只手臂，我要用这一只手臂拥抱你。（自上方下。）

塔摩拉　这一套鬼话刚巧打进他的疯狂的心坎。现在他已经深信我是复仇女神了，你们在言语之间，留心不要露出破绽；我要利用他这种疯狂的轻信，叫他召唤他的儿子路歇斯来，在宴会席上把他稳住了，我就临时使出一些巧妙的手段，遣散那些心性轻浮的哥特人，或者至少使他们变成他的仇敌。瞧，他来了，我必须继续对他装神扮鬼。

泰特斯上。

泰特斯　这许多时候我是一个孤立无援的人，渴望着你的到来；欢迎，可怕的复仇女神，欢迎你光临我这凄凉的屋宇！强奸和暗杀，你们两位也是欢迎的！你们多么像那皇后和她的两个儿子！要是再加上一个摩尔人，那就一无欠缺了；难道整个地狱里找不到这样一个魔鬼吗？因为我知道那皇后无论到什么地方，总有一个摩尔人跟随在她的左右；你们要是想装扮我们的皇后，这样一个魔鬼是少不了的。可是你们来了，总是欢迎的。我们应该怎么办呢？

塔摩拉　你要我们干些什么事，安德洛尼克斯？

狄米特律斯　指点一个杀人的凶手给我看，让我处置他。

契伦　指点一个强奸的暴徒给我看，我会惩罚他。

塔摩拉　指点一千个曾经害你受苦的人给我看，我会替你向他们复仇。

泰特斯　你到罗马的罪恶的街道上去访寻，要是找到一个和你一般模样的人，好暗杀啊，你把他刺杀了吧，他是一个杀人的凶手。你也跟着他去，要是你也找得到另一个和你一般模样的人，好强奸啊，你把他刺杀了吧，他是一个强奸妇女的暴徒。你也跟着他们去；在皇帝的宫里，有一个随身带着一个摩尔黑奴的皇后，她是很容易认识的，因为从头到脚，她都活像你自己；请你用残酷的手段处死他们，因为他们曾经用残酷的手段对待我和我的儿女们。

塔摩拉　领教领教，我们一定替你办到就是了。可是，好安德洛尼克斯，听说你那位勇武非常的儿子路歇斯已经带了一大队善战的哥特人打到罗马来了，可不可以请你叫他到你家里来，为他设席洗尘；当他到来的时候，就在隆重的宴会之中，我去把那皇后和她的两个儿子，还有那皇帝自己以及你所有的仇人一起带来，让他们在你的脚下长跪乞怜，你可以向他们痛痛快快地发泄你的愤恨。不知道安德洛尼克斯对于这一个计策有什么意见？

泰特斯　玛克斯，我的兄弟！悲哀的泰特斯在呼喊你。

玛克斯上。

泰特斯　好玛克斯，到你侄儿路歇斯的地方去；你可以在那些哥特人的中间探听他的所在。你对他说我要见见他，叫他把军队就地驻扎，带几位最高贵的哥特王子到我家里来参加宴会；告诉他皇帝和皇后也要出席的。请你看在我们兄弟的情分上，替我走这一遭；要是他关心他的老父的生命，让他赶快来吧。

玛克斯　我就去见他，一会儿就回来的。（下。）

塔摩拉　现在我要带着我的两个助手，替你干事情去了。

泰特斯　不，不，叫强奸和暗杀留在这儿陪伴我；否则我要叫我的兄弟回来，一心一意让路歇斯替我复仇，不敢再有劳你了。

塔摩拉　（向二子旁白）你们怎么说，孩子们？你们愿意暂时留在这儿，让我一个人去告诉皇上，我们怎样开这场玩笑吗？敷衍敷衍他，一切奉承他的意思，用好话把他哄住了，等我回来再说。

泰特斯　（旁白）我全都认识他们，虽然他们以为我疯了；他们想用诡计愚弄我，我就将计就计，把他们摆布一下，这一对该死的恶狗和他们的老母狗！

狄米特律斯　（向塔摩拉旁白）母亲，你去吧；让我们留在这儿。

塔摩拉　再会，安德洛尼克斯；复仇女神现在去安排妙计，把你的仇敌诱下罗网。（下。）

泰特斯　我知道你会替我出力的；亲爱的复仇女神，再会吧！

契　伦　告诉我们，老人家，你要我们干些什么事？

泰特斯　嘿！我要叫你们做的事多着呢。坡勃律斯，出来！卡厄斯！凡伦丁！

坡勃律斯及余人等上。

坡勃律斯　您有什么吩咐？

泰特斯　你们认识这两个人吗？

坡勃律斯　我认识这两个就是皇后的儿子，契伦和狄米特律斯。

泰特斯 不,坡勃律斯,不!你完全弄错了。这一个是暗杀,那一个名叫强奸;所以把他们绑起来吧,好坡勃律斯;卡厄斯和凡伦丁,抓住他们。你们常常听见我说,希望有这一天,现在这一天居然来到了。把他们缚得牢牢的,要是他们嚷叫起来,把他们的嘴也给塞住。(泰特斯下;坡勃律斯等捉契伦、狄米特律斯二人。)

契 伦 浑蛋,住手!我们是皇后的儿子。

坡勃律斯 所以我们奉命把你们绑缚起来。塞住他们的嘴,别让他们说一句话。把他绑好了吗?千万把他绑紧了。

泰特斯率拉维妮娅重上;拉维妮娅捧盆,泰特斯持刀。

泰特斯 来,来,拉维妮娅;瞧你的仇人已经绑住了。侄儿们,塞住他们的嘴,别让他们对我说话,我要叫他们听听我有些什么惊心动魄的话要对他们说。契伦,狄米特律斯,你们这两个恶人啊!这儿站着被你们用污泥搅混了的清泉;她本来是一个美好的夏天,却被你们用严冬的霜雪摧残了她的生机。你们杀死了她的丈夫,为了这一个重大的罪恶,她的两个兄弟含冤负屈地被处了死刑,还要害我砍掉了手,给你们取笑。她的娇好的两手、她的舌头,还有比两手和舌头更宝贵的,她的无瑕的贞操,没有人性的奸贼们,都在你们暴力的侵凌之下失去了。假如我让你们说话,你们还有什么话好说?恶贼!你们还好意思哀求饶命吗?听着,狗东西!听我说我要怎样处死你们,我这一只剩下的手还可以割断你们的咽喉,拉维妮娅用她的断臂捧着的那个盆子,就是预备盛放你们罪恶的血液的。你们知道你们的母亲准备到我家里来赴宴,她自称为复仇女神,她以为我是疯了。听着,恶贼们!我要把你们的骨头磨成灰粉,用你们的血把它调成面糊,再把你们这两颗无耻的头颅捣成了肉泥,裹在拌着骨灰的面皮里面做饼馅;叫那淫妇,你们的猪狗般下贱的母亲,吃下她亲生的骨肉。这就是我请她来享用的美宴，这就是她将要饱餐的盛馔；因为你们对待我的女儿太残酷了，所以我要用残酷的手段向你们报复。现在伸出你们的头颈来吧。拉维妮娅，来。（割二人咽喉）让他们的血淋在这盆子里；等他们死了以后，我就去把他们的骨头磨成灰粉，用这可憎的血水把它调和了，再把他们这两颗奸恶的头颅放在那面饼里烘焙。来，来，大家助我一臂之力，安排这一场不平常的盛宴。现在把他们抬了进去，我要亲自下厨，料理好这一道点心，等他们的母亲到来。（众抬二尸下。）

第三场　同前。泰特斯家大厅，桌上罗列酒肴

路歇斯、玛克斯及哥特人等上；艾伦镣铐随上。

路歇斯　玛克斯叔父，既然是我父亲的意思，要我到罗马来，我只好遵从他的命令。

哥特人甲　我们也决心追随你，一切听任命运的安排。

路歇斯　好叔父，请您把这野蛮的摩尔人，这狠恶的饿虎，这可恨的魔鬼，带了进去；不要给他吃什么东西，用镣铐锁住了，等那皇后到来，就提他当面对质，叫他证明她的种种奸恶的图谋。再请您看看我们埋伏的人手够不够，我怕那皇帝对我们不怀好意。

艾　伦　有一个魔鬼在我的耳边低声诅咒，教唆我的舌头向你们倾吐出我的愤怒的心中的怨毒！

路歇斯　滚开，没有人心的狗！污秽的奴才！朋友们，帮我的叔父把他拖进去。（众哥特人推艾伦下；喇叭声。）喇叭的声音报知皇帝就要来了。

萨特尼纳斯及塔摩拉率伊米力斯、元老、护民官及余人等上。

萨特尼纳斯　什么！天上可以有两个太阳吗？

路歇斯　你自称为太阳，有什么用处？

玛克斯　罗马的皇帝，侄儿，请你们暂停辩论；我们必须平心静气，解决彼此间的争端。殷勤的泰特斯已经安排好一席盛宴，希望在杯酒之间，两方面重敦盟好，恢复和平，使罗马永享安宁的幸福。所以请你们大家过来，各人就座吧。

萨特尼纳斯　玛克斯，那么我就坐下了。（高音笛吹响。）

泰特斯作厨夫装束！拉维妮娅戴面幕！小路歇斯及余人等上。泰特斯捧面饼一盘置桌上。

泰特斯　欢迎，仁慈的皇上；欢迎，尊严的皇后；欢迎，各位英勇的哥特人；欢迎，路歇斯；欢迎，在座的全体嘉宾。虽然我们的酒食非常粗劣，也可以使你们饱醉而归；请随便吃吧，不要客气。

萨特尼纳斯　你为什么打扮成这个样子，安德洛尼克斯？

泰特斯　因为我怕厨夫粗心，烹煮得不合陛下和娘娘的口味，所以才亲自下厨调度一切。

塔摩拉　那真是多谢你了，好安德洛尼克斯。

泰特斯　但愿娘娘知道我这一片赤心。皇上陛下。我要请您替我解决一个问题：那粗鲁的维琪涅斯因为他的女儿被人强行奸污，把她亲手杀死[①]，这一件事做得对不对？

萨特尼纳斯　对的，安德洛尼克斯。

泰特斯　请问陛下的理由？

萨特尼纳斯　因为那女儿不该忍辱偷生，使她的父亲在每一回看见她的时候勾起他的怨恨。

泰特斯　一个正当、充分而有力的理由；对于我这最不幸的人，它是一

① 维琪涅斯：公元前五世纪时罗马平民，其女维琪妮娅为执政克劳狄厄斯计陷奸污；维琪涅斯不忍视其忍辱偷生之痛苦，亲手将其杀死。

个可以仿效的成例，一个活生生的榜样。死吧，死吧，拉维妮娅，让你的耻辱和你同时死去；让你父亲的怨恨也和你的耻辱同归于尽吧！（杀拉维妮娅。）

萨特尼纳斯　你干了什么事啦，你这不慈不爱的父亲？

泰特斯　我把她杀了。为了她，我已经把我的眼睛都哭瞎了；我是像维琪涅斯一样伤心的，我有比他多过一千倍的理由，使我下这样的毒手；现在这事情已经干了。

萨特尼纳斯　什么！她也被人奸污了吗？告诉我谁干的事。

泰特斯　请陛下和娘娘吃了这一道粗点。

塔摩拉　为什么你用这样的手段杀死你独生的女儿？

泰特斯　杀死她的不是我，是契伦和狄米特律斯。他们奸污了她，割去了她的舌头；是他们，是他们害她落得这样一个结果。

萨特尼纳斯　快去把他们立刻抓来见我。

泰特斯　嘿，他们就在这盘子里头，那烘烤在这面饼里的就是他们的骨肉；他们的母亲刚才吃得津津有味的，也就是她自己亲生的儿子。这是真的，这是真的；我的锋利的刀尖可以为我作见证。（杀塔摩拉。）

萨特尼纳斯　疯子，你这样的行为死有余辜！（杀泰特斯。）

路歇斯　做儿子的忍心看着他的父亲流血吗？冤冤相报，有命抵命！

（杀萨特尼纳斯；大骚乱，众慌乱走散；玛克斯、路歇斯及其党羽登上露台。）

玛克斯　你们这些满面愁容的人们，罗马的人民和子孙，巨大的变乱使你们分裂离散，像一群惊惶的禽鸟，在暴风中四散飞逃；啊！让我教你们怎样把这一束散乱的禾秆重新集合起来，把这些零落的肢体团结为完整的全身；否则罗马将要自招灭亡的灾祸，那曾经为强大的列国所敬礼的名城，将要像一个日暮途穷的破落汉一样，卑怯地结束她自己的生命了。可是我的僵硬的手势和衰老的口才,这些饱经沧桑的真实的见证,倘不能引诱你们倾听我的言语,(向路歇斯)那么说吧,罗马的亲爱的友人,正像当年我们的先祖[1]用他那严肃的口气,向害着相思的狄多叙述那些狡猾的希腊人偷进特洛伊城那一个悲惨的大火之夜的故事一样;告诉我们是什么奸人迷惑了我们的耳朵,是谁把那致命的祸根引入罗马,使我们的国本受到这样的伤害。我的心不是铁石打成的。我也不能向你们尽情吐露我们全部悲哀的历史,也许就在我最需要你们同情的倾听的时候,滔滔的热泪将会打断我的叙述。这儿是一位大将,让他告诉你们吧;你们听他说了以后,你们的心将要怔忡跳动,你们的眼眶里将要泪如雨下。

路歇斯　那么,高贵的听众,让我告诉你们知道,那万恶的契伦和狄米特律斯便是杀害我们这位皇帝的兄弟的凶手,也就是奸污我的妹妹的暴徒。为了他们重大的罪恶,我的两个兄弟冤遭不白,身首异处;他们不但把我父亲的涕泣陈请置之不顾,而且还用卑鄙的手段,骗诱他砍掉了他那曾经为罗马奋勇作战、把她的敌人送下坟墓去的忠诚的手。最后,我自己也遭到他们无情的放逐,他们把我摈出国门,让我含着满眶的眼泪,向罗马的敌人呼吁求援;我的敌人们被我的真诚的哀泣所感动,捐弃了旧日的嫌恨,伸开他们的两臂拥抱我,把我认作他们的友人。你们要知道,我这为祖国所不容的人,却曾用热血保卫了她的安全,拼着自己不顾一切的身体,挡开了那对准她的胸前的敌人的兵刃。唉!你们知道我不是一个喜欢自夸的人;我的疤痕虽然不会说话,它们却可以为我证明我的话是真实不虚的。可是且慢!我想我这样称扬自己的不足道的功绩,未免离题太远了;啊!请你们恕我;当没有朋

① “我们的先祖”即埃涅阿斯;埃涅阿斯为特洛伊之后人,相传为罗马之建立者。

友在他们身旁的时候，人们只好为自己宣传。

玛克斯　现在应该轮到我说话了。瞧这孩子吧，这是塔摩拉跟一个不信宗教的摩尔人私通所生的，那摩尔人也就是策动这些惨剧的罪魁祸首。这恶贼虽然罪该万死，为了留着他做一个见证起见，还留在泰特斯的屋子里，没有把他杀掉。现在请你们评判评判，泰特斯遭到这样无可言喻、超过一切忍耐的限度、任何人所受不了的创巨痛深的损害，是不是应该有今天的报复？你们现在已经听到全部事实的真相了，诸位罗马人，你们怎么说？要是我们有什么事情做错了，请你们指出我们的错误，我们这两个安德洛尼克斯家仅存的硕果，愿意从你们现在看见我们所站的地方，手搀着手纵身跳下，在粗硬的顽石上把我们的脑浆砸碎，终结我们这一家的命运。说吧，罗马人，说吧！要是你们说我们必须如此，瞧哪！路歇斯跟我就可以当着你们的面前倒下。

伊米力斯　下来，下来，可尊敬的罗马人，轻轻地搀着我们的皇上下来；路歇斯是我们的皇帝，因为我知道这是罗马人民一致的呼声。

众罗马人　路歇斯万岁！罗马的尊严的皇帝！

玛克斯　（向从者）到老泰特斯的悲惨的屋子里去，把那不信神明的摩尔人抓来，让我们判决他一个最可怕的死刑，惩罚他那作恶多端的一生。（侍从等下。）

路歇斯、玛克斯及余人等自露台走下。

众罗马　路歇斯万岁！罗马的仁慈的统治者！

路歇斯　谢谢你们，善良的罗马人；但愿我即位以后，能够治愈罗马的创伤，拭去她的悲痛的回忆！可是，善良的人民，请你们容我片刻的时间，因为天性之情驱使我履行一件悲哀的任务。大家站远些；可是叔父，您过来吧，让我们向这尸体挥洒我们诀别的眼泪。啊！让这热烈的一吻留在你这惨白冰冷的唇上，（吻泰特斯）让这些悲哀的泪点留在你这血污的脸上吧,这是你的儿子对你的最后敬礼了!

玛克斯 含着满眶的热泪,你的兄弟玛克斯也来吻一吻你的嘴唇;啊!要是我必须给你流不完的泪、无穷尽的吻,我也决不吝惜。

路歇斯 过来,孩子;来,来,学学我们的样子,在泪雨之中融化了吧。你的爷爷是十分爱你的:好多次他抱着你在他的膝上跳跃,唱歌催你入睡,他的慈爱的胸脯作你的枕头;他曾经给你讲许多小孩子所应该知道的事情;所以你要像一个孝顺的孩子似的,从你幼稚的灵泉里洒下几滴小小的泪珠来,因为这是天性的至情所必需的;心心相系的人,在悲哀之中必然会发出同情的共鸣。他告别,送他下了坟墓;尽了这一次最后的情谊,从此你就和他人天永别了。

小路歇斯 啊,爷爷,爷爷!要是您能够死而复活,我真愿意让自己死去。主啊!我哭得不能向他说话;一张开嘴,我的眼泪就会把我噎住。

侍从等押艾伦重上。

罗马人甲 安德洛尼克斯家不幸的后人,停止了你们的悲哀吧;这可恶的奸贼一手造成了这些惨事,快把他宣判定罪。

路歇斯 把他齐胸埋在泥土里,让他活活饿死;尽他站在那儿叫骂哭喊,不准给他一点食物;谁要是怜悯他救济他,也要受死刑的处分。这是我们的判决,剩几个人在这儿替他掘下泥坑,放他进去。

艾　伦 啊!为什么把怒气藏在胸头,隐忍不发呢?我不是小孩子,你们以为我会用卑怯的祷告,忏悔我所作的恶事吗?要是我能够随心所欲,我要做一万件比我曾经做过的更恶的恶事;要是在我一生之中,我曾经作过一件善事,我要从心底里深深懊悔。

路歇斯 这位已故的皇帝,请几位他生前的好友把他抬出去,替他埋葬在他父皇的坟墓里。我的父亲和拉维妮娅将要在我们的家墓之中立刻下葬。至于那头狠毒的雌虎塔摩拉,任何葬礼都不准举行,谁也不准为她服丧志哀,也不准为她鸣响丧钟;把她的尸体丢在旷野里,听凭野兽猛禽的咬啄。她的一生像野兽一样不知怜悯,所以她也不应该得到我们的怜悯。那万恶的摩尔人艾伦,必须受到他应得的惩罚。因为他是造成我们这一切惨事的祸根。

从今起惩前毖后,把政事重新整顿,
不要让女色谗言,动摇了邦基国本。(同下。)

William Shakespeare
COMPLETE WORKS

罗密欧与朱丽叶

朱生豪　译

莎士比亚
全集

剧中人物

爱斯卡勒斯　维洛那亲王

帕里斯　少年贵族，亲王的亲戚

蒙太古
凯普莱特　}互相敌视的两家家长

罗密欧　蒙太古之子

茂丘西奥　亲王的亲戚
班伏里奥　蒙太古之侄　}罗密欧的朋友

提伯尔特　凯普莱特夫人之内侄

劳伦斯神父　法兰西斯派教士

约翰神父　与劳伦斯同门的教士

鲍尔萨泽　罗密欧的仆人

山普孙
葛莱古里　}凯普莱特的仆人

彼得　朱丽叶乳媪的从仆

亚伯拉罕　蒙太古的仆人

卖药人

乐工三人

茂丘西奥的侍童

帕里斯的侍童

蒙太古夫人

凯普莱特夫人

朱丽叶　凯普莱特之女

朱丽叶的乳媪

维洛那市民，两家男女亲属，跳舞者、卫士、巡丁及侍从等致辞者

地　点

维洛那；第五幕第一场在曼多亚

开场诗

致辞者上。

故事发生在维洛那名城，
有两家门第相当的巨族，
累世的宿怨激起了新争，
鲜血把市民的白手污渎。
是命运注定这两家仇敌，
生下了一双不幸的恋人，
他们的悲惨凄凉的殒灭，
和解了他们交恶的尊亲。
这一段生生死死的恋爱，
还有那两家父母的嫌隙，
把一对多情的儿女杀害，
演成了今天这一本戏剧。
交代过这几句挈领提纲，
请诸位耐着心细听端详。（下。）

第一幕

第一场　维洛那。广场

山普孙及葛莱古里各持盾剑上。

山普孙　葛莱古里，咱们可真的不能让人家当作苦力一样欺侮。

葛莱古里　对了，咱们不是可以随便给人欺侮的。

山普孙　我说，咱们要是发起脾气来，就会拔剑动武。

葛莱古里　对了，你可不要把脖子缩到领口里去。

山普孙　我一动性子，我的剑是不认人的。

葛莱古里　可是你不大容易动性子。

山普孙　我见了蒙太古家的狗子就生气。

葛莱古里　有胆量的，生了气就应当站住不动；逃跑的不是好汉。

山普孙　我见了他们家里的狗子，就会站住不动；蒙太古家里任何男女碰到了我，就像是碰到墙壁一样。

葛莱古里　这正说明你是个软弱无能的奴才；只有最没出息的家伙，才去墙底下躲难。

山普孙　的确不错；所以生来软弱的女人，就老是被人逼得不能动：我见了蒙太古家里人来，是男人我就把他们从墙边推出去，是女人我就把她们望着墙壁摔过去。

葛莱古里　吵架是咱们两家主仆男人们的事，与她们女人有什么相干?

山普孙　那我不管,我要做一个杀人不眨眼的魔王;一面跟男人们打架,一面对娘儿们也不留情面,我要她们的命。

葛莱古里　要娘儿们的性命吗?

山普孙　对了,娘儿们的性命,或是她们视同性命的童贞,你爱怎么说就怎么说。

葛莱古里　那就要看对方怎样感觉了。

山普孙　只要我下手,她们就会尝到我的辣手:我是有名的一身横肉呢。

葛莱古里　幸而你还不是一身鱼肉;否则你便是一条可怜虫了。拔出你的家伙来;有两个蒙太古家的人来啦。

亚伯拉罕及鲍尔萨泽上。

山普孙　我的剑已经出鞘,你去跟他们吵起来,我就在你背后帮你的忙。

葛莱古里　怎么,你想转过背逃走吗?

山普孙　你放心吧,我不是那样的人。

葛莱古里　哼,我倒有点不放心!

山普孙　还是让他们先动手,打起官司来也是咱们的理直。

葛莱古里　我走过去向他们横个白眼,瞧他们怎么样。

山普孙　好,瞧他们有没有胆量。我要向他们咬我的大拇指,瞧他们能不能忍受这样的侮辱。

亚伯拉罕　你向我们咬你的大拇指吗?

山普孙　我是咬我的大拇指。

亚伯拉罕　你是向我们咬你的大拇指吗?

山普孙　(向葛莱古里旁白)要是我说是,那么打起官司来是谁的理直?

葛莱古里　(向山普孙旁白)是他们的理直。

山普孙　不，我不是向你们咬我的大拇指；可是我是咬我的大拇指。

葛莱古里　你是要向我们挑衅吗？

亚伯拉罕　挑衅！不，哪儿的话。

山普孙　你要是想跟我们吵架，那么我可以奉陪；你也是你家主子的奴才，我也是我家主子的奴才，难道我家的主子就比不上你家的主子？

亚伯拉罕　比不上。

山普孙　好。

葛莱古里　（向山普孙旁白）说“比得上”；我家老爷的一位亲戚来了。

山普孙　比得上。

亚伯拉罕　你胡说。

山普孙　是汉子就拔出剑来。葛莱古里，别忘了你的杀手剑。（双方互斗。）

班伏里奥上。

班伏里奥　分开，蠢材！收起你们的剑；你们不知道你们在干些什么事。（击下众仆的剑。）

提伯尔特上。

提伯尔特　怎么！你跟这些不中用的奴才吵架吗？过来，班伏里奥，让我结果你的性命。

班伏里奥　我不过维持和平；收起你的剑，或者帮我分开这些人。

提伯尔特　什么！你拔出了剑，还说什么和平？我痛恨这两个字，就跟我痛恨地狱、痛恨所有蒙太古家的人和你一样。看剑，懦夫！（二人相斗。）

两家各有若干人上，加入争斗；一群市民持枪棍继上。

众市民　打，打，打，把他们打下来，打倒凯普莱特，打倒蒙太古！

凯普莱特穿长袍及凯普莱特夫人同上。

凯普莱特　什么事吵得这个样子？喂！把我的长剑拿来。

凯普莱特夫人　拐杖呢，拐杖呢，你要剑干什么？

凯普莱特　快拿剑来！蒙太古那老东西来啦；他还晃着他的剑，明明在跟我寻事。

蒙太古及蒙太古夫人上。

蒙太古　凯普莱特，你这奸贼！——别拉住我；让我走。

蒙太古夫人　你要去跟人家吵架，我连一步也不让你走。

亲王率侍从上。

亲王　目无法纪的臣民，扰乱治安的罪人，你们的刀剑都被你们邻人的血玷污了；——他们不听我的话吗？喂，听着！你们这些人，你们这些畜生，你们为了扑灭你们怨毒的怒焰，不惜让殷红的流泉从你们的血管里喷涌出来；你们要是畏惧刑法，赶快从你们血腥的手里丢下你们的凶器，静听你们震怒的君王的判决。凯普莱特，蒙太古，你们已经三次为了一句口头上的空言，引起了市民的械斗，扰乱了我们街道上的安宁，害得维洛那的年老公民，也不能不脱下他们尊严的装束，在他们习于安乐的苍老衰弱的手里夺过古旧的长枪，分解你们溃烂的纷争。要是你们以后再在市街上闹事，就要把你们的生命作为扰乱治安的代价。现在别人都给我退下去；凯普莱特，你跟我来；蒙太古，你今天下午到自由村的审判厅里来，听候我对于今天这一案的宣判。大家散开去，倘有逗留不去的，格杀勿论！（除蒙太古夫妇及班伏里奥外皆下。）

蒙太古　这一场宿怨是谁又重新煽风点火？侄儿，对我说，他们动手的时候，你也在场吗？

班伏里奥　我还没有到这儿来，您的仇家的仆人跟你们家里的仆人已经打成一团了。我拔出剑来分开他们；就在这时候，那个性如烈火的提伯尔特提着剑来了，他对我出言不逊，把剑在他自己头上舞得嗖嗖直响，就像风在那儿讥笑他的装腔作势一样。当我们正在剑来剑去的时候，人越来越多，有的帮这一面，有的帮那一面，乱哄哄地互相争斗，直等亲王来了，方才把两边的人喝开。

蒙太古夫人　啊，罗密欧呢？你今天见过他吗？我很高兴他没有参加这场争斗。

班伏里奥　伯母，在尊严的太阳开始从东方的黄金窗里探出头来的一小时以前，我因为心中烦闷，到郊外去散步，在城西一丛枫树的下面，我看见罗密欧兄弟一早在那儿走来走去。我正要向他走过去，他已经看见了我，就躲到树林深处去了。我因为自己也是心灰意懒，觉得连自己这一身也是多余的，只想找一处没有人迹的地方，所以凭着自己的心境推测别人的心境，也就不去找他多事，彼此互相避开了。

蒙太古　好多天的早上曾经有人在那边看见过他，用眼泪洒为清晨的露水，用长叹嘘成天空的云雾；可是一等到鼓舞众生的太阳在东方的天边开始揭起黎明女神床上灰黑色的帐幕的时候，我那怀着一颗沉重的心的儿子，就逃避了光明，溜回到家里；一个人关起了门躲在房间里，闭紧了窗子，把大好的阳光锁在外面，为他自己造成了一个人工的黑夜。他这一种怪脾气恐怕不是好兆，除非良言劝告可以替他解除心头的烦恼。

班伏里奥　伯父，您知道他的烦恼的根源吗？

蒙太古　我不知道，也没有法子从他自己嘴里探听出来。

班伏里奥　您有没有设法探问过他？

蒙太古　我自己以及许多其他的朋友都曾经探问过他，可是他把心事一股脑儿闷在自己肚里，总是守口如瓶，不让人家试探出来，正像一朵初生的蓓蕾，还没有迎风舒展它的嫩瓣，向太阳献吐它的娇艳，就给妒嫉的蛀虫咬噬了一样。只要能够知道他的悲哀究竟是从什么地方来的，我们一定会尽心竭力替他找寻治疗的方案。

班伏里奥　瞧，他来了，请您站在一旁，等我去问问他究竟有些什么心事，看他理不理我。

蒙太古　但愿你留在这儿，能够听到他的真情的吐露。来，夫人，我们去吧。（蒙太古夫妇同下。）

罗密欧上。

班伏里奥　早安，兄弟。

罗密欧　天还是这样早吗？

班伏里奥　刚敲过九点钟。

罗密欧　唉！在悲哀里度过的时间似乎是格外长的。急忙忙地走过去的那个人，不就是我的父亲吗？

班伏里奥　正是。什么悲哀使罗密欧的时间过得这样长？

罗密欧　因为我缺少了可以使时间变为短促的东西。

班伏里奥　你跌进恋爱的网里了吗？

罗密欧　我还在门外徘徊——

班伏里奥　在恋爱的门外？

罗密欧　我不能得到我的意中人的欢心。

班伏里奥　唉！想不到爱神的外表这样温柔，实际上却是如此残暴！

罗密欧　唉！想不到爱神蒙着眼睛，却会一直闯进人们的心灵！我们在什么地方吃饭？哎哟！又是谁在这儿打过架了？可是不必告诉我，我早就知道了。这些都是怨恨造成的后果，可是爱情的力量比它要大过许多。啊，吵吵闹闹的相爱，亲亲热热的怨恨！啊，无中生有的一切！啊，沉重的轻浮，严肃的狂妄，整齐的混乱，铅铸的羽毛，光明的烟雾，寒冷的火焰，憔悴的健康，永远觉醒的睡眠，否定的存在！我感觉到的爱情正是这么一种东西，可是我并不喜爱这一种爱情。你不会笑我吗？

班伏里奥　不，兄弟，我倒是有点儿想哭。

罗密欧　好人，为什么呢？

班伏里奥　因为瞧着你善良的心受到这样的痛苦。

罗密欧　唉！这就是爱情的错误，我自己已经有太多的忧愁重压在我的心头，你对我表示的同情，徒然使我在太多的忧愁之上再加上一重忧愁。爱情是叹息吹起的一阵烟；恋人的眼中有它净化了的火星；恋人的眼泪是它激起的波涛。它又是最智慧的疯狂，哽喉的苦味，吃不到嘴的蜜糖。再见，兄弟。（欲去。）

班伏里奥　且慢，让我跟你一块儿去；要是你就这样丢下了我，未免太不给我面子啦。

罗密欧　嘿！我已经遗失了我自己；我不在这儿；这不是罗密欧，他是在别的地方。

班伏里奥　老实告诉我，你所爱的是谁？

罗密欧　什么！你要我在痛苦呻吟中说出她的名字来吗？

班伏里奥　痛苦呻吟！不，你只要告诉我她是谁就得了。

罗密欧　叫一个病人郑重其事地立起遗嘱来！啊，对于一个病重的人，还有什么比这更刺痛他的心？老实对你说，兄弟，我是爱上了一个女人。

班伏里奥　我说你一定在恋爱，果然猜得不错。

罗密欧　好一个每发必中的射手！我所爱的是一位美貌的姑娘。

班伏里奥　好兄弟，目标越好，射得越准。

罗密欧　你这一箭就射岔了。丘比特的金箭不能射中她的心；她有狄安娜女神的圣洁，不让爱情软弱的弓矢损害她的坚不可破的贞操。她不愿听任深怜密爱的词句把她包围，也不愿让灼灼逼人的眼光向她进攻，更不愿接受可以使圣人动心的黄金的诱惑；啊！美貌便是她巨大的财富，只可惜她一死以后，她的美貌也要化为黄土！

班伏里奥　那么她已经立誓终身守贞不嫁了吗?

罗密欧　她已经立下了这样的誓言,为了珍惜她自己,造成了莫大的浪费;因为她让美貌在无情的岁月中日渐枯萎,不知道替后世传留下她的绝世容华。她是个太美丽、太聪明的人儿,不应该剥夺她自身的幸福,使我抱恨终天。她已经立誓割舍爱情,我现在活着也就等于死去一般。

班伏里奥　听我的劝告,别再想起她了。

罗密欧　啊!那么你教我怎样忘记吧。

班伏里奥　你可以放纵你的眼睛,让它们多看几个世间的美人。

罗密欧　那不过格外使我觉得她的美艳无双罢了。那些吻着美人娇额的幸运的面罩,因为它们是黑色的缘故,常常使我们想起被它们遮掩的面庞不知多么娇丽。突然盲目的人,永远不会忘记存留在他消失了的视觉中的宝贵的影像。给我看一个姿容绝代的美人,她的美貌除了使我记起世上有一个人比她更美以外,还有什么别的用处?再见,你不能教我怎样忘记。

班伏里奥　我一定要证明我的意见不错,否则死不瞑目。(同下。)

第二场　同前。街道

凯普莱特、帕里斯及仆人上。

凯普莱特　可是蒙太古也负着跟我同样的责任;我想象我们这样有了年纪的人,维持和平还不是难事。

帕里斯　你们两家都是很有名望的大族,结下了这样不解的冤仇,真是一件不幸的事。可是,老伯,您对于我的求婚有什么见教?

凯普莱特　我的意思早就对您表示过了。我的女儿今年还没有满十四岁,完全是一个不懂事的孩子;再过两个夏天,才可以谈到亲事。

帕里斯　比她年纪更小的人，都已经做了幸福的母亲了。

凯普莱特　早结果的树木一定早凋。我在这世上已经什么希望都没有了，只有她是我的唯一的安慰。可是向她求爱吧，善良的帕里斯，得到她的欢心；只要她愿意，我的同意是没有问题的。今天晚上，我要按照旧例，举行一次宴会，邀请许多亲友参加；您也是我所要邀请的一个，请您接受我的最诚意的欢迎。在我的寒舍里，今晚您可以见到灿烂的群星翩然下降，照亮黑暗的天空；在蓓蕾一样娇艳的女郎丛里，您可以充分享受青春的愉快，正像盛装的四月追随着残冬的足迹降临人世，在年轻人的心里充满着活跃的欢欣一样。您可以听一个够，看一个饱，从许多美貌的女郎中间，连我的女儿也在内，拣一个最好的做您的意中人。来，跟我去。（以一纸交仆）你到维洛那全城去走一转，挨着这单子上一个一个的名字去找人，请他们到我的家里来。（凯普莱特、帕里斯同下。）

仆　人　挨着这单子上的名字去找人！人家说，鞋匠的针线，裁缝的钉锤，渔夫的笔，画师的网，各人有各人的职司；可是我们的老爷却叫我挨着这单子上的名字去找人，我怎么知道写字的人在这上面写着些什么？我一定要找个识字的人。来得正好。

班伏里奥及罗密欧上。

班伏里奥　不，兄弟，新的火焰可以把旧的火焰扑灭，大的苦痛可以使小的苦痛减轻；头晕目眩的时候，只要转身向后；一桩绝望的忧伤，也可以用另一桩烦恼把它驱除。给你的眼睛找一个新的迷惑，你的原来的痼疾就可以霍然脱体。

罗密欧　你的药草只好医治——

班伏里奥　医治什么？

罗密欧　医治你的跌伤的胫骨。

班伏里奥　怎么，罗密欧，你疯了吗？

罗密欧　我没有疯，可是比疯人更不自由；关在牢狱里，不进饮食，挨受着鞭挞和酷刑——晚安，好朋友！

仆　人　晚安！请问先生，您念过书吗？

罗密欧　是的，这是我的不幸中的资产。

仆　人　也许您只会背诵；可是请问您会不会看着字一个一个地念？

罗密欧　我认得的字，我就会念。

仆　人　您说得很老实；愿您一生快乐！（欲去。）

罗密欧　等一等，朋友；我会念。"玛丁诺先生暨夫人及诸位令爱；安赛尔美伯爵及诸位令妹；寡居之维特鲁维奥夫人；帕拉森西奥先生及诸位令侄女；茂丘西奥及其令弟凡伦丁；凯普莱特叔父暨婶母及诸位贤妹；罗瑟琳贤侄女；里维娅；伐伦西奥先生及其令表弟提伯尔特；路西奥及活泼之海丽娜。"好一群名士贤媛！请他们到什么地方去？

仆　人　到——

罗密欧　哪里？

仆　人　到我们家里吃饭去。

罗密欧　谁的家里？

仆　人　我的主人的家里。

罗密欧　对了，我该先问你的主人是谁才是。

仆　人　您也不用问了，我就告诉您吧。我的主人就是那个有财有势的凯普莱特；要是您不是蒙太古家里的人，请您也来跟我们喝一杯酒，愿您一生快乐！（下。）

班伏里奥　这一个凯普莱特家里按照旧例举行的宴会中间，你所热恋的美人罗瑟琳也要跟着维洛那城里所有的绝色名媛一同去赴宴。也到那儿去吧，用着不带成见的眼光，把她的容貌跟别人比较比较，你就可以知道你的天鹅不过是一只乌鸦罢了。

罗密欧　要是我的虔敬的眼睛会相信这种谬误的幻象，那么让眼泪变成火焰，把这一双罪状昭著的异教邪徒烧成灰烬吧！比我的爱人还美！烛照万物的太阳，自有天地以来也不曾看见过一个可以和她媲美的人。

班伏里奥　嘿！你看见她的时候，因为没有别人在旁边，你的两只眼睛里只有她一个人，所以你以为她是美丽的；可是在你那水晶的天秤里，要是把你的恋人跟另外一个我可以在这宴会里指点给你看的美貌的姑娘同时较量起来，那么她现在虽然仪态万方，那时候就要自惭形秽了。

罗密欧　我倒要去这一次；不是去看你所说的美人，只要看看我自己的爱人怎样大放光彩，我就心满意足了。（同下。）

第三场　同前。凯普莱特家中一室

凯普莱特夫人及乳媪上。

凯普莱特夫人　奶妈，我的女儿呢？叫她出来见我。

乳　媪　凭着我十二岁时候的童贞发誓，我早就叫过她了。喂，小绵羊！喂，小鸟儿！上帝保佑！这孩子到什么地方去啦？喂，朱丽叶！

朱丽叶上。

朱丽叶　什么事？谁叫我？

乳　媪　你的母亲。

朱丽叶　母亲，我来了。您有什么吩咐？

凯普莱特夫人　是这么一件事。奶妈，你出去一会儿。我们要谈些秘密的话。——奶妈，你回来吧；我想起来了，你也应当听听我们的谈话。你知道我的女儿年纪也不算怎么小啦。

乳　媪　对啊，我把她的生辰记得清清楚楚的。

凯普莱特夫人　她现在还不满十四岁。

乳　媪　我可以用我的十四颗牙齿打赌——唉，说来伤心，我的牙齿掉得只剩四颗啦！—— 她还没有满十四岁呢。现在离开收获节还有多久？

凯普莱特夫人　两个星期多一点。

乳　媪　不多不少，不先不后，到收获节的晚上她才满十四岁。苏珊跟她同年——上帝安息一切基督徒的灵魂！唉！苏珊是跟上帝在一起啦，我命里不该有这样一个孩子。可是我说过的，到收获节的晚上，她就要满十四岁啦；正是，一点不错，我记得清清楚楚的。自从地震那一年到现在，已经十一年啦；那时候她已经断了奶，我永远不会忘记，不先不后，刚巧在那一天；因为我在那时候用艾叶涂在奶头上，坐在鸽棚下面晒着太阳；老爷跟您那时候都在曼多亚。瞧，我的记性可不算坏。可是我说的，她一尝到我奶头上的艾叶的味道，得，变苦啦，哎哟，这可爱的小傻瓜！她就发起脾气来，把奶头摔开啦。那时候地震，鸽棚都在摇动呢：这个说来话长，算来也有十一年啦；后来她就慢慢地会一个人站得直挺挺的，还会摇呀摆地到处乱跑，就是在她跌破额角的那一天，我那去世的丈夫—— 上帝安息他的灵魂！他是个喜欢说说笑笑的人，把这孩子抱了起来，"啊！"他说："你往前扑了吗？等你年纪一大，你就要往后仰了；是不是呀，朱丽？"谁知道这个可爱的坏东西忽然停住了哭声，说："嗯。"哎哟，真把人都笑死了！要是我活到一千岁，我也再不会忘记这句话。"是不是呀，朱丽？"他说；这可爱的小傻瓜就停住了哭声，说："嗯。"

凯普莱特夫人　得了得了，请你别说下去了吧。

乳　媪　是，太太。可是我一想到她会停住了哭说"嗯"，就禁不住笑起来。不说假话，她额角上肿起了像小雄鸡的睾丸那么大的一个包哩；她痛得放声大哭；“啊！”我的丈夫说，“你往前扑了吗？等你年纪一大，你就要往后仰了；是不是呀，朱丽？”她就停住了哭声，说：“嗯。”

朱丽叶　我说，奶妈，你也可以停住嘴了。

乳　媪　好，我不说啦，我不说啦。上帝保佑你！你是在我手里抚养长大的一个最可爱的小宝贝；要是我能够活到有一天瞧着你嫁了出去，也算了结我的一桩心愿啦。

凯普莱特夫人　是呀，我现在就是要谈起她的亲事。朱丽叶，我的孩子，告诉我，要是现在把你嫁了出去，你觉得怎么样？

朱丽叶　这是我做梦也没有想到过的一件荣誉。

乳　媪　一件荣誉！倘不是你只有我这一个奶妈，我一定要说你的聪明是从奶头上得来的。

凯普莱特夫人　好，现在你把婚姻问题考虑考虑吧。在这儿维洛那城里，比你再年轻点儿的千金小姐们，都已经做了母亲啦。就拿我来说吧，我在你现在这样的年纪，也已经生下了你。废话用不着多说，少年英俊的帕里斯已经来向你求过婚啦。

乳　媪　真是一位好官人，小姐！像这样的一个男人，小姐，真是天下少有。哎哟！他真是一位十全十美的好郎君。

凯普莱特夫人　维洛那的夏天找不到这样一朵好花。

乳　媪　是啊，他是一朵花，真是一朵好花。

凯普莱特夫人　你怎么说？你能不能喜欢这个绅士？今晚上在我们家里的宴会中间，你就可以看见他。从年轻的帕里斯的脸上，你可以读到用秀美的笔写成的迷人诗句；一根根齐整的线条，交织成整个一幅和谐的图画；要是你想探索这一卷美好的书中的奥秘，在他的眼角上可以找到微妙的诠释。这本珍贵的恋爱的经典，只缺少一帧可以使它相得益彰的封面；正像游鱼需要活水，美妙的内容也少不了美妙的外表陪衬。记载着金科玉律的宝籍，锁合在漆金的封面里，它的辉煌富丽为众目所共见；要是你做了他的封面，那么他所有的一切都属于你所有了。

乳　媪　何止如此！我们女人有了男人就富足了。

凯普莱特夫人　简简单单地回答我，你能够接受帕里斯的爱吗？

朱丽叶　要是我看见了他以后，能够发生好感，那么我是准备喜欢他的。可是我的眼光的飞箭，倘若没有得到您的允许，是不敢大胆发射出去的呢。

一仆人上。

仆　人　太太，客人都来了，餐席已经摆好了，请您跟小姐快些出去。大家在厨房里埋怨着奶妈，什么都乱成一团。我要侍候客人去；请您马上就来。

凯普莱特夫人　我们就来了。朱丽叶，那伯爵在等着呢。

乳　媪　去，孩子，快去找天天欢乐，夜夜良宵。（同下。）

第四场　同前。街道

罗密欧、茂丘西奥、班伏里奥及五六人或戴假面或持火炬上。

罗密欧　怎么！我们就用这一番话作为我们的进身之阶呢，还是就这么昂然直入，不说一句道歉的话？

班伏里奥　这种虚文俗套，现在早就不流行了。我们用不着蒙着眼睛的丘比特，背着一张花漆的木弓，像个稻草人似的去吓那些娘儿们；也用不着跟着提示的人一句一句念那从书上默诵出来的登场白；随他们把我们认作什么人，我们只要跳完一回舞，走了就完啦。

罗密欧　给我一个火炬，我不高兴跳舞。我的阴沉的心需要光明。

茂丘西奥　不，好罗密欧，我们一定要你陪着我们跳舞。

罗密欧　我实在不能跳。你们都有轻快的舞鞋；我只有一个铅一样重的灵魂，把我的身体紧紧地钉在地上，使我的脚步不能移动。

茂丘西奥　你是一个恋人，你就借着丘比特的翅膀，高高地飞起来吧。

罗密欧　他的羽镞已经穿透我的胸膛，我不能借着他的羽翼高翔；他束缚住了我整个的灵魂，爱的重担压得我向下坠沉，跳不出烦恼去。

茂丘西奥　爱是一件温柔的东西，要是你拖着它一起沉下去，那未免太难为它了。

罗密欧　爱是温柔的吗？它是太粗暴、太专横、太野蛮了；它像荆棘一样刺人。

茂丘西奥　要是爱情虐待了你，你也可以虐待爱情；它刺痛了你，你也可以刺痛它；这样你就可以战胜了爱情。给我一个面具，让我把我的尊容藏起来；（戴假面）哎哟，好难看的鬼脸！再给我拿一个面具来把它罩住吧。也罢，就让人家笑我丑，也有这一张鬼脸替我遮羞。

班伏里奥　来，敲门进去；大家一进门，就跳起舞来。

罗密欧　拿一个火炬给我。让那些无忧无虑的公子哥儿们去卖弄他们的舞步吧；莫怪我说句老气横秋的话，我对于这种玩意儿实在敬谢不敏，还是作个壁上旁观的人吧。

茂丘西奥　胡说！要是你已经没头没脑深陷在恋爱的泥沼里——恕我说这样的话——那么我们一定要拉你出来。来来来，我们别白昼点灯浪费光阴啦！

罗密欧　我们并没有白昼点灯。

茂丘西奥　我的意思是说，我们耽误时光，好比白昼点灯一样。我们没有恶意，我们还有五个官能，可以有五倍的观察能力呢。

罗密欧　我们去参加他们的舞会也无恶意，只怕不是一件聪明的事。

茂丘西奥　为什么？请问。

罗密欧　昨天晚上我做了一个梦。

茂丘西奥　我也做了一个梦。

罗密欧　好，你做了什么梦？

茂丘西奥　我梦见做梦的人老是说谎。

罗密欧　一个人在睡梦里往往可以见到真实的事情。

茂丘西奥　啊！那么一定春梦婆来望过你了。

班伏里奥　春梦婆！她是谁？

茂丘西奥　她是精灵们的稳婆；她的身体只有郡吏手指上一颗玛瑙那么大；几匹蚂蚁大小的细马替她拖着车子，越过酣睡的人们的鼻梁，她的车辐是用蜘蛛的长脚做成的；车篷是蚱蜢的翅膀；挽索是小蜘蛛丝，颈带如水的月光；马鞭是蟋蟀的骨头；缰绳是天际的游丝。替她驾车的是一只小小的灰色的蚊虫，它的大小还不及从一个贪懒丫头的指尖上挑出来的懒虫的一半。她的车子是野蚕用一个榛子的空壳替她造成的，它们自古以来，就是精灵们的车匠。她每夜驱着这样的车子，穿过情人们的脑中，他们就会在梦里谈情说爱；经过官员们的膝上，他们就会在梦里打躬作揖；经过律师们的手指，他们就会在梦里伸手讨讼费；经过娘儿们的嘴唇，她们就会在梦里跟人家接吻，可是因为春梦婆讨厌她们嘴里吐出来的糖果的气息，往往罚她们满嘴长着水泡。有时奔驰过廷臣的鼻子，他就会在梦里寻找好差事；有时她从捐献给教会的猪身上拔下它的尾巴来，撩拨着一个牧师的鼻孔，他就会梦见自己又领到一份俸禄；有时她绕过一个兵士的颈项，他就会梦见杀敌人的头、进攻、埋伏、锐利的剑锋、淋漓的痛饮——忽然被耳边的鼓声惊醒，咒骂了几句，又翻了个身睡去了。就是这一个春梦婆在夜里把马鬣打成了辫子,把懒女人的龌龊的乱发烘成一处处胶黏的硬块,倘若把它们梳通了,就要遭逢祸事;就是这个婆子在人家女孩子们仰面睡觉的时候,压在她们的身上,教会她们怎样养儿子;就是她——

罗密欧　得啦,得啦,茂丘西奥,别说啦!你全然在那儿痴人说梦。

茂丘西奥　对了,梦本来是痴人脑中的胡思乱想;它的本质像空气一样稀薄;它的变化莫测,就像一阵风,刚才还在向着冰雪的北方求爱,忽然发起恼来,一转身又到雨露的南方来了。

班伏里奥　你讲起的这一阵风,不知把我们自己吹到哪儿去了。人家晚饭都用过了,我们进去怕要太晚啦。

罗密欧　我怕也许是太早了;我仿佛觉得有一种不可知的命运,将要从我们今天晚上的狂欢开始它的恐怖的统治,我这可憎恨的生命,将要遭遇惨酷的夭折而告一结束。可是让支配我的前途的上帝指导我的行动吧!前进,快活的朋友们!

班伏里奥　来,把鼓擂起来。(同下。)

第五场　同前。凯普莱特家中厅堂

乐工各持乐器等候;众仆上。

仆　甲　卜得潘呢?他怎么不来帮忙把这些盘子拿下去?他不愿意搬碟子!他不愿意揩砧板!

仆　乙　一切事情都交给一两个人管,叫他们连洗手的工夫都没有,这真糟糕!

仆　甲　把折凳拿进去,把食器架搬开,留心打碎盘子。好兄弟,留一块杏仁酥给我;谢谢你去叫那管门的让苏珊跟耐儿进来。安东尼!卜得潘!

仆　乙　啊,兄弟,我在这儿。

仆　甲　里头在找着你，叫着你，问着你，到处寻着你。

仆　丙　我们可不能一身份两处呀。

仆　乙　来，孩子们，大家出力！（众仆退后。）

凯普莱特、朱丽叶及其家族等自一方上；众宾客及假面跳舞者等自另一方上，相遇。

凯普莱特　诸位朋友，欢迎欢迎！足趾上不生茧子的小姐太太们要跟你们跳一回舞呢。啊哈！我的小姐们，你们中间现在有什么人不愿意跳舞？我可以发誓，谁要是推三阻四的，一定脚上长着老大的茧子；果然给我猜中了吗？诸位朋友，欢迎欢迎！我从前也曾经戴过假面，在一个标致姑娘的耳朵旁边讲些使得她心花怒放的话儿；这种时代现在是过去了，过去了，过去了。诸位朋友，欢迎欢迎！来，乐工们，奏起音乐来吧。站开些！站开些！让出地方来。姑娘们，跳起来吧。（奏乐；众开始跳舞）浑蛋，把灯点亮一点，把桌子一起搬掉，把火炉熄了，这屋子里太热啦。啊，好小子！这才玩得有兴。啊！请坐，请坐，好兄弟，我们两人现在是跳不起来的了；您还记得我们最后一次戴着假面跳舞是在什么时候？

凯普莱特族人　这话说来也有三十年啦。

凯普莱特　什么，兄弟！没有这么久，没有这么久；那是在路森修结婚的那年，大概离现在有二十五年模样，我们曾经跳过一次。

凯普莱特族人　不止了，不止了；大哥，他的儿子也有三十岁啦。

凯普莱特　我难道不知道吗？他的儿子两年以前还没有成年哩。

罗密欧　搀着那位骑士的手的那位小姐是谁？

仆　人　我不知道，先生。

罗密欧　啊！火炬远不及她的明亮；
她皎然悬在暮天的颊上，
像黑奴耳边璀璨的珠环；

她是天上明珠降落人间！
瞧她随着女伴进退周旋，
像鸦群中一头白鸽蹁跹。
我要等舞阑后追随左右，
握一握她那纤纤的素手。
我从前的恋爱是假非真，
今晚才遇见绝世的佳人！

提伯尔特　听这个人的声音，好像是一个蒙太古家里的人。孩子，拿我的剑来。哼！这不知死活的奴才，竟敢套着一个鬼脸，到这儿来嘲笑我们的盛会吗？为了保持凯普莱特家族的光荣，我把他杀死了也不算罪过。

凯普莱特　哎哟，怎么，侄儿！你怎么动起怒来啦？

提伯尔特　姑父，这是我们的仇家蒙太古家里的人；这贼子今天晚上到这儿来，一定不怀好意，存心来捣乱我们的盛会。

凯普莱特　他是罗密欧那小子吗？

提伯尔　正是他，正是罗密欧这小杂种。

凯普莱特　别生气，好侄儿，让他去吧。瞧他的举动倒也规规矩矩；说句老实话，在维洛那城里，他也算得一个品行很好的青年。我无论如何不愿意在我自己的家里跟他闹事。你还是耐着性子，别理他吧。我的意思就是这样，你要是听我的话，赶快收下了怒容，和和气气的，不要打断大家的兴致。

提伯尔特　这样一个贼子也来做我们的宾客，我怎么不生气？我不能容他在这儿放肆。

凯普莱特　不容也得容；哼，目无尊长的孩子！我偏要容他。嘿！谁是这里的主人？是你还是我？嘿！你容不得他！什么话！你要当着这些客人的面前吵闹吗？你不服气！你要充好汉！

提伯尔特　姑父,咱们不能忍受这样的耻辱。

凯普莱特　得啦,得啦,你真是一点规矩都不懂。——是真的吗?您也许不喜欢这个调调儿。——我知道你一定要跟我闹别扭!——说得很好,我的好人儿!——你是个放肆的孩子;去,别闹!不然的话——把灯再点亮些!把灯再点亮些!——不害臊的!我要叫你闭嘴。——啊!痛痛快快地玩一下,我的好人儿们!

提伯尔特　我这满腔怒火偏给他浇下一盆冷水,好叫我气得浑身哆嗦。我且退下去;可是今天由他闯进了咱们的屋子,看他不会有一天得意反成后悔。(下。)

罗密欧　(向朱丽叶)

要是我这俗手上的尘污,
　亵渎了你的神圣的庙宇,
这两片嘴唇,含羞的信徒,
　愿意用一吻乞求你宥恕。

朱丽叶　信徒,莫把你的手儿侮辱,
　这样才是最虔诚的礼敬;
神明的手本许信徒接触,
　掌心的密合远胜如亲吻。

罗密欧　生下了嘴唇有什么用处?

朱丽叶　信徒的嘴唇要祷告神明。

罗密欧　那么我要祷求你的允许,
让手的工作交给了嘴唇。

朱丽叶　你的祷告已蒙神明允准。

罗密欧　神明,请容我把殊恩受领。(吻朱丽叶)
这一吻涤清了我的罪孽。

朱丽叶　你的罪却沾上我的唇间。

罗密欧　啊，我的唇间有罪？感谢你精心的指摘！让我收回吧。

朱丽叶　你可以亲一下《圣经》。

乳　媪　小姐，你妈要跟你说话。

罗密欧　谁是她的母亲？

乳　媪　小官人，她的母亲就是这儿府上的太太，她是个好太太，又聪明，又贤德；我替她抚养她的女儿，就是刚才跟您说话的那个；告诉您吧，谁要是娶了她去，才发财咧。

罗密欧　她是凯普莱特家里的人吗？哎哟！我的生死现在操在我的仇人的手里了！

班伏里奥　去吧，跳舞快要完啦。

罗密欧　是的，我只怕盛筵易散，良会难逢。

凯普莱特　不，列位，请慢点儿去；我们还要请你们稍微用一点茶点。真要走吗？那么谢谢你们；各位朋友，谢谢，谢谢，再会！再会！再拿几个火把来！来，我们去睡吧。啊，好小子！天真是不早了；我要去休息一会儿。（除朱丽叶及乳媪外俱下。）

朱丽叶　过来，奶妈。那边的那位绅士是谁？

乳　媪　提伯里奥那老头儿的儿子。

朱丽叶　现在跑出去的那个人是谁？

乳　媪　呃，我想他就是那个年轻的彼特鲁乔。

朱丽叶　那个跟在人家后面不跳舞的人是谁？

乳　媪　我不认识。

朱丽叶　去问他叫什么名字。——要是他已经结过婚，那么坟墓便是我的婚床。

乳　媪　他的名字叫罗密欧，是蒙太古家里的人，咱们仇家的独子。

朱丽叶

恨灰中燃起了爱火融融，

要是不该相识，何必相逢！
昨天的仇敌，今日的情人，
这场恋爱怕要种下祸根。

乳 媪 你在说什么？你在说什么？

朱丽叶 那是刚才一个陪我跳舞的人教给我的几句诗。（内呼："朱丽叶！"）

乳 媪 就来，就来！来，咱们去吧；客人们都已经散了。（同下。）

开场诗

致辞者上。

旧日的温情已尽付东流，
新生的爱恋正如日初上；
为了朱丽叶的绝世温柔，
忘却了曾为谁魂思梦想。
罗密欧爱着她媚人容貌，
把一片痴心呈献给仇雠；
朱丽叶恋着他风流才调，
甘愿被香饵钓上了金钩。
只恨解不开的世仇宿怨，
这段山海深情向谁申诉？
幽闺中锁住了桃花人面，
要相见除非是梦魂来去。
可是热情总会战胜辛艰，
苦味中间才有无限甘甜。（下。）

第二幕

第一场　维洛那。凯普莱特花园墙外的小巷

罗密欧上。

罗密欧　我的心还逗留在这里，我能够就这样掉头前去吗？转回去，你这无精打采的身子，去找寻你的灵魂吧。（攀登墙上，跳入墙内。）

班伏里奥及茂丘西奥上。

班伏里奥　罗密欧！罗密欧兄弟！

茂丘西奥　他是个乖巧的家伙；我说他一定溜回家去睡了。

班伏里奥　他往这条路上跑，一定跳进这花园的墙里去了。好茂丘西奥，你叫叫他吧。

茂丘西奥　不，我还要念咒喊他出来呢。罗密欧！痴人！疯子！恋人！情郎！快快化作一声叹息出来吧！我不要你多说什么，只要你念一行诗，叹一口气，把咱们那位维纳斯奶奶恭维两句，替她的瞎眼儿子丘比特少爷取个绰号，这位小爱神真是个神弓手，竟让国王爱上了叫化子的女儿！他没有听见，他没有作声，他没有动静；这猴崽子难道死了吗？待我咒他的鬼魂出来。凭着罗瑟琳的光明的眼睛，凭着她的高额角，她的红嘴唇，她的玲珑的脚，挺直的小腿，弹性的大腿和大腿附近的那一部分，凭着这一切的名义，赶快给我现出真形来吧！

班伏里奥　他要是听见了，一定会生气的。

茂丘西奥　这不至于叫他生气；他要是生气，除非是气得他在他情人的圈儿里唤起一个异样的妖精，由它在那儿昂然直立，直等她降伏了它，并使它低下头来；那样做的话，才是怀着恶意呢；我的咒语却很正当，我无非凭着他情人的名字唤他出来罢了。

班伏里奥　来，他已经躲到树丛里，跟那多露水的黑夜做伴去了；爱情本来是盲目的，让他在黑暗里摸索去吧。

茂丘西奥　爱情如果是盲目的，就射不中靶。此刻他该坐在枇杷树下了，希望他的情人就是他口中的枇杷。——啊，罗密欧，但愿，但愿她真的成了你到口的枇杷！罗密欧，晚安！我要上床睡觉去；这儿草地上太冷啦，我可受不了。来，咱们走吧。

班伏里奥　好，走吧；他要避着我们，找他也是白费辛勤。（同下。）

第二场　同前。凯普莱特家的花园

罗密欧上。

罗密欧　没有受过伤的才会讥笑别人身上的创痕。（朱丽叶自上方窗户中出现）轻声！那边窗子里亮起来的是什么光？那就是东方，朱丽叶就是太阳！起来吧，美丽的太阳！赶走那妒忌的月亮，她因为她的女弟子比她美得多，已经气得面色惨白了。既然她这样妒忌着你，你不要忠于她吧；脱下她给你的这一身惨绿色的贞女的道服，它是只配给愚人穿的。那是我的意中人；啊！那是我的爱；唉，但愿她知道我在爱着她！她欲言又止，可是她的眼睛已经道出了她的心事。待我去回答她吧；不，我不要太鲁莽，她不是对我说话。天上两颗最灿烂的星，因为有事他去，请求她的眼睛替代它们在空中闪耀。要是她的眼睛变成了天上的星，天上的星变成了她的眼睛，那便怎样呢？她脸上的光辉会掩盖了星星的明

亮，正像灯光在朝阳下黯然失色一样；在天上的她的眼睛，会在太空中大放光明，使鸟儿误认为黑夜已经过去而唱出它们的歌声。瞧！她用纤手托住了脸，那姿态是多么美妙！啊，但愿我是那一只手上的手套，好让我亲一亲她脸上的香泽！

朱丽叶　唉！

罗密欧　她说话了。啊！再说下去吧，光明的天使！因为我在这夜色之中仰视着你，就像一个尘世的凡人，张大了出神的眼睛，瞻望着一个生着翅膀的天使，驾着白云缓缓地驰过了天空一样。

朱丽叶　罗密欧啊，罗密欧！为什么你偏偏是罗密欧呢？否认你的父亲，抛弃你的姓名吧；也许你不愿意这样做，那么只要你宣誓做我的爱人，我也不愿再姓凯普莱特了。

罗密欧　（旁白）我还是继续听下去呢，还是现在就对她说话？

朱丽叶　只有你的名字才是我的仇敌；你即使不姓蒙太古，仍然是这样的一个你。姓不姓蒙太古又有什么关系呢？它又不是手，又不是脚，又不是手臂，又不是脸，又不是身体上任何其他的部分。啊！换一个姓名吧！姓名本来是没有意义的；我们叫作玫瑰的这一种花，要是换了个名字，它的香味还是同样的芬芳；罗密欧要是换了别的名字，他的可爱的完美也决不会有丝毫改变。罗密欧，抛弃了你的名字吧；我愿意把我整个的心灵，赔偿你这一个身外的空名。

罗密欧　那么我就听你的话，你只要叫我作爱，我就重新受洗，重新命名；从今以后，永远不再叫罗密欧了。

朱丽叶　你是什么人，在黑夜里躲躲闪闪地偷听人家的话？

罗密欧　我没法告诉你我叫什么名字。敬爱的神明，我痛恨我自己的名字，因为它是你的仇敌；要是把它写在纸上，我一定把这几个字撕成粉碎。

朱丽叶　我的耳朵里还没有灌进从你嘴里吐出来的一百个字，可是我认识你的声音；你不是罗密欧，蒙太古家里的人吗？

罗密欧　不是，美人，要是你不喜欢这两个名字。

朱丽叶　告诉我，你怎么会到这儿来，为什么到这儿来？花园的墙这么高，是不容易爬上来的；要是我家里的人瞧见你在这儿，他们一定不让你活命。

罗密欧　我借着爱的轻翼飞过院墙，因为砖石的墙垣是不能把爱情阻隔的；爱情的力量所能够做到的事，它都会冒险尝试，所以我不怕你家里人的干涉。

朱丽叶　要是他们瞧见了你，一定会把你杀死的。

罗密欧　唉！你的眼睛比他们二十柄刀剑还厉害；只要你用温柔的眼光看着我，他们就不能伤害我的身体。

朱丽叶　我怎么也不愿让他们瞧见你在这儿。

罗密欧　朦胧的夜色可以替我遮过他们的眼睛。只要你爱我，就让他们瞧见我吧；与其因为得不到你的爱情而在这世上捱命，还不如在仇人的刀剑下丧生。

朱丽叶　谁叫你找到这儿来的？

罗密欧　爱情怂恿我探听出这一个地方；它替我出主意，我借给它眼睛。我不会操舟驾舵，可是倘使你在辽远辽远的海滨，我也会冒着风波寻访你这颗珍宝。

朱丽叶　幸亏黑夜替我罩上了一重面幕，否则为了我刚才被你听去的话，你一定可以看见我脸上羞愧的红晕。我真想遵守礼法，否认已经说过的言语，可是这些虚文俗礼，现在只好一切置之不顾了！你爱我吗？我知道你一定会说“是的”；我也一定会相信你的话；可是也许你起的誓只是一个谎，人家说，对于恋人们的寒盟背信，天神是一笑置之的。温柔的罗密欧啊！你要是真的爱我，就请你诚意告诉我；你要是嫌我太容易降心相从，我也会堆起怒容，装出倔强的神气，拒绝你的好意，好让你向我婉转求情，否则我是无论如何不会拒绝你的。俊秀的蒙太古啊，我真的太痴心了，所以也许你会觉得我的举动有点轻浮；可是相信我，朋友，总有一天你会知道我的忠心远胜过那些善于矜持作态的人。我必须承认，倘不是你乘我不备的时候偷听去了我的真情的表白，我一定会更加矜持一点的；所以原谅我吧，是黑夜泄露了我心底的秘密，不要把我的允诺看做无耻的轻狂。

罗密欧　姑娘，凭着这一轮皎洁的月亮，它的银光涂染着这些果树的梢端，我发誓——

朱丽叶　啊！不要指着月亮起誓，它是变化无常的，每个月都有盈亏圆缺；你要是指着它起誓；也许你的爱情也会像它一样无常。

罗密欧　那么我指着什么起誓呢？

朱丽叶　不用起誓吧；或者要是你愿意的话，就凭着你优美的自身起誓，那是我所崇拜的偶像，我一定会相信你的。

罗密欧　要是我的出自深心的爱情——

朱丽叶　好，别起誓啦。我虽然喜欢你，却不喜欢今天晚上的密约；它太仓促、太轻率、太出人意外了，正像一闪电光，等不及人家开一声口，已经消隐了下去。好人，再会吧！这一朵爱的蓓蕾，靠着夏天的暖风的吹拂，也许会在我们下次相见的时候，开出鲜艳的花来。晚安，晚安！但愿恬静的安息同样降临到你我两人的心头！

罗密欧　啊！你就这样离我而去，不给我一点满足吗？

朱丽叶　你今夜还要什么满足呢？

罗密欧　你还没有把你的爱情的忠实的盟誓跟我交换。

朱丽叶　在你没有要求以前，我已经把我的爱给了你了；可是我倒愿意重新给你。

罗密欧　你要把它收回去吗？为什么呢，爱人？

朱丽叶　为了表示我的慷慨，我要把它重新给你。可是我只愿意要我已有的东西：我的慷慨像海一样浩渺，我的爱情也像海一样深沉；我给你的越多，我自己也越是富有，因为这两者都是没有穷尽的。（乳媪在内呼唤）我听见里面有人在叫；亲爱的，再会吧！——就来了，好奶妈！——亲爱的蒙太古，愿你不要负心；再等一会儿，我就会来的。（自上方下。）

罗密欧　幸福的，幸福的夜啊！我怕我只是在晚上做了一个梦，这样美满的事不会是真实的。

朱丽叶自上方重上。

朱丽叶　亲爱的罗密欧，再说三句话，我们真的要再会了。要是你的爱情的确是光明正大，你的目的是在于婚姻，那么明天我会叫一个人到你的地方来，请你叫他带一个信给我，告诉我你愿意在什么地方、什么时候举行婚礼；我就会把我的整个命运交托给你，把你当作我的主人，跟随你到天涯海角。

乳　媪　（在内）小姐！

朱丽叶　就来。——可是你要是没有诚意，那么我请求你——

乳　媪　（在内）小姐！

朱丽叶　等一等，我来了。——停止你的求爱，让我一个人独自伤心吧。明天我就叫人来看你。

罗密欧　凭着我的灵魂——

朱丽叶　一千次的晚安！（自上方下。）

罗密欧　晚上没有你的光，我只有一千次的心伤！恋爱的人去赴他人的约会，像一个放学归来的儿童；可是当他和情人分别的时候，却像上学去一般满脸懊丧。（退后。）

朱丽叶自上方重上。

朱丽叶　嘘！罗密欧！嘘！唉！我希望我会发出呼鹰的声音，招这只鹰儿回来。我不能高声说话，否则我要让我的喊声传进厄科[1]的洞穴，让她的无形的喉咙因为反复叫喊着我的罗密欧的名字而变成嘶哑。

罗密欧　那是我的灵魂在叫喊着我的名字。恋人的声音在晚间多么清婉，听上去就像最柔和的音乐！

朱丽叶　罗密欧！

罗密欧　我的爱！

朱丽叶　明天我应该在什么时候叫人来看你？

罗密欧　就在九点钟吧。

朱丽叶　我一定不失信；挨到那个时候，该有二十年那么长久！我记不起为什么要叫你回来了。

罗密欧　让我站在这儿，等你记起了告诉我。

朱丽叶　你这样站在我的面前，我一心想着多么爱跟你在一块儿，一定永远记不起来了。

罗密欧　那么我就永远等在这儿，让你永远记不起来，忘记除了这里以外还有什么家。

朱丽叶　天快要亮了；我希望你快去；可是我就好比一个淘气的女孩子，像放松一个囚犯似的让她心爱的鸟儿暂时跳出她的掌心，又用一根丝线把它拉了回来，爱的私心使她不愿意给它自由。

罗密欧　我但愿我是你的鸟儿。

朱丽叶　好人，我也但愿这样；可是我怕你会死在我的过分的爱抚里。晚安！晚安！离别是这样甜蜜的凄清，我真要向你道晚安直到天

① 厄科：希腊神话中的仙女，因恋爱美少年那耳喀索斯不遂而形销体灭，化为山谷中的回声。

明！（下。）

罗密欧　但愿睡眠合上你的眼睛！
但愿平静安息我的心灵！
我如今要去向神父求教，
把今宵的艳遇诉他知晓。（下。）

第三场　同前。劳伦斯神父的寺院

劳伦斯神父携篮上。

劳伦斯　黎明笑向着含温的残宵，
金鳞浮上了东方的天梢；
看赤轮驱走了片片乌云，
像一群醉汉向四处狼奔。
趁太阳还没有睁开火眼，
晒干深夜里的涔涔露点，
我待要采摘下满箧盈筐，
毒草灵葩充实我的青囊。
大地是生化万类的慈母，
她又是掩藏群生的坟墓，
试看她无所不载的胸怀，
哺乳着多少的姹女婴孩！
天生下的万物没有弃掷，
什么都有它各自的特色，
石块的冥顽，草木的无知，
都含着玄妙的造化生机。
莫看那蠢蠢的恶木莠蔓，

对世间都有它特殊贡献；
即使最纯良的美谷嘉禾，
用得失当也会害性戕躯。
美德的误用会变成罪过，
罪恶有时反会造成善果。
这一朵有毒的弱蕊纤苞，
也会把淹煎的痼疾医疗；
它的香味可以祛除百病，
吃下腹中却会昏迷不醒。
草木和人心并没有不同，
各自有善意和恶念争雄；
恶的势力倘若占了上风，
死便会蛀蚀进它的心中。

罗密欧上。

罗密欧　早安，神父。

劳伦斯　上帝祝福你！是谁的温柔的声音这么早就在叫我？孩子，你一早起身，一定有什么心事。老年人因为多忧多虑，往往容易失眠，可是身心壮健的青年，一上了床就应该酣然入睡；所以你的早起，倘不是因为有什么烦恼，一定是昨夜没有睡过觉。

罗密欧　你的第二个猜测是对的；我昨夜享受到比睡眠更甜蜜的安息。

劳伦斯　上帝饶恕我们的罪恶！你是跟罗瑟琳在一起吗？

罗密欧　跟罗瑟琳在一起，我的神父？不，我已经忘记了那一个名字，和那个名字所带来的烦恼。

劳伦斯　那才是我的好孩子；可是你究竟到什么地方去了？

罗密欧　我愿意在你没有问我第二遍以前告诉你。昨天晚上我跟我的仇敌在一起宴会,突然有一个人伤害了我,同时她也被我伤害了;只有你的帮助和你的圣药,才会医治我们两人的重伤。神父,我并不怨恨我的敌人,因为瞧,我来向你请求的事,不单为了我自己,也同样为了她。

劳伦斯　好孩子,说明白一点,把你的意思老老实实告诉我,别打着哑谜了。

罗密欧　那么老实告诉你吧,我心底的一往深情,已经完全倾注在凯普莱特的美丽的女儿身上了。她也同样爱着我,一切都完全定当了,只要你肯替我们主持神圣的婚礼。我们在什么时候遇见,在什么地方求爱,怎样彼此交换着盟誓,这一切我都可以慢慢告诉你;可是无论如何,请你一定答应就在今天替我们成婚。

劳伦斯　圣芳济啊!多么快的变化!难道你所深爱着的罗瑟琳,就这样一下子被你抛弃了吗?这样看来,年轻人的爱情,都是见异思迁,不是发于真心的。耶稣,玛利亚!你为了罗瑟琳的缘故,曾经用多少的眼泪洗过你消瘦的面庞!为了替无味的爱情添加一点辛酸的味道,曾经浪费掉多少的咸水!太阳还没有扫清你吐向苍穹的怨气,我这龙钟的耳朵里还留着你往日的呻吟;瞧!就在你自己的颊上,还剩着一丝不曾揩去的旧时的泪痕。要是你不曾变了一个人,这些悲哀都是你真实的情感,那么你是罗瑟琳的,这些悲哀也是为罗瑟琳而发的;难道你现在已经变心了吗?男人既然这样没有恒心,那就莫怪女人家朝三暮四了。

罗密欧　你常常因为我爱罗瑟琳而责备我。

劳伦斯　我的学生,我不是说你不该恋爱,我只叫你不要因为恋爱而发痴。

罗密欧　你又叫我把爱情埋葬在坟墓里。

劳伦斯　我没有叫你把旧的爱情埋葬了,再去另找新欢。

罗密欧　请你不要责备我；我现在所爱的她，跟我心心相印，不像前回那个一样。

劳伦斯　啊，罗瑟琳知道你对她的爱情完全抄着人云亦云的老调，你还没有读过恋爱入门的一课哩。可是来吧，朝三暮四的青年，跟我来；为了一个理由，我愿意助你一臂之力：因为你们的结合也许会使你们两家释嫌修好，那就是天大的幸事了。

罗密欧　啊！我们就去吧，我巴不得越快越好。

劳伦斯　凡事三思而行；跑得太快是会滑倒的。（同下。）

第四场　同前。街道

班伏里奥及茂丘西奥上。

茂丘西奥　见鬼的，这罗密欧究竟到哪儿去了？他昨天晚上没有回家吗？

班伏里奥　没有，我问过他的仆人了。

茂丘西奥　哎哟！那个白面孔狠心肠的女人，那个罗瑟琳，一定把他虐待得要发疯了。

班伏里奥　提伯尔特，凯普莱特那老头子的亲戚，有一封信送到他父亲那里。

茂丘西奥　一定是一封挑战书。

班伏里奥　罗密欧一定会给他一个答复。

茂丘西奥　只要会写几个字，谁都会写一封复信。

班伏里奥　不，我说他一定会接受他的挑战。

茂丘西奥　唉！可怜的罗密欧！他已经死了，一个白女人的黑眼睛戳破了他的心；一支恋歌穿过了他的耳朵；瞎眼的丘比特的箭已把他当胸射中；他现在还能够抵得住提伯尔特吗？

班伏里奥　提伯尔特是个什么人？

茂丘西奥　我可以告诉你，他不是个平常的阿猫阿狗。啊！他是个胆大心细、剑法高明的人。他跟人打起架来，就像照着乐谱唱歌一样，一板一眼都不放松，一秒钟的停顿，然后一、二、三，刺进人家的胸膛；他全然是个穿礼服的屠夫，一个决斗的专家；一个名门贵胄，一个击剑能手。啊！那了不得的侧击！那反击！那直中要害的一剑！

班伏里奥　那什么？

茂丘西奥　那些怪模怪样、扭扭捏捏的装腔作势，说起话来怪声怪气的荒唐鬼的对头。他们只会说："耶稣啊，好一柄锋利的刀子！"——好一个高大的汉子，好一个风流的婊子！嘿，我的老爷子，咱们中间有这么一群不知从哪儿飞来的苍蝇，这一群满嘴法国话的时髦人，他们因为趋新好异，坐在一张旧凳子上也会不舒服，这不是一件可以痛哭流涕的事吗？

罗密欧上。

班伏里奥　罗密欧来了，罗密欧来了。

茂丘西奥　瞧他孤零零的神气，倒像一条风干的咸鱼。啊，你这块肉呀，你是怎样变成了鱼的！现在他又要念起彼特拉克[①]的诗句来了；罗拉比起他的情人来不过是个灶下的丫头，虽然她有一个会做诗的爱人；狄多是个蓬头垢面的村妇；克莉奥佩屈拉是个吉卜赛姑娘；海伦、希罗都是下流的娼妓；提斯柏也许有一双美丽的灰色眼睛，可是也不配相提并论。罗密欧先生，给你个法国式的敬礼！昨天晚上你给我们开了多大的一个玩笑哪。

罗密欧　两位大哥早安！昨晚我开了什么玩笑？

① 彼特拉克（1304—1374）：意大利诗人，他的作品有很多是歌颂他终身的爱人罗拉的。

茂丘西奥　你昨天晚上逃走得好；装什么假？

罗密欧　对不起，茂丘西奥，我当时有一件很重要的事情，在那情况下我只好失礼了。

茂丘西奥　这就是说，在那情况下，你不得不屈一屈膝了。

罗密欧　你的意思是说，赔个礼。

茂丘西奥　你回答得正对。

罗密欧　正是十分有礼的说法。

茂丘西奥　何止如此，我是讲礼讲到头了。

罗密欧　像是花儿鞋子的尖头。

茂丘西奥　说得对。

罗密欧　那么我的鞋子已经全是花花的洞儿了。

茂丘西奥　讲得妙；跟着我把这个笑话追到底吧，直追得你的鞋子都破了，只剩下了鞋底，而那笑话也就变得又秃又呆了。

罗密欧　啊，好一个又呆又秃的笑话，真配傻子来说。

茂丘西奥　快来帮忙，好班伏里奥；我的脑袋不行了。

罗密欧　要来就快马加鞭；不然我就宣告胜利了。

茂丘西奥　不，如果比聪明像赛马，我承认我输了；我的马儿哪有你的野？说到野，我的五官加在一起也比不上你的任何一官。可是你野的时候，我几时跟你在一起过？

罗密欧　哪一次撒野没有你这呆头鹅？

茂丘西奥　你这话真有意思，我巴不得咬你一口才好。

罗密欧　啊，好鹅儿，莫咬我。

茂丘西奥　你的笑话又甜又辣；简直是辣酱油。

罗密欧　美鹅加辣酱，岂不绝妙？

茂丘西奥　啊，妙语横生，越辣越横！

罗密欧　横得好；你这呆头鹅变成一只横胖鹅了。

茂丘西奥　呀，我们这样打着趣岂不比呻吟求爱好得多吗？此刻你多么和气，此刻你才真是罗密欧了；不论是先天还是后天，此刻是你的真面目了；为了爱，急得涕零满脸，就像一个天生的傻子，奔上奔下，找洞儿藏他的棍儿。

班伏里奥　打住吧，打住吧。

茂丘西奥　你不让我的话讲完，留着尾巴好不顺眼。

班伏里奥　不打住你，你的尾巴还要长大呢。

茂丘西奥　啊，你错了；我的尾巴本来就要缩小了；我的话已经讲到了底，不想老占着位置啦。

罗密欧　看哪，好把戏来啦！

乳媪及彼得上。

茂丘西奥　一条帆船，一条帆船！

班伏里奥　两条，两条！一公一母。

乳　媪　彼得！

彼　得　有！

乳　媪　彼得，我的扇子。

茂丘西奥　好彼得，替她把脸遮了；因为她的扇子比她的脸好看一点。

乳　媪　早安，列位先生。

茂丘西奥　晚安，好太太。

乳　媪　是道晚安时候了吗？

茂丘西奥　我告诉你，不会错；那日晷上的指针正顶着中午呢。

乳　媪　你说什么！你是什么人！

罗密欧　好太太，上帝造了他，他可不知好歹。

乳　媪　说得好，你说他不知好歹哪？列位先生，你们有谁能够告诉我年轻的罗密欧在什么地方？

罗密欧　我可以告诉你；可是等你找到他的时候，年轻的罗密欧已经比你寻访他的时候老了点儿了。我因为取不到一个好一点的名字,所以就叫作罗密欧;在取这一个名字的人们中间,我是最年轻的一个。

乳　媪　您说得真好。

茂丘西奥　呀,这样一个最坏的家伙你也说好?想得周到;有道理,有道理。

乳　媪　先生,要是您就是他,我要跟您单独讲句话。

班伏里奥　她要拉他吃晚饭去。

茂丘西奥　一个老虔婆,一个老虔婆!有了!有了!

罗密欧　有了什么?

茂丘西奥　不是什么野兔子;要说是兔子的话,也不过是斋节里做的兔肉饼,没有吃完就发了霉。(唱)

老兔肉,发白霉,
老兔肉,发白霉,
原是斋节好点心:
可是霉了的兔肉饼,
二十个人也吃不尽,
吃不完的霉肉饼。

罗密欧,你到不到你父亲那儿去?我们要在那边吃饭。

罗密欧　我就来。

茂丘西奥　再见,老太太。(唱)

再见,我的好姑娘!(茂丘西奥、班伏里奥下。)

乳　媪　好,再见!先生,这个满嘴胡说八道的放肆家伙是谁?

罗密欧　奶妈,这位先生最喜欢听他自己讲话;他在一分钟里所说的话,比他在一个月里听人家讲的话还多。

乳　媪　要是他对我说了一句不客气的话,尽管他力气再大一点,我也要给他一顿教训；这种家伙二十个我都对付得了，要是对付不了，我会叫那些对付得了他们的人来。混账东西！他把老娘看做什么人啦？我不是那些烂污婊子，由他随便取笑。（向彼得）你也是个好东西，看着人家把我欺侮，站在旁边一动也不动！

彼　得　我没有看见什么人欺侮你；要是我看见了，一定会立刻拔出刀子来的。碰到吵架的事，只要理直气壮，打起官司来不怕人家，我是从来不肯落在人家后头的。

乳　媪　哎哟！真把我气得浑身发抖。混账东西！对不起，先生，让我跟您说句话。我刚才说过的，我家小姐叫我来找您；她叫我说些什么话我可不能告诉您；可是我要先明白对您说一句，要是正像人家说的，您想骗她做一场春梦，那可真是人家说的一个顶坏的行为；因为这位姑娘年纪还小，所以您要是欺骗了她，实在是一桩对无论哪一位好人家的姑娘都是对不起的事情，而且也是一桩顶不应该的举动。

罗密欧　奶妈，请你替我向你家小姐致意。我可以对你发誓——

乳　媪　很好，我就这样告诉她。主啊！主啊！她听见了一定会非常喜欢的。

罗密欧　奶妈，你去告诉她什么话呢？你没有听我说呀。

乳　媪　我就对她说您发过誓了，证明您是一位正人君子。

罗密欧　你请她今天下午想个法子出来到劳伦斯神父的寺院里忏悔，就在那个地方举行婚礼。这几个钱是给你的酬劳。

乳　媪　不，真的，先生，我一个钱也不要。

罗密欧　别客气了，你还是拿着吧。

乳　媪　今天下午吗，先生？好，她一定会去的。

罗密欧　好奶妈，请你在这寺墙后面等一等，就在这一点钟之内，我要叫我的仆人去拿一捆扎得像船上的软梯一样的绳子来给你带去；

在秘密的夜里，我要凭着它攀登我的幸福的尖端。再会！愿你对我们忠心，我一定不会有负你的辛劳。再会！替我向你的小姐致意。

乳　媪　天上的上帝保佑您！先生，我对您说。

罗密欧　你有什么话说，我的好奶妈？

乳　媪　您那仆人可靠得住吗？您没听见古话说，两个人知道是秘密，三个人知道就不是秘密吗？

罗密欧　你放心吧，我的仆人是最可靠不过的。

乳　媪　好先生，我那小姐是个最可爱的姑娘——主啊！主啊！——那时候她还是个咿咿呀呀怪会说话的小东西——啊！本地有一位叫作帕里斯的贵人，他巴不得把我家小姐抢到手里；可是她，好人儿，瞧他比瞧一只蛤蟆还讨厌。我有时候对她说帕里斯人品不错，你才不知道哩，她一听见这样的话，就会气得面如土色。请问罗丝玛丽花[①]和罗密欧是不是同样一个字开头的呀？

罗密欧　是呀，奶妈；怎么样？都是罗字起头的哪。

乳　媪　啊，你开玩笑哩！那是狗的名字啊；阿罗就是那个——不对；我知道一定是另一个字开头的——她还把你同罗丝玛丽花连在一起，我也不懂，反正你听了一定喜欢的。

罗密欧　替我向你的小姐致意。

乳　媪　一定一定。（罗密欧下。）彼得！

彼　得　有！

乳　媪　给我带路，拿着我的扇子，快些走。（同下。）

---

① 即“迷迭香”：婚礼常用的花。

第五场 同前。凯普莱特家的花园

朱丽叶上。

朱丽叶 我在九点钟差奶妈去；她答应在半小时以内回来。也许她碰不见他；那是不会的。啊！她的脚走起路来不大方便。恋爱的使者应当是思想，因为它比驱散山坡上的阴影的太阳光还要快十倍；所以维纳斯的云车是用白鸽驾驶的，所以凌风而飞的丘比特生着翅膀。现在太阳已经升上中天，从九点钟到十二点钟是三个很长的钟点，可是她还没有回来。要是她是个有感情、有温暖的青春的血液的人，她的行动一定会像球儿一样敏捷，我用一句话就可以把她抛到我的心爱的情人那里，他也可以用一句话把她抛回到我这里；可是年纪老的人，大多像死人一般，手脚滞钝，呼唤不灵，慢腾腾地没有一点精神。

乳媪及彼得上。

朱丽叶 啊，上帝！她来了。啊，好心肝奶妈！什么消息？你碰到他了吗？叫那个人出去。

乳 媪 彼得，到门口去等着。（彼得下。）

朱丽叶 亲爱的好奶妈——哎呀！你怎么满脸的懊恼？即使是坏消息，你也应该装着笑容说；如果是好消息，你就不该用这副难看的面孔奏出美妙的音乐来。

乳 媪 我累死了，让我歇一会儿吧。哎呀，我的骨头好痛！我赶了多少的路！

朱丽叶 我但愿把我的骨头给你，你的消息给我。求求你，快说呀；好奶妈，说呀。

乳　媪　耶稣哪！你忙什么？你不能等一下子吗？你没见我气都喘不过来吗？

朱丽叶　你既然气都喘不过来，那么你怎么会告诉我说你气都喘不过来？你费了这么久的时间推三阻四的，要是干脆告诉了我，还不是几句话就完了。我只要你回答我，你的消息是好的还是坏的？只要先回答我一个字，详细的话慢慢再说好了。快让我知道了吧，是好消息还是坏消息？

乳　媪　好，你是个傻孩子，选中了这么一个人；你不知道怎样选一个男人。罗密欧！不，他不行，虽然他的脸长得比人家漂亮一点；可是他的腿才长得有样子；讲到他的手、他的脚、他的身体，虽然这种话不大好出口，可是的确谁也比不上他。他并非懂得礼貌，可是温柔得就像一头羔羊。好，看你的运气吧，姑娘；好好敬奉上帝。怎么，你在家里吃过饭了吗？

朱丽叶　没有，没有。你这些话我都早就知道了。他对于结婚的事情怎么说？

乳　媪　主啊！我的头痛死了！我害了多厉害的头痛！痛得好像要裂成二十块似的。还有我那一边的背痛；哎哟，我的背！我的背！你的心肠真好，叫我到外边东奔西走去寻死。

朱丽叶　害你这样不舒服，我真是说不出的抱歉。亲爱的，亲爱的，亲爱的奶妈，告诉我，我的爱人说些什么话？

乳　媪　你的爱人说——他说得很像个老老实实的绅士，很有礼貌，很和气，很漂亮，而且也很规矩——你的妈呢？

朱丽叶　我的妈！她就在里面；她还会在什么地方？你回答得多么古怪："你的爱人说，他说得很像个老老实实的绅士，你的妈呢？"

乳　媪　哎哟，圣母娘娘！你这样性急吗？哼！反了反了，这就是你瞧着我筋骨酸痛而替我涂上的药膏吗？以后还是你自己去送信吧。

朱丽叶　别缠下去啦！快些，罗密欧怎么说？

乳　媪　你已经得到准许今天去忏悔吗？

朱丽叶　我已经得到了。

乳　媪　那么你快到劳伦斯神父的寺院里去，有一个丈夫在那边等着你去做他的妻子哩。现在你的脸红起来啦。你到教堂里去吧，我还要到别处去搬一张梯子来，等到天黑的时候，你的爱人就可以凭着它爬进鸟窠里。为了使你快乐我就吃苦奔跑；可是你到了晚上也要负起那个重担来啦。去吧，我还没有吃过饭呢。

朱丽叶　我要找寻我的幸运去！好奶妈，再会。（各下。）

第六场　同前。劳伦斯神父的寺院

劳伦斯神父及罗密欧上。

劳伦斯　愿上天祝福这神圣的结合，不要让日后的懊恨把我们谴责！

罗密欧　阿门，阿门！可是无论将来会发生什么悲哀的后果，都抵不过我在看见她这短短一分钟内的欢乐。不管侵蚀爱情的死亡怎样伸展它的魔手，只要你用神圣的言语，把我们的灵魂结为一体，让我能够称她一声我的人，我也就不再有什么遗恨了。

劳伦斯　这种狂暴的快乐将会产生狂暴的结局，正像火和火药的亲吻，就在最得意的一刹那烟消云散。最甜的蜜糖可以使味觉麻木；不太热烈的爱情才会维持久远；太快和太慢，结果都不会圆满。

朱丽叶上。

劳伦斯　这位小姐来了。啊！这样轻盈的脚步，是永远不会踩破神龛前的砖石的；一个恋爱中的人，可以踏在随风飘荡的蛛网上而不会跌下，幻妄的幸福使他灵魂飘然轻举。

朱丽叶　晚安，神父。

劳伦斯　孩子，罗密欧会替我们两人感谢你的。

朱丽叶　我也向他同样问了好，他何必再来多余的客套。

罗密欧　啊，朱丽叶！要是你感觉到像我一样多的快乐，要是你的灵唇慧舌，能够宣述你衷心的快乐，那么让空气中布满着从你嘴里吐出来的芳香，用无比的妙乐把这一次会晤中我们两人给予彼此的无限欢欣倾吐出来吧。

朱丽叶　充实的思想不在于言语的富丽；只有乞儿才能够计数他的家私。真诚的爱情充溢在我的心里，我无法估计自己享有的财富。

劳伦斯　来，跟我来，我们要把这件事情早点办好；因为在神圣的教会没有把你们两人结合以前，你们两人是不能在一起的。（同下。）

第三幕

第一场 维洛那。广场

茂丘西奥、班伏里奥、侍童及若干仆人上。

班伏里奥 好茂丘西奥,咱们还是回去吧。天这么热,凯普莱特家里的人满街都是,要是碰到了他们,又免不了吵架;因为在这种热天气里,一个人的脾气最容易暴躁起来。

茂丘西奥 你就像这么一种家伙,跑进了酒店的门,把剑在桌子上一放,说:"上帝保佑我不要用到你!"等到两杯喝罢,却无缘无故拿起剑来跟酒保吵架。

班伏里奥 我难道是这样一种人吗?

茂丘西奥 得啦得啦,你的坏脾气比得上意大利无论哪一个人;动不动就要生气,一生气就要乱动。

班伏里奥 再以后怎样呢?

茂丘西奥 哼!要是有两个像你这样的人碰在一起,结果总会一个也没有,因为大家都要把对方杀死了方肯罢休。你!嘿,你会因为人家比你多一根或是少一根胡须,就跟人家吵架。瞧见人家剥栗子,你也会跟他闹翻,你的理由只是因为你有一双栗色的眼睛。除了生着这样一双眼睛的人以外,谁还会像这样吹毛求疵地去跟人家寻事?你的脑袋里装满了惹事招非的念头,正像鸡蛋里装满了蛋黄蛋白,虽然为了惹事招非的缘故,你的脑袋曾经给人打得像个坏蛋一样。你曾经为了有人在街上咳了一声嗽而跟他吵架，因为他咳醒了你那条在太阳底下睡觉的狗。不是有一次你因为看见一个裁缝在复活节以前穿起他的新背心来，所以跟他大闹吗？不是还有一次因为他用旧带子系他的新鞋子，所以又跟他大闹吗？现在你却要叫我不要跟人家吵架！

班伏里奥 要是我像你一样爱吵架，不消一时半刻，我的性命早就卖给人家了。

茂丘西奥 性命卖给人家！哼，算了吧！

班伏里奥 哎哟！凯普莱特家里的人来了。

茂丘西奥 啊哟！我不在乎。

提伯尔特及余人等上。

提伯尔特 你们跟着我不要走开，等我去向他们说话。两位晚安！我要跟你们中间无论哪一位说句话。

茂丘西奥 您只要跟我们两人中间的一个人讲一句话吗？再来点儿别的吧。要是您愿意在一句话以外，再跟我们较量一两手，那我们倒愿意奉陪。

提伯尔特 只要您给我一个理由，您就会知道我也不是个怕事的人。

茂丘西奥 您不会自己想出一个什么理由来吗？

提伯尔特 茂丘西奥，你陪着罗密欧到处乱闯——

茂丘西奥 到处拉唱！怎么！你把我们当作一群沿街卖唱的人吗？你要是把我们当作沿街卖唱的人，那么我们倒要请你听一点儿不大好听的声音；这就是我的提琴上的拉弓，拉一拉就要叫你跳起舞来。他妈的！到处拉唱！

班伏里奥 这儿来往的人太多；讲话不大方便，最好还是找个清静一点的地方去谈谈；要不然大家别闹意气，有什么过不去的事平心静气理论理论；否则各走各的路，也就完了，别让这么许多人的眼睛瞧着我们。

茂丘西奥　人们生着眼睛总要瞧，让他们瞧去好了；我可不能为着别人高兴离开这块地方。

罗密欧上。

提伯尔特　好，我的人来了；我不跟你吵。

茂丘西奥　他又不吃你的饭，不穿你的衣，怎么是你的人？可是他虽然不是你的跟班，要是你拔脚逃起来，他倒一定会紧紧跟住你的。

提伯尔特　罗密欧，我对你的仇恨使我只能用一个名字称呼你——你是一个恶贼！

罗密欧　提伯尔特，我跟你无冤无恨，你这样无端挑衅，我本来是不能容忍的，可是因为我有必须爱你的理由，所以也不愿跟你计较了。我不是恶贼；再见，我看你还不知道我是个什么人。

提伯尔特　小子，你冒犯了我，现在可不能用这种花言巧语掩饰过去；赶快回过身子，拔出剑来吧。

罗密欧　我可以郑重声明，我从来没有冒犯过你，而且你想不到我是怎样爱你，除非你知道了我所以爱你的理由。所以，好凯普莱特——我尊重这一个姓氏，就像尊重我自己的姓氏一样——咱们还是讲和了吧。

茂丘西奥　哼，好丢脸的屈服！只有武力才可以洗去这种耻辱。（拔剑）提伯尔特，你这捉耗子的猫儿，你愿意跟我决斗吗？

提伯尔特　你要我跟你干么？

茂丘西奥　好猫精，听说你有九条性命，我只要取你一条命，留下那另外八条，等以后再跟你算账。快快拔出你的剑来，否则莫怪无情，我的剑就要临到你的耳朵边了。

提伯尔特　（拔剑）好，我愿意奉陪。

罗密欧　好茂丘西奥，收起你的剑。

茂丘西奥　来，来，来，我倒要领教领教你的剑法。（二人互斗。）

罗密欧　班伏里奥，拔出剑来，把他们的武器打下来。两位老兄，这算什么？快别闹啦！提伯尔特，茂丘西奥，亲王已经明令禁止在维洛那的街道上斗殴。住手，提伯尔特！好茂丘西奥！（提伯尔特及其党徒下。）

茂丘西奥　我受伤了。你们这两家倒霉的人家！我已经完啦。他不带一点伤就去了吗？

班伏里奥　啊！你受伤了吗？

茂丘西奥　嗯，嗯，擦破了一点儿；可是也够受的了。我的侍童呢？你这家伙，快去找个外科医生来。（侍童下。）

罗密欧　放心吧，老兄；这伤口不算十分厉害。

茂丘西奥　是的，它没有一口井那么深，也没有一扇门那么阔，可是这一点伤也就够要命了。要是你明天找我，就到坟墓里来看我吧。我这一生是完了。你们这两家倒霉的人家！他妈的！狗、耗子、猫儿，都会咬得死人！这个说大话的家伙，这个混账东西，打起架来也要按照着数学的公式！谁叫你把身子插了进来？都是你把我拉住了，我才受了伤。

罗密欧　我完全是出于好意。

茂丘西奥　班伏里奥，快把我扶进什么屋子里去，不然我就要晕过去了。你们这两家倒霉的人家！我已经死在你们手里了。——你们这两家人家！（茂丘西奥，班伏里奥同下。）

罗密欧　他是亲王的近亲，也是我的好友；如今他为了我的缘故受到了致命的重伤。提伯尔特杀死了我的朋友，又毁谤了我的名誉，虽然他在一小时以前还是我的亲人。亲爱的朱丽叶啊！你的美丽使我变成懦弱，磨钝了我的勇气的锋刃！

班伏里奥重上。

班伏里奥　啊，罗密欧，罗密欧！勇敢的茂丘西奥死了；他已经撒手离开尘世，他的英魂已经升上天庭了！

罗密欧　今天这一场意外的变故，怕要引起日后的灾祸。

提伯尔特重上。

班伏里奥　暴怒的提伯尔特又来了。

罗密欧　茂丘西奥死了，他却耀武扬威活在人世！现在我只好抛弃一切顾忌，不怕伤了亲戚的情分，让眼睛里喷出火焰的愤怒支配着我的行动了！提伯尔特，你刚才骂我恶贼，我要你把这两个字收回去；茂丘西奥的阴魂就在我们头上，他在等着你去跟他做伴；我们两个人中间必须有一个人去陪陪他，要不然就是两人一起死。

提伯尔特　你这该死的小子，你生前跟他做朋友，死后也去陪他吧！

罗密欧　这柄剑可以替我们决定谁死谁生。（二人互斗；提伯尔特倒下。）

班伏里奥　罗密欧，快走！市民们都已经被这场争吵惊动了，提伯尔特又死在这儿。别站着发怔；要是你给他们捉住了，亲王就要判你死刑。快去吧！快去吧！

罗密欧　唉！我是受命运玩弄的人。

班伏里奥　你为什么还不走？（罗密欧下。）

市民等上。

市民甲　杀死茂丘西奥的那个人逃到哪儿去了？那凶手提伯尔特逃到什么地方去了？

班伏里奥　躺在那边的就是提伯尔特。

市民甲　先生，起来吧，请你跟我去。我用亲王的名义命令你服从。

亲王率侍从；蒙太古夫妇、凯普莱特夫妇及余人等上。

亲　王　这一场争吵的肇祸的罪魁在什么地方？

班伏里奥　啊，尊贵的亲王！我可以把这场流血的争吵的不幸的经过向您从头告禀。躺在那边的那个人，就是把您的亲戚，勇敢的茂丘西奥杀死的人，他现在已经被年轻的罗密欧杀死了。

凯普莱特夫人　提伯尔特，我的侄儿！啊，我的哥哥的孩子！亲王啊！侄儿啊！丈夫啊！哎哟！我的亲爱的侄儿给人杀死了！殿下，您是正直无私的，我们家里流的血，应当用蒙太古家里流的血来报偿。哎哟，侄儿啊！侄儿啊！

亲　王　班伏里奥，是谁开始这场血斗的？

班伏里奥　死在这儿的提伯尔特，他是被罗密欧杀死的。罗密欧很诚恳地劝告他，叫他想一想这种争吵多么没意思，并且也提起您的森严的禁令。他用温和的语调、谦恭的态度，陪着笑脸向他反复劝解，可是提伯尔特充耳不闻，一味逞着他的骄横，拔出剑来就向勇敢的茂丘西奥胸前刺了过去；茂丘西奥也动了怒气，就和他两下交锋起来，自恃着本领高强，满不在乎地一手挡开了敌人致命的剑锋，一手向提伯尔特还刺过去，提伯尔特眼明手快，也把它挡开了。那个时候罗密欧就高声喊叫："住手，朋友；两下分开！"说时迟，来时快，他的敏捷的腕臂已经打下了他们的利剑，他就插身在他们两人中间；谁料提伯尔特怀着毒心，冷不防打罗密欧的手臂下面刺了一剑过去，竟中了茂丘西奥的要害，于是他就逃走了。等了一会儿他又回来找罗密欧，罗密欧这时候正是满腔怒火，就像闪电似的跟他打起来，我还来不及拔剑阻止他们，勇猛的提伯尔特已经中剑而死，罗密欧见他倒在地上，也就转身逃走了。我所说的句句都是真话，倘有虚言，愿受死刑。

凯普莱特夫人　他是蒙太古家的亲戚，他说的话都是徇着私情，完全是假的。他们一共有二十来个人参加这场恶斗，二十个人合力谋害一个人的生命。殿下，我要请您主持公道，罗密欧杀死了提伯尔特，罗密欧必须抵命。

亲　王　罗密欧杀了他，他杀了茂丘西奥；茂丘西奥的生命应当由谁抵偿？

蒙太古　殿下，罗密欧不应该偿他的命；他是茂丘西奥的朋友，他的过失不过是执行了提伯尔特依法应处的死刑。

亲　王　为了这一个过失，我现在宣布把他立刻放逐出境。你们双方的憎恨已经牵涉到我的身上，在你们残暴的斗殴中，已经流下了我的亲人的血；可是我要给你们一个重重的惩罚，儆戒儆戒你们的将来。我不要听任何的请求辩护，哭泣和祈祷都不能使我枉法徇情，所以不用想什么挽回的办法，赶快把罗密欧遣送出境吧；不然的话，我们什么时候发现他，就在什么时候把他处死。把这尸体抬去，不许违抗我的命令；对杀人的凶手不能讲慈悲，否则就是鼓励杀人了。（同下。）

第二场　同前。凯普莱特家的花园

朱丽叶上。

朱丽叶　快快跑过去吧，踏着火云的骏马，把太阳拖回到它的安息的所在；但愿驾车的法厄同[①]鞭策你们飞驰到西方，让阴沉的暮夜赶快降临。展开你密密的帷幕吧，成全恋爱的黑夜！遮住夜行人的眼睛，让罗密欧悄悄地投入我的怀里，不被人家看见也不被人家谈论！恋人们可以在他们自身美貌的光辉里互相缱绻；即使恋爱是盲目的，那也正好和黑夜相称。来吧，温文的夜，你朴素的黑衣妇人，教会我怎样在一场全胜的赌博中失败，把各人纯洁的童贞

① 法厄同：日神的儿子，曾为其父驾御日车，不能控制其马而闯离常道。故事见奥维德《变形记》第二章。

互为赌注。用你黑色的罩巾遮住我脸上羞怯的红潮，等我深藏内心的爱情慢慢地胆大起来，不再因为在行动上流露真情而惭愧。来吧，黑夜！来吧，罗密欧！来吧，你黑夜中的白昼！因为你将要睡在黑夜的翼上，比乌鸦背上的新雪还要皎白。来吧，柔和的黑夜！来吧，可爱的黑颜的夜，把我的罗密欧给我！等他死了以后，你再把他带去，分散成无数的星星，把天空装饰得如此美丽，使全世界都恋爱着黑夜，不再崇拜眩目的太阳。啊！我已经买下了一所恋爱的华厦，可是它还不曾属我所有；虽然我已经把自己出卖，可是还没有被买主领去。这日子长得真叫人厌烦，正像一个做好了新衣服的小孩，在节日的前夜焦躁地等着天明一样。啊！我的奶妈来了。

乳媪携绳上。

朱丽叶　她带着消息来了。谁的舌头上只要说出了罗密欧的名字，他就在吐露着天上的仙音。奶妈，什么消息？你带着些什么来了？那就是罗密欧叫你去拿的绳子吗？

乳　媪　是的，是的，这绳子。（将绳掷下。）

朱丽叶　哎哟！什么事？你为什么扭着你的手？

乳　媪　唉！唉！唉！他死了，他死了，他死了！我们完了，小姐，我们完了！唉！他去了，他给人杀了，他死了！

朱丽叶　天道竟会这样狠毒吗？

乳　媪　不是天道狠毒，罗密欧才下得了这样狠毒的手。啊！罗密欧，罗密欧！谁想得到会有这样的事情？罗密欧！

朱丽叶　你是个什么鬼，这样煎熬着我？这简直就是地狱里的酷刑。罗密欧把他自己杀死了吗？你只要回答我一个“是”字，这一个“是”字就比毒龙眼里射放的死光更会致人死命。如果真有这样的事，我就不会再在人世，或者说，那叫你说声“是”的人，从此就要把眼睛紧闭。要是他死了,你就说“是”;要是他没有死,你就说“不”这两个简单的字就可以决定我的终身祸福。

乳　媪　我看见他的伤口,我亲眼看见他的伤口,慈悲的上帝!就在他的宽阔的胸上。一个可怜的尸体,一个可怜的流血的尸体,像灰一样苍白,满身都是血,满身都是一块块的血;我一瞧见就晕过去了。

朱丽叶　啊,我的心要碎了!——可怜的破产者,你已经丧失了一切,还是赶快碎裂了吧!失去了光明的眼睛,你从此不能再见天日了!你这俗恶的泥土之躯,赶快停止呼吸,复归于泥土,去和罗密欧同眠在一个圹穴里吧!

乳　媪　啊!提伯尔特,提伯尔特!我的顶好的朋友!啊,温文的提伯尔特,正直的绅士!想不到我活到今天,却会看见你死去!

朱丽叶　这是一阵什么风暴,一会儿又倒转方向!罗密欧给人杀了,提伯尔特又死了吗?一个是我的最亲爱的表哥,一个是我的更亲爱的夫君?那么,可怕的号角,宣布世界末日的来临吧!要是这样两个人都可以死去,谁还应该活在这世上?

乳　媪　提伯尔特死了,罗密欧放逐了;罗密欧杀了提伯尔特,他现在被放逐了。

朱丽叶　上帝啊!提伯尔特是死在罗密欧手里的吗?

乳　媪　是的,是的;唉!是的。

朱丽叶　啊,花一样的面庞里藏着蛇一样的心!那一条恶龙曾经栖息在这样清雅的洞府里?美丽的暴君!天使般的魔鬼!披着白鸽羽毛的乌鸦!豺狼一样残忍的羔羊!圣洁的外表包覆着丑恶的实质!你的内心刚巧和你的形状相反,一个万恶的圣人,一个庄严的奸徒!造物主啊!你为什么要从地狱里提出这一个恶魔的灵魂,把它安放在这样可爱的一座肉体的天堂里?哪一本邪恶的书籍曾经装订得这样美观？啊！谁想得到这样一座富丽的宫殿里，会容纳着欺人的虚伪！

乳　媪　男人都靠不住，没有良心，没有真心的；谁都是三心二意，反复无常，奸恶多端，尽是些骗子。啊！我的人呢？快给我倒点儿酒来；这些悲伤烦恼，已经使我老起来了。愿耻辱降临到罗密欧的头上！

朱丽叶　你说出这样的愿望，你的舌头上就应该长起水疱来！耻辱从来不曾和他在一起，它不敢侵上他的眉宇，因为那是君临天下的荣誉的宝座。啊！我刚才把他这样辱骂，我真是个畜生！

乳　媪　杀死了你的族兄的人，你还说他好话吗？

朱丽叶　他是我的丈夫，我应当说他坏话吗？啊！我的可怜的丈夫！你的三小时的妻子都这样凌辱你的名字，谁还会对它说一句温情的慰藉呢？可是你这恶人，你为什么杀死我的哥哥？他要是不杀死我的哥哥，我的凶恶的哥哥就会杀死我的丈夫。回去吧，愚蠢的眼泪，流回到你的源头；你那滴滴的细流，本来是悲哀的倾注，可是你却错把它呈献给喜悦。我的丈夫活着，他没有被提伯尔特杀死；提伯尔特死了，他想要杀死我的丈夫！这明明是喜讯，我为什么要哭泣呢？还有两个字比提伯尔特的死更使我痛心，像一柄利刃刺进了我的胸中；我但愿忘了它们，可是唉！它们紧紧地牢附在我的记忆里，就像萦回在罪人脑中的不可宥恕的罪恶。“提伯尔特死了，罗密欧放逐了！”放逐了！这“放逐”两个字，就等于杀死了一万个提伯尔特。单单提伯尔特的死，已经可以令人伤心了；即使祸不单行，必须在“提伯尔特死了”这一句话以后，再接上一句不幸的消息，为什么不说你的父亲，或是你的母亲，或是父母两人都死了，那也可以引起一点人之常情的哀悼？可是在提伯尔特的噩耗以后，再接连一记更大的打击：“罗密欧放逐了！”

这句话简直等于说，父亲、母亲、提伯尔特、罗密欧、朱丽叶，一起被杀，一起死了。“罗密欧放逐了！”这一句话里面包含着无穷无际、无极无限的死亡，没有字句能够形容出这里面蕴蓄着的悲伤。——奶妈，我的父亲、我的母亲呢？

乳　媪　他们正在抚着提伯尔特的尸体痛哭。你要去看他们吗？让我带着你去。

朱丽叶　让他们用眼泪洗涤他的伤口，我的眼泪是要留着为罗密欧的放逐而哀哭的。拾起那些绳子来。可怜的绳子，你是失望了，我们俩都失望了，因为罗密欧已经被放逐；他要借着你做接引相思的桥梁，可是我却要做一个独守空闺的怨女而死去。来，绳儿；来，奶妈。我要去睡上我的新床，把我的童贞奉献给死亡！

乳　媪　那么你快到房里去吧；我去找罗密欧来安慰你，我知道他在什么地方。听着，你的罗密欧今天晚上一定会来看你；他现在躲在劳伦斯神父的寺院里，我就去找他。

朱丽叶　啊！你快去找他；把这指环拿去给我的忠心的骑士，叫他来作一次最后的诀别。（各下。）

第三场　同前。劳伦斯神父的寺院

劳伦斯神父上。

劳伦斯　罗密欧，跑出来；出来吧，你受惊的人，你已经和坎坷的命运结下了不解之缘。

罗密欧上。

罗密欧　神父，什么消息？亲王的判决怎样？还有什么我所不知道的不幸的事情将要来找我？

劳伦斯　我的好孩子，你已经遭逢到太多的不幸了。我来报告你亲王的判决。

罗密欧　除了死罪以外，还会有什么判决？

劳伦斯　他的判决是很温和的；他并不判你死罪，只宣布把你放逐。

罗密欧　嘿！放逐！慈悲一点，还是说“死”吧！不要说“放逐”因为放逐比死还要可怕。

劳伦斯　你必须立刻离开维洛那境内。不要懊恼，这是一个广大的世界。

罗密欧　在维洛那城以外没有别的世界，只有地狱的苦难；所以从维洛那放逐，就是从这世界上放逐，也就是死。明明是死，你却说是放逐，这就等于用一柄利斧砍下我的头，反因为自己犯了杀人罪而扬扬得意。

劳伦斯　哎哟，罪过罪过！你怎么可以这样不知恩德！你所犯的过失，按照法律本来应该处死，幸亏亲王仁慈，特别对你开恩，才把可怕的死罪改成了放逐；这明明是莫大的恩典，你却不知道。

罗密欧　这是酷刑，不是恩典。朱丽叶所在的地方就是天堂；这儿的每一只猫、每一只狗、每一只小小的老鼠，都生活在天堂里，都可以瞻仰到她的容颜，可是罗密欧却看不见她。污秽的苍蝇都可以接触亲爱的朱丽叶的皎洁的玉手，从她的嘴唇上偷取天堂中的幸福，那两片嘴唇是这样的纯洁贞淑，永远含着娇羞，好像觉得它们自身的相吻也是一种罪恶；苍蝇可以这样做，我却必须远走高飞，它们是自由人，我却是 个放逐的流徒。你还说放逐不是死吗？难道你没有配好的毒药、锋锐的刀子或者无论什么致命的利器，而必须用“放逐”两个字把我杀害吗？放逐！啊，神父！只有沉沦在地狱里的鬼魂才会用到这两个字，伴着凄厉的呼号；你是一个教士，一个替人忏罪的神父，又是我的朋友，怎么忍心用“放逐”这两个字来寸磔我呢？

劳伦斯　你这痴心的疯子，听我说一句话。

罗密欧　啊！你又要对我说起“放逐”了。

劳伦斯　我要教给你怎样抵御这两个字的方法，用哲学的甘乳安慰你的逆运，让你忘却被放逐的痛苦。

罗密欧　又是“放逐”！我不要听什么哲学！除非哲学能够制造一个朱丽叶，迁徙一个城市，撤销一个亲王的判决，否则它就没有什么用处。别再多说了吧。

劳伦斯　啊！那么我看疯人是不生耳朵的。

罗密欧　聪明人不生眼睛，疯人何必生耳朵呢？

劳伦斯　让我跟你讨论讨论你现在的处境吧。

罗密欧　你不能谈论你所没有感觉到的事情；要是你也像我一样年轻，朱丽叶是你的爱人，才结婚一小时，就把提伯尔特杀了；要是你也像我一样热恋，像我一样被放逐，那时你才可以讲话，那时你才会像我现在一样扯着你的头发，倒在地上，替自己量一个葬身的墓穴。（内叩门声）

劳伦斯　快起来，有人在敲门；好罗密欧，躲起来吧。

罗密欧　我不要躲，除非我心底里发出来的痛苦呻吟的气息，会像一重云雾一样把我掩过了追寻者的眼睛。（叩门声）

劳伦斯　听！门打得多么响！——是谁在外面？——罗密欧，快起来，你要给他们捉住了。——等一等！——站起来；（叩门声）跑到我的书斋里去。——就来了！——上帝啊！瞧你多么不听话！——来了，来了！（叩门声）谁把门敲得这么响？你是什么地方来的？你有什么事？

乳　媪　（在内）让我进来，你就可以知道我的来意；我是从朱丽叶小姐那里来的。

劳伦斯　那好极了，欢迎欢迎。

乳媪上。

乳　媪　啊，神父！啊，告诉我，神父，我的小姐的姑爷呢？罗密欧呢？

劳伦斯　在那边地上哭得死去活来的就是他。

乳　媪　啊！他正像我的小姐一样，正像她一样！

劳伦斯　唉！真是同病相怜，！一般的伤心！他也是这样躺在地上，一边唠叨一边哭，一边哭一边唠叨。起来，起来；是个男个汉就该起来；为了朱丽叶的缘故，为了她的缘故，站起来吧。为什么您要伤心到这个样子呢？

罗密欧　奶妈！

乳　媪　唉，姑爷！唉，姑爷！一个人到头来总是要死的。

罗密欧　你刚才不是说起朱丽叶吗？她现在怎么样？我现在已经用她近亲的血玷污了我们的新欢，她不会把我当作一个杀人的凶犯吗？她在什么地方？她怎么样？我这位秘密的新妇对于我们这一段中断的情缘说些什么话？

乳　媪　啊，没有说什么话，姑爷，只是哭呀哭的哭个不停；一会儿倒在床上，一会儿又跳了起来；一会儿叫一声提伯尔特，一会儿哭一声罗密欧；然后又倒了下去。

罗密欧　好像我那一个名字是从枪口里瞄准了射出来似的，一弹出去就把她杀死，正像我这一双该死的手杀死了她的亲人一样。啊！告诉我，神父，告诉我，我的名字是在我身上哪一处万恶的地方？告诉我，好让我捣毁这可恨的巢穴。（拔剑）

劳伦斯　放下你的鲁莽的手！你是一个男子吗？你的形状是一个男子，你却流着妇人的眼泪；你的狂暴的举动，简直是一头野兽的无可理喻的咆哮。你这须眉的贱妇，你这人头的畜类！我真想不到你的性情竟会这样毫无涵养。你已经杀死了提伯尔特，你还要杀死你自己吗？你没想到你对自己采取了这种万劫不赦的暴行就是杀死与你相依为命的你的妻子吗？为什么你要怨恨天地，怨恨你自己的生不逢辰？天地好容易生下你这一个人来，你却要亲手把你自己摧毁！呸！呸！你有的是一副堂堂的七尺之躯，有的是热情和智慧，你却不知道把它们好好利用，这岂不是辜负了你的七尺之躯，辜负了你的热情和智慧？你的堂堂的仪表不过是一尊蜡像，没有一点男子汉的血气；你的山盟海誓都是些空虚的谎语，杀害你所发誓珍爱的情人；你的智慧不知道指示你的行动，驾御你的感情，它已经变成了愚妄的谬见，正像装在一个笨拙的兵士的枪膛里的火药，本来是自卫的武器，因为不懂得点燃的方法，反而毁损了自己的肢体。怎么！起来吧，孩子！你刚才几乎要为了你的朱丽叶而自杀，可是她现在好好活着，这是你的第一件幸事。提伯尔特要把你杀死，可是你却杀死了提伯尔特，这是你的第二件幸事。法律上本来规定杀人抵命，可是它对你特别留情，减成了放逐的处分，这是你的第三件幸事。这许多幸事照顾着你，幸福穿着盛装向你献媚，你却像一个倔强乖僻的女孩，向你的命运和爱情噘起了嘴唇。留心，留心，像这样不知足的人是不得好死的。去，快去会见你的情人，按照预定的计划，到她的寝室里去，安慰安慰她；可是在逻骑没有出发以前，你必须及早离开，否则你就到不了曼多亚。你可以暂时在曼多亚住下，等我们觑着机会，把你们的婚姻宣布出来，和解了你们两家的亲族，向亲王请求特赦，那时我们就可以用超过你现在离别的悲痛二百万倍的欢乐招呼你回来。奶妈，你先去，替我向你家小姐致意；叫她设法催促她家里的人早早安睡，他们在遭到这样重大的悲伤以后，这是很容易办到的。你对她说，罗密欧就要来了。

乳　媪　主啊！像这样好的教训，我就是在这儿听上一整夜都愿意；

啊！真是有学问人说的话！姑爷，我就去对小姐说您就要来了。

罗密欧　很好，请你再叫我的爱人预备好一顿责骂。

乳　媪　姑爷，这一个戒指小姐叫我拿来送给您，请您赶快就去，天色已经很晚了。（下。）

罗密欧　现在我又重新得到了多大的安慰！

劳伦斯　去吧，晚安！你的命运在此一举；你必须在巡逻者没有开始查缉以前脱身，否则就得在黎明时候化装逃走。你就在曼多亚安下身来；我可以找到你的仆人，倘使这儿有什么关于你的好消息，我会叫他随时通知你。把你的手给我。时候不早了，再会吧。

罗密欧　倘不是一个超乎一切喜悦的喜悦在招呼着我，像这样匆匆的离别，一定会使我黯然神伤。再会！（各下。）

第四场　同前。凯普莱特家中一室

凯普莱特、凯普莱特夫人及帕里斯上。

凯普莱特　伯爵，舍间因为遭逢变故，我们还没有时间去开导小女；您知道她跟她那个表兄提伯尔特是友爱很笃的，我也非常喜欢他；唉！人生不免一死，也不必再去说他了。现在时间已经很晚，她今夜不会再下来了；不瞒您说，倘不是您大驾光临，我也早在一小时以前上了床啦。

帕里斯　我在你们正在伤心的时候来此求婚，实在是太冒昧了。晚安，伯母；请您替我向令爱致意。

凯普莱特夫人　好，我明天一早就去探听她的意思；今夜她已经怀着满腔的悲哀关上门睡了。

凯普莱特　帕里斯伯爵，我可以大胆替我的孩子作主，我想她一定会绝对服从我的意志；是的，我对于这一点可以断定。夫人，你在临睡以前先去看看她，把这位帕里斯伯爵向她求爱的意思告诉她知道；你再对她说，听好我的话，叫她在星期三——且慢！今天星期几？

帕里斯　星期一，老伯。

凯普莱特　星期一！哈哈！好，星期三是太快了点儿，那么就是星期四吧。对她说，在这个星期四，她就要嫁给这位尊贵的伯爵。您来得及准备吗？您不嫌太匆促吗？咱们也不必十分铺张，略为请几位亲友就够了；因为提伯尔特才死不久，他是我们自己家里的人，要是我们大开欢宴，人家也许会说我们对去世的人太没有情分。所以我们只要请五、六个亲友，把仪式举行一下就算了。您说星期四怎样？

帕里斯　老伯，我但愿星期四便是明天。

凯普莱特　好，你去吧；那么就是星期四。夫人，你在临睡前先去看看朱丽叶，叫她预备预备，好作起新娘来啊。再见，伯爵。喂！掌灯！时候已经很晚了，等一会儿我们就要说时间很早了。晚安！（各下。）

第五场　同前。朱丽叶的卧室

罗密欧及朱丽叶上。

朱丽叶　你现在就要走了吗？天亮还有一会儿呢。那刺进你惊恐的耳膜中的，不是云雀，是夜莺的声音；它每天晚上在那边石榴树上歌唱。相信我，爱人，那是夜莺的歌声。

罗密欧　那是报晓的云雀，不是夜莺。瞧，爱人，不作美的晨曦已经在东天的云朵上镶起了金线，夜晚的星光已经烧尽，愉快的白昼蹑足踏上了迷雾的山巅。我必须到别处去找寻生路，或者留在这儿束手等死。

朱丽叶　那光明不是晨曦，我知道；那是从太阳中吐射出来的流星，要在今夜替你拿着火炬，照亮你到曼多亚去。所以你不必急着要去，再耽搁一会儿吧。

罗密欧　让我被他们捉住，让我被他们处死；只要是你的意思，我就毫无怨恨。我愿意说那边灰白色的云彩不是黎明睁开它的睡眼，那不过是从月亮的眉宇间反映出来的微光；那响彻云霄的歌声，也不是出于云雀的喉中。我巴不得留在这里，永远不要离开。来吧，死，我欢迎你！因为这是朱丽叶的意思。怎么，我的灵魂？让我们谈谈；天还没有亮哩。

朱丽叶　天已经亮了，天已经亮了；快走吧，快走吧！那唱得这样刺耳、嘶着粗涩的噪声和讨厌的锐音的，正是天际的云雀。有人说云雀会发出千变万化的甜蜜的歌声，这句话一点不对，因为它只使我们彼此分离；有人说云雀曾经和丑恶的蟾蜍交换眼睛，啊！我但愿它们也交换了声音，因为那声音使你离开了我的怀抱，用催醒的晨歌催促你登程。啊！现在你快走吧；天越来越亮了。

罗密欧　天越来越亮，我们悲哀的心却越来越黑暗。

乳媪上。

乳　媪　小姐！

朱丽叶　奶妈？

乳媪　你的母亲就要到你房里来了。天已经亮啦，小心点儿。（下。）

朱丽叶　那么窗啊，让白昼进来，让生命出去。

罗密欧　再会，再会！给我一个吻，我就下去。（由窗口下降。）

朱丽叶　你就这样走了吗？我的夫君，我的爱人，我的朋友！我必须在每一小时内的每一天听到你的消息，因为一分钟就等于许多天。啊！照这样计算起来，等我再看见我的罗密欧的时候，我不知道已经老到怎样了。

罗密欧　再会！我决不放弃任何的机会，爱人，向你传达我的衷忱。

朱丽叶　啊！你想我们会不会再有见面的日子？

罗密欧　一定会有的；我们现在这一切悲哀痛苦，到将来便是握手谈心的资料。

朱丽叶　上帝啊！我有一颗预感不祥的灵魂；你现在站在下面，我仿佛望见你像一具坟墓底下的尸骸。也许是我的眼光昏花，否则就是你的面容太惨白了。

罗密欧　相信我，爱人，在我的眼中你也是这样；忧伤吸干了我们的血液，再会！再会！（下。）

朱丽叶　命运啊命运！谁都说你反复无常；要是你真的反复无常，那么你怎样对待一个忠贞不二的人呢？愿你不要改变你的轻浮的天性，因为这样也许你会早早打发他回来。

凯普莱特夫人　（在内）喂，女儿！你起来了吗？

朱丽叶　谁在叫我？是我的母亲吗？——难道她这么晚还没有睡觉，还是这么早就起来了？什么特殊的原因使她到这儿来？

凯普莱特夫人上。

凯普莱特夫人　啊！怎么，朱丽叶！

朱丽叶　母亲，我不大舒服。

凯普莱特夫人　老是为了你表兄的死而掉泪吗？什么！你想用眼泪把他从坟墓里冲出来吗？就是冲得出来，你也没法子叫他复活；所以还是算了吧。适当的悲哀可以表示感情的深切，过度的伤心却可以证明智慧的欠缺。

朱丽叶　可是让我为了这样一个痛心的损失而流泪吧。

凯普莱特夫人　损失固然痛心，可是一个失去的亲人，不是眼泪哭得回来的。

朱丽叶　因为这损失实在太痛心了，我不能不为了失去的亲人而痛哭。

凯普莱特夫人　好，孩子，人已经死了，你也不用多哭他了；顶可恨的是那杀死他的恶人仍旧活在世上。

朱丽叶　什么恶人，母亲？

凯普莱特夫人　就是罗密欧那个恶人。

朱丽叶　（旁白）恶人跟他相去真有十万八千里呢。——上帝饶恕他！我愿意全心饶恕他；可是没有一个人像他那样使我心里充满了悲伤。

凯普莱特夫人　那是因为这个万恶的凶手还活在世上。

朱丽叶　是的，母亲，我恨不得把他抓住在我的手里。但愿我能够独自报复这一段杀兄之仇！

凯普莱特夫人　我们一定要报仇的，你放心吧；别再哭了。这个亡命的流徒现在到曼多亚去了，我要差一个人到那边去，用一种稀有的毒药把他毒死，让他早点儿跟提伯尔特见面；那时候我想你一定可以满足了。

朱丽叶　真的，我心里永远不会感到满足，除非我看见罗密欧在我的面前死去；我这颗可怜的心是这样为了一个亲人而痛楚！母亲，要是您能够找到一个愿意带毒药去的人，让我亲手把它调好，好叫那罗密欧服下以后，就会安然睡去。唉！我心里多么难过，只听到他的名字，却不能赶到他的面前，为了我对哥哥的感情，我巴不得能在那杀死他的人的身上报这个仇！

凯普莱特夫人　你去想办法，我一定可以找到这样一个人。可是，孩子，现在我要告诉你好消息。

朱丽叶　在这样不愉快的时候，好消息来得真是再适当没有了。请问母亲，是什么好消息呢？

凯普莱特夫人　哈哈，孩子，你有一个体贴你的好爸爸哩；他为了替你排解愁闷已经为你选定了一个大喜的日子，不但你想不到，就是我也没有想到。

朱丽叶　母亲，快告诉我，是什么日子？

凯普莱特夫人　哈哈，我的孩子，星期四的早晨，那位风流年少的贵人，帕里斯伯爵，就要在圣彼得教堂里娶你做他的幸福的新娘了。

朱丽叶　凭着圣彼得教堂和圣彼得的名字起誓，我决不让他娶我做他的幸福的新娘。世间哪有这样匆促的事情，人家还没有来向我求过婚，我倒先做了他的妻子了！母亲，请您对我的父亲说，我现在还不愿意出嫁；就是要出嫁，我可以发誓，我也宁愿嫁给我所痛恨的罗密欧，不愿嫁给帕里斯。真是些好消息！

凯普莱特夫人　你爸爸来啦；你自己对他说去，看他会不会听你的话。

凯普莱特及乳媪上。

凯普莱特　太阳西下的时候，天空中落下了蒙蒙的细露；可是我的侄儿死了，却有倾盆的大雨送着他下葬。怎么！装起喷水管来了吗，孩子？咦！还在哭吗？雨到现在还没有停吗？你这小小的身体里面，也有船，也有海，也有风；因为你的眼睛就是海，永远有泪潮在那儿涨退；你的身体是一艘船，在这泪海上面航行；你的叹息是海上的狂风；你的身体经不起风浪的吹打，会在这汹涌的怒海中覆没的。怎么，妻子！你没有把我们的主意告诉她吗？

凯普莱特夫人　我告诉她了；可是她说谢谢你，她不要嫁人。我希望这傻丫头还是死了干净！

凯普莱特　且慢！讲明白点儿，讲明白点儿，妻子。怎么！她不要嫁人吗？她不谢谢我们吗？她不称心吗？像她这样一个贱丫头，我们替她找到了这么一位高贵的绅士做她的新郎，她还不想想这是多大的福气吗？

朱丽叶　我没有喜欢，只有感激；你们不能勉强我喜欢一个我对他没有好感的人，可是我感激你们爱我的一片好心。

凯普莱特　怎么！怎么！胡说八道！这是什么话？什么"喜欢""不喜欢"，"感激""不感激"！好丫头，我也不要你感谢，我也不要你喜欢，只要你预备好星期四到圣彼得教堂里去跟帕里斯结婚；你要是不愿意，我就把你装在木笼里拖了去。不要脸的死丫头，贱东西！

凯普莱特夫人　哎哟！哎哟！你疯了吗？

朱丽叶　好爸爸，我跪下来求求您，请您耐心听我说一句话。

凯普莱特　该死的小贱妇！不孝的畜生！我告诉你，星期四给我到教堂里去，不然以后再也不要见我的面。不许说话，不要回答我；我的手指痒着呢。——夫人，我们常常怨叹自己福薄，只生下这一个孩子；可是现在我才知道就是这一个已经太多了，总是家门不幸，出了这一个冤孽！不要脸的贱货！

乳　媪　上帝祝福她！老爷，您不该这样骂她。

凯普莱特　为什么不该！我的聪明的老太太？谁要你多嘴，我的好大娘？你去跟你那些婆婆妈妈们谈天去吧，去！

乳　媪　我又没有说过一句冒犯您的话。

凯普莱特　啊，去你的吧。

乳　媪　人家就不能开口吗？

凯普莱特　闭嘴，你这叽里咕噜的蠢婆娘！我们不要听你的教训。

凯普莱特夫人　你的脾气太躁了。

凯普莱特　哼！我气都气疯啦。每天每夜，时时刻刻，不论忙着空着，独自一个人或是跟别人在一起，我心里总是在盘算着怎样把她许配给一份好好的人家；现在好容易找到一位出身高贵的绅士，又有家私，又年轻，又受过高尚的教养，正是人家说的十二分的人才，好到没得说的了；偏偏这个不懂事的傻丫头，放着送上门来的好福气不要，说什么“我不要结婚”“我不懂恋爱”“我年纪太小”“请你原谅我”；好，你要是不愿意嫁人，我可以放你自由，尽你的意思到什么地方去，我这屋子里可容不得你了。你给我想想明白，我是一向说到哪里做到哪里的。星期四就在眼前；自己仔细考虑考虑。你倘若是我的女儿，就得听我的话嫁给我的朋友；你倘若不是我的女儿，那么你去上吊也好，做叫化子也好，挨饿也好，死在街道上也好，我都不管，因为凭着我的灵魂起誓，我是再也不会认你这个女儿的，你也别想我会分一点什么给你。我不会骗你，你想一想吧；我已经发过誓了，我一定要把它做到。（下。）

朱丽叶　天知道我心里是多么难过，难道它竟会不给我一点慈悲吗？啊，我的亲爱的母亲！不要丢弃我！把这门亲事延期一个月或是一个星期也好；或者要是您不答应我，那么请您把我的新床安放在提伯尔特长眠的幽暗的坟茔里吧！

凯普莱特夫人　不要对我讲话，我没有什么话好说的。随你的便吧，我是不管你啦。（下。）

朱丽叶　上帝啊！啊，奶妈！这件事情怎么避过去呢？我的丈夫还在世间，我的誓言已经上达天听；倘使我的誓言可以收回，那么除非我的丈夫已经脱离人世，从天上把它送还给我。安慰安慰我，替我想想办法吧。唉！唉！想不到天也会捉弄像我这样一个柔弱的人！你怎么说？难道你没有一句可以使我快乐的话吗？奶妈，给我一点安慰吧！

乳　媪　好，那么你听我说。罗密欧是已经放逐了；我可以拿随便什么东西跟你打赌，他再也不敢回来责问你，除非他偷偷地溜了回来。事情既然这样，那么我想你最好还是跟那伯爵结婚吧。啊！他真是个可爱的绅士！罗密欧比起他来只好算是一块抹布；小姐，一只鹰也没有像帕里斯那样一双又是碧绿好看、又是锐利的眼睛。说句该死的话，我想你这第二个丈夫，比第一个丈夫好得多啦；纵然不是好得多，可是你的第一个丈夫虽然还在世上，对你已经没有什么用处，也就跟死了差不多啦。

朱丽叶　你这些话是从心里说出来的吗？

乳　媪　那不但是我心里的话，也是我灵魂里的话；倘有虚假，让我的灵魂下地狱。

朱丽叶　阿门！

乳　媪　什么！

朱丽叶　好，你已经给了我很大的安慰。你进去吧；告诉我的母亲说我出去了，因为得罪了我的父亲，要到劳伦斯的寺院里去忏悔我的罪过。

乳　媪　很好，我就这样告诉她；这才是聪明的办法哩。（下。）

朱丽叶　老而不死的魔鬼！顶丑恶的妖精！她希望我背弃我的盟誓；她几千次向我夸奖我的丈夫，说他比谁都好，现在却又用同一条舌头说他的坏话！去，我的顾问；从此以后，我再也不把你当作心腹看待了。我要到神父那儿去向他求救；要是一切办法都已用尽，我还有死这条路。（下。）

第四幕

第一场　维洛那。劳伦斯神父的寺院

劳伦斯神父及帕里斯上。

劳伦斯　在星期四吗，伯爵？时间未免太局促了。

帕里斯　这是我的岳父凯普莱特的意思；他既然这样性急，我也不愿把时间延迟下去。

劳伦斯　您说您还没有知道那小姐的心思；我不赞成这种片面决定的事情。

帕里斯　提伯尔特死后她伤心过度，所以我没有跟她多谈恋爱，因为在一间哭哭啼啼的屋子里，维纳斯是露不出笑容来的。神父，她的父亲因为瞧她这样一味忧伤，恐怕会发生什么意外，所以才决定提早替我们完婚，免得她一天到晚哭得像个泪人儿一般；一个人在房间里最容易触景伤情，要是有了伴侣，也许可以替她排除悲哀。现在您可以知道我这次匆促结婚的理由了。

劳伦斯　（旁白）我希望我不知道它为什么必须延迟的理由。——瞧，伯爵，这位小姐到我寺里来了。

朱丽叶上。

帕里斯　您来得正好，我的爱妻。

朱丽叶　伯爵，等我做了妻子以后，也许您可以这样叫我。

帕里斯　爱人，也许到星期四这就要成为事实了。

朱丽叶　事实是无可避免的。

劳伦斯　那是当然的道理。

帕里斯　您是来向这位神父忏悔的吗?

朱丽叶　回答您这一个问题,我必须向您忏悔了。

帕里斯　不要在他的面前否认您爱我。

朱丽叶　我愿意在您的面前承认我爱他。

帕里斯　我相信您也一定愿意在我的面前承认您爱我。

朱丽叶　要是我必须承认,那么在您的背后承认,比在您的面前承认好得多啦。

帕里斯　可怜的人儿!眼泪已经毁损了你的美貌。

朱丽叶　眼泪并没有得到多大的胜利;因为我这副容貌在没有被眼泪毁损以前,已经够丑了。

帕里斯　你不该说这样的话诽谤你的美貌。

朱丽叶　这不是诽谤,伯爵,这是实在的话,我当着我自己的脸说的。

帕里斯　你的脸是我的,你不该侮辱它。

朱丽叶　也许是的,因为它不是我自己的。神父,您现在有空吗?还是让我在晚祷的时候再来?

劳伦斯　我还是现在有空,多愁的女儿。伯爵,我们现在必须请您离开我们。

帕里斯　我不敢打扰你们的祈祷。朱丽叶,星期四一早我就来叫醒你;现在我们再会吧,请你保留下这一个神圣的吻。(下。)

朱丽叶　啊!把门关了!关了门,再来陪着我哭吧。没有希望、没有补救、没有挽回了!

劳伦斯　啊,朱丽叶!我早已知道你的悲哀,实在想不出一个万全的计策。我听说你在星期四必须跟这伯爵结婚,而且毫无拖延的可能了。

朱丽叶　神父，不要对我说你已经听见这件事情，除非你能够告诉我怎样避免它；要是你的智慧不能帮助我，那么只要你赞同我的决心，我就可以立刻用这把刀解决一切。上帝把我的心和罗密欧的心结合在一起，我们两人的手是你替我们结合的；要是我这一只已经由你证明和罗密欧缔盟的手，再去和别人缔结新盟，或是我的忠贞的心起了叛变，投进别人的怀里，那么这把刀可以割下这背盟的手，诛戮这叛变的心。所以，神父，凭着你的丰富的见识阅历，请你赶快给我一些指教；否则瞧吧，这把血腥气的刀，就可以在我跟我的困难之间做一个公正人，替我解决你的经验和才能所不能替我觅得一个光荣解决的难题。不要老是不说话；要是你不能指教我一个补救的办法，那么我除了一死以外，没有别的希冀。

劳伦斯　住手，女儿；我已经望见了一线希望，可是那必须用一种非常的手段，方才能够抵御这一种非常的变故。要是你因为不愿跟帕里斯伯爵结婚，能够毅然立下视死如归的决心，那么你也一定愿意采取一种和死差不多的办法，来避免这种耻辱；倘若你敢冒险一试，我就可以把办法告诉你。

朱丽叶　啊！只要不嫁给帕里斯，你可以叫我从那边塔顶的雉堞上跳下来；你可以叫我在盗贼出没、毒蛇潜迹的路上匍匐行走；把我和咆哮的怒熊锁禁在一起；或者在夜间把我关在堆积尸骨的地窟里，用许多陈死的白骨、霉臭的胴腿和失去下颚的焦黄的骷髅掩盖着我的身体；或者叫我跑进一座新坟里去，把我隐匿在死人的殓衾里；无论什么使我听了战栗的事，只要可以让我活着对我的爱人做一个纯洁无瑕的妻子，我都愿意毫无恐惧、毫不迟疑地做去。

劳伦斯　好，那么放下你的刀；快快乐乐地回家去，答应嫁给帕里斯。明天就是星期三了；明天晚上你必须一人独睡，别让你的奶妈睡在你的房间里；这一个药瓶你拿去，等你上床以后，就把这里面炼就的液汁一口喝下，那时就会有一阵昏昏沉沉的寒气通过你全身的血管，接着脉搏就会停止跳动；没有一丝热气和呼吸可以证明你还活着；你的嘴唇和颊上的红色都会变成灰白；你的眼睑闭下，就像死神的手关闭了生命的白昼；你身上的每一部分失去了灵活的控制，都像死一样僵硬寒冷；在这种与死无异的状态中，你必须经过四十二小时，然后你就仿佛从一场酣睡中醒了过来。当那新郎在早晨来催你起身的时候，他们会发现你已经死了；然后，照着我们国里的规矩，他们就要替你穿起盛装，用柩车载着你到凯普莱特族中祖先的坟茔里。同时因为要预备你醒来，我可以写信给罗密欧，告诉他我们的计划，叫他立刻到这儿来；我跟他两个人就守在你的身边，等你一醒过来，当夜就叫罗密欧带着你到曼多亚去。只要你不临时变卦，不中途气馁，这一个办法一定可以使你避免这一场眼前的耻辱。

朱丽叶　给我！给我！啊，不要对我说起害怕两个字！

劳伦斯　拿着；你去吧，愿你立志坚强，前途顺利！我就叫一个弟兄飞快到曼多亚，带我的信去送给你的丈夫。

朱丽叶　爱情啊，给我力量吧！只有力量可以搭救我。再会，亲爱的神父！（各下。）

第二场　同前。凯普莱特家中厅堂

凯普莱特、凯普莱特夫人、乳媪及众仆上。

凯普莱特　这单子上有名字的，都是要去邀请的客人。（仆甲下）来人，给我去雇二十个有本领的厨子来。

仆　乙　老爷，您请放心，我一定要挑选能舔手指头的厨子来做菜。

凯普莱特　你怎么知道他们能做菜呢？

仆　乙　呀，老爷，不能舔手指头的就不能做菜：这样的厨子我就不要。

凯普莱特　好，去吧。咱们这一次实在有点儿措手不及。什么！我的女儿到劳伦斯神父那里去了吗？

乳　媪　正是。

凯普莱特　好，也许他可以劝告劝告她；真是个乖僻不听话的浪蹄子！

乳　媪　瞧她已经忏悔完毕，高高兴兴地回来啦。

朱丽叶上。

凯普莱特　啊，我的倔强的丫头！你荡到什么地方去啦？

朱丽叶　我因为自知忤逆不孝，违抗了您的命令，所以特地前去忏悔我的罪过。现在我听从劳伦斯神父的指教，跪在这儿请您宽恕。爸爸，请您宽恕我吧！从此以后，我永远听您的话了。

凯普莱特　去请伯爵来，对他说：我要把婚礼改在明天早上举行。

朱丽叶　我在劳伦斯寺里遇见这位少年伯爵；我已经在不超过礼法的范围以内，向他表示过我的爱情了。

凯普莱特　啊，那很好，我很高兴。站起来吧；这样才对。让我见见这伯爵；喂，快去请他过来。多谢上帝，把这位可尊敬的神父赐给我们！我们全城的人都感戴他的好处。

朱丽叶　奶妈，请你陪我到我的房间里去，帮我检点检点衣饰，看有哪几件可以在明天穿戴。

凯普莱特夫人　不，还是到星期四再说吧，急什么呢？

凯普莱特　去，奶妈，陪她去。我们一定明天上教堂。（朱丽叶及乳媪下。）

凯普莱特夫人　我们现在预备起来怕来不及；天已经快黑了。

凯普莱特　胡说！我现在就动手起来，你瞧着吧，太太，到明天一定什么都安排得好好的。你快去帮朱丽叶打扮打扮；我今天晚上不睡了，让我一个人在这儿做一次管家妇。喂！喂！这些人一个都不在。好，让我自己跑到帕里斯那里去，叫他准备明天做新郎。这个倔强的孩子现在回心转意，真叫我高兴得了不得。（各下。）

第三场　同前。朱丽叶的卧室

朱丽叶及乳媪上。

朱丽叶　嗯，那些衣服都很好。可是，好奶妈，今天晚上请你不用陪我，因为我还要念许多祷告，求上天宥恕我过去的罪恶，默佑我将来的幸福。

凯普莱特夫人上。

凯普莱特夫人　啊！你正在忙着吗？要不要我帮你？

朱丽叶　不，母亲；我们已经选择好了明天需用的一切，所以现在请您让我一个人在这儿吧；让奶妈今天晚上陪着您不睡，因为我相信这次事情办得太匆促了，您一定忙得不可开交。

凯普莱特夫人　晚安！早点睡觉，你应该好好休息休息。（凯普莱特夫人及乳媪下。）

朱丽叶　再会！上帝知道我们将在什么时候相见。我觉得仿佛有一阵寒战刺激着我的血液，简直要把生命的热流冻结起来似的；待我叫她们回来安慰安慰我。奶妈！——要她到这儿来干么？这凄惨的场面必须让我一个人扮演。来，药瓶。要是这药水不发生效力呢？那么我明天早上就必须结婚吗？不，不，这把刀会阻止我；你躺在那儿吧。（将匕首置枕边）也许这瓶里是毒药，那神父因为已经替我和罗密欧证婚，现在我再跟别人结婚，恐怕损害他的名誉，所以有意骗我服下去毒死我；我怕也许会有这样的事；可是他一向是众所公认的道高德重的人，我想大概不至于；我不能抱着这样卑劣的思想。要是我在坟墓里醒了过来，罗密欧还没有到来把我救出去呢？这倒是很可怕的一点！那时我不是要在终年透不进一丝新鲜空气的地窟里活活闷死，等不到我的罗密欧到来吗？即使不闷死，那死亡和长夜的恐怖，那古墓中阴森的气象，几百年来，我祖先的尸骨都堆积在那里，入土未久的提伯尔特蒙着他的殓衾，正在那里腐烂；人家说，一到晚上，鬼魂便会归返他们的墓穴；唉！唉！要是我太早醒来，这些恶臭的气味，这些使人听了会发疯的凄厉的叫声；啊！要是我醒来，周围都是这种吓人的东西，我不会心神迷乱，疯狂地抚弄着我的祖宗的骨骼，把肢体溃烂的提伯尔特拖出了他的殓衾吗？在这样疯狂的状态中，我不会拾起一根老祖宗的骨头来，当作一根棍子，打破我的发昏的头颅吗？啊，瞧！那不是提伯尔特的鬼魂，正在那里追赶罗密欧，报复他的一剑之仇吗？等一等，提伯尔特，等一等！罗密欧，我来了！我为你干了这一杯！（倒在幕内的床上。）

第四场　同前。凯普莱特家中厅堂

凯普莱特夫人及乳媪上。

凯普莱特夫人　奶妈，把这串钥匙拿去，再拿一点香料来。

乳　媪　点心房里在喊着要枣子和榅桲呢。

凯普莱特上。

凯普莱特　来，赶紧点儿，赶紧点儿！鸡已经叫了第二次，晚钟已经打过，到三点钟了。好安吉丽加[①]，当心看看肉饼有没有烤焦。多花几个钱没有关系。

乳　媪　走开，走开，女人家的事用不着您多管；快去睡吧，今天忙了

① 安吉丽加：凯普莱特夫人的名字。

一个晚上，明天又要害病了。

凯普莱特　不，哪儿的话！嘿，我为了没要紧的事，也曾经整夜不睡，几曾害过病来？

凯普莱特夫人　对啦，你从前也是惯偷女人的夜猫儿，可是现在我却不放你出去胡闹啦。（凯普莱特夫人及乳媪下。）

凯普莱特　真是个醋娘子！真是个醋娘子！

三四个仆人持炙叉、木柴及篮上。

凯普莱特　喂，这是什么东西？

仆　甲　老爷，都是拿去给厨子的，我也不知道是什么东西。

凯普莱特　赶紧点儿，赶紧点儿。（仆甲下。）喂，木头要拣干燥点儿的，你去问彼得，他可以告诉你什么地方有。

仆　乙　老爷，我自己也长着眼睛会拣木头，用不着麻烦彼得。（下。）

凯普莱特　嘿，倒说得有理，这个淘气的小杂种！哎哟！天已经亮了；伯爵就要带着乐工来了，他说过的。（内乐声）我听见他已经走近了。奶妈！妻子！喂，喂！喂，奶妈呢？

乳媪重上。

凯普莱特　快去叫朱丽叶起来，把她打扮打扮；我要去跟帕里斯谈天去了。快去，快去，赶紧点儿；新郎已经来了；赶紧点儿！（各下。）

第五场　同前。朱丽叶的卧室

乳媪上。

乳　媪　小姐！喂，小姐！朱丽叶！她准是睡熟了。喂，小羊！喂，小姐！哼，你这懒丫头！喂，亲亲！小姐！心肝！喂，新娘！怎么！一声也不响？现在尽你睡去，尽你睡一个星期；到今天晚上，帕里斯伯爵可不让你安安静静休息一会儿了。上帝饶恕我，阿门，她睡得多熟！我必须叫她醒来。小姐！小姐！小姐！好，让那伯爵自己到你床上来吧，那时你可要吓得跳起来了，是不是？怎么！衣服都穿好了，又重新睡下去吗？我必须把你叫醒。小姐！小姐！小姐！哎哟！哎哟！救命！救命！我的小姐死了！哎哟！我还活着做什么！喂，拿一点酒来！老爷！太太！

凯普莱特夫人上。

凯普莱特夫人　吵什么？

乳　媪　哎哟，好伤心啊！

凯普莱特夫人　什么事？

乳　媪　瞧，瞧！哎哟，好伤心啊！

凯普莱特夫人　哎哟，哎哟！我的孩子，我的唯一的生命！醒来！睁开你的眼睛来！你死了，叫我怎么活得下去？救命！救命！大家来啊！

凯普莱特上。

凯普莱特　还不送朱丽叶出来，她的新郎已经来啦。

乳　媪　她死了，死了，她死了！哎哟，伤心啊！

凯普莱特夫人　唉！她死了，她死了，她死了！

凯普莱特　嘿！让我瞧瞧。哎哟！她身上冰冷的；她的血液已经停止不流，她的手脚都硬了；她的嘴唇里已经没有了生命的气息；死像一阵未秋先降的寒霜，摧残了这一朵最鲜嫩的娇花。

乳　媪　哎哟，好伤心啊！

凯普莱特夫人　哎哟，好苦啊！

凯普莱特　死神夺去了我的孩子，他使我悲伤得说不出话来。

劳伦斯神父、帕里斯及乐工等上。

劳伦斯　来，新娘有没有预备好上教堂去？

凯普莱特　她已经预备动身，可是这一去再不回来了。啊，贤婿！死神已经在你新婚的前夜降临到你妻子的身上。她躺在那里，像一朵被他摧残了的鲜花。死神是我的新婿，是我的后嗣，他已经娶走了我的女儿。我也快要死了，把我的一切都传给他；我的生命财产，一切都是死神的！

帕里斯　难道我眼巴巴望到天明，却让我看见这一个凄惨的情景吗？

凯普莱特夫人　倒霉的、不幸的、可恨的日子！永无休止的时间的运行中的一个顶悲惨的时辰！我就生了这一个孩子，这一个可怜的疼爱的孩子，她是我唯一的宝贝和安慰，现在却被残酷的死神从我眼前夺了去啦！

乳　媪　好苦啊！好苦的、好苦的、好苦的日子啊！我这一生一世里顶伤心的日子，顶凄凉的日子！哎哟，这个日子！这个可恨的日子！从来不曾见过这样倒霉的日子！好苦的、好苦的日子啊！

帕里斯　最可恨的死，你欺骗了我，杀害了她，拆散了我们的良缘，一切都被残酷的、残酷的你破坏了！啊！爱人！啊，我的生命！没有生命，只有被死亡吞噬了的爱情！

凯普莱特　悲痛的命运，为什么你要来打破、打破我们的盛礼？儿啊！儿啊！我的灵魂，你死了！你已经不是我的孩子了！死了！唉！我的孩子死了，我的快乐也随着我的孩子埋葬了！

劳伦斯　静下来！不害羞吗？你们这样乱哭乱叫是无济于事的。上天和你们共有着这一个好女儿；现在她已经完全属于上天所有，这是她的幸福，因为你们不能使她的肉体避免死亡，上天却能使她的灵魂得到永生。你们竭力替她找寻一个美满的前途，因为你们的幸福是寄托在她的身上；现在她高高地升上云中去了，你们却为她哭泣吗？啊！你们瞧着她享受最大的幸福，却这样发疯一样号啕叫喊，这可以算是真爱你们的女儿吗？活着，嫁了人，一直到老，这样的婚姻有什么乐趣呢？在年轻时候结了婚而死去，才是最幸福不过的。揩干你们的眼泪,把你们的香花散布在这美丽的尸体上,按照着习惯,把她穿着盛装抬到教堂里去。愚痴的天性虽然使我们伤心痛哭,可是在理智眼中,这些天性的眼泪却是可笑的。

凯普莱特　我们本来为了喜庆预备好的一切,现在都要变成悲哀的殡礼;我们的乐器要变成忧郁的丧钟,我们的婚筵要变成凄凉的丧席,我们的赞美诗要变成沉痛的挽歌,新娘手里的鲜花要放在坟墓中殉葬,一切都要相反而行。

劳伦斯　凯普莱特先生,您进去吧;夫人,您陪他进去;帕里斯伯爵,您也去吧;大家准备送这具美丽的尸体下葬。上天的愤怒已经降临在你们身上,不要再违拂他的意旨,招致更大的灾祸。(凯普莱特夫妇、帕里斯、劳伦斯同下。)

乐工甲　真的,咱们也可以收起笛子走啦。

乳　媪　啊!好兄弟们,收起来吧,收起来吧;这真是一场伤心的横祸!(下。)

乐工甲　唉,我巴不得这事有什么办法补救才好。

彼得上。

彼　得　乐工!啊!乐工,《心里的安乐》,《心里的安乐》!啊!替我奏一曲《心里的安乐》,否则我要活不下去了。

乐工甲　为什么要奏《心里的安乐》呢?

彼　得　啊!乐工,因为我的心在那里唱着《我心里充满了忧伤》。啊!替我奏一支快活的歌儿,安慰安慰我吧。

乐工甲　不奏不奏,现在不是奏乐的时候。

彼　得　那么你们不奏吗?

乐工甲　不奏。

彼　得　那么我就给你们——

乐工甲　你给我们什么?

彼　得　我可不给你们钱，哼！我要给你们一顿骂；我骂你们是一群卖唱的叫化子。

乐工甲　那么我就骂你是个下贱的奴才。

彼　得　那么我就把奴才的刀搁在你们的头颅上。我决不含糊：不是高音，就是低调，你们听见吗？

乐工甲　什么高音低调？你倒还得懂这一套。

乐工乙　且慢，君子动口，小人动手。

彼　得　好，那么让我用舌剑唇枪杀得你们抱头鼠窜。有本领的，回答我这一个问题：

悲哀伤痛着心灵，
忧郁萦绕在胸怀，
唯有音乐的银声——

为什么说"银声"？为什么说"音乐的银声"？西门·凯特林，你怎么说？

乐工甲　因为银子的声音很好听。

彼　得　说得好！休·利培克，你怎么说？

乐工乙　因为乐工奏乐的目的，是想人家赏他一些银子。

彼　得　说得好！詹姆士·桑德普斯特，你怎么说？

乐工丙　不瞒你说，我可不知道应当怎么说。

彼　得　啊！对不起，你是只会唱唱歌的；我替你说了吧：因为乐工尽管奏乐奏到老死，也换不到一些金子。

唯有音乐的银声，
可以把烦闷推开。（下。）

乐工甲　真是个讨厌的家伙！

乐工乙　该死的奴才！来，咱们且慢回去，等吊客来的时候吹奏两声，吃他们一顿饭再走。（同下。）

第五幕

第一场　曼多亚。街道

罗密欧上。

罗密欧　要是梦寐中的幻景果然可以代表真实，那么我的梦预兆着将有好消息到来；我觉得心君宁恬，整日里有一种向来没有的精神，用快乐的思想把我从地面上飘扬起来。我梦见我的爱人来看见我死了——奇怪的梦，一个死人也会思想！——她吻着我，把生命吐进了我的嘴唇里，于是我复活了，并且成为一个君王。唉！仅仅是爱的影子，已经给人这样丰富的欢乐，要是能占有爱的本身，那该有多么甜蜜！

鲍尔萨泽上。

罗密欧　从维洛那来的消息！啊，鲍尔萨泽！不是神父叫你带信来给我吗？我的爱人怎样？我父亲好吗？我再问你一遍，我的朱丽叶安好吗？因为只要她安好，一定什么都是好好的。

鲍尔萨泽　那么她是安好的，什么都是好好的；她的身体长眠在凯普莱特家的坟茔里，她的不死的灵魂和天使们在一起。我看见她下葬在她亲族的墓穴里，所以立刻飞马前来告诉您。啊，少爷！恕我带了这恶消息来，因为这是您吩咐我做的事。

罗密欧　有这样的事！命运，我诅咒你！——你知道我的住处；给我买些纸笔，雇下两匹快马，我今天晚上就要动身。

鲍尔萨泽　少爷，请您宽心一下；您的脸色惨白而仓皇，恐怕是不吉之兆。

罗密欧　胡说，你看错了。快去，把我叫你做的事赶快办好。神父没有叫你带信给我吗？

鲍尔萨泽　没有，我的好少爷。

罗密欧　算了，你去吧，把马匹雇好了；我就来找你。（鲍尔萨泽下。）好，朱丽叶，今晚我要睡在你的身旁。让我想个办法。啊，罪恶的念头！你会多么快钻进一个绝望者的心里！我想起了一个卖药的人，他的铺子就开设在附近，我曾经看见他穿着一身破烂的衣服，皱着眉头在那儿拣药草；他的形状十分消瘦，贫苦把他熬煎得只剩一把骨头；他的寒伧的铺子里挂着一只乌龟，一头剥制的鳄鱼，还有几张形状丑陋的鱼皮；他的架子上稀疏地散放着几只空匣子、绿色的瓦罐、一些胞囊和发霉的种子、几段包扎的麻绳，还有几块陈年的干玫瑰花，作为聊胜于无的点缀。看到这一种寒酸的样子，我就对自己说，在曼多亚城里，谁出卖了毒药是会立刻处死的，可是倘有谁现在需要毒药，这儿有一个可怜的奴才会卖给他。啊！不料我这一个思想，竟会预兆着我自己的需要，这个穷汉的毒药却要卖给我。我记得这里就是他的铺子；今天是假日，所以这叫化子没有开门。喂！卖药的！

卖药人上。

卖药人　谁在高声叫喊？

罗密欧　过来，朋友。我瞧你很穷，这儿是四十块钱，请你给我一点能够迅速致命的毒药，厌倦于生命的人一服下去便会散入全身的血管，立刻停止呼吸而死去，就像火药从炮膛里放射出去一样快。

卖药人　这种致命的毒药我是有的；可是曼多亚的法律严禁发卖，出卖的人是要处死刑的。

罗密欧　难道你这样穷苦，还怕死吗？饥寒的痕迹刻在你的面颊上，贫乏和迫害在你的眼睛里射出了饿火，轻蔑和卑贱重压在你的背上；这世间不是你的朋友，这世间的法律也保护不到你，没有人为你定下一条法律使你富有；那么你何必苦耐着贫穷呢？违犯了法律，把这些钱收下吧。

卖药人　我的贫穷答应了你，可是那是违反我的良心的。

罗密欧　我的钱是给你的贫穷，不是给你的良心的。

卖药人　把这一服药放在无论什么饮料里喝下去，即使你有二十个人的气力，也会立刻送命。

罗密欧　这儿是你的钱，那才是害人灵魂的更坏的毒药，在这万恶的世界上，它比你那些不准贩卖的微贱的药品更会杀人；你没有把毒药卖给我，是我把毒药卖给你。再见；买些吃的东西，把你自己喂得胖一点。——来，你不是毒药，你是替我解除痛苦的仙丹，我要带着你到朱丽叶的坟上去，少不得要借重你一下哩。（各下。）

第二场　维洛那。劳伦斯神父的寺院

约翰神父上。

约　翰　喂、师兄在哪里？

劳伦斯神父上。

劳伦斯　这是约翰师弟的声音。欢迎你从曼多亚回来！罗密欧怎么说？要是他的意思在信里写明，那么把他的信给我吧。

约　翰　我临走的时候，因为要找一个同门的师弟作我的同伴，他正在这城里访问病人，不料给本地巡逻的人看见了，疑心我们走进了一家染着瘟疫的人家，把门封锁住了，不让我们出来，所以耽误了我的曼多亚之行。

劳伦斯　那么谁把我的信送去给罗密欧了?

约　翰　我没有法子把它送出去,现在我又把它带回来了;因为他们害怕瘟疫传染,也没有人愿意把它送还给你。

劳伦斯　糟了!这封信不是等闲,性质十分重要,把它耽误下来,也许会引起极大的灾祸。约翰师弟,你快去给我找一柄铁锄,立刻带到这儿来。

约　翰　好师兄,我去给你拿来。(下。)

劳伦斯　现在我必须独自到墓地里去;在这三小时之内,朱丽叶就会醒来,她因为罗密欧不曾知道这些事情,一定会责怪我。我现在要再写一封信到曼多亚去,让她留在我的寺院里,直等罗密欧到来。可怜的没有死的尸体,幽闭在一座死人的坟墓里!(下。)

第三场　同前。凯普莱特家坟茔所在的墓地

帕里斯及侍童携鲜花火炬上。

帕里斯　孩子,把你的火把给我;走开,站在远远的地方;还是灭了吧,我不愿给人看见。你到那边的紫杉树底下直躺下来,把你的耳朵贴着中空的地面,地下挖了许多墓穴,土是松的,要是有踉跄的脚步走到坟地上来,你准听得见;要是听见有什么声息,便吹一个唿哨通知我。把那些花给我。照我的话做去,走吧。

侍童　(旁白)我简直不敢独自一个人站在这墓地上,可是我要硬着头皮试一下。(退后。)

帕里斯　这些鲜花替你铺盖新床;
惨啊,一朵娇红永委沙尘!
我要用沉痛的热泪淋浪,
和着香水浇溉你的芳坟;

夜夜到你墓前散花哀泣，

这一段相思啊永无消歇！（侍童吹口哨。）

这孩子在警告我有人来了。哪一个该死的家伙在这晚上到这儿来打扰我在爱人墓前的凭吊？什么！还拿着火把来吗？——让我躲在一旁看看他的动静。（退后。）

罗密欧及鲍尔萨泽持火炬、锹、锄等上。

罗密欧　把那锄头跟铁钳给我。且慢，拿着这封信；等天一亮，你就把它送给我的父亲。把火把给我。听好我的吩咐，无论你听见什么瞧见什么，都只好远远地站着不许动，免得妨碍我的事情；要是动一动，我就要你的命。我所以要跑下这个坟墓里去，一部分的原因是要探望探望我的爱人，可是主要的理由却是要从她的手指上取下一个宝贵的指环，因为我有一个很重要的用途。所以你赶快给我走开吧；要是你不相信我的话，胆敢回来窥伺我的行动，那么，我可以对天发誓，我要把你的骨骼一节一节扯下来，让这饥饿的墓地上散满了你的肢体。我现在的心境非常狂野，比饿虎或是咆哮的怒海都要凶猛无情，你可不要惹我性起。

鲍尔萨泽　少爷，我走就是了，决不来打扰您。

罗密欧　这才像个朋友。这些钱你拿去，愿你一生幸福。再会，好朋友。

鲍尔萨泽　（旁白）虽然这么说，我还是要躲在附近的地方看着他；他的脸色使我害怕，我不知道他究竟打算做出什么事来。（退后。）

罗密欧　你无情的泥土，吞噬了世上最可爱的人儿，我要劈开你的馋吻，（将墓门掘开。）索性让你再吃一个饱！

帕里斯　这就是那个已经放逐出去的骄横的蒙太古，他杀死了我爱人的表兄，据说她就是因为伤心他的惨死而夭亡的。现在这家伙又要来盗尸发墓了，待我去抓住他。（上前）万恶的蒙太古！停止你的罪恶的工作，难道你杀了他们还不够，还要在死人身上发泄你的仇恨吗？该死的凶徒，赶快束手就捕，跟我见官去！

罗密欧　我果然该死，所以才到这儿来。年轻人，不要激怒一个不顾死活的人，快快离开我走吧；想想这些死了的人，你也该胆寒了。年轻人，请你不要激动我的怒气，使我再犯一次罪；啊，走吧！我可以对天发誓，我爱你远过于爱我自己，因为我来此的目的，就是要跟自己作对。别留在这儿，走吧；好好留着你的活命，以后也可以对人家说，是一个疯子发了慈悲，叫你逃走的。

帕里斯　我不听你这种鬼话；你是一个罪犯，我要逮捕你。

罗密欧　你一定要激怒我吗？那么好，来，朋友！（二人格斗。）

侍　童　哎哟，主啊！他们打起来了，我去叫巡逻的人来！（下。）

帕里斯　（倒下）啊，我死了！——你倘有几分仁慈，打开墓门来，把我放在朱丽叶的身旁吧！（死。）

罗密欧　好，我愿意成全你的志愿。让我瞧瞧他的脸；啊，茂丘西奥的亲戚，尊贵的帕里斯伯爵！当我们一路上骑马而来的时候，我的仆人曾经对我说过几句话，那时我因为心绪烦乱，没有听得进去；他说些什么？好像他告诉我说帕里斯本来预备娶朱丽叶为妻；他不是这样说吗？还是我做过这样的梦？或者还是我神经错乱，听见他说起朱丽叶的名字，所以发生了这一种幻想？啊！把你的手给我，你我都是登录在噩运的黑册上的人，我要把你葬在一个胜利的坟墓里；一个坟墓吗？啊，不！被杀害的少年，这是一个灯塔，因为朱丽叶睡在这里，她的美貌使这一个墓窟变成一座充满着光明的欢宴的华堂。死了的人，躺在那儿吧，一个死了的人把你安葬了。（将帕里斯放下墓中）人们临死的时候，往往反会觉得心中愉快，旁观的人便说这是死前的一阵回光返照；啊！这也就是我的回光返照吗？啊，我的爱人！我的妻子！死虽然已经吸去了你呼吸中的芳蜜，却还没有力量摧残你的美貌；

你还没有被他征服，你的嘴唇上、面庞上，依然显着红润的美艳，不曾让灰白的死亡进占。提伯尔特，你也裹着你的血淋淋的殓衾躺在那儿吗？啊！你的青春葬送在你仇人的手里，现在我来替你报仇来了，我要亲手杀死那杀害你的人。原谅我吧，兄弟！啊！亲爱的朱丽叶，你为什么仍然这样美丽？难道那虚无的死亡，那枯瘦可憎的妖魔，也是个多情种子，所以把你藏匿在这幽暗的洞府里做他的情妇吗？为了防止这样的事情，我要永远陪伴着你，再不离开这漫漫长夜的幽宫；我要留在这儿，跟你的侍婢，那些蛆虫们在一起；啊！我要在这儿永久安息下来，从我这厌倦人世的凡躯上挣脱噩运的束缚。眼睛，瞧你的最后一眼吧！手臂，作你最后一次的拥抱吧！嘴唇，啊！你呼吸的门户，用一个合法的吻，跟网罗一切的死亡订立一个永久的契约吧！来，苦味的向导，绝望的领港人，现在赶快把你的厌倦于风涛的船舶向那巉岩上冲撞过去吧！为了我的爱人，我干了这一杯！（饮药）啊！卖药的人果然没有骗我，药性很快地发作了。我就这样在这一吻中死去。（死。）

劳伦斯神父持灯笼、锄、锹自墓地另一端上。

劳伦斯　圣芳济保佑我！我这双老脚今天晚上怎么老是在坟堆里绊来跌去的！那边是谁？

鲍尔萨泽　是一个朋友，也是一个跟您熟识的人。

劳伦斯　祝福你！告诉我，我的好朋友，那边是什么火把，向蛆虫和没有眼睛的骷髅浪费着它的光明？照我辨认起来，那火把亮着的地方，似乎是凯普莱特家里的坟茔。

鲍尔萨泽　正是，神父；我的主人，您的好朋友，就在那儿。

劳伦斯　他是谁？

鲍尔萨泽　罗密欧。

劳伦斯　他来多久了？

鲍尔萨泽　足足半点钟。

劳伦斯　陪我到墓穴里去。

鲍尔萨泽　我不敢，神父。我的主人不知道我还没有走；他曾经对我严词恐吓，说要是我留在这儿窥伺他的动静，就要把我杀死。

劳伦斯　那么你留在这儿，让我一个人去吧。恐惧临到我的身上；啊！我怕会有什么不幸的祸事发生。

鲍尔萨泽　当我在这株紫杉树底下睡了过去的时候，我梦见我的主人跟另外一个人打架，那个人被我的主人杀了。

劳伦斯　（趋前）罗密欧！哎哟！哎哟！这坟墓的石门上染着些什么血迹？在这安静的地方，怎么横放着这两柄无主的血污的刀剑？（进墓）罗密欧！啊，他的脸色这么惨白！还有谁？什么！帕里斯也躺在这儿，浑身浸在血泊里？啊！多么残酷的时辰，造成了这场凄惨的意外！那小姐醒了。（朱丽叶醒。）

朱丽叶　啊，善心的神父！我的夫君呢？我记得很清楚我应当在什么地方，现在我正在这地方。我的罗密欧呢？（内喧声。）

劳伦斯　我听见有什么声音。小姐，赶快离开这个密布着毒氛腐臭的死亡的巢穴吧；一种我们所不能反抗的力量已经阻挠了我们的计划。来，出去吧。你的丈夫已经在你的怀中死去；帕里斯也死了。来，我可以替你找一处地方出家做修女。不要耽误时间盘问我，巡夜的人就要来了。来，好朱丽叶，去吧。（内喧声又起）我不敢再等下去了。

朱丽叶　去，你去吧！我不愿意走。（劳伦斯下）这是什么？一只杯子，紧紧地握住在我的忠心的爱人的手里？我知道了，一定是毒药结果了他的生命。唉，冤家！你一起喝干了，不留下一滴给我吗？我要吻着你的嘴唇，也许这上面还留着一些毒液，可以让我当作兴奋剂服下而死去。(吻罗密欧)你的嘴唇还是温暖的!

巡丁甲 (在内)孩子,带路;在哪一个方向?

朱丽叶 啊,人声吗?那么我必须快一点了结。啊,好刀子!(攫住罗密欧的匕首)这就是你的鞘子;(以匕首自刺)你插了进去,让我死了吧。(扑在罗密欧身上死去。)

巡丁及帕里斯侍童上。

侍 童 就是这儿,那火把亮着的地方。

巡丁甲 地上都是血;你们几个人去把墓地四周搜查一下,看见什么人就抓起来。(若干巡丁下)好惨!伯爵被人杀了躺在这儿,朱丽叶胸口流着血,身上还是热热的好像死得不久,虽然她已经葬在这里两天了。去,报告亲王,通知凯普莱特家里,再去把蒙太古家里的人也叫醒了,剩下的人到各处搜搜。(若干巡丁续下)我们看见这些惨事发生在这个地方,可是在没有得到人证以前,却无法明了这些惨事的真相。

若干巡丁带鲍尔萨泽上。

巡丁乙 这是罗密欧的仆人;我们看见他躲在墓地里。

巡丁甲 把他好生看押起来,等亲王来审问。

若干巡丁率劳伦斯神父上。

巡丁丙 我们看见这个教士从墓地旁边跑出来,神色慌张,一边叹气一边流泪,他手里还拿着锄头、铁锹,都给我们拿下来了。

巡丁甲 他有很重大的嫌疑;把这教士也看押起来。

亲王及侍从上。

亲 王 什么祸事在这样早的时候发生,打断了我的清晨的安睡?

凯普莱特、凯普莱特夫人及余人等上。

凯普莱特 外边这样乱叫乱喊,是怎么一回事?

凯普莱特夫人 街上的人们有的喊着罗密欧,有的喊着朱丽叶,有的喊着帕里斯；大家沸沸扬扬地向我们家里的坟上奔去。

亲　王　这么多人为什么发出这样惊人的叫喊？

巡丁甲　王爷，帕里斯伯爵被人杀死了躺在这儿；罗密欧也死了；已经死了两天的朱丽叶，身上还热着，又被人重新杀死了。

亲　王　用心搜寻，把这场万恶的杀人命案的真相调查出来。

巡丁甲　这儿有一个教士，还有一个被杀的罗密欧的仆人，他们都拿着掘墓的器具。

凯普莱特　天啊！——啊，妻子，瞧我们的女儿流着这么多的血！这把刀弄错了位置了！瞧，它的空鞘子还在蒙太古家小子的背上，它却插进了我的女儿的胸前！

凯普莱特夫人　哎哟，这些死的惨象就像惊心动魄的钟声，警告我风烛残年，快要不久于人世了。

蒙太古及余人等上。

亲　王　来，蒙太古，你起来虽然很早，可是你的儿子倒下得更早。

蒙太古　唉！殿下，我的妻子因为悲伤小儿的远逐，已经在昨天晚上去世了；还有什么祸事要来跟我这老头子作对呢？

亲　王　瞧吧，你就可以看见。

蒙太古　啊，你这不孝的东西！你怎么可以抢在你父亲的前面，自己先钻到坟墓里去呢？

亲　王　暂时停止你们的悲恸，让我把这些可疑的事实审问明白，知道了详细的原委以后，再来领导你们放声一哭吧；也许我的悲哀还要远远胜过你们呢！——把嫌疑犯带上来。

劳伦斯　时间和地点都可以作不利于我的证人；在这场悲惨的血案中，我虽然是一个能力最薄弱的人，但却是嫌疑最重的人。我现在站在殿下的面前，一方面要供认我自己的罪过，一方面也要为我自己辩解。

亲　王　那么快把你所知道的一切说出来。

劳伦斯　我要把经过的情形尽量简单地叙述出来，因为我的短促的残生还不及一段冗烦的故事那么长。死了的罗密欧是死了的朱丽叶的丈夫，她是罗密欧的忠心的妻子，他们的婚礼是由我主持的。就在他们秘密结婚的那天，提伯尔特死于非命，这位才做新郎的人也从这城里被放逐出去；朱丽叶是为了他，不是为了提伯尔特，才那样伤心憔悴。你们因为要替她解除烦恼，把她许婚给帕里斯伯爵，还要强迫她嫁给他，她就跑来见我，神色慌张地要我替她想个办法避免这第二次的结婚，否则她要在我的寺院里自杀。所以我就根据我的医药方面的学识，给她一服安眠的药水；它果然发生了我所预期的效力，她一服下去就像死了一样昏沉过去。同时我写信给罗密欧，叫他就在这一个悲惨的晚上到这儿来，帮助把她搬出她寄寓的坟墓，因为药性一到时候便会过去。可是替我带信的约翰神父却因遭到意外，不能脱身，昨天晚上才把我的信依然带了回来。那时我只好按照着预先算定她醒来的时间，一个人前去把她从她家族的墓茔里带出来，预备把她藏匿在我的寺院里，等有方便再去叫罗密欧来；不料我在她醒来以前几分钟到这儿来的时候，尊贵的帕里斯和忠诚的罗密欧已经双双惨死了。她一醒过来，我就请她出去，劝她安心忍受这一种出自天意的变故；可是那时我听见了纷纷的人声，吓得逃出了墓穴，她在万分绝望之中不肯跟我去，看样子她是自杀了。这是我所知道的一切，至于他们两人的结婚，那么她的乳母也是与闻的。要是这一场不幸的惨祸，是由我的疏忽所造成，那么我这条老命愿受最严厉的法律的制裁，请您让它提早几点钟牺牲了吧。

亲　王　我一向知道你是一个道行高尚的人。罗密欧的仆人呢？他有什么话说？

鲍尔萨泽　我把朱丽叶的死讯通知了我的主人，因此他从曼多亚急急地赶到这里，到了这座坟堂的前面。这封信他叫我一早送去给我家老爷；当他走进墓穴里的时候，他还恐吓我，说要是我不离开他赶快走开，他就要杀死我。

亲　王　把那封信给我，我要看看。叫巡丁来的那个伯爵的侍童呢？喂，你的主人到这地方来做什么？

侍　童　他带了花来散在他夫人的坟上，他叫我站得远远的，我就听他的话；不一会儿工夫，来了一个拿着火把的人把坟墓打开了。后来我的主人就拔剑跟他打了起来，我就奔去叫巡丁。

亲　王　这封信证实了这个神父的话，讲起他们恋爱的经过和她的去世的消息；他还说他从一个穷苦的卖药人手里买到一种毒药，要把它带到墓穴里来准备和朱丽叶长眠在一起。这两家仇人在哪里？——凯普莱特！蒙太古！瞧你们的仇恨已经受到了多大的惩罚，上天借手于爱情，夺去了你们心爱的人；我为了忽视你们的争执，也已经丧失了一双亲戚，大家都受到惩罚了。

凯普莱特　啊，蒙太古大哥！把你的手给我；这就是你给我女儿的一份聘礼；我不能再作更大的要求了。

蒙太古　但是我可以给你更多的；我要用纯金替她铸一座像，只要维洛那一天不改变它的名称，任何塑像都不会比忠贞的朱丽叶那一座更为卓越。

凯普莱特　罗密欧也要有一座同样富丽的金像卧在他情人的身旁，这两个在我们的仇恨下惨遭牺牲的可怜的人儿！

亲　王　清晨带来了凄凉的和解，
　　太阳也惨得在云中躲闪。
　　大家先回去发几声感慨，

该恕的和该罚的再听宣判。
古往今来多少离合悲欢，
谁曾见这样的哀怨辛酸！（同下。）

William Shakespeare
COMPLETE WORKS

雅典的泰门

朱生豪　译

莎士比亚
全集

剧中人物

泰门　雅典贵族

路　歇　斯
路 库 勒 斯
辛普洛涅斯　}　谄媚的贵族

文提狄斯　泰门的负心友人之一

艾帕曼特斯　性情乖僻的哲学家

艾西巴第斯　雅典将官

弗莱维斯　泰门的管家

弗莱米涅斯
路西律斯
塞维律斯　}　泰门的仆人

凯菲斯
菲洛特斯
泰特斯
路歇斯
霍坦歇斯　}　泰门债主的仆人

文提狄斯的仆人

凡罗及艾西铎（泰门的二债主）的仆人

三路人

雅典老人

侍童

弄人

诗人、画师、宝石匠及商人

菲莉妮娅
提曼德拉 } 艾西巴第斯的情妇

贵族、元老、将士、兵士、窃贼、侍从等

化装跳舞中扮丘比特及阿玛宗女战士者

地　点

雅典及附近森林

第一幕

第一场　雅典。泰门家中的厅堂

诗人、画师、宝石匠、商人及余人等自各门分别上。

诗　人　早安，先生。

画　师　您好！

诗　人　好久不见了，近况怎样啊？

画　师　先生，变得一天不如一天了。

诗　人　嗯，那是谁都知道的，可是有什么特别新鲜的事情，有什么奇闻怪事，为我们浩如烟海的载籍中所未之前睹的？瞧！慷慨的魔力！群灵都被你召唤前来，听候驱使了。我认识这个商人。

画　师　这两个人我都认识，有一个是宝石匠。

商　人　啊！真是一位贤德的贵人。

宝石匠　嗯，那是谁都不能否认的。

商　人　一位举世无比的人，他的生活的目的，好像就是继续不断地行善，永不厌倦。像他这样的人，真是难得！

宝石匠　我带着一颗宝石在这儿——

商　人　啊！倒要见识见识。先生，这是送给泰门大爷的吗？

宝石匠　要是他能出一个价格；可是——

诗　人　诗句当为美善而歌颂。

倘因贪利而赞美丑恶，

就会降低风雅的声价。

商　人　（观宝石）这宝石的式样很不错。

宝石匠　它的色彩也很美丽；您瞧那光泽多好。

画　师　先生，您又在吟诵您的大作了吗？一定又是献给这位贵人的什么诗篇了。

诗　人　偶然想起来的几个句子。我们的诗歌就像树脂一样，会从它滋生的地方分泌出来。燧石中的火不打是不会出来的；我们的灵感的火焰却会自然激发，像流水般冲击着岸边。您手里是什么东西？

画　师　一幅图画，先生。您的大著几时出版？

诗　人　等我把它呈献给这位贵人以后，就可以和世人相见了。可不可以让我欣赏欣赏您的妙绘？

画　师　见笑得很。

诗　人　画得很好，真是神来之笔。

画　师　过奖过奖。

诗　人　佩服佩服！瞧这姿态多么优美！这一双眼睛里闪耀着多少智慧！这一双嘴唇上流露着多少丰富的想象！在这默然无语的神情中间，蕴蓄着无限的深意。

画　师　这是一幅唯妙唯肖的画像。这一笔很传神，您看怎样？

诗　人　简直是巧夺天工，就是真的人也不及老兄笔下这样生趣盎然。

若干元老上，自舞台前经过。

画　师　这位贵人真是前呼后拥！

诗　人　都是雅典的元老；幸福的人！

画　师　瞧，还有！

诗　人　您瞧这一大群蝇营狗苟的宾客。在我的拙作中间，我勾画出了一个受尽世俗爱宠的人；可是我并不单单着力作个人的描写，我让我的恣肆的笔锋在无数的模型之间活动，不带一丝恶意，只是像凌空的鹰隼一样，一往直前，不留下一丝痕迹。

画　师　您的意思我有点不大懂得。

诗　人　我可以解释给您听。您瞧各种不同地位不同性情的人，无论是轻浮油滑的，或是严肃庄重的，都愿意为泰门大爷效劳服役；他的巨大的财产，再加上他的善良和蔼的天性，征服了各种不同的人，使他们乐于向他输诚致敬；从那些脸上反映出主人的喜怒的谄媚者起，直到憎恨自己的艾帕曼特斯，一个个在他的面前屈膝，只要泰门点点头，就可以使他们满载而归。

画　师　我曾经看见他跟艾帕曼特斯在一起谈话。

诗　人　先生，我假定命运的女神端坐在一座巍峨而幽美的山上；在那山麓下面，有无数智愚贤不肖的人在那儿劳心劳力，追求世间的名利，他们的眼睛都一致注视着这位主宰一切的女神；我把其中一个人代表泰门，命运女神用她象牙一样洁白的手招引他到她的身边；他是她眼前的恩宠，他的敌人也一齐变成了他的奴仆。

画　师　果然是很巧妙的设想。我想这一个宝座，这一位命运女神和这一座山，在这山下的许多人中间只有一个人得到女神的招手，这个人正弓着身子向峻峭的山崖爬去，攀登到幸福的顶端，很可以表现出我们这儿的情形。

诗　人　不，先生，听我说下去。那些在不久以前还是和他同样地位的人，也有一些本来胜过他的人，现在都跟在他后面亦步亦趋；他的接待室里挤满了关心他的起居的人，他的耳朵中充满了一片有如向神圣祷告那样的低语；连他的马镫也被奉为神圣，他们从他那里呼吸到自由的空气。

画　师　好，那便怎么样呢？

诗　人　当命运突然改变了心肠，把她的宠儿一脚踢下山坡的时候，那些攀龙附凤之徒，本来跟在他后面匍匐前行的，这时候便会冷眼看他跌落，没有一个人做他患难中的同伴。

画　师　那是人类的通性。我可以画出一千幅醒世的图画，比语言更有力地说明祸福无常的真理。但是你也不妨用文字向泰门大爷陈述一个道理，指出眼光浅近的人往往会把黑白混淆起来。

喇叭声。泰门上，向每一请求者殷勤周旋；一使者奉文提狄斯差遣前来，趋前与泰门谈话；路西律斯及其他仆人随后。

泰　门　你说他下了监狱了吗？

使　者　是，大爷。他欠了五个泰伦[①]的债，他的手头非常困难，他的债主催逼得很厉害。他请您写一封信去给那些拘禁他的人，否则他什么安慰也没有了。

泰　门　尊贵的文提狄斯！好，我不是一个在朋友有困难时把他丢弃不顾的人。我知道他是一位值得帮助的绅士，我一定要帮助他。我愿意替他还债，使他恢复自由。

使　者　他永远不会忘记您的大恩。

泰　门　替我向他致意。我就会把他的赎金送去；他出狱以后，请他到我这儿来。单单把软弱无力的人扶了起来是不够的，必须有人随时搀扶他，照顾他。再见。

使　者　愿大爷有福！（下。）

一雅典老人上。

老　人　泰门大爷，听我说句话。

泰　门　你说吧，好老人家。

老　人　你有一个名叫路西律斯的仆人。

泰　门　是的，他怎么啦？

---

① 泰伦（Talent）：古希腊货币名。

老　人　最尊贵的泰门,把那家伙叫来。

泰　门　他在不在这儿?路西律斯!

路西律斯　有,大爷有什么吩咐?

老　人　这个家伙,泰门大爷,你这位尊驾,晚上常常到我家里来。我一生克勤克俭,挣下了这份家产,可不能让一个做奴才的承继了去。

泰　门　嗯,还有些什么话?

老　人　我只有一个独生的女儿,要是我死了,也没有别的亲人可以接受我的遗产。我这孩子长得很美,还没有到结婚的年纪,我费了不少的钱,让她受最好的教育。你这个仆人却想勾引她。好大爷,请你帮帮忙,不许他去看她;我自己对他说过好多次,总是没用。

泰　门　这个人倒还老实。

老　人　所以你应该叫他不要做不老实的事,泰门。一个人老老实实,总有好处;可不能让他老实得把我的女儿也拐了去。

泰　门　你的女儿爱他吗?

老　人　她年纪太轻,容易受人诱惑;就是我们自己在年轻的时候,也是一样多情善感的。

泰　门　(向路西律斯)你爱这位姑娘吗?

路西律斯　是,我的好大爷,她也接受我的爱。

老　人　要是她没有得到我的允许和别人结婚,我请天神作证,我要拣一个乞儿做我的后嗣,一个钱也不给她。

泰　门　要是她嫁给一个门户相当的丈夫,你预备给她怎样一份嫁妆呢?

老　人　先给她三泰伦;等我死了以后,我的全部财产都是她的。

泰　门　这个人已经在我这儿做了很久的事;君子成人之美,我愿意破格帮助他这一次。把你的女儿给他;你有多少陪嫁费,我也给他同样的数目,这样他就可以不致辱没你的令爱了。

老　人　最尊贵的大爷,您既然这么说,我一定遵命,她就是他的人了。

泰　门　好,我们握手为定;我用我的名誉向你担保。

路西律斯　敬谢大爷;我的一切幸运,都是您所赐予的!(路西律斯及老人下。)

诗　人　这一本拙作要请大爷指教。

泰　门　谢谢您,您不久就可以得到我的答复,不要走开。您有些什么东西,我的朋友?

画　师　是一幅画,请大爷收下了吧。

泰　门　一幅画吗?很好很好。这幅画简直画得像活人一样,因为自从欺诈渗进了人们的天性中以后,人本来就只剩一个外表了。这些画像确实是一丝不苟。我很喜欢您的作品,您就可以知道,请您等一等,我还有话对您说。

画　师　愿神明保佑您!

泰　门　回头见,先生,把您的手给我,您一定要陪我吃饭的。先生,您那颗宝石,我实在有点不敢领情。

宝石匠　怎么,大爷,宝石不好吗?

泰　门　简直是太好了。要是我按照人家对它所下的赞美那样的价值向您把它买了下来,恐怕我要倾家荡产了。

宝石匠　大爷,它的价格是按照市价估定的;可是您知道,同样价值的东西,往往因为主人的喜恶而分别高下。相信我,好大爷,要是您戴上了这宝石,它就会身价十倍了。

泰　门　不要取笑。

商　人　不,好大爷;他说的话不过是我们大家所要说的话。

泰　门　瞧,谁来啦?你们愿意挨一顿骂吗?

艾帕曼特斯上。

宝石匠　要是大爷不以为意，我们也愿意忍受他的侮辱。

商　人　他骂起人来是谁也不留情的。

泰　门　早安，善良的艾帕曼特斯！

艾帕曼特斯　等我善良以后，你再说你的早安吧；等你变成了泰门的狗，等这些恶人都变成好人以后，你再说你的早安吧。

泰　门　为什么你要叫他们恶人呢？你又不认识他们。

艾帕曼特斯　他们不是雅典人吗？

泰　门　是的。

艾帕曼特斯　那么我没有叫错。

宝石匠　您认识我吗，艾帕曼特斯？

艾帕曼特斯　你知道我认识你；我刚才就叫过你的名字。

泰　门　你太骄傲了，艾帕曼特斯。

艾帕曼特斯　我感到最骄傲的是我不像泰门一样。

泰　门　你到哪儿去？

艾帕曼特斯　去砸碎一个正直的雅典人的脑袋。

泰　门　你干了那样的事，是要抵命的。

艾帕曼特斯　对了，要是干莫须有的事在法律上也要抵命的话。

泰　门　艾帕曼特斯，你喜欢这幅图画吗？

艾帕曼特斯　一幅好画，因为它并不伤人。

泰　门　画这幅图画的人手法怎样？

艾帕曼特斯　造物主创造出这个画师来，他的手法比这画师强多啦，虽然他创造出来的也不过是一件低劣的作品。

画　师　你是一条狗。

艾帕曼特斯　你的母亲是我的同类；倘若我是狗，她又是什么？

泰　门　你愿意陪我吃饭吗，艾帕曼特斯？

艾帕曼特斯　不，我是不吃那些贵人的。

泰　门　要是你吃了那些贵人，那些贵人的太太们要生气哩。

艾帕曼特斯　啊！她们自己才是吃贵人吃惯了的，所以吃得肚子那么大。

泰　门　你把事情看邪了。

艾帕曼特斯　那是你的看法，也难为你了。

泰　门　艾帕曼特斯，你喜欢这颗宝石吗？

艾帕曼特斯　我喜欢真诚老实，它不花一文钱。

泰　门　你想它值多少钱？

艾帕曼特斯　它不值得我去想它的价钱。你好，诗人！

诗　人　你好，哲学家！

艾帕曼特斯　你说谎。

诗　人　你不是哲学家吗？

艾帕曼特斯　是的。

诗　人　那么我没有说谎。

艾帕曼特斯　你不是诗人吗？

诗　人　是的。

艾帕曼特斯　那么你说谎；瞧你上一次的作品，你故意把他写成了一个好人。

诗　人　那并不是假话；他的确是一个好人。

艾帕曼特斯　是的，他赏了你钱，所以他是一个好人；有了拍马的人，自然就有爱拍马的人。天哪，但愿我也是一个贵人！

泰　门　你做了贵人便怎么样呢，艾帕曼特斯？

艾帕曼特斯　我要是做了贵人，我就要像现在的艾帕曼特斯一样，从心底里痛恨一个贵人。

泰　门　什么，痛恨你自己吗？

艾帕曼特斯　是的。

泰　门　为什么呢?

艾帕曼特斯　因为我不能再怀着痛恨的心情想象自己是一个贵人。你是一个商人吗?

商　人　是的,艾帕曼特斯。

艾帕曼特斯　要是神明不给你灾祸,那么让你在买卖上大倒其霉吧。

商　人　要是我买卖失利,那就是神明给我的灾祸。

艾帕曼特斯　买卖就是你的神明,愿你的神明给你灾祸。

喇叭声。一仆人上。

泰　门　那是哪里的喇叭声音?

仆　人　那是艾西巴第斯带着二十多人骑着马来了。

泰　门　你们去招待招待,领他们进来。(若干侍从下。)你们必须陪我吃饭,等我谢过了你们的厚意以后再去。承你们各位光临,使我非常高兴。

艾西巴第斯率队上。

泰　门　欢迎得很,将军!

艾帕曼特斯　好,好!愿疼痛把你们柔软的骨节扭成一团!这些温文和气的恶人彼此不怀好意,面子上却做得这样彬彬有礼!人类全都变成猴子啦。

艾西巴第斯　我已经想了您好久,今天能够看见您,真是大慰平生的饥渴。

泰　门　欢迎欢迎!这次我们一定要好好地欢叙一下再分手。请进去吧。(除艾帕曼特斯外均下。)

二贵族上。

贵族甲　现在是什么时候了,艾帕曼特斯?

艾帕曼特斯　现在是应该做个老实人的时候了。

贵族甲　人是无论什么时候都应该老老实实的。

艾帕曼特斯　那你就更加该死，你无论什么时候都是不老实的。

贵族乙　你去参加泰门大爷的宴会吗？

艾帕曼特斯　是的，我要去看肉塞在恶汉的嘴里，酒灌在傻子的肚里。

贵族乙　再见，再见。

艾帕曼特斯　你是个傻瓜，向我说两次“再见”。

贵族乙　为什么，艾帕曼特斯？

艾帕曼特斯　你应该把一句“再见”留给你自己，因为我是不想向你说“再见”的。

贵族甲　你去上吊吧！

艾帕曼特斯　不，我不愿听从你的号令。你还是向你的朋友请求吧。

贵族乙　滚开，专爱吵架的狗！我要把你踢走了。

艾帕曼特斯　我要像一条狗一样逃开驴子的蹄子。（下。）

贵族甲　他是个不近人情的家伙。来，我们进去，领略领略泰门大爷的盛情吧。他的慷慨仁慈，真是世间少有的。

贵族乙　他的恩惠是随时随地向人倾注的，财神普路托斯不过是他的管家。谁替他做了一件事，他总是给他价值七倍的酬劳；谁送给他什么东西，他的答礼总是超过一般酬酢的极限。

贵族甲　他有一颗比任何人更高贵的心。

贵族乙　愿他富贵长寿！我们进去吧。

贵族甲　不敢不奉陪。（同下。）

第二场　同前。泰门家中的宴会厅

高音笛奏闹乐。厅中设盛宴，弗莱维斯及其他仆人侍立；泰门、艾西巴第斯、众贵族元老、文提狄斯及侍从等上；艾帕曼特斯最后上，仍作倨傲不平之态。

文提狄斯　最可尊敬的泰门，神明因为眷念我父亲年老，召唤他去享受永久的安息；他已经安然去世，把他的财产遗留给我。这次多蒙您的大德鸿恩，使我脱离了缧绁之灾，现在我把那几个泰伦如数奉还，还要请您接受我的感恩图报的微忱。

泰　门　啊！这算什么，正直的文提狄斯？您误会我的诚意了；那笔钱是我送给您的，哪有给了人家再收回来之理？假如比我们高明的人这样做的话，我们也决不敢效法他们；有钱的人缺点也是优点。

文提狄斯　您的心肠太好了。（众垂手恭立，视泰门。）

泰　门　哎哟，各位大人，一切礼仪，都是为了文饰那些虚应故事的行为、言不由衷的欢迎、出尔反尔的殷勤而设立的；如果有真实的友谊，这些虚伪的形式就该一律摒弃。请坐吧；我的财产欢迎你们分享，甚于我欢迎我自己的财产。（众就坐。）

贵族甲　大人，我们也常常这么说。

艾帕曼特斯　呵，呵！也这么说；哼，你们也这么说吗？

泰　门　啊！艾帕曼特斯，欢迎。

艾帕曼特斯　不，我不要你欢迎，我要你把我撵出门外去。

泰　门　呸！你是个伧夫，你的脾气太乖僻啦。各位大人，人家说，暴怒不终朝；可是这个人老是在发怒。去，给他一个人摆一张桌子，因为他不喜欢跟别人在一起，也不配跟别人在一起。

艾帕曼特斯　泰门，要是你不把我撵走，那你可不要怪我得罪你的客人；我是来做一个旁观者的。

泰　门　我不管你说什么；你是一个雅典人，所以我欢迎你。我自己没有力量封住你的嘴，请你让我的肉食使你静默吧。

艾帕曼特斯　我不要吃你的肉食；它会噎住我的喉咙，因为我永远不会谄媚你。神啊！多少人在吃泰门，他却看不见他们。我看见这许多人把他们的肉放在一个人的血里蘸着吃，我就心里难过；可是发了疯的他，却还在那儿殷勤劝客。我不知道人们怎么敢相信他们的同类；我想他们请客的时候，应当不备刀子，既可以省些肉，又可以防止生命的危险。这样的例子是很多的；现在坐在他的近旁，跟他一同切着面包、喝着同心酒的那个人，也就是第一个动手杀他的人；这种事情早就有证明了。如果我是一个巨人，我一定不敢在进餐的时候喝酒；因为恐怕人家看准我的咽喉上的要害；大人物喝酒是应当用铁甲裹住咽喉的。

泰　门　大人，今天一定要尽兴；大家干一杯，互祝健康吧。

贵族乙　好，大人，让酒像潮水一样流着吧。

艾帕曼特斯　像潮水一样流着！好家伙！他倒是惯会迎合潮流的。泰门泰门，这样一杯一杯地干下去，要把你的骨髓和你的家产都吸干了啊！我这儿只有一杯不会害人的淡酒，好水啊，你是不会叫人烂醉如泥的；这样的酒正好配着这样的菜。吃着大鱼大肉的人，是会高兴得忘记感谢神明的。

永生的神，我不要财宝，
我也不愿为别人祈祷：
保佑我不要做个呆子，
相信人们空口的盟誓；
也不要相信娼妓的泪；
也不要相信狗的假寐；
也不要相信我的狱吏，
或是我患难中的知己。
阿门！

好，吃吧，有钱的人犯了罪，我只好嚼嚼菜根。（饮酒食肴。）愿你好心得好报，艾帕曼特斯！

泰　门　艾西巴第斯将军，您的心现在一定在战场上驰骋吧。

艾西巴第斯　我的心是永远乐于供您驱使的，大人。

泰　门　您一定喜欢和敌人们在一起早餐，甚于和朋友们在一起宴会。

艾西巴第斯　大人，敌人的血是胜于一切美味的肉食的；我希望我的最好的朋友也能跟我在一起享受这样的盛宴。

艾帕曼特斯　但愿这些谄媚之徒全是你的敌人，那么你就可以把他们一起杀了，让我分享一杯羹。

贵族甲　大人，要是我们能够有那样的幸福，可以让我们的一片赤诚为您尽尺寸之劳，那么我们就可以自己觉得不虚此生了。

泰　门　啊！不要怀疑，我的好朋友们，天神早已注定我将要得到你们许多帮助；否则你们怎么会做我的朋友呢？为什么在千万人中间，只有你们有那样一个名号；不是因为你们是我心上最亲近的人吗？你们因为谦逊而没有向我提起过的关于你们自己的话，我都向我自己说过了；这是我可以向你们证实的。我常常这么想着：神啊！要是我们永远没有需用我们的朋友的时候，那么我们何必要朋友呢？要是我们永远不需要他们的帮助，那么他们便是世上最无用的东西，就像深藏不用的乐器一样，没有人听得见它们美妙的声音。啊，我常常希望我自己再贫穷一些，那么我一定可以格外跟你们亲近一些。天生下我们来，就是要我们乐善好施；什么东西比我们朋友的财产更适宜于被称为我们自己的呢？啊！能够有这么多人像自己的兄弟一样，彼此支配着各人的财产，这是一件多么可贵的乐事！呵，快乐还未诞生就已经消化了！我的眼睛里忍不住要流出眼泪来了；原谅我的软弱，我为各位干这一杯。

艾帕曼特斯　你简直是涕泣劝酒了，泰门。

贵族乙　我们的眼睛里也因为忍不住快乐，像一个婴孩似的流起泪来了。

艾帕曼特斯　呵，呵！我一想到那个婴孩是个私生子，我就要笑死了。

贵族丙　大人，您使我非常感动。

艾帕曼特斯　非常感动！（喇叭奏花腔。）

泰　门　那喇叭声音是怎么回事？

一仆人上。

泰　门　什么事？

仆　人　禀大爷，有几位姑娘在外面求见。

泰　门　姑娘们！她们来干什么？

仆　人　大爷，她们有一个领班的人，他会告诉您她们的来意。

泰　门　请她们进来吧。

一人饰丘比特上。

丘比特　祝福你，尊贵的泰门；祝福你席上的嘉宾！人身上最灵敏的五官承认你是它们的恩主，都来向你献奉它们的珍奇。听觉、味觉、触觉、嗅觉，都已经从你的筵席上得到满足了；现在我们还要略呈薄技，贡献你视觉上的欢娱。

泰　门　欢迎欢迎；请她们进来吧。音乐，奏起来欢迎她们！（丘比特下。）

贵族甲　大人，您看，您是这样被人敬爱。

音乐；丘比特率妇女一队扮阿玛宗女战士重上，众女手持琵琶，且弹且舞。

艾帕曼特斯　哎哟！瞧这些过眼的浮华！她们跳舞！她们都是些疯婆子。人生的荣华不过是一场疯狂的胡闹，正像这种奢侈的景象在一个嚼着淡菜根的人看来一样。我们寻欢作乐，全然是傻子的行为。我们所谄媚的、我们所举杯祝饮的那些人，也就是在年老时被我们痛骂的那些人。哪一个人不曾被人败坏也败坏过别人？哪一个人死了能够逃过他的朋友的讥斥？我怕现在在我面前跳舞的人,有一天将要把我放在他们的脚下践踏;这样的事不是不曾有过,人们对于一个没落的太阳是会闭门不纳的。

众贵族起身离席,向泰门备献殷勤;每人各择舞女一人共舞,高音笛奏闹乐一二曲;舞止。

泰　门　各位美人,你们替我们添加了不少兴致,我们今天的欢娱,因为有了你们而格外美丽热烈了。我必须谢谢你们。

舞女甲　大爷,您太抬举我们了。

艾帕曼特斯　的确,不抬举就是压低,我怕那样便弄得不成体统了。

泰　门　姑娘们,还有一桌酒席空着等候你们,请你们随意坐下吧。

众　女　谢谢大爷。(丘比特及众女下。)

泰　门　弗莱维斯!

弗莱维斯　有,大爷。

泰　门　把我那小匣子拿来。

弗莱维斯　是,大爷。(旁白)又要把珠宝送人了!他高兴的时候,谁也不能违拗他的意志,否则我早就老老实实告诉他了;真的,我该早点儿告诉他,等到他把一切挥霍干净以后,再要跟他闹别扭也来不及了。可惜宽宏大量的人,背后不多生一个眼睛;心肠太好的结果不过害了自己。(下。)

贵族甲　我们的仆人呢?

仆　人　有,大爷,在这儿。

贵族乙　套起马来!

弗莱维斯携匣重上。

泰　门　啊,我的朋友们!我还要对你们说一句话。大人,我要请您赏我一个面子,接受了我这一颗宝石;请您收下戴上吧,我的好大人。

贵族甲　我已经得到您太多的厚赐了——

众　人　我们也都是屡蒙见惠。

一仆人上。

仆　甲　大爷,有几位元老院里的老爷刚才到来,要来拜访。

泰　门　我很欢迎他们。

弗莱维斯　大爷,请您让我向您说句话;那是对于您有切身关系的。

泰　门　有切身关系!好,那么等会儿你再告诉我吧。请你快去预备预备,不要怠慢了客人。

弗莱维斯　(旁白)我简直不知道应该怎么办。

另一仆人上。

仆　乙　禀大爷,路歇斯大爷送来了四匹乳白的骏马,鞍辔完全是银的,要请您鉴纳他的诚意,把它们收下。

泰　门　我很高兴接受它们;把马儿好生饲养着。

另一仆人上。

泰　门　啊!什么事?

仆　丙　禀大爷,那位尊贵的绅士,路库勒斯大爷,请您明天去陪他打猎;他送来了两对猎犬。

泰　门　我愿意陪他打猎;把猎犬收下了,用一份厚礼答谢他。

弗莱维斯　(旁白)这样下去怎么得了呢?他命令我们预备这样预备那样,把贵重的礼物拿去送人,可是他的钱箱里却早已空得不剩一文。他又从来不想知道他究竟有多少钱,也不让我有机会告诉他实在的情形,使他知道他的力量已经不能实现他的愿望。他所答应人家的,远超过他自己的资力,因此他口头所说的每一句话都是一笔负债。他是这样的慷慨,他现在送给人家的礼物,都是他出了利息向人借贷来的;他的土地都已经抵押出去了。唉!但愿他早一点辞歇了我,免得将来有被迫解职的一日!与其用酒食供养这些比仇敌还凶恶的朋友,那么还是没有朋友的人幸福得多了。我在为我的主人衷心泣血呢。(下。)

泰　门　你们这样自谦，真是太客气了。大人，这一点点小东西，聊以表示我们的情谊。

贵族乙　那么我拜领了，非常感谢。

贵族丙　啊，他真是个慷慨仁厚的人。

泰　门　我记起来了，大人，前天您曾经赞美过我所乘的一匹栗色的马儿；您既然喜欢它，就把它带去吧。

贵族丙　啊！原谅我，大人，那我可万万不敢掠爱。

泰　门　您尽管收下吧，大人；我知道一个人倘不是真心喜欢一样东西，决不会把它赞美得恰如其分。凭着我自己的心理，就可以推测到我的朋友的感情。我叫他们把它牵来给您。

众贵族　啊！那好极了。

泰　门　承你们各位光临，我心里非常感激；即使把我的一切送给你们，也不能报答你们的盛情；我想要是我有许多国土可以分给我的朋友们，我一定永远不会感到厌倦。艾西巴第斯，你是一个军人，军人总是身无长物的，钱财难得会到你的手里；因为你的生活是与死为邻，你所有的土地都在疆场之上。

艾西巴第斯　是的，大人，只是一些荆榛瓦砾之场。

贵族甲　我们深感大德——

泰　门　我也同样感谢你们。

贵族乙　备蒙雅爱——

泰　门　我也多承各位不弃。多拿些火把来！

贵族甲　最大的幸福、尊荣和富贵跟您在一起，泰门大人！

泰　门　这一切他都愿意和朋友们分享。（艾西巴第斯及贵族等同下。）

艾帕曼特斯　好热闹！这么摇头晃脑撅屁股！他们的两条腿恐怕还不值得他们跑这一趟所得到的代价。友谊不过是些渣滓废物，虚伪的心不会有坚硬的腿，老实的傻瓜们也在人们的打躬作揖之下卖弄自己的家私。

泰　门　艾帕曼特斯，倘若你不是这样乖僻，我也会给你好处的。

艾帕曼特斯　不，我不要什么；要是我也受了你的贿赂，那么再也没有人骂你了，你就要造更多的孽了。你老是布施人家，泰门，我怕你快要写起卖身文契来，把你自己也送给人家了。这种宴会、奢侈、浮华是做什么用的？

泰　门　哎哟，要是你骂起我的交际来，那我可要发誓不理你了。再会；下次来的时候，请你预备一些好一点的音乐。（下。）

艾帕曼特斯　好，你现在不要听我，将来要听也听不到了；天堂的门已经锁上了，你从此只好徘徊门外。唉，人们的耳朵不能容纳忠言，谄媚却这样容易进去！（下。）

第二幕

第一场　雅典。某元老家中一室

某元老手持文件上。

元　老　最近又是五千；他还欠了凡罗和艾西铎九千；单是我的债务，前后一共是二万五千。他还在任意挥霍！这样子是维持不下去的；一定维持不下去。要是我要金子，我只要从一个乞丐那里偷一条狗送给泰门，这条狗就会替我变出金子来。要是我把我的马卖掉，再去买二十匹比它更好的马来，我只要把我的马送给泰门，不必问他要什么。就这么送给他，它就会立刻替我生下二十匹好马来。他门口的管门人，见了谁都笑脸相迎，每一个路过的人，他都邀请他们进去。这样子是维持不下去的，他这份家私看起来恐怕有些不稳。凯菲斯，喂！喂，凯菲斯！

凯菲斯上。

凯菲斯　有，老爷，您有什么吩咐？

元　老　披上你的外套，赶快到泰门大爷家里去；请他务必把我的钱还我；不要听他推三托四，也不要因为他说了一声“替我问候你家老爷”，把他的帽子放在右手这么一挥，就说不出一句话来；你要对他说，我有很要紧的用途，我必须用我自己的钱供给我自己的需要；他的借款早已过期，他因为爽约，我对他也失去信任了。我虽然很看重他的为人，可是不能为了医治他的手指而打伤了我自己的背;我的需要很急迫,不能让他用空话敷衍过去,一定要他立刻把钱还我。你去吧;装出一副很严厉的神气向他追索。我怕泰门大爷现在虽然像一只神采蹁跹的凤凰,要是把他借来的羽毛一根根拔去以后,就要变成一只秃羽的海鸥了。你去吧。

凯菲斯　我就去,老爷!

元　老　把借票一起带去,别忘记借票上面的日子。

凯菲斯　是,老爷。

元　老　去吧。(各下。)

第二场　同前。泰门家中的厅堂

弗莱维斯持债票多纸上。

弗莱维斯　他一点也不在乎,一点都不知道停止他的挥霍!不想想这样浪费下去,怎么维持得了;钱财产业从他手里飞了出去,他也不管;将来怎么过日子,他也从不放在心上;只是这样傻头傻脑地乐善好施。怎么办才好呢?不叫他亲自尝到财尽囊空的滋味,他是再也不会听人家的话的。现在他出去打猎,快要回来了,我必须提醒他才是。嘿!嘿!嘿!嘿!

凯菲斯及艾西铎、凡罗二家仆人上。

凯菲斯　晚安,凡罗家的大哥。什么!你是来讨债的吗?

凡罗家仆人　你不也是来讨债的吗?

凯菲斯　是的,你也是吗,艾西铎家的大哥?

艾西铎家仆人　正是。

凯菲斯　但愿我们都能讨到手!

凡罗家仆人　我怕有点讨不到。

凯菲斯　大爷来了!

泰门、艾西巴第斯及贵族等上。

泰　门　我们吃过了饭再出去,艾西巴第斯。你们是来看我的吗?有什么事?

凯菲斯　大爷,这儿是一张债票。

泰　门　债票!你是哪儿来的?

凯菲斯　我就是这儿雅典的人,大爷。

泰　门　跟我的管家说去。

凯菲斯　禀大爷,他叫我等几天再来,可是我家主人因为自己有急用,并且知道大爷一向为人正直,千万莫让他今天失望了。

泰　门　我的好朋友,请你明天来吧。

凯菲斯　不,我的好大爷——

泰　门　你放心吧,好朋友。

凡罗家仆人　大爷,我是凡罗的仆人——

艾西铎家仆人　艾西铎叫我来请大爷快一点把他的钱还了。

凯菲斯　大爷,要是您知道我家主人是怎样等着用这笔钱——

凡罗家仆人　这笔钱,大爷,已经过期六个星期了。

艾西铎家仆人　大爷,您那位管家尽是今天推明天,明天推后天的,所以我家主人才叫我向您大爷面讨。

泰　门　让我松一口气。各位大人,请你们先进去一会儿;我立刻就来奉陪。(艾西巴第斯及贵族等下。向弗莱维斯)过来。请问你,究竟是怎么一回事,这些人都拿着过期的债票向我缠扰不清,让人家看着把我的脸也丢尽了?

弗莱维斯　对不起,各位朋友,现在不是讲这种事情的时候,请你们暂时忍耐片刻,等大爷吃过饭以后,我可以告诉他为什么你们的债款还没有归还的缘故。

泰　门　等一等再说吧,我的朋友们。好好地招待他们。(下。)

弗莱维斯　请各位过来。（下。）

艾帕曼特斯及弄人上。

凯菲斯　且慢，瞧那傻子跟着艾帕曼特斯来了；让我们跟他们开开玩笑。

凡罗家仆人　别理他，他会骂我们的。

艾西铎家仆人　该死的狗！

凡罗家仆人　你好，傻子！

艾帕曼特斯　你在对你的影子讲话吗？

凡罗家仆人　我不是跟你说话。

艾帕曼特斯　不，你是对你自己说话。（向弄人）去吧。

艾西铎家仆人　（向凡罗家仆人）傻子已经附在你的背上了。

艾帕曼特斯　不对，你只是一个人站在那里，还没有骑上他的背呢。

凯菲斯　此刻那傻子呢？

艾帕曼特斯　问这问题的就是那傻子。哼，这些放债人手下的奴才！都是些金钱与欲望之间的娼家。

众　仆　我们是什么，艾帕曼特斯？

艾帕曼特斯　都是些驴子。

众　仆　为什么？

艾帕曼特斯　因为你们不知道自己是什么，却要来问我。跟他们谈谈，傻子。

弄　人　各位请了。

众　仆　你好，好傻子。你家奶奶好吗？

弄　人　她正在烧开热水来替你们这些小鸡洗皮拔毛哩。巴不得在妓院里看到你们！

艾帕曼特斯　说得好！

侍童上。

弄　人　瞧，咱们奶奶的童儿来了。

侍　童　（向弄人）啊，您好，大将军！您在这些聪明人中间有什么贵干？你好，艾帕曼特斯！

艾帕曼特斯　我但愿我的舌头上长着一根棒儿，可以痛痛快快地回答你。

侍　童　艾帕曼特斯，请你把这两个信封上的字念给我听一听，我不知道哪一封信应该给哪一个人。

艾帕曼特斯　你不认识字吗？

侍　童　不认识。

艾帕曼特斯　那么你吊死的一天，学问倒不会受损失了。这是给泰门大爷的；这是给艾西巴第斯的。去吧，你生下来是个私生子，到死是个忘八蛋。

侍　童　母狗把你生了下来，你死了也是一条饿狗。不要回答我，我去了。（下。）

艾帕曼特斯　好，你夹着尾巴逃吧。——傻瓜，我要跟你一块儿到泰门大爷那儿去。

弄　人　您要把我丢在那儿吗？

艾帕曼特斯　要是泰门在家，我就把你丢在那儿。你们三个人侍候着三个放债的人吗？

众　仆　是的，我们但愿他们侍候我们！

艾帕曼特斯　那倒跟刽子手侍候偷儿一样好玩。

弄　人　你们三个人的主人都是放债的吗？

众　仆　是的，傻瓜。

弄　人　我想是个放债的就得有个傻瓜做他的仆人；我家奶奶是个放债的，我就是她的傻瓜。人家向你们的主人借钱，来的时候都是愁眉苦脸，去的时候都是欢欢喜喜；可是人家走进我家奶奶的屋子的时候，却是欢欢喜喜，走出去的时候反而愁眉苦脸，这是什么道理呢？

凡罗家仆人　我可以说出一个道理来。

艾帕曼特斯　那么你说吧，你说了出来，我们就可以承认你是一个忘八龟子，虽然你本来就是个忘八龟子。

凡罗家仆人　傻瓜，什么叫作忘八龟子？

弄　人　他是一个穿着好衣服的傻瓜，跟你差不多的一种东西。是一个鬼魂：有时候样子像一个贵人；有时候像一个律师；有时候像一个哲学家，系着两颗天生的药丸；又往往以一个骑士的姿态出现；这个鬼魂也会化成各色各样的人，有时候是个八十岁的老头儿，有时候是个十三岁的小哥儿。

凡罗家仆人　你倒不完全是个傻子。

弄　人　你也不完全是个聪明人；我不过有几分傻气，你也刚刚缺少这几分聪明。

艾帕曼特斯　这倒像是艾帕曼特斯说的话。

众　仆　站开，站开，泰门大爷来了。

泰门及弗莱维斯重上。

艾帕曼特斯　跟我来，傻瓜，来。

弄　人　我不大愿意跟在情人、长兄和女人的背后；有时候也不愿意跟着哲学家跑。（艾帕曼特斯及弄人下。）

弗莱维斯　请您过来，我一会儿就跟你们说话。（众仆下。）

泰　门　你真使我奇怪，为什么你不早一点把我的家用收支的情形明白告诉我，好让我在没有欠债以前，把费用节省节省呢？

弗莱维斯　我好几回向您说起，您总是不理会我。

泰　门　哼，也许你趁着我心里不高兴的时候说起这种话，我叫你不要向我絮烦，你就借着这个做理由，替你自己诿卸责任了。

弗莱维斯　啊，我的好大爷！好多次我把账目拿上来呈给您看，您总是把它们推在一旁，说是您相信我的忠实。当您收下了人家一点点轻微的礼品，叫我用许多贵重的东西酬答他们的时候，我总是摇头流泪，甚至于不顾自己卑贱的身份，再三劝告您不要太慷慨了。不止一次我因为向您指出您的财产已经大不如前，您的欠债已经愈积愈多，而您却对我严词申斥。我的亲爱的大爷，现在您虽然肯听我把实在的情形告诉您，可是已经太迟了，您的家产至多也不过抵偿您的欠债的半数。

泰　门　把我的土地一起卖掉好了。

弗莱维斯　土地有的已经变卖了，有的已经抵押给人家了；剩下来的还不够偿还目前已经到期的债款；没有到期的债款也快要到期了，中间这一段时间怎么应付过去呢？我们这一笔账，到最后又是怎么算法？

泰　门　我的土地不是一直通到斯巴达吗？

弗莱维斯　啊，我的好大爷！整个的世界也不过是一句话；即使它是完全属于您的，只要您一开口，也可以把它很快地送给别人。

泰　门　你说的倒是真话。

弗莱维斯　要是您疑心我办事欺心，您可以叫几个最精细的查账员当面查看我的账目。神明在上，当我们的门庭之内充满着饕餮的食客，当我们的酒窟里泛滥着满地的余沥，当每一间屋内灯光吐辉、笙歌沸天的时候，我总是一个人躲在一个漏水的管子下面，止不住我的泪涛的汹涌。

泰　门　请你不要说下去啦。

弗莱维斯　天啊！我总是说，这位大爷多么慷慨！在这一个晚上，有多少狼藉的酒肉填饱了庸奴伧夫的肠胃！哪一个人不是靠泰门养活的？哪一个人的心思才智、武力资财，不是泰门大爷的？伟大的泰门，光荣高贵的泰门，唉！花费了无数的钱财，买到人家一声赞美，钱财一旦出手，赞美的声音也寂灭了。酒食上得来的朋友，等到酒尽樽空，转眼成为路人；一片冬天的乌云刚刚出现，这些飞虫们早就躲得不知去向了。

泰　门　得啦，少教训几句吧；我虽然太慷慨了些，可是慷慨也不是坏事；我的钱财用得虽然不大得当，可是还不是用在不明不白的地方。你何必哭呢？你难道以为我会缺少朋友吗？放心吧，凭着我对人家这点交情，要是我开口向人告借，谁都会把他们自己和他们的财产给我自由支配的。

弗莱维斯　但愿您所深信的果然是事实！

泰　门　而且我现在的贫乏，未始不可以说是一种幸运；因为我可以借此试探我的朋友。你就可以明白你对于我的财产的忧心完全是一种过虑，我有这许多朋友，还怕穷吗？里面有人吗？弗莱米涅斯！塞维律斯！

弗莱米涅斯、塞维律斯及其他仆人上。

众　仆　大爷！大爷！

泰　门　你们替我分别到几个地方去；你到路歇斯大爷那里；你到路库勒斯大爷那里，我今天还跟他在一起打猎；你到辛普洛涅斯那里。替我向他们致意问候，说是我认为非常荣幸，能够有机会请求他们借给我一些钱，只要五十个泰伦就够了。

弗莱米涅斯　是，大爷，我们就照您这几句话去说。

弗莱维斯　（旁白）路歇斯和路库勒斯？哼！

泰　门　（向另一仆人）你到元老院去，请他们立刻送一千泰伦来给我；为了国计民生我曾尽过力，现在他们也该答应我的请求。

弗莱维斯　我已经大胆用您的图章和名义，向他们请求过了；可是他们只向我摇摇头，结果我仍旧空手而归。

泰　门　真的吗？有这种事！

弗莱维斯　他们众口一词地回答我说，现在他们的境况很困难，手头没有钱，力不从心；很抱歉；您是很有信誉的人，可是他们觉得——他们不知道；有一点儿不敢十分赞同；善人未必没有过失；但愿一切顺利；实在不胜遗憾之至；说着这样断断续续的话，满脸不耐烦的神气，把帽子掀了掀，冷淡地点了点头，就去忙别的要事去了，把我冷得哑口无言。

泰　门　神啊，惩罚他们！老人家，你不用烦恼。这些老家伙，都是天生忘恩负义的东西；他们的血已经冻结寒冷，不会流了；他们因为缺少热力，所以这样冷酷无情；他们将要终结他们生命的旅程而归于泥土，所以他们的天性也变得冥顽不灵了。（向一仆）你到文提狄斯那儿去。（向弗莱维斯）你也不用伤心了，你是忠心而诚实的，这全然不是你的错处。（向那仆人）文提狄斯新近把他的父亲安葬；他自从父亲死了以后，已经承继到一笔很大的遗产；他关在监狱里的时候，穷得一个朋友也没有，是我用五泰伦把他赎了出来；你去替我向他致意，对他说他的朋友因为有一些正用，请他把那五泰伦还给他。（仆人下。向弗莱维斯）那五泰伦拿到以后，就把目前已经到期的债款还给那些家伙。泰门有的是朋友，他的家业是不会没落的。

弗莱维斯　我希望我也像您一样放心。顾虑是慷慨的仇敌；一个人自己慷慨了，就以为人家也跟你一样。（同下。）

第三幕

第一场　雅典。路库勒斯家中一室

弗莱米涅斯在室中等候;一仆人上。

仆　人　我已经告诉我家大爷说你在这儿,他就来见你了。

弗莱米涅斯　谢谢你,大哥。

路库勒斯上。

仆　人　这就是我家大爷。

路库勒斯　(旁白)泰门大爷的一个仆人!一定是送什么礼物来的。哈哈,一点不错;我昨天晚上梦见银盘和银瓶哩。弗莱米涅斯,好弗莱米涅斯,承蒙你光临,不胜欢迎之至。给我倒些酒来。(仆人下。)那位尊贵的、十全十美的、宽宏大量的雅典绅士,你那慷慨的好主人好吗?

弗莱米涅斯　他身体很好,先生。

路库勒斯　我很高兴他身体很好。你那外套下面有些什么东西,可爱的弗莱米涅斯?

弗莱米涅斯　不瞒您说,先生,那不过是一只空匣子;我奉我家大爷之命,特来请您把它填满了;他因为急用,需要五十个泰伦,所以叫我来向您商借,他相信您一定会毫不踌躇地帮助他的。

路库勒斯　哪,哪,哪哪!"相信我一定会帮助他",他这样说吗?

唉!好大爷,他是一位尊贵的绅士,就是太爱摆阔了。我好多次陪他在一块儿吃中饭，打算劝劝他；晚上再去陪他吃晚饭，也是为着劝他不要太浪费；可是他总不肯听人家的劝，也不因为我一次次地上门而有所觉悟。哪一个人没有几分错处，他的错处就是太老实了；我也这样对他说过，可是没有法子改变他的习性。

仆人持酒重上。

仆　人　大爷，酒来了。

路库勒斯　弗莱米涅斯，我一向知道你是个聪明人。喝杯酒吧。

弗莱米涅斯　多承大爷夸奖。

路库勒斯　我常常注意到你的脾气很和顺勤勉，凭良心说，你是很懂得道理的；你也从来不偷懒，这些都是你的好处。（向仆人）你去吧。（仆人下。）过来，好弗莱米涅斯，你家大爷是位慷慨的绅士；可是你是个聪明人，虽然你到这儿来看我，你也一定明白，现在不是可以借钱给别人的时世，尤其单单凭着一点交情，什么保证都没有，那怎么行呀？这儿有三毛钱你拿了去；好孩子，帮帮忙，就说你没有看见我就是了。再会。

弗莱米涅斯　世事的变迁，人情的变幻，竟会一至于此吗？滚开，该死的下贱的东西，回到那崇拜你的人那儿去吧！（将钱掷去。）

路库勒斯　嘿！原来你也是个傻子，这才是有其主必有其仆。（下。）

弗莱米涅斯　愿你落在铁锅里和着熔化了的钱活活地熬死，你这恶病一样的朋友！难道友谊是这样轻浮善变，不到两天工夫就换了样子吗？天啊！我的心头充塞着我主人的愤怒。这个奴才的肠胃里还有我家主人赏给他吃的肉，为什么这些肉不跟他的良心一起变坏，化成毒药呢？他的生命一部分是靠着我家主人养活的；但愿他害起病来，临死之前多挨一些痛苦！（下。）

第二场　同前。广场

路歇斯及三路人上。

路歇斯　谁？泰门大爷吗？他是我很好的朋友，也是一个高贵的绅士。

路人甲　我们也久闻他的大名，虽然跟他没有交情。可是我可以告诉您一件事情，我听一般人都这样纷纷传说，说现在泰门大爷的光荣时代已经过去，他的家业已经远不如前了。

路歇斯　嘿，哪有这样的事，你不要听信人家胡说，他是总不会缺钱的。

路人乙　可是您得相信我，在不久以前，他叫一个仆人到路库勒斯大爷家里去，向他告借多少泰伦，说是有很要紧的用途，可是结果并没有借到。

路歇斯　怎么！

路人乙　我说，他没有借到。

路歇斯　岂有此理！天神在上，我真替他害羞！不肯借钱给这样一位高贵的绅士！那真是太不讲道义了。拿我自己来说，我必须承认曾经从他手里得到过一些小恩小惠，譬如说钱哪，杯盘哪，珠宝哪，这一类零星小物，比起别人到手的东西来可比不上，可是要是他向我开口借钱，我是不会不借给他这几个泰伦的。

塞维律斯上。

塞维律斯　瞧，巧得很，那里正是路歇斯大爷，我好容易找到他。（向路歇斯）我的尊贵的大爷！

路歇斯　塞维律斯！你来得很好。再会，替我问候你的高贵贤德的主人，我的最好的朋友。

塞维律斯　告诉大爷知道，我家主人叫我来——

路歇斯　哈！他又叫你送什么东西来了吗？你家大爷待我真好，他老送东西给我；你看我应当怎样感谢他才好呢？他现在又送些什么来啦？

塞维律斯　他没有送什么来，大爷，只是因为一时需要，想请您借给他几个泰伦。

路歇斯　我知道他老人家只是跟我开开玩笑，他哪里会缺五十、一百个泰伦用。

塞维律斯　可是大爷，他现在需要的还不到这个数目。要是他的用途并不正当，我也不会向您这样苦苦求告的。

路歇斯　你说的是真话吗，塞维律斯？

塞维律斯　凭着我的灵魂起誓，我说的是真话。

路歇斯　我真是一头该死的畜生，放着这一个大好的机会，可以表明我自己不是一个翻脸无情的小人，偏偏把手头的钱一起用光了！真不凑巧，前天我买了一件无关重要的东西，今天蒙泰门大爷给我这样一个面子，却不能应命。塞维律斯，天神在上，我真的是无力应命；我是一头畜生；我自己刚才还想叫人来向泰门大爷告借几个钱呢，这三位先生可以替我证明的；可是我觉得不好意思，否则早就向他开口了。请你多多替我向你家大爷致意；我希望他不要见怪于我，因为我实在是心有余而力不足。再请你替我告诉他，我不能满足这样一位高贵的绅士的要求，真是我生平第一件恨事。好塞维律斯，你愿意做我的好朋友，照我这几句话对他说吗？

塞维律斯　好的，大爷，我这样对他说就是了。

路歇斯　我一定不忘记你的好处，塞维律斯。（塞维律斯下。）你们果然说得不错，泰门已经失势了，一次被人拒绝，到处都要碰壁的。（下。）

路人甲　您看见这种情形吗，霍斯提律斯？

路人乙　嗯，我看得太明白了。

路人甲　哼，这就是世人的本来面目；每一个谄媚之徒，都是同样的居心。谁能够叫那同器而食的人做他的朋友呢？据我所知道的，泰门曾经像父亲一样照顾这位贵人，用他自己的钱替他还债，维持他的产业；甚至于他的仆人的工钱，也是泰门替他代付的；他每一次喝酒，他的嘴唇上都是啜着泰门的银子；可是唉！瞧这些狗彘不食的人！人家行善事，对乞丐也要布施几个钱，他却好意思这样忘恩负义地一口拒绝。

路人丙　世道如斯，鬼神有知，亦当痛哭。

路人甲　拿我自己来说，我虽然从来不曾叨光过泰门的一顿酒食；他也从来不曾施恩于我，可以表明我是他的一个朋友；可是我要说一句，为了他的正直的胸襟、超人的德行和高贵的举止，要是他在窘迫的时候需要我的帮助，我一定愿意变卖我的家产，把一大半送给他，因为我是这样敬爱他的为人。可是在现在的时世，一个人也只好把怜悯之心搁起，因为万事总须熟权利害，不能但问良心。（同下。）

第三场　同前。辛普洛涅斯家中一室

辛普洛涅斯及一泰门的仆人上。

辛普洛涅斯　哼！难道他没有别人，一定要找我吗？他可以向路歇斯或是路库勒斯试试；文提狄斯是他从监狱里赎出身来的，现在也发了财了：这几个人都是靠着他才有今天这份财产。

仆　人　大爷，他们几个人的地方都去过了，一个也不是好东西，谁都不肯借给他。

辛普洛涅斯　怎么！他们已经拒绝了他吗？文提狄斯和路库勒斯都拒绝了他吗？他现在又来向我告借吗？三个人？哼！这就可以

看出他不但不够交情，而且也太缺少知人之明；我必须做他的最后的希望吗？他的朋友已经三次拒绝了他，就像一个病人已经被三个医生认为不治，所以我必须负责把他医好吗？他明明瞧不起我，给我这样重大的侮辱，我在生他的气哩。他应该一开始就向我商量，因为凭良心说，我是第一个受到他的礼物的人，现在他却最后一个才想到我，想叫我在最后帮他的忙吗？不，要是我答应了他，人家都要笑我，那些贵人们都要当我是个傻子了。要是他瞧得起我，第一个就向我借，那么别说这一点数目，就是三倍于此，我也愿意帮助他的。可是现在你回去吧，替我把我的答复跟他们的冷淡的回音一起告诉你家主人；谁轻视了我，休想用我的钱。（下。）

仆　人　很好！你这位大爷也是一个大大的奸徒。魔鬼把人们造得这样奸诈，一定后悔无及；比起人心的险恶来，魔鬼也要望而却步哩。瞧这位贵人唯恐人家看不清楚他的丑恶，拼命龇牙咧嘴给人家看，这就是他的奸诈的友谊！这是我的主人的最后的希望；现在一切都已消失了，只有向神明祈祷。现在他的朋友都已死去；终年开放、来者不拒的大门，也要关起来保护它们的主人了：这是一个浪子的下场，一个人不能看守住他的家产，就只好关起大门躲债。（下。）

第四场　同前。泰门家中厅堂

凡罗家两个仆人及路歇斯的仆人同上，与泰特斯、霍坦歇斯及其他泰门债主的仆人相遇。

凡罗家仆人甲　咱们碰见得很巧；早安，泰特斯，霍坦歇斯。

泰特斯　早安，凡罗家的大哥。

霍坦歇斯　路歇斯家的大哥！怎么！你也来了吗？

路歇斯家仆人　是的，我想我们都是为着同一个目的来的；我为讨钱而来。

泰特斯　他们和我们都是来讨钱的。

菲洛特斯上。

路歇斯家仆人　菲洛特斯也来了！

菲洛特斯　各位早安。

路歇斯家仆人　欢迎，好兄弟。你想现在是什么时候了？

菲洛特斯　快九点钟啦。

路歇斯家仆人　这么晚了吗？

菲洛特斯　还没有看见泰门大爷吗？

路歇斯家仆人　还没有。

菲洛特斯　那可怪了，他平常总是七点钟就起来的。

路歇斯家仆人　嗯，可是他的白昼现在已经比从前短了；你该知道一个浪子所走的路程是跟太阳一般的，可是他并不像太阳一样周而复始。我怕在泰门大爷的钱囊里，已经是岁晚寒深的暮冬时候了，你尽管一直把手伸到底里，恐怕还是一无所得。

菲洛特斯　我也担着这样的心。

泰特斯　我可以提醒你一件奇怪的事情：你家大爷现在差你来要钱。

霍坦歇斯　一点不错，他差我来要钱。

泰特斯　可是他身上还戴着泰门送给他的珠宝，我就是到这儿来等他把这珠宝的钱还我的。

霍坦歇斯　我虽然奉命而来，心里可是老大不愿意。

路歇斯家仆人　你瞧，事情多么奇怪，泰门应该还人家的钱比他实在欠下的债还多；好像你家主人佩戴了他的珍贵的珠宝以后，还应该向他讨还珠宝的价钱一样。

霍坦歇斯　我真不愿意干这种差使。我知道我家主人挥霍了泰门的财产,现在还要干这样忘恩负义的事,真是窃贼不如了。

凡罗家仆人甲　是的,我要向他讨还三千克朗.你呢?

路歇斯家仆人　我的是五千克朗。

凡罗家仆人甲　还是你比我多;照这数目看起来,你家主人对他的交情比我家主人深得多了,否则不会有这样的差别的。

弗莱米涅斯上。

泰特斯　他是泰门大爷的一个仆人。

路歇斯家仆人　弗莱米涅斯!大哥,说句话。请问大爷就要出来了吗?

弗莱米涅斯　不,他还不想出来呢。

泰特斯　我们都在等着他,请你去向他通报一声。

弗莱米涅斯　我不必通报他,他知道你们是经常上门的。(弗莱米涅斯下。)

弗莱维斯穿外套蒙首上。

路歇斯家仆人　嘿!那个蒙住了脸的,不是他的管家吗?他躲躲闪闪地去了,叫住他,叫住他。

泰特斯　你听见吗,总管?

凡罗家仆人乙　对不起,总管。

弗莱维斯　你有什么事要问我,朋友?

泰特斯　我们在这儿等着要拿回几个钱,总管。

弗莱维斯　哼,当你们那些黑心的主人们吃着我家大爷的肉食的时候,为什么你们不把债票送上来要钱?那个时候他们是不把他的欠款放在心上的,只知道忙着胁肩谄笑,把利息吞下他们贪馋的胃里。你们跟我吵有什么用呢?让我安安静静地过去吧。相信我,我家大爷跟我已经解除了主仆的名分;我没有账可管,他也没有钱可用了。

路歇斯家仆人　我们可不能拿你这样的话回去交代啊。

弗莱维斯　我的话倒是老实话，不像你们的主人都是些无耻小人。（下。）

凡罗家仆人甲　怎么！这位卸了职的老爷子咕噜些什么？

凡罗家仆人乙　随他咕噜些什么；他是个苦老头儿，理他作甚？连一间可以钻进头去的屋子也没有的人，见了高楼大厦当然会痛骂的。

塞维律斯上。

泰特斯　啊！塞维律斯来了，现在我们可以得到一些答复了。

塞维律斯　各位朋友，要是你们愿意改日再来，我就感谢不尽了；不瞒列位说，我家大爷今天心境很不好；他身子也有点不大舒服，不能起来。

路歇斯家仆人　有许多人睡在床上不起来，并不是为了害病的缘故。要是他真的有病，我想他更应该早一点把债还清，这才可以撒手归天。

塞维律斯　天哪！

泰特斯　我们不能拿这样的话回去交代哩。

弗莱米涅斯　（在内）塞维律斯，赶快！大爷！大爷！

泰门暴怒上，弗莱米涅斯随上。

泰　门　什么！我自己的门都不许我通过吗？我从来不曾受别人管过，现在我自己的屋子却变成了拘禁我的敌人、我的监狱吗？我曾经举行过宴会的地方，难道也像所有的人类一样，用一颗铁石的心肠对待我吗？

路歇斯家仆人　跟他说去，泰特斯。

泰特斯　大爷，这儿是我的债票。

路歇斯家仆人　这儿是我的。

霍坦歇斯　还有我的，大爷。

凡罗家仆人甲
凡罗家仆人乙　还有我们的，大爷。

菲洛特斯　我们的债票都在这儿。

泰　门　用你们的债票把我打倒，把我腰斩了吧。

路歇斯家仆人　唉！大爷——

泰　门　剖开我的心来。

泰特斯　我的账上是五十个泰伦。

泰　门　把我的血一滴一滴地数出来。

路歇斯家仆人　五千个克朗，大爷。

泰　门　还你五千滴血。你要多少？你呢？

凡罗家仆人甲　大爷——

凡罗家仆人乙　大爷——

泰　门　扯碎我的四肢，把我的身体拿了去吧；天神的愤怒降在你们身上。（下。）

霍坦歇斯　我看我们的主人的债是讨不回来的了，因为欠债的是个疯子。（同下。）

泰门及弗莱维斯重上。

泰　门　他们简直不容我有一点儿喘息的工夫，这些奴才们！什么债主，简直是魔鬼！

弗莱维斯　我的好大爷——

泰　门　要是果然这样呢？

弗莱维斯　大爷——

泰　门　我一定这么办。管家！

弗莱维斯　有，大爷。

泰　门　很好！去，再把我的朋友们一起请来，路歇斯、路库勒斯、辛普洛涅斯，叫他们大家都来，我还要宴请一次这些恶人。

弗莱维斯　啊，大爷！您这些话只是一时气愤之言，别说请客，现在就是略为备一些酒食的钱也没有了。

泰　门　你别管,去吧。我叫你把他们全都请来,让那些混账东西再进一次我的门,我的厨子跟我会预备好东西给他们吃的。(同下。)

第五场　同前。元老院

众元老列坐议事。

元老甲　大人,您的意见我很赞同,这是一件重大的过失,他必须判处死刑,姑息的结果只是放纵了罪恶。

元老乙　一点不错,法律必须给他一些惩罚。

艾西巴第斯率侍从上。

艾西巴第斯　愿荣耀、康健和仁慈归于各位元老!

元老甲　请了,将军。

艾西巴第斯　我是你们的一个卑微的请愿者。人家说,法律不外人情,只有暴君酷吏才会借着法律的威严肆其荼毒。我的一个朋友因为一时之愤,无意中陷入法网。虽然他现在遭逢不幸,可是他也是很有品行的人,并不是卑怯无耻之流,单这一点也就可以补赎他的过失了;他因为眼看他的名誉受到致命的污辱,所以才挺身而起,光明正大地和他的敌人决斗;就是当他们兵刃相交的时候,他也始终不动声色,就像不过跟人家辩论一场是非一样。

元老甲　您想把一件恶事说得像一件好事,恐怕难以自圆其说;您的话全然是饰词强辩,有心替杀人犯辩护,把斗殴当作勇敢,可惜这种勇敢却是误用了的。真正勇敢的人,应当能够智慧地忍受最难堪的屈辱,不以身外的荣辱介怀,用息事宁人的态度避免无谓的横祸。要是屈辱可以使我们杀人,那么为了气愤而冒着生命的危险,是一件多么愚蠢的事!

艾西巴第斯　大人——

元老甲　您不能使重大的罪恶化为清白；报复不是勇敢，忍受才是勇敢。

艾西巴第斯　各位大人，我是一个武人，请你们恕我说句武人的话。为什么愚蠢的人们宁愿在战场上捐躯，不知道忍受各种威胁呢？为什么他们不高枕而眠，让敌人从容割破他们的咽喉而不加抗拒呢？要是忍受果然是这样勇敢的行为，那么我们为什么要去远征国外呢？照这样说来，那么在家内安居的妇人女子才是更勇敢的，驴子也要比狮子英雄得多了；要是忍受是一种智慧，那么铁索银铛的囚犯，也比法官更聪明了。啊，各位大人！你们身膺重望，应该仁爱为怀。谁不知道残酷的暴行是罪不容赦的？杀人者处极刑；可是为了自卫而杀人，却是正当的行为。负气使性，虽然为正人君子所不齿，然而人非木石，谁没有一时的气愤呢？你们在判定他的罪名以前，请先斟酌人情，不要矫枉过正才好。

元老乙　您这些话全是白说。

艾西巴第斯　白说！他在斯巴达和拜占廷两次战役中所立的功劳，难道不能赎回他的一死吗？

元老甲　那是怎么一回事？

艾西巴第斯　我说，各位大人，他曾经立下不少的功劳，在战争中杀死你们的许多敌人。在上次作战的时候，他是多么勇敢，手刃了多少人！

元老乙　他杀过太多的人；他是个好乱成性的家伙；要是没有人跟他作对，他也要找人家吵闹；因为他有这样的坏脾气，也不知闹过多少回事、引起多少回的纷争了；我们久已风闻他的酗酒寻衅、行为不检的劣迹。

元老甲　他必须处死。

艾西巴第斯　残酷的命运！早知如此，他就该死在战场上。各位大人，要是他的功绩才能不能替他自己赎罪，那么我可以拿我自己的微劳一并作为抵押，请你们宽恕了他的死罪；我知道你们这样年高的人都喜欢有一个确实的保证，所以我愿意把我历次的胜利和我的荣誉向你们担保，他一定不会有负你们的矜宥。要是他这次所犯的罪，按照法律必须用生命抵偿，那么让他洒血沙场，英勇而死吧；因为战争是和法律同样无情的。

元老甲　我们只知道秉公执法，他必须死。不要再絮烦了，免得惹起我们的恼怒。即使他是我们的朋友或是兄弟，杀了人也必须抵命。

艾西巴第斯　一定要这样办吗？不，一定不能这样办。各位大人，我请求你们，想一想我是什么人。

元老甲　怎么！

艾西巴第斯　请你们想一想我是什么人。

元老丙　什么！

艾西巴第斯　我想你们一定年老健忘，想不起我了；否则我这样向你们卑辞请求这么一点小小的恩惠，总不至于会被你们拒绝的。我身上的伤痕在为你们而疼痛哩。

元老甲　你胆敢惹我们生气吗？好，听着，我们没有很多的话说，可是我们的话是言出如山的：我们宣布把你永远放逐。

艾西巴第斯　把我放逐！把你们自己的糊涂放逐了吧；把你们放债营私、秽迹昭彰的腐化行为放逐了吧！

元老甲　要是在两天以后！你仍旧逗留在雅典境内！我们就要判处你加倍的重罪！至于你那位朋友，为了让我们耳目中清静一些起见，我们就要把他立刻处决！（众元老同下。）

艾西巴第斯　愿神明保佑你们长寿，让你们枯瘦得只剩一副骨头，谁也不来瞧你们一眼！真把我气疯了；我替他们打退了敌人，让他们安安稳稳地在一边数他们的钱，用高利放债，我自己却只得到了满身的伤痕:这一切不过换到了今天这样的结果吗?难道这就是那放高利贷的元老院替将士伤口敷上的油膏吗?放逐!那倒不是坏事;我不恨他们把我放逐;我可以借着这个理由,举兵攻击雅典,向他们发泄我的愤怒。我要去鼓动我的愤愤不平的部队;军人们像天神一样,是不能忍受丝毫的侮辱的。(下。)

第六场　同前。泰门家中的宴会厅

音乐;室内排列餐桌,众仆立侍;若干贵族、元老及余人等自各门分别上。

贵族甲　早安,大人。

贵族乙　早安,我想这位可尊敬的贵人前天不过是把我们试探一番。

贵族甲　我刚才也这么想着;我希望他并不真正穷到像他故意装给朋友们看的那个样子。

贵族乙　照他这次重开盛宴的情形看来,他并没有真穷。

贵族甲　我也这样想。他很诚恳地邀请我,我本来还有许多事情,实在抽不出身,可是因为他的盛情难却,所以不能不拨冗而来。

贵族乙　我也有许多要事在身,可是他一定不肯放过我。我很抱歉,当他叫人来问我借钱的时候,我刚巧手边没有现款。

贵族甲　我知道了他这种情形之后,心里也难过得很。

贵族乙　这儿每一个人都有这样的感觉。他要向您借多少钱?

贵族甲　一千块。

贵族乙　一千块!

贵族甲　您呢?

贵族丙　他叫人到我那儿去,大人,——他来了。

泰门及侍从等上。

泰　门　竭诚欢迎，两位老兄；你们都好吗？

贵族甲　托您的福，大人。

贵族乙　燕子跟随夏天，也不及我们跟随您这样踊跃。

泰　门　（旁白）你们离开我也比燕子离开冬天还快；人就是这种趋炎避冷的鸟儿。——各位朋友，今天肴馔不周，又累你们久等，实在抱歉万分；要是你们不嫌喇叭的声音刺耳，请先饱听一下音乐，我们就可以入席了。

贵族甲　前天累尊驾空劳往返，希望您不要见怪。

泰　门　啊！老兄，那是小事，请您不必放在心上。

贵族乙　大人——

泰　门　啊！我的好朋友，什么事？

贵族乙　大人，我真是说不出的惭愧，前天您叫人来看我的时候，不巧我正是身无分文。

泰　门　老兄不必介意。

贵族乙　要是您再早两点钟叫人来——

泰　门　请您不要把这种事留在记忆里。（众仆端酒食上。）来，把所有的盘子放在一起。

贵族乙　盘子上全都罩着盖！

贵族甲　一定是奇珍异味哩。

贵族丙　那还用说吗？只要是出了钱买得到的东西。

贵族甲　您好？近来有什么消息？

贵族丙　艾西巴第斯被放逐了，您听见人家说起没有？

贵族甲
贵族乙　艾西巴第斯被放逐了！

贵族丙　是的，这消息是确实的。

贵族甲　怎么？怎么？

贵族乙　请问是为了什么原因？

泰　门　各位好朋友，大家过来吧。

贵族丙　等会儿我再详细告诉您。看来又是一场盛大的欢宴。

贵族乙　他还是原来那样子。

贵族丙　这样子能够维持长久吗？

贵族乙　也许，可是——那就——

贵族丙　我明白您的意思。

泰　门　请大家用着和爱人接吻那样热烈的情绪，各人就各人的座位吧；你们的菜肴是完全一律的。不要拘泥礼节，逊让得把肉菜都冷了。请坐，请坐。我们必须先向神明道谢：——神啊，我们感谢你们的施与，赞颂你们的恩惠；可是不要把你们所有的一切完全给人，免得你们神灵也要被人蔑视。借足够的钱给每一个人，不使他再转借给别人；因为如果你们神灵也要向人类告贷，人类是会把神明舍弃的。让人们重视肉食，甚于把肉食赏给他们的人。让每一处有二十个男子的所在，聚集着二十个恶徒；要是有十二个妇人围桌而坐，让她们十二个人保持她们的本色。神啊，那些雅典的元老们，以及黎民众庶，请你们鉴察他们的罪恶，让他们遭受毁灭的命运吧。至于我这些在座的朋友，他们本来对于我漠不相关，所以我不给他们任何的祝福，我所用来款待他们的也只有空虚的无物。揭开来，狗子们，舔你们的盆子吧。（众盘揭开，内满贮温水。）

一宾客　他这种举动是什么意思？

另一宾客　我不知道。

泰　门　请你们永远不再见到比这更好的宴会，你们这一群口头的朋友！蒸汽和温水是你们最好的饮食。这是泰门最后一次的宴会了；他因为被你们的谄媚蒙住了心窍，所以要把它洗干净，把你们这些恶臭的奸诈仍旧洒还给你们。（浇水于众客脸上。）愿你们老而不死，永远受人憎恶，你们这些微笑的、柔和的、可厌的寄生虫，彬彬有礼的破坏者。驯良的豺狼，温顺的熊，命运的弄人，酒食征逐的朋友，趋炎附势的青蝇，脱帽屈膝的奴才，水汽一样轻浮的么麽小丑！一切人畜的恶症侵蚀你们的全身！什么！你要走了吗？且慢！你还没有把你的教训带去，——还有你，——还有你；等一等，我有钱借给你们哩，我不要向你们借钱呀。（将盘子掷众客身，众下。）什么！大家都要走了吗？从此以后，让每一个宴会上把奸人尊为上客吧。屋子，烧起来呀！雅典，陆沉了吧！从此以后，泰门将要痛恨一切的人类了！（下。）

众贵族、元老等重上。

贵族甲　哎哟，各位大人！

贵族乙　您知道泰门发怒的缘故吗？

贵族丙　嘿！您看见我的帽子吗？

贵族丁　我的袍子也丢了。

贵族甲　他已经发了疯啦，完全在逞着他的性子乱闹。前天他给我一颗宝石，现在他又把它从我的帽子上打下来了。你们看见我的宝石吗？

贵族丙　您看见我的帽子吗？

贵族乙　在这儿。

贵族丁　这儿是我的袍子。

贵族甲　我们还是快走吧。

贵族乙　泰门已经疯了。

贵族丙　他把我的骨头都捶痛了呢。

贵族丁　他高兴就给我们金刚钻，不高兴就用石子扔我们。（同下。）

第四幕

第一场　雅典城外

泰门上。

泰　门　让我回头瞧瞧你。城啊，你包藏着如许的豺狼，快快陆沉吧，不要再替雅典做藩篱！已婚的妇人们，淫荡起来吧！子女们不要听父母的话！奴才们和傻瓜们，把那些年高德劭的元老们拉下来，你们自己坐上他们的位置吧！娇嫩的处女变成人尽可夫的娼妓，当着你们父母的眼前跟别人通奸吧！破产的人，不要偿还你们的欠款，用刀子割破你们债主的咽喉吧！仆人们，放手偷窃吧！你们庄严的主人都是借着法律的名义杀人越货的大盗。婢女们，睡到你们主人的床上去吧；你们的主妇已经做卖淫妇去了！十六岁的儿子，夺下你步履龙钟的老父手里的拐杖，把他的脑浆敲出来吧！孝亲敬神的美德、和平公义的正道、齐家睦邻的要义、教育、礼仪、百工的技巧、尊卑的品秩、风俗、习惯，一起陷于混乱吧！加害于人身的各种瘟疫，向雅典伸展你们的毒手，播散你们猖獗传染的热病！让风湿钻进我们那些元老的骨髓，使他们手脚瘫痪！让淫欲放荡占领我们那些少年人的心，使他们反抗道德，沉溺在狂乱之中！每一个雅典人身上播下了疥癣疮毒的种子，让他们一个个害起癞病！让他们的呼吸中都含着毒素，谁和他们来往做朋友都会中毒而死！除了我这赤裸裸的一身以外，我什么也不带走，你这可憎的城市！我给你的只有无穷的诅咒！泰门要到树林里去，和最凶恶的野兽做伴侣，比起无情的人类来，它们是要善良得多了。天上一切神明，听着我，把那城墙内外的雅典人一起毁灭了吧！求你们让泰门把他的仇恨扩展到全体人类，不分贵贱高低！阿门。（下。）

第二场　雅典。泰门家中一室

弗莱维斯及二、三仆人上。

仆　甲　请问总管，我们的主人呢？我们全完了吗？被丢弃了吗？什么也没有留下吗？

弗莱维斯　唉！兄弟们，我应当对你们说些什么话呢？正直的天神可以替我作证，我跟你们一样穷。

仆　甲　这样一个人家也会冰消瓦解！这样一位贵主人也会一朝失势！什么都完了！没有一个朋友和他患难相依！

仆　乙　正像我们送已死的同伴下葬以后就掉头而去一样，他的知交一见他的财产化为泥土，也就悄悄溜走，只有他们所发的虚伪的誓言，还像一个已经掏空的钱袋似的留在他的身边。可怜的他，变成一个无家可归的叫花子，因为害着一身穷病，弄得人人走避，只好一个人踽踽独行。又有几个我们的弟兄来了。

其他仆人上。

弗莱维斯　都是一个破落人家的一些破碎的工具。

仆　丙　可是我们心里都还穿着泰门发给我们的制服，我们的脸上都流露着眷怀故主的神色。我们现在遭逢不幸，依然是亲密的同伴。我们的大船已经漏了水，我们这些可怜的水手，站在向下沉没的甲板上，听着海涛的威胁；在这茫茫的大海之中，我们必须从此分散了。

弗莱维斯　各位好兄弟们，我愿意把我剩余下来的几个钱分给你们。以后我们无论在什么地方相会，为了泰门的缘故，让我们仍旧都是好朋友；让我们摇摇头，叹口气，悲悼我们主人家业的零落，说："我们都是曾经见过好日子的。"各人都拿一些去；（给众仆钱。）不，大家伸出手来。不必多说，我们现在穷途离别，让悲哀充塞着我们的胸膛吧。（众仆互相拥抱，分别下。）啊，荣誉带给我们的惨酷的不幸！财富既然只替人招来了困苦和轻蔑，谁还愿意坐拥巨资呢？谁愿意享受片刻的荣华，徒作他人的笑柄？谁愿意在荣华的梦里，相信那些虚伪的友谊？谁还会贪恋那些和趋炎附势的朋友同样不可靠的尊荣豪贵？可怜的老实的大爷！他因为自己心肠太好，所以才到了今天这个地步！谁想得到，一个人行了太多的善事反是最大的罪恶！谁还敢再像他一半仁慈呢？慷慨本来是天神的德性，凡人慷慨了却会损害他自己。我们最亲爱的大爷，你是一个有福之人，却反而成为最倒霉的一个，你的万贯家财害得你如此凄凉，你的富有变成了你的最大的痛苦。唉！仁慈的大爷，他因为气不过这些忘恩负义的朋友，才一怒而去；他既然没有携带活命的资粮，又没有一些可以变换衣食的财帛。我要追寻他的踪迹，尽心竭力侍候他的旨意。当我还有一些金钱在手的时候，我仍然是他的管家。（下。）

第三场　海滨附近的树林和岩穴

泰门自穴中上。

泰　门　神圣的化育万物的太阳啊！把地上的瘴雾吸起，让天空中弥漫着毒气吧！同生同长、同居同宿的孪生兄弟，也让他们各人去接受不同的命运，让那贫贱的人被富贵的人所轻蔑吧。重视伦常天性的人，必须遍受各种颠沛困苦的凌虐；灭伦悖义的人，才会安享荣华。让乞儿跃登高位，大臣退居贱职吧；元老必须世世代代受人蔑视，乞儿必须享受世袭的光荣。有了丰美的牧草，牛儿自然肥胖；缺少了饲料它就会瘦瘠下来。谁敢秉着光明磊落的胸襟挺身而起，说"这人是一个谄媚之徒"？要是有一个人是谄媚之徒，那么谁都是谄媚之徒；因为每一个按照财产多寡区分的阶级，都要被次一阶级所奉承；博学的才人必须向多金的愚夫鞠躬致敬。在我们万恶的天性之中，一切都是歪曲偏斜的，一切都是奸邪淫恶。所以，让我永远厌弃人类的社会吧！泰门憎恨形状像人一样的东西，他也憎恨他自己；愿毁灭吞噬整个人类！泥土，给我一些树根充饥吧！（掘地）谁要是希望你给他一些更好的东西，你就用你最猛烈的毒物餍足他的口味吧！咦，这是什么？金子！黄黄的、发光的、宝贵的金子！不，天神们啊，我不是一个游手好闲的信徒；我只要你们给我一些树根！这东西，只这一点点儿，就可以使黑的变成白的，丑的变成美的，错的变成对的，卑贱变成尊贵，老人变成少年，懦夫变成勇士。嘿！你们这些天神们啊，为什么要给我这东西呢？嘿，这东西会把你们的祭司和仆人从你们身旁拉走，把壮士头颅底下的枕垫抽去；这黄色的奴隶可以使异教联盟，同宗分裂；它可以使受诅咒的人得福，使害着灰白色的癞病的人为众人所敬爱；它可以使窃贼得到高爵显位，和元老们分庭抗礼；它可以使鸡皮黄脸的寡妇重做新娘，即使她的尊容会使身染恶疮的人见了呕吐，有了这东西也会恢复三春的娇艳。来，该死的土块，你这人尽可夫的娼妇，你惯会在乱七八糟的列国之间挑起纷争，我倒要让你去施展一下你的神通。（远处军队行进声）嘿！鼓声吗？你还是活生生的，可是我要把你埋葬了再说。不，当那看守你的人已经疯瘫了的时候，你也许要逃走，且待我留着这一些作质。（拿了若干金子。）

鼓角前导，艾西巴第斯戎装率菲莉妮娅、提曼德拉同上。

艾西巴第斯　你是什么？说。

泰　门　我跟你一样是一头野兽。愿蛀虫蛀掉了你的心，因为你又让我看见了人类的面孔！

艾西巴第斯　你叫什么名字？你自己是一个人，怎么把人类恨到这个样子？

泰　门　我是恨世者，一个厌恶人类的人。我倒希望你是一条狗，那么也许我会喜欢你几分。

艾西巴第斯　我认识你是什么人，可是不知道你为什么会变成这样。

泰　门　我也认识你；除了我知道你是什么人之外，我不要再知道什么。跟着你的鼓声去吧；用人类的血染红大地；宗教的戒条、民事的法律，哪一条不是冷酷无情的，那么谁能责怪战争的残酷呢？这一个狠毒的娼妓，虽然瞧上去像个天使一般，杀起人来却比你的刀剑还要厉害呢。

菲莉妮娅　烂掉你的嘴唇！

泰　门　我不要吻你；你的嘴唇是有毒的，让它自己烂掉吧。

艾西巴第斯　尊贵的泰门怎么会变成这个样子？

泰　门　正像月亮一样，因为缺少了可以照人的光；可是我不能像月亮一样缺而复圆，因为我没有可以借取光明的太阳。

艾西巴第斯　尊贵的泰门，我可以为你做些什么事，来表示友谊呢？

泰　门　不必，只要你支持我的意见。

艾西巴第斯　什么意见，泰门？

泰　门　用口头上的友谊允许人家，可是不要履行你的允诺；要是你不允许人家，那么神明降祸于你，因为你是一个人！要是你果然履行允诺，那么愿你沉沦地狱，因为你是一个人！

艾西巴第斯　我曾经略微听到过一些你的不幸的遭际。

泰　门　当我有钱的时候,你就看见过我是怎样地不幸了。

艾西巴第斯　我现在才看见你的不幸;当初你是很享福的。

泰　门　正像你现在一样,给一对娼妓挟住了不放。

提曼德拉　这就是那个受尽世人歌颂的雅典的宠儿吗?

泰　门　你是提曼德拉吗?

提曼德拉　是的。

泰　门　做你一辈子的婊子去吧;把你玩弄的那些人并不真心爱你;他们在你身上发泄过兽欲以后,你就把恶疾传给他们。利用你的淫浪的时间,把他们放进腌缸里或汽浴池中,把那些红颜的少年消磨得形销骨立吧。

提曼德拉　该死的妖魔!

艾西巴第斯　原谅他,好提曼德拉,因为他遭逢变故,他的神智已经混乱了。豪侠的泰门,我近来钱囊羞涩,为了饷糈不足的缘故,我的部队常常发生叛变。我也很痛心,听到那可诅咒的雅典怎样轻视你的才能,忘记你的功德,倘不是靠着你的威名和财力,这区区的雅典城早被强邻鲸食了——

泰　门　请你敲起鼓来,快点走开吧。

艾西巴第斯　我是你的朋友,我同情你,亲爱的泰门。

泰　门　你这样跟我胡缠,还说同情我吗?我宁愿一个人在这里。

艾西巴第斯　好,那么再会;这儿有一些金子,你拿去吧。

泰　门　金子你自己留着,我又不能吃它。

艾西巴第斯　等我把骄傲的雅典踏成平地以后——

泰　门　你要去打雅典吗?

艾西巴第斯　是的,泰门,我有充分的理由哩。

泰　门　愿天神降祸于所有的雅典人,让他们一个个在你剑下丧命;

等你征服了雅典以后，愿天神再降祸于你！

艾西巴第斯　为什么降祸于我，泰门？

泰　门　因为天生下你来，要你杀尽那些恶人，征服我的国家。把你的金子藏好了；快去。我这儿还有些金子，也一起给了你吧。快去。愿你奉行天罚，像一颗高悬在作恶多端的城市上的灾星一般，别让你的剑下放过一个人。不要怜悯一把白须的老翁，他是一个放高利贷的人。那凛然不可侵犯的中年妇人，外表上虽然装得十分贞淑，其实却是一个鸨妇，让她死在你的剑下吧。也不要因为处女的秀颊而软下了你的锐利的剑锋；这些惯在窗棂里偷看男人的丫头们，都是可怕的叛徒，不值得怜惜的。也不要饶过婴孩，像一个傻子似的看见他的浮着酒窝的微笑而大发慈悲；你应当认为他是一个私生子，上天已经向你隐约预示他将来长大以后会割断你的咽喉，所以你必须硬着心肠把他剁死。你的耳朵上、眼睛上，都要罩着一重厚甲，让你听不到母亲、少女和婴孩们的啼哭，看不见披着圣服的祭司的流血。把这些金子拿去分给你的兵士们，让他们去造成一次大大的纷乱；等你的盛怒消释以后，愿你也不得好死！不必多说，快去。

艾西巴第斯　你还有金子吗？我愿意接受你给我的金子，可是不能完全接受你的劝告。

泰　门　接受也好，不接受也好，愿上天的诅咒降在你身上！

菲莉妮娅
提曼德拉　好泰门，给我们一些金子，你还有吗？

泰　门　有，有，有，我有足够的金子，可以使一个妓女改业，自己当起老鸨来。揭起你们的裙子来，你们这两个贱婢。你们是不配发誓的，虽然我知道你们发起誓来，听见你们的天神也会浑身发抖，毛骨悚然；不要发什么誓了，我愿意信任你们。做你们一辈子的婊子吧;要是有什么仁人君子,想要劝你们改邪归正,你们就得施展你们的狐媚伎俩引诱他,使他在欲火里丧身。一辈子做你们的婊子吧;你们的脸上必须满涂着脂粉,让马蹄踏上去都会拔不出来。

菲莉妮娅
提曼德拉　好,再给我们一些金子。还有什么吩咐?相信我们,只要有金子,我们是什么都愿意干的。

泰　门　把痨病的种子播在人们枯干的骨髓里;让他们胫骨疯瘫,不能上马驰驱。嘶哑了律师的喉咙,让他不再颠倒黑白,为非分的权利辩护,鼓弄他的如簧之舌。叫那痛斥肉体的情欲、自己不相信自己的话的祭司害起满身的癞病;叫那长着尖锐的鼻子、一味钻营逐利的家伙烂去了鼻子;叫那长着一头鬈曲秀发的光棍变成秃子;叫那不曾受过伤、光会吹牛的战士也从你们身上受到一些痛苦:让所有的人都被你们害得身败名裂。再给你们一些金子;你们去害了别人,再让这东西来害你们,愿你们一起倒在阴沟里死去!

菲莉妮娅
提曼德拉　宽宏慷慨的泰门,再给我们一些金子吧,你还有什么话要对我们说呢?

泰　门　你们先去多卖几次淫,多害几个人;回头来我还有金子给你们。

艾西巴第斯　敲起鼓来,向雅典进发!再会,泰门;要是我此去能够成功,我会再来访问你的。

泰　门　要是我的希望没有落空,我再也不要看见你了。

艾西巴第斯　我从来没有得罪过你。

泰　门　可是你说过我的好话。

艾西巴第斯　这难道对你是有害的吗?

泰　门　人们每天都可以发现说好话的人总是不怀好意。走开，把你这两条小猎狗带了去。

艾西巴第斯　我们留在这儿反而惹他生气。敲敲！（敲敲；艾西巴第斯、菲莉妮娅、提曼德拉同下。）

泰　门　想不到在饱尝人世的无情之后，还会感到饥饿；你万物之母啊，（掘地）你的不可限量的胸腹，孳乳着繁育着一切；你的精气不但把傲慢的人类，你的骄儿，吹嘘长大，也同样生养了黑色的蟾蜍、青色的蝮蛇、金甲的蝾螈、盲目的毒虫以及一切光天化日之下可憎可厌的生物；请你从你那丰饶的怀里，把一块粗硬的树根给那痛恨你一切人类子女的我果果腹吧！枯萎了你的肥沃多产的子宫，让它不要再生出负心的人类来！愿你怀孕着虎龙狼熊，以及一切宇宙覆载之中所未见的妖禽怪兽！啊！一个根；谢谢。干涸了你的血液，枯焦了你的土壤；忘恩负义的人类，都是靠着你的供给，用酒肉填塞了他的良心，以至于迷失了一切的理性！

艾帕曼特斯上。

泰　门　又有人来了！该死！该死！

艾帕曼特斯　人家指点我到这儿来；他们说你学会了我的举止，模仿着我的行为。

泰　门　因为你还不曾养一条狗，否则我倒宁愿学它；愿痨病抓了你去！

艾帕曼特斯　你这种样子不过是一时的感触，因为命运的转移而发生的怯懦的忧郁。为什么拿起这柄锄头？为什么住在这个地方？为什么穿上这身奴才的装束？为什么露出这样忧伤的神色？向你献媚的家伙现在还穿的是绸缎，喝的是美酒，睡的是温软的被褥，彻底忘记了世上曾经有过一个名叫泰门的人。不要装出一副骂世者的腔调，害这些山林蒙羞吧。还是自己也去做一个献媚的人,在那些毁荡了你的家产的家伙手下讨生活吧。弯下你的膝头,让他嘴里的气息吹去你的帽子;尽管他发着怎样大的脾气,你都要把他恭维得五体投地。你应当像笑脸迎人的酒保一样,倾听着每一个流氓恶棍的话;你必须自己也做一个恶棍,要是你再发了财,也不过让恶棍们享用了去。可不要再学着我的样子啦。

泰　门　要是我像了你,我宁愿把自己丢掉。

艾帕曼特斯　你因为像你自己,早已把你自己丢掉了;你做了这么久的疯人,现在却变成了一个傻子。怎么!你以为那凛冽的霜风,你那喧嚷的仆人,会把你的衬衫烘暖吗?这些寿命超过鹰隼、罩满苍苔的老树,会追随你的左右,听候你的使唤吗?那冰冻的寒溪会替你在清晨煮好粥汤,替你消除昨夜的积食吗?叫那些赤裸裸地生存在上天的暴怒之中、无遮无掩地受着风吹雨打霜雪侵凌的草木向你献媚吧;啊!你就会知道——

泰　门　你是一个傻子。快去。

艾帕曼特斯　我从来不曾像现在这样喜欢过你。

泰　门　我从来不曾像现在这样讨厌过你。

艾帕曼特斯　为什么?

泰　门　因为你向贫困献媚。

艾帕曼特斯　我没有献媚,我说你是一个下流的恶汉。

泰　门　为什么你要来找我?

艾帕曼特斯　因为我要惹你恼怒。

泰　门　这是一个恶徒或者愚人的工作。你以为惹人家恼怒对于你自己是一件乐事吗?

艾帕曼特斯　是的。

泰　门　怎么!你又是一个无赖吗?

艾帕曼特斯　要是你披上这身寒酸的衣服,目的只是要惩罚你自己的骄傲,那么很好;可是你是出于勉强的,倘若你不再是一个乞丐,你就会再去做一个廷臣。自愿的贫困胜如不定的浮华;穷奢极欲的人要是贪得无厌,比最贫困而知足的人更要不幸得多了。你既然这样困苦,应该但求速死。

泰　门　我不会听了一个比我更倒霉的人的话而去寻死。你是一个奴隶,命运的温柔的手臂从来不曾拥抱过你。要是你从呱呱堕地的时候就跟我们一样,可以随心所欲地享受这浮世的欢娱,你一定已经沉溺在无边的放荡里,把你的青春消磨在左拥右抱之中,除了一味追求眼前的淫乐以外,再也不会知道那些冷冰冰的人伦道德。可是我,整个的世界曾经是我的糖果的作坊;人们的嘴、舌头、眼睛和心都争先恐后地等候着我的使唤,虽然我没有这许多工作可以给他们做;无数的人像叶子依附橡树一般依附着我,可是经不起冬风的一吹,他们便落下枝头,剩下我赤裸裸的枯干,去忍受风雨的摧残,像我这样享福过来的人,一旦挨受这种逆运,那才是一件难堪的重荷;你却是从开始时候就尝到人世的痛苦的,经验已经把你磨炼得十分坚强了。你为什么厌恶人类呢?他们从来没有向你献过媚;你曾经有些什么东西给人家呢?倘若你要咒骂,你就得咒骂你的父亲,那个穷酸的叫化子,他因为一时起兴,和一个女乞婆养下了你这世袭的穷光蛋来。滚开!快去!倘若你不是生下来就是世间最下贱的人,你就是个奸佞的小人。

艾帕曼特斯　你现在还是这样骄傲吗?

泰　门　是的,因为我不是你而骄傲。

艾帕曼特斯　我也因为不是一个浪子而骄傲。

泰　门　我因为现在是个浪子而骄傲。要是我所有的一切钱财都在你的手掌之中,我也不向你要。快去!但愿全体雅典人的生命都在这块树根里,我要像这样把它一口吞下!(食树根。)

艾帕曼特斯　你要我带些什么去给雅典人？

泰　门　但愿一阵旋风把你卷到雅典去。要是你愿意，你可以告诉他们我这儿有金子；瞧，我有金子。

艾帕曼特斯　你在这儿用不着金子。

泰　门　金子在这儿才是最好最真的，因为它安安静静地躺在这儿，不被人利用去为非作歹。

艾帕曼特斯　晚上在什么地方睡觉，泰门？

泰　门　在太虚的覆罩之下。你白天在什么地方吃东西，艾帕曼特斯？

艾帕曼特斯　在我的肚子找到肉食的地方；或者说，在我吃东西的地方。

泰　门　我希望酖毒服从我的意志！

艾帕曼特斯　你要把它送到什么地方去？

泰　门　撒在你的食物里。

艾帕曼特斯　你只知道人生中的两个极端，不曾度过中庸的生活。当你锦衣美服、麝香熏身的时候，他们讥笑你的繁文缛礼；现在你不衫不履，蓬头垢面，他们又蔑视你的落拓颠狂。

泰　门　艾帕曼特斯，要是全世界俯伏在你的脚下，你预备把它怎样处置？

艾帕曼特斯　把它送给野兽，吃尽了所有的人类。

泰　门　你愿意置身于人类的混乱之中，而与众兽为伍，做一头畜生吗？

艾帕曼特斯　是的，泰门。

泰　门　愿天神保佑你达到这一个畜生的愿望。要是你做了狮子，狐狸会来欺骗你；要是你做了羔羊，狐狸会来吃了你；要是你做了狐狸，万一驴子把你告发，狮子会对你起疑心；要是你做了驴子，你的愚蠢将使你受苦，而且你也不免做豺狼的一顿早餐；要是你做了狼，你的贪馋将使你烦恼，而且常常要为着求食而冒生命的危险；要是你做了犀牛，你的骄傲和凶暴将使你受罪，让你自己被你的盛怒所克服；要是你做了熊，你要死在马蹄的践踏之下；要是你做了马，你要被豹子所攫噬；要是你做了豹，你是狮子的近亲，你身上的斑纹将使你送命。你没有安全，没有保障。你要做一头什么野兽，才可以不受别的野兽的侵害呢？你不知道你现在已经是一头什么野兽，你在变形以后将要遭到怎样的不幸。

艾帕曼特斯　你这番话讲得倒很有理；雅典已经变成一个众兽群居的林薮了。

泰门　那么驴子是怎样冲破了城墙，让你溜到城外来的？

艾帕曼特斯　那里有一个诗人和一个画师来了；愿来来往往的人们把你缠扰得不得安宁！我可要敬谢不敏，抽身远避了。当我不知道还有什么事情可做的时候，我会再来瞧你的。

泰　门　当世间除了你之外死得什么都不剩的时候，我会欢迎你的。我宁愿做乞丐手里牵着的狗，也不愿做艾帕曼特斯。

艾帕曼特斯　你是世上天字第一号的大傻瓜。

泰　门　我希望你再干净点儿，可以让我把唾涎吐在你身上！

艾帕曼特斯　愿你遭瘟！你太坏了，我简直不屑咒你！

泰　门　所有的恶人站在你身边，相形之下也会变成正人君子。

艾帕曼特斯　你一说话，嘴里也会掉下癞病来。

泰　门　要是我再提起你的名字的话。倘不是怕污了我的手，我早就打你了。去，你这癞狗生的杂种！世上会有你这样的人活着，把我气也气死了，我一见了你就要气昏了脑袋。

艾帕曼特斯　我希望你会气破了肚子！

泰　门　去，你这讨厌的浑蛋！算我倒霉，还要赔一块石子来扔你。（向艾帕曼特斯掷石。)

艾帕曼特斯　畜生!

泰　门　奴才!

艾帕曼特斯　蛤蟆!

泰　门　浑蛋,浑蛋,浑蛋!我讨厌这个虚伪的世界和这个世界上所有的一切。所以,泰门,赶快预备你的坟墓吧;安息在海水的泡沫可以每天打击你的墓碣的地方;刻下你的墓志铭,让你的一死讥刺着世人的偷生苟活。(视金)啊,你这可爱的凶手,帝王逃不过你的掌握,亲生的父子会被你离间!你灿烂的奸夫,淫污了纯洁的婚床!你勇敢的战神!你永远年轻韶秀、永远被人爱恋的娇美的情郎,你的羞颜可以融化了狄安娜女神膝上的冰雪!你有形的神明,你会使冰炭化为胶漆,仇敌互相亲吻!你会说任何的方言,使每一个人唯命是从!你动人心坎的宝物啊!你的奴隶,那些人类,要造反了,快快运用你的法力,让他们互相砍杀,留下这个世界来给兽类统治吧。

艾帕曼特斯　但愿如此,可是等我死了再说。我要去对他们说你有金子,不久他们就要蜂拥而来了。

泰　门　蜂拥而来?

艾帕曼特斯　正是。

泰　门　请你快给我滚开。

艾帕曼特斯　活下去,喜爱你的困苦吧!(下。)

泰　门　好容易把他赶走了。又有些像人一样的东西来啦!真讨厌!

众窃贼上。

贼　甲　他哪里来的这些金子?那一定是他剩在身边的一些碎片零屑。他就是因为囊中金罄,友朋离散,所以才发起疯来的。

贼　乙　听说他还有许多宝贝。

贼　丙　让我们吓唬他一下：要是他不爱惜金银，一定会双手捧给我们的；要是他推推托托不肯交出来，那便怎么办呢？

贼　乙　不错，他并不把它们放在身边，一定是藏得好好的。

贼　甲　这不就是他吗？

众　贼　在哪儿？

贼　乙　正是他的样子。

贼　丙　他，我认识是他。

众　贼　你好，泰门！

泰　门　好哇，你们这些偷儿！

众　贼　我们是兵士，不是偷儿。

泰　门　是兵士，也是偷儿；你们都是妇人的儿子。

众　贼　我们不是偷儿，不过是些什么都没有的穷光蛋。

泰　门　你们没有东西吃吗？为什么没有？瞧，地下生着各种草木的根；在这一英里以内，长着多少的山蔬野草；橡树上长着橡果，野蔷薇也长着一粒粒红色的果实；那慷慨的主妇，大自然，在每一棵植物上替你们安排好美食，你们还嫌没有东西吃吗？

贼　甲　我们不能像鸟兽游鱼一样，靠着吃草啄果、喝些清水过活呀。

泰　门　你们也不能靠着吃鸟兽游鱼的肉过活；你们是一定要吃人的。可是我还是要谢谢你们，因为你们都是明目张胆地做贼，并不蒙着庄严神圣的假面具；那些道貌岸然的正人君子，才是最可怕的穿窬大盗哩。你们这些鼠贼，拿着这些金子去吧。去，痛痛快快地喝个醉，让烈酒烧枯你们的血液，免得你们到绞架上去受苦。不要相信医生的话，他的药方上都是毒药，他杀死的比你们偷窃的还多。放手偷吧，尽情杀吧；你们既然做了贼，尽管把恶事当作正当的工作一样做去吧。我可以讲几个最大的窃贼给你们听：太阳是个贼，用它的伟大的吸力偷窃海上的潮水；月亮是个无耻的贼，它的惨白的光辉是从太阳那儿偷来的；海是个贼，它的汹涌的潮汐把月亮溶化成咸的眼泪；地是个贼，它偷了万物的粪便作肥料，使自己肥沃；什么都是贼，那束缚你们鞭打你们的法律，也凭借它的野蛮的威力，实行不受约制的偷窃。不要爱你们自己；快去！各人互相偷窃。再拿一些金子去吧。放大胆子去杀人；你们所碰到的人没有一个不是贼。到雅典去，打开人家的店铺；你们所偷到的东西没有一件本来不是贼赃。不要因为我给了你们金子就不去做贼；让金子送了你们的性命！阿门。

贼　丙　他劝我做贼，反而把我说得不愿意做贼了。

贼　甲　他因为痛恨人类，所以这样劝告我们；他不是希望我们靠着做贼发财享福。

贼　乙　我要把他的话当作仇敌的话，放弃我的本行了。

贼　甲　让我们替雅典维持治安；无论时世怎样艰难，一个人总可以安分度日的。（众贼下。）

弗莱维斯上。

弗莱维斯　天哪！那个衣服褴褛、形容枯槁的人，便是我的主人吗？他怎么会衰落到这个地步？为善的人竟会得到这样的恶报！从前那样炙手可热，一朝穷了下来，就要受尽世人的冷眼！世上还有什么东西比那些把最高贵的人引到了最没落的下场的朋友们更可恶的！在这样尔虞我诈的人间，一个人与其爱他的朋友，还不如爱他的仇敌；虽然仇敌对我不怀好意，可是朋友却在实际上陷害我。他已经看见我了。我要向他表示我的真诚的同情，仍旧把他看作我的主人一样用我的生命为他服役。我的最亲爱的主人！

泰门上前。

泰　门　走开！你是什么人？

弗莱维斯　您忘记我了吗,大爷?

泰　门　为什么问我这个问题?我已经忘记了所有的人了;要是你承认自己是个人,那么我当然也忘记你了。

弗莱维斯　我是您的一个可怜的忠心的仆人。

泰　门　那么我不认识你。我从来不曾有过一个忠心的仆人在我的身边;我只是养了一大群恶汉,侍候奸徒们的肉食。

弗莱维斯　神明可以作证,从来不曾有过一个可怜的管家像我一样为了他的破产的主人而衷心哀痛。

泰　门　怎么!你哭了吗?过来,那么我爱你,因为你是一个女人,不是冷酷无情的男子,男子的眼睛除了激于情欲和大笑的时候以外,是从来不会潮润的。他们的恻隐之心久已睡去了;奇怪的时代,人们流泪是为了欢笑,不是为了哭泣!

弗莱维斯　请您不要把我当作陌生人,我的好大爷,接受我的同情的吊慰;我还剩着不多几个钱在此,请您仍旧让我做您的管家吧。

泰　门　我竟有这样一个忠心正直的管家来安慰我吗?我的狂野的心都几乎被你软化了。让我瞧瞧你的脸。不错,这个人是妇人所生的。原谅我的抹杀一切的武断吧,永远清醒的神明们!我宣布这世界上还有一个正直的人,不要误会我,只有一个,而且他是个管家。但愿没有其他的人和他一样,因为我要痛恨一切的人类!你虽然不再受我的憎恨,可是除了你以外,谁都要受我的诅咒。我想你这样老实,未免太不聪明,因为要是你现在欺骗我、凌辱我,也许可以早一点得到一个新的主人;许多人都是踏在他们旧主人的颈子上,去侍候他们的新主人的。可是老实告诉我——我虽然相信你,却不能不怀疑——你的好心是不是别有用意,像那些富人们送礼一样,希望得到二十倍的利息?

弗莱维斯　不,我最尊贵的主人;唉!您到现在才懂得怀疑,已经太迟了。当您大开盛宴的时候,您就该想到人情的虚伪;可是一个人总要到了日暮途穷,方才知道人心是不可轻信的。天知道我现在向您表示的,完全是一片赤心,我不过对您高贵无比的精神呈献我的天职和热忱,关心您的饮食起居;相信我,我的最尊贵的大爷,我愿意把一切实际上或是希望中的利益,交换这一个愿望:只要您恢复原来的财势,就是给我莫大的报酬了。

泰　门　瞧,我已经发了财了。你这唯一的善人,来,拿去;天神借手于我的困苦,把财富送给你了。去,快快活活地做个财主吧;可是你要遵照我一个条件:你必须在远离人踪的地方筑屋而居;痛恨所有的人,诅咒所有的人,不要对任何人发慈悲心,听任那枵腹的饿丐形销骨立,也不要给他一些饮食;宁可把你不愿给人类的东西拿去丢给狗;让监狱把他们吞咽,让重债把他们压死;让人们像枯树一样倒毙,让疾病吸干了他们奸诈的血!去吧,愿你有福!

弗莱维斯　啊,让我留着安慰安慰您吧,我的主人。

泰　门　要是你不愿意挨骂,那么不要停留;趁你得到我的祝福、还是一个自由之身的时候,赶快逃走吧。你再也不要看见人类的面,再也不要让我看见你。(各下。)

第五幕

第一场　树林。泰门所居洞穴之前

诗人及画师上。

画　师　照我所记得的这地方的样子，离他的住处不会怎么远了。

诗　人　他这人真有点莫测高深。人家说他拥有大量的黄金，这谣言是真的吗？

画　师　真的。艾西巴第斯就这样说；菲莉妮娅和提曼德拉都从他手里得到过金子；还有那些穷苦的流浪的兵士们，也拿了不少去。据说他给他的管家一笔很大的数目呢。

诗　人　那么他这次破产不过是有意对他的朋友们的试探罢了。

画　师　正是；您就会看见他再在雅典扬眉吐气，高踞要津。所以我们应该在他佯为窘迫的时候向他献些殷勤，那可以表现出我们的热肠古道，而且要是关于他的多金的传言果然确实的话，那么我们枉道前来，也一定可以满载而归了。

诗　人　您现在有些什么东西可以呈献给他的？

画　师　我现在只是专程拜访，东西可什么也没有；可是我将要许诺他一幅绝妙的作品。

诗　人　我也必须贡献他一些什么东西；我要告诉他我准备写一篇怎样的诗送给他。

画　师　再好没有了。这年头儿最通行的就是空口许诺，它会叫人睁大了眼睛盼望，要是真的实行起来，那倒没有什么稀罕了；只有那些老实愚蠢的人，才会把说过的话认真照办。诺言是最有礼貌、最合时尚的事，实行就像一种遗嘱，证明本人的理智已经害着极大的重症。

泰门自穴中上。

泰　门　（旁白）卓越的匠人！像你自己这样一副恶人的嘴脸，是画也画不出来的。

诗　人　我正在想我应当说我预备写些什么献给他：那必须是一篇描写他自己的诗章；讽刺人世繁华的虚浮，指出那跟随在盛年与富裕后面的，是多少逢迎谄媚的丑态。

泰　门　（旁白）你一定要在你自己的作品里充当一个恶徒吗？你要在别人的身上暴露你自己的弱点吗？很好，我有金子给你哩。

诗　人　来，我们找他去吧。要是我们遇见了有利可获的机会而失之交臂，那就太对不起我们自己的幸运了。

画　师　不错，趁着白昼的光亮不用你出钱的时候，应当赶快找寻你所要的东西，等到黑夜到来，那就太晚了。来。

泰　门　（旁白）待我在转角的地方和你们相会吧。黄金真是一尊了不得的神明，即使他住在比猪窝还卑污的庙宇里，也会受人膜拜！你驱使船只在海上航行，你使奴隶的心中发生敬羡；你是应该被人们顶礼的，让你的圣徒们永远罩着只接受你的使唤的瘟疫吧。我现在可以去见他们。（上前。）

诗　人　祝福，可尊敬的泰门！

画　师　我们高贵的旧主人！

泰　门　我曾经看见过两个正人君子吗？

诗　人　先生，我常常沾沐您的慷慨的恩施，听说您已经隐居避世，您的朋友们一个个冷落了踪迹，他们那种忘恩的天性——啊，没有良心的东西！上天把所有的刑罚降在他们身上也掩蔽不了他们的罪恶！嘿！他们居然会这样对待您，他们整个的心身都在您的星辰一样的仁惠之下得到化育！我简直气疯了，想不出用怎样巨大的字眼，才可以遮盖这种薄情无义的弥天罪恶。

泰　门　不要遮盖它，让人家可以看得清楚一些。你们都是正人君子，还是把你们的本来面目公之于大众吧。

画　师　我们两个人常常受到您的霖雨一样的赏赐，感戴您的恩泽的深厚。

泰　门　嗯，你们都是正人君子。

画　师　我们专程来此，想要为您略尽微劳。

泰　门　真是正人君子！啊，我应当怎样报答你们呢？你们也会啃树根喝冷水吗？不见得吧。

画　师
诗　人　为了替您服役的缘故，只要是我们能够做的事，我们都愿意做。

泰　门　你们是正人君子。你们已经听见我有金子；我相信你们一定已经听见这样的消息了。老实说出来吧，你们是正人君子。

画　师　人家是在这样说，我的高贵的大爷；可是我的朋友跟我都不是因为这缘故才来的。

泰　门　好一对正人君子！你画了全雅典最好的一副脸谱，描摹得这样栩栩如生。

画　师　不过如此，不过如此，大爷。

泰　门　正是不过如此，先生。至于讲到你那些向壁虚造的故事，那么你的诗句里那种美妙婉转的辞藻，真可以说得上笔穷造化。可是虽然这么说，我的两位居心正直的朋友们，我必须说你们还有一个小小的缺点，不过这也不是什么了不得的缺点，我也不希望你们费许多的力量把它改正过来。

画　师
诗　人　请您明白告诉我们吧。

泰　门　你们会见怪的。

画　师
诗　人　我们一定会非常感激您的开示。

泰　门　真的吗？

画　师
诗　人　不要疑惑，尊贵的大爷。

泰　门　你们都相信着一个大大地欺骗了你们的坏人。

画　师
诗　人　真的吗，大爷？

泰　门　是的，你们听见他信口开河，看见他装腔作势，明明知道他不是个好东西，偏偏跟他要好，给他吃喝。把他视为心腹。

画　师　我不知道有这样一个人，大爷。

诗　人　我也不知道。

泰　门　听着，我很喜欢你们；我愿意给你们金子，只要你们替我把你们这两个坏朋友除掉：随你们吊死他们也好，刺死他们也好，把他们扔在茅坑里淹死也好，或是用无论什么方法捉弄他们，然后再来见我，我一定会给你们许多金子。

画　师
诗　人　请您说出他们的名字来，大爷；让我们知道他们究竟是谁。

泰　门　你向那边走，你向这边走。你们一共只有两个人，可是你们两人分开以后，各人还有一个万恶的奸徒和他在一起。要是你不愿意有两个恶人在你的身边，那么不要走近他。（向诗人）要是你只要和一个恶人住在一处，那么不要和他来往。去，滚开！这儿有金子哩。你们是为着金子来的,你们这两个奴才!你们替我做了工了,这是给你们的工钱。去!你有炼金的本领,去把这些泥块炼成黄金吧。滚开,恶狗!(将二人打走,返入穴内。)

弗莱维斯及二元老上。

弗莱维斯　你们要去跟泰门说话是不可能的,因为他这样耽好孤寂,除了只有外形还像一个人的他自己而外,他觉得什么都是对他不怀好意的。

元老甲　带我们到他的洞里去,我们已经答应雅典人,负责向泰门说话。

元老乙　人们不是永远始终如一的;时间和悲哀使他变成这样一个人。要是命运加惠于他,恢复了他旧日的豪富,他也许仍旧会恢复原来的样子。带我们见他去,碰碰机会吧。

弗莱维斯　这就是他所住的山洞了。愿平和安宁降临在这儿!泰门大爷!泰门!出来,跟您的朋友们谈谈。雅典人派了两位最年高有德的元老来问候您了。跟他们谈谈吧,尊贵的泰门。

泰门自穴中上。

泰　门　抚慰众生的太阳,烧起来吧!你们有什么话?快说,说过了就给我上吊去。愿你们说了一句真话就长起一个水疱!说了一句假话就会在舌根上烂一个窟窿!

元老甲　尊贵的泰门——

元老乙　雅典的元老们问候你,泰门。

泰　门　我谢谢他们,要是我能够替他们把瘟疫招来,我愿意把它送给他们。

元老甲　啊!忘记那些我们自己所悔恨的事吧。元老们众口一词地诚意要求你回到雅典去;他们已经考虑到许多特殊的荣典,等你回去接受。

元老乙　他们承认过去对你太冷酷无情了；现在雅典的公众已经感觉到他们为了不曾给泰门援手，已经失去了一座患难时可以倚靠的长城，所以他们才突破成例，叫我们前来表示歉忱，并且向你呈献他们无限的爱敬和不可数计的财富，补赎他们以往的过失。

泰　门　你们这一番话，真说得我受宠若惊，差一点要感激涕零了。借给我一颗愚人的心和一双妇人的眼睛，我就会听了这种温慰的言语而哭泣起来，尊贵的元老们。

元老甲　那么请你跟我们一同回去，在我们的雅典，也就是你的雅典，接受大将的尊位；你一定会得到人民的感谢，他们会给你绝对的权力，你的美好的声名将和威权同在。我们不久就可以逐退那来势汹汹的艾西巴第斯，他像一头横冲直撞的野猪似的，捣毁了祖国的和平。

元老乙　向雅典的城墙摇挥他的咄咄逼人的剑锋。

元老甲　所以，泰门——

泰　门　好，先生，很好；那么就这样吧：要是艾西巴第斯杀死了我的同胞，让艾西巴第斯知道，泰门是全不介意的。要是他把美好的雅典城劫掠一空，把我们那些善良的老人家们揪着胡须拉走，让我们那些圣洁的处女们去受那疯狂的、兽性的战争的污辱，那么让他知道，告诉他，泰门这样说，为了怜悯我们的老人和我们的少年，我不能不对他说，泰门对于这些是全不介意的，随他高兴怎么办就怎么办吧；因为只要你们还有不曾割断的咽喉，他们的刀是不会嫌血污的。至于我自己，那么，那横暴不法的敌人营里的每一把屠刀，都比雅典最可尊敬的咽喉更能获得我的好感。所以我现在把你们交付在幸运的天神的照顾之下，正像把一群窃贼交付给看守的人一样。

弗莱维斯　去吧，一切全都没用。

泰　门　我刚才在写我的墓志铭；你们明天就可以看见。健康和生活使我害了长久的病，现在我的宿疾已经开始痊愈，从虚无中间我得到了一切。去，继续活下去；愿艾西巴第斯给你们灾难，他也在你们手里遭灾，到头来大家同归于尽吧！

元老甲　我们的话都是白说。

泰　门　可是我爱我的国家，人家虽然说我喜欢看见宗国的沦亡，其实我却不是那样的人。

元老甲　这才说得不错。

泰　门　请你们替我向我的亲爱的同胞们致意——

元老甲　这样的话从您的嘴里出来，足见志士襟怀，毕竟与众不同。

元老乙　它们进入我们的耳中，也像得胜荣归的勇士，在夹道欢呼声中返师国门一样。

泰　门　替我向他们致意；告诉他们，为了减轻他们的忧虑，解除他们对于敌人剑锋的恐惧，释免他们的痛苦、损失、爱情的烦恼以及在生命的无定的航程中这脆弱的凡躯所遭受的一切其他的不幸起见，我愿意给他们一些善意的贡献，指点他们避免狂暴的艾西巴第斯的愤怒的方法。

元老乙　我很高兴他说这样的话；他会重新回去的。

泰　门　我有一棵树长在我的住处的附近，因为我自己需用，不久就要把它砍下来；告诉我的朋友们，告诉全雅典的人，叫他们按照各人地位的高低分别先后，凡是有谁愿意解除痛苦，就赶快到这儿来，在我那棵树未遭斧斤以前自己缢死。请你们这样替我对他们说吧。

弗莱维斯　不要再跟他絮烦了，他总是这个样子的。

泰　门　不要再来见我；对雅典说，泰门已经在海边的沙滩上筑好他的万世的佳城，汹涌的波涛每天一次，向它喷吐着泡沫；到那里来吧，让我的墓碑预示着你们的命运。

让怨怼不挂唇,让言语消灭。

灾难和瘟疫将会纠正一切!

坟墓是人一世辛勤的成绩;

隐去吧,阳光!陪着泰门安息。(下。)

元老甲　他的愤懑不平之气,已经深植在天性之中,再也消解不掉了。

元老乙　我们对他的希望已经完了,还是回去凭着我们残余的力量,想些其他的办法,尽力挽救危局吧。

元老甲　事不宜迟,我们快回去。(同下。)

第二场　雅典城墙之前

二元老及一使者上。

元老丙　难为你探到了这样的消息;他的军力果然像你所说的那样雄壮吗?

使　者　他的实际的力量,比我所说的还要强大得多;而且他的行军非常迅速,大概就要到来了。

元老丁　要是他们不能劝诱泰门回来,我们的处境可真是危险万分呢。

使　者　我在路上碰见一个信差,是我旧日的朋友,虽然我们各事一方,可是我们从前的交谊使我们泯除猜忌,像朋友一般互吐真情。这个人是艾西巴第斯差他飞骑送信到泰门的洞里去的,那信上要求他协力助攻雅典,因为这次举兵一部分的原因也就是为了他。

元老丙　我们的两个同僚来了。

甲乙二元老自泰门处归。

元老甲　别再提起泰门的名字,别再对他存什么希望了。敌人的鼓声已经近在耳边,一片尘沙扬蔽了天空。进去,赶快准备起来;我怕我们要陷入敌人的罗网了。(同下。)

第三场　树林。泰门洞穴，相去不远有草草砌成的坟墓一座

一兵士上，寻找泰门。

兵　士　照他们所说的样子看来，大概就是这儿了。有人吗？喂，说话呀！没有回答！这是什么？泰门死了，他的大限已到；这坟墓是什么野兽给他盖起来的，这儿是没有人住的地方。一定是死了；这便是他的坟墓。墓石上还有几行字，我可认不得；让我用蜡把它们拓下来；我们的主将什么文字都懂，他年纪虽轻，懂的事情可多哩。他现在一定已经在骄傲的雅典城前安下了营寨；攻陷那座城市是他的意志的目标。（下。）

第四场　雅典城墙之前

喇叭声；艾西巴第斯率军队上。

艾西巴第斯　吹起喇叭来，让这个怯懦的、淫秽的城市知道我们的大军已经来到。（吹谈判信号。）

元老等登城。

艾西巴第斯　在今天以前，由你们胡作非为，肆行不义，把你们的私心当作公道；在今天以前，我自己以及一切睡在你们权力的阴影下面的人，谁都是叉手徬徨，有冤莫诉。现在忍无可忍的时间已经到了，蹲伏惯了的脊骨，在重重的压迫之下，喊出“受不住了”的呼声；现在无告的冤苦将要坐在你们宽大的安乐椅上喘息，短气的骄横将要狼狈奔逃了。

元老甲　尊贵的少年将军，你当初因为些微的误会一怒而去的时候，虽然你还是无拳无勇，我们无须恐惧你的报复，可是我们仍旧召

你回来，好意抚慰你，用逾量的恩宠洗刷我们负心的罪戾。

元老乙 就是对于改换了形貌的泰门，我们也曾用谦恭的使节和优渥的允诺恳求他眷念我们的城市。我们并不全是冷酷无情的人，也不该不分皂白地同受战争的屠戮。

元老甲 我们这一座城墙，并不是建立于得罪你的那些人之手；这些巍峨的高塔、标柱和学校，更不应该为了私人的错误而同归毁灭。

元老乙 当初驱迫你出亡的那些人，因为自愧缺少应付非常的才能，内心惭疚，都已忧郁逝世了。尊贵的将军，带领你的大军，高扬你的旗帜，开进我们的城中吧；要是你不顾上天好生之德，你的复仇的欲望必须得到满足，那么请你在十人中杀死一人，让那不幸接触你的锋刃的作为牺牲吧。

元老甲 不是每一个人都犯罪；因为从前的人铸下了错误而向现在的人报复，这不是合乎公道的措置；罪恶和土地一样，都不是世袭的，所以，亲爱的兄弟，带你的队伍进来吧，可是把你的愤怒留在外面。宽恕你所生长的雅典摇篮，也不要在盛怒之中把你的亲人和那些得罪你的人同时骈戮；像一个牧人一般，你可以走到羊栏里，把那些染疫的牲畜拣出，可不要漫无区别地一律杀死。

元老乙 你要什么都可以用微笑取得，何必一定要用刀剑的威力诛求呢？

元老甲 你只要一踏到我们壁垒森严的门口，它们就会砉然开启，让你仁慈的心为你先容，通报你善意的来临。

元老乙 抛下你的手套，或是任何代表你的荣誉的纪念物，表示你这次攻城的目的，只是伸雪你的不平，不是破坏我们的安全；你的全部军队可以驻扎在我们城里，直等我们签准了你的全部要求为止。

艾西巴第斯 那么我就摔下我的手套。下来，打开你们未受攻击的城门；把泰门的和我自己的敌人交出来领死，其余一概不论。为了消释你们的疑虑、表明我的正直的胸襟起见，我还要下令严禁部下的士兵擅离营地，扰乱你们城市中的治安，凡是违反禁令的，一律交付你们按法严惩。

元老甲
元老乙　真是光明正大的说话。

艾西巴第斯　下来，实践你们自己的允诺。（元老等下城开门。）

一兵士上。

兵　士　启禀主将，泰门已经死了；他葬身在大海的边沿，在他的墓石上刻着这几行文字，我因为自己看不懂，已经用蜡把它们拓了下来。

艾西巴第斯

残魂不可招，
空剩臭皮囊；
莫问其中谁：
疫吞满路狼！
生憎举世人，
殁葬海之滑；
悠悠行路者，
速去毋相溷！

这几行诗句很可以表明你后来的心绪。虽然你看不起我们人类的悲哀，蔑视我们凉薄的天性里自然流露出来的泪点，可是你的丰富的想象使你叫那苍茫的大海永远在你低贱的坟墓上哀泣。高贵的泰门死了；他的记忆将永留人间。带我到你们的城里去；我要一手执着橄榄枝，一手握着宝剑，使战争孕育和平，使和平酝酿战争，这样才可以安不忘危，巩固国家的基础。敲起我们的鼓来！（众下。）